KB081037

"괜찮습니까?
호흡이 불편하거나,
어지럽지는 않나요?"

…다시, 숨이 멎을 뻔 했다.
놀랄 만큼 아름다운 소녀가 시야에 들어왔으니까.

커다란 눈망울과 오뚝한 콧날. 허리까지 내려오는 흑발은
금실이 수놓아진 댕기로 곱게 땋아 내렸고,
앞섶에는 그와 대조되는 빨간 리본이 묶여있었다.
그리고 스커트 밑으로 뻗은 가늘고 하얀 다리까지…

내가 타고 있던 새우잡이 노역선에
이런 미인은 존재하지 않았다.

흰색 스탠딩 칼라 제복에 사관 정모를 쓴 금발 소녀가
갑판 위에서 신호기를 휘두르며 이쪽을 노려보고 있었다.

"함수, 함미 주포 연동!"

소녀의 말이 떨어지자마자
부포와는 비교도
안 되게 큰 주포 2문이
해적선 쪽을 향했다.

"쏴!!"

소녀의 지시와 동시에
함포가 불을 뿜었다.

마리아는 의자를 빙그르르 돌려
이쪽을 바라보았다. 평소와 같이 무감정한 표정이었지만,
어쩐지 화난 표정처럼 느껴졌다.

"분명 너는 올바르지.
그래서 그 올바른 규칙 안에 얽매여 모든 걸 피하려 해.
밥을 주면 먹고, 주지 않으면 시무룩해하지. 하지만
그렇게 착한 개처럼 꼬리만 친다고……"

"네 주인이
언제까지 네게 밥을 줄까?"

마리얼 레트리

해군 밥짓는 이야기

오소리

NOVEL V

해군 밥짓는 이야기

0. 스크램블 에그 ·················· 008

1. 주먹밥 ·················· 014

2. 돼지고기 감자조림 ·················· 043

3. 라면 ·················· 089

4. 연어회 ·················· 134

5. 꽁치구이 ·················· 157

6. 캣 푸드 ·················· 202

7. 선박용 비스킷 ·················· 210

8. 미끼 ·················· 226

9. 돈가스 덮밥 ·················· 236

10. 별사탕 ·················· 290

11. 무화과 타르트 ·················· 381

후기 ·················· 402

일러스트 유나물 **편집** 오창성, 정성학 **마케팅** 이승우 **주간** 박관형

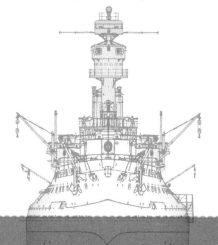

군대에서는 두 가지가 중요하다.
식사와 신발.
…아무리 전쟁을 미화하려고 해도,
밥이 나오지 않는 전쟁에서는
미도 아무것도 없다.

하야미 라센진(육해공대작전)

0. 스크램블 에그

실내를 가득 메운 후텁지근한 수증기.

팬 위에서 피어오르는 매캐한 기름의 향.

부엌에서 풍겨오는 향을 한가지의 색으로 비유한다면 아마도 매캐한 잿빛이 어울리리라. 완성된 요리가 자아내는 총천연색의 이채로운 향은 정작 부엌에 없다.

동이 트지 않은 시월의 싸늘한 새벽이었음에도, 소녀들은 소매를 걷어 붙인 채 땀을 뻘뻘 흘리고 있었다. 소녀들이 입은 검은 세일러복과 그 위에 걸친 하얀 에이프런 때문일까. 얼핏 한창 조리 실습 중인 여고생들처럼 보이기도 했지만, 느긋한 분위기의 학교 조리 실습실과는 다르게 이 부엌에는 묘한 긴장감이 감돌고 있었다.

철썩… 삐이걱 …철썩…….

간간히 파도 소리가 들려올 때마다 바닥이 기울었다가 돌아오기를 반복한다. 그때마다 도마 위에 올려놓은 날카로운 칼은 좌우로 흔들렸고, 펄펄 끓는 육수는 넘쳐흐르기 직전까지 찰랑거렸다.

그렇다. 이곳은 배 위, 선상 조리실이다. 그리고 소녀들이 입고 있는 세일러복은 단순히 여학생들의 가련함을 강조하기 위해 만들어진 교복이 아니라, 수병들에게 지급되는 군복이었다. 소녀들은 군함 '잿빛 10월'의 조리병들로 승조원들이 먹을 아침 식사를 만드는 중이었다.

배 위의 조리는 땅 위와는 다르게 온갖 변수가 넘쳐난다. 바닥은 계속 흔들리고, 조리실 안에 가득한 습기는 소금기를 머금고 있다. 요리에는 최악의 조건임에도 소녀들은 조리를 멈추지 않는다. 그것이 임무고, 조리 병으로서의 사명이기 때문에.

부지런히 칼을 놀리는 수병들 사이로 머리를 정갈하게 땋아 내린 또 다른 소녀가 지나간다.

그 소녀는 수병들과는 다르게 개리슨 모를 쓰고 셔츠와 플리츠스커트를 입고 있었다. 그녀가 발을 내디딜 때마다 '이해인'이라고 적힌 가슴팍의 철제 이름표가 화덕의 불에 반사되어 반짝였다. 해인이라는 이름의 그 소녀는 조리를 돕지 않고 그저 다른 수병들의 요리 모습만 관찰하고 있었다. 소매를 걷어붙이고도 땀을 뻘뻘 흘리고 있는 수병들과는 달리, 그녀는 금욕적으로 소매와 옷깃을 단단히 조여매고 있었지만 덥다는 기색조차 보이지 않았다. 마치 다른 수병들과는 달리 홀로 겨울에 서 있는듯한 모습이었다.

동선을 피해 트레이 사이로 천천히 걸어가던 해인의 시선이 문득 한 비엣(Viet)계 수병의 머리에 머물렀다. 가무잡잡한 피부의 그 수병은 어쩐 일인지 탐스러운 흑발을 그냥 풀어 흘려놓고 있었다. 해인은 그 수병의 머리칼을 무심하게 쓰다듬으며 말을 걸었다.

"투이 일등 수병. 당신이 무슨 샴푸를 쓰는지 제가 참견할 권한은 없습니다만."

"히, 히익······."

갑자기 해인이 머리칼을 매만지며 말을 걸어오자 투이라고 불린 그 수병은 숨을 삼키며 몸을 경직시켰다.

"다음번에도 당신이 로즈마리향이 나는 그 흑발을 풀어헤친 채 요리를 하고 있다면, 돼지고기에 뿌릴 향신료 대신 실수로 당신 머리카락을 싹둑 잘라서 기름 솥에 풀어넣을지도 모르겠군요."

지적하는 해인의 표정은 평소처럼 조금의 미동도 없었지만 입에 담는 말의 내용만큼은 수병들의 오금을 저리게 할 정도로 싸늘했다.

"시, 시정하겠습니다!"

투이 일등 수병은 말이 떨어지기 무섭게 허리춤에서 머릿수건을 찾아 꺼낸 다음, 머리가 흘러내리지 않도록 단단히 동여매었다. 투이 일등 수병이 머리를 정리하는 걸 보며 해인은 깊은 한숨을 내쉬었다. 사실 요리를 하기 전에 머리를 정리하는 일은 주방에서 지켜야 할 기본 중의 기본이었다. 하지만 이곳의 조리병들은 주방의 규율을 알기는 커녕 재료를 손질하는 데도 서툴렀다. 당연한 소리일지도 모르겠지만, 이들의 본분은 조리사가 아닌 군인이기 때문이다.

"어프렌티스(Apprentice : 견습생) 과정조차 마치지 못한 '쿡(Cook)'만 가득한 부엌이라니."

해인은 못마땅한 투로 혀를 차며 중얼거렸다. 마음 같아서는 당장 수병들의 칼을 뺏고 요리학교부터 보내고 싶었지만, 그럴 시간도 여유도 없었다. 매 끼니 조리를 하며 서서히 개선해나가는 수밖에. 해인은 심호흡을 하고 더욱 싸늘하게 수병들을 몰아치기 시작했다.

"미라 이등 수병! 돼지고기는 횟감이 아닙니다. 그 슬라이서(slicer) 당장 집어넣어요! 뾰족하다고 다 똑같은 칼이 아닙니다!"

"죄송합니다!"

"라일라 견습 수병. 주방의 동선을 어지럽힐 생각이라면 그냥 경의부 침실로 내려가서 잠이나 더 자고 오시죠."

"아닙니다! 주의하겠습니다!"

"…트리샤 일등 수병. 당신은 파보일(Parboil)과 블런치(Blanch)의 차이도 모릅니까? 치커리가 숨이 죽을 때까지 뭘 하고 있었습니까!"

"죄, 죄송합니다! 다시 하겠습니다!"

해인이 지적할 때마다 수병들은 몸을 사시나무처럼 떨며 황급히 답했다. 해인의 지적은 전문 요리사에게야 합당할지도 모르지만, 변변한 요리 수업도 받은 적 없는 수병들에게는 너무나 가혹하고 까다로웠다.

그때, 해인의 눈길이 한 수병의 요리 앞에서 멈추었다. 해인은 드물게 눈썹을 살짝 찌푸리며 노기어린 목소리로 물었다.

"칸나 수병장?"

"네, 넵!"

"저는 분명 계란을 오버 이지*로 조리하라고 했을 텐데요."

하지만 칸나 수병장이 들고 있는 팬에 담긴 요리는 어떻게 보아도 계란 프라이가 아니었다.

"어째서 스크램블** 한 겁니까."

칸나 수병장은 감히 해인의 얼굴을 마주 보지도 못한 채, 기어들어가는 목소리로 궁색한 변명을 했다.

"하지만…… 모든 승조원분의 프라이를 하기에는 시간이 부족해서……."

---

* Over easy : 노른자를 터트리지 않고 계란의 양면을 익힘
** Scramble : 휘저어 섞음

"스크램블이든 프라이든 익는 시간은 같습니다. 게다가—"

해인은 젓가락의 끝으로 스크램블 에그를 쿡쿡 찌르며 말을 이었다.

"이 쉬운 스크램블조차 제대로 만들지 못했군요. 칸나 수병장, 계란을 익히기 전에 소금을 쳤나요? 계란의 수분과 단백질이 제멋대로 놀고 있습니다."

그리고는 망설임 없이 팬을 들더니 음식물 쓰레기를 담는 통에 스크램블을 쏟아버렸다. 그 행동에 수병들은 놀라 눈을 크게 떴다. 추가 보급이 어려운 해상의 함선에서 계란처럼 상하기 쉬운 식료품은 아주 귀중한 식재였으니까. 그런데 해인은 자신의 지시와 다르게 조리했다고 이 귀중한 식재를 망설임도 없이 쓰레기통에 처넣었다. 칸나 수병장의 자존심 또한 계란과 함께 바닥에 처박혔으리라.

"이래서야 최선을 다했다고 말할 수 있겠습니까? 처음부터 다시 만드세요."

"하지만… 하지만……!"

칸나 수병장은 자신이 만든 요리가 버려진 게 어지간히 분했는지 한동안 입술을 꽉 깨물며 몸을 떨었다. 하지만 결국 그녀는 분을 참지 못하고 해인에게 소리 높여 항의했다.

"이건 너무 비효율적입니다! 어차피 미식가를 상대로 조리하는 것도 아니잖습니까! 그저 수병들이 먹을 요리라고요! 여간한 해군 수병이라면 이 정도 수준의 요리를 먹는 것만으로도 감지덕지할 텐데—!"

"이 정도 수준?"

해인은 칸나의 말에 눈을 크게 뜨며 코웃음을 쳤다.

"칸나 수병장. 당신은 메뉴에도 차등을 둡니까?"

"예……?"

해인은 날계란 하나를 집어 들더니, 칸나 수병장의 미간 사이에 들이대며 물었다.

"계란 한 알도 제대로 조리하면 미슐랭의 별을 받을만한 진미가 됩니다. 그런데 스크램블 에그 조차도 제대로 만들지 못하는 주제에 어디서 수준을 논합니까?"

해인의 차가운 일갈에 칸나 수병장은 아무런 말도 잇지 못하고 그 자리에 얼어붙었다. 해인의 목소리 톤은 평조를 유지하고 있었지만, 말의 마디마디 사이에는 진한 분노가 서려있었다.

"그딴 소릴 한 번만 더 지껄인다면 다음번엔 당신의 혀로 소테를 해먹겠습니다."

해인의 말이 어쩐지 단순한 으름장처럼 들리지 않은 탓에 칸나 수병장은 몸을 부르르 떨었다.

"네, 넵!"

해인은 칸나를 뒤로 한 채 바로 조리병 전체를 돌아보며 느릿느릿한 어투로 훈시했다.

"명심하십시오. 훈련병이 먹든, 제독이 먹든, 한 사람이 먹든, 백 사람이 먹든— 식사는 언제나 **제대로** 완성되어야 합니다."

해인은 유독 '제대로' 라는 말에 힘을 주었다. 하지만 어쩐지 주방 내에는 이해하기 힘들다는 미묘한 반감이 스멀스멀 퍼지고 있었다.

해인은 결국 혼잣말처럼 한 마디를 뒤에 덧붙였다.

"적어도 요리사라면 그래야 합니다."

1. 주먹밥

신병 훈련소 시절, 극심한 굶주림을 겪어본 적이 있다. 해군 병사의 극기주차 훈련에는 식사량이 제한되는데, 작열하는 폭염 아래 고된 훈련이 병행되었음에도 훈련병들은 끼니마다 단 한 모금의 물과 조그마한 밥덩이 한 개만 먹을 수 있었다. 그마저도 훈련 평가가 나쁘면 없었다.

훈련을 마치고 녹초가 되어 생활관으로 복귀했을 때, 아무것도 먹을 수 없다는 사실은 끔찍한 절망감이 되어 돌아왔다. 교관은 해상에서 식량 보급이 끊겼을 경우를 대비한 훈련이라고 했지만, 난생처음 겪는 배고픔은 죽을 만큼 괴로웠다. 나는 세면장의 물로 배를 간신히 달래고 자리에 누웠다. 하지만 한 식경 쯤 지나자 굶주림은 수그러들기는커녕 고통스러울 정도로 커져 왔다. 나는 한참을 두리번거리다가 구석에서 낡은 가죽 혁대를 발견했다.

물론 혁대는 음식이 아니다. 돈만 주면 밤낮없이 어디서나 맛있는 한 끼를 먹을 수 있는 문명사회에서는 절대로 먹을 리 없는 물건이다. 하지만 나는 굶주림을 달래고자 가죽 혁대를 조금 벗겨내어 씹었다. 찝찌름한 맛과 함께 무언가를 먹고 있다는 만족감이 채워지기 시작했고 나는 간신히 잠을 청할 수 있었다. 물론 그 이후로 내가 군 생활을 하며 굶어본 일은 한 번도 없었고, 나는 어느덧 그날의 굶주림을 잊어가고 있었다.

해군의 식사는 타군보다 훌륭하다.

국과 밥, 세 가지 찬으로 이루어지는 육군의 식사와는 달리 해군은 네 가지 찬으로 한 끼를 구성한다. 거기에 항해 중에는 야식까지 제공한다. 타군과 달리 해군에게 이러한 양질의 식사가 제공되는 이유 중에는 흔들리는 함상(艦上)에서 거의 매일 야간 당직을 서야하는 가혹한 함 일정도 들어있겠지만, 무엇보다 함상에서 사람들이 즐길만한 유희가 별로 없었기 때문이리라.

보안을 위해 전자기기는 거의 허가되지 않을뿐더러, 전화나 인터넷 같은 외부와의 접촉 수단도 없는 좁은 함내에서 인간에게 허용된 원초적 유희는 식욕뿐이었다.

고된 훈련을 마치고 귀항할 때마다 조리장이 큰 곰 솥에 끓여주던 콩국수는 함 총원의 유일한 낙이었다. 가끔 설탕을 넣어 먹느니 소금을 넣어 먹느니 하며 토닥거릴 때도 있었지만 그 또한 즐거웠다. 순항 훈련을 하며 육지가 그리워질 때면 함미 갑판에 둘러앉아 식사에 쓰고 남은 돼지고기를 구워 먹으며 유행가를 흥얼거렸고, 야간 당직을 서다가 출출해질 때면 사이드 윙에 걸터앉아 몰래 건빵을 먹으며 별을 구경했다. 식사가 가져다주는 행복에 만족했고, 또 이렇게 함께 즐길 수 있는 '무진함'의 승조원들을 사랑했었다.

……무진함이 어뢰를 맞아 격침되기 전까지는.

"푸우… 콜록, 콜록."

물속에 거꾸로 쳐 박히기가 벌써 세 번째. 서서히 눈앞에 있는 털북숭이 사내의 얼굴이 흐려지기 시작했다. 상당량의 물이 기도로 넘어갔는지, 기침을 해도 개운해지기는커녕 가슴이 아파왔다.

"괴로우면 똑바로 말하라고, 이원일 이등병조(PO2, Petty Officer 2nd Class)."

이등병조? 내 계급은 병장이다. 군 계급도 제대로 모르는 이런 얼빠진 해적에게 붙잡혀 고문을 받게 될 줄이야. 상황을 아무리 곱씹어 보아도 치욕스럽고 원통했다. 해적이 출몰하는 해역에서 소속을 알 수 없는 새우잡이 어선이 접근해왔을 때부터 의심해야 했는데.

키가 고장 나서 예인을 부탁한다는 사내의 말에 무진함은 조금의 의심도 하지 않고 구난을 위해 어선에 가까이 다가갔다. 하지만 그건 함정이었다. 무진함이 사정거리에 들어서자마자 새우잡이 어선은 고물에 숨겨두었던 어뢰 발사관에서 어뢰를 발사했다. 근거리에서 발사된 어뢰는 순식간에 무진함의 용골을 박살 냈고, 사이드 윙에 서 있었던 나는 그대로 물 밖으로 튕겨 나갔다.

그리고 정신을 차리고 나니 나는 이곳에 와 있었다. 나 이외의 군인은 보이지 않는다. 무진함에서는 살아남은 사람은 나뿐일까. 나는 치밀어 오르는 분노를 간신히 억누르며 억지웃음을 지어 보였다.

"계급을 잘못 알았어. 해적 나리. 난 이등병조가 아니라 병장(Sergeant) 이야."

우리나라 군대는 육해공군이 모두 같은 계급장을 쓴다. 그것도 모르고 잡아왔나? 하지만 사내는 어깨를 한 번 으쓱해 보인 다음, 혼잣말처럼 중얼거렸다.

"뭐…. 이등병조든 병장이든 좋아. 중요한 건 연방의 군인이 우리 손 안에 있다는 거지."

털북숭이 사내는 으스대며 날이 잘 선 중화요리용 칼을 들어보였다. 나는 사내가 이런 일을 하는 까닭을 물으려다 그만두었다. 아마 이 사내도 내가 속한 '고려 연방(Corea Federation)' 군대의 적인 모양이었다.

21세기 초, 오랫동안 내전을 치러 왔던 한반도의 두 국가는 하나의 정부 아래 연방제 통일을 이루어냈다. 오랜 냉전으로 인해 비대해질 대로 비대해진 양국의 군대는 고스란히 새로운 국가에 편입되었고, 연방은 새로운 군사강국으로 급부상하였다. 하지만 동아시아의 열강들은 이를 달갑게 여기지 않았고, 통일 연방은 주변의 열강들과 국지적인 소모전에 돌입하게 되었다.

그러나 모두의 예상을 깨고 연방은 내전을 통해 잘 훈련된 군대를 이용하여 주변국을 물리치고, 자국에 유리한 각종 군사 조약까지 체결해 냈다. 이때 연방의 정치인들은 그 당시 느슨했던 국제 해양법을 악용하여 동중국해의 온갖 섬들에 대한 소유권을 주장했다. 신흥 군사 강국으로 올라선 연방의 독주를 막을 국가는 없어 보였고, 연방은 더더욱 해군력을 투사하여 현재 사쓰난 제도 근처까지 그 영향력을 키우기 시작했다. 내가 타고 있던 구형 호위함, 무진함도 제도 근처에서 초계 임무를 수행 중이었고, 몇 차례의 교전을 통해 '해적선'들을 침몰시킨 전적이 있다. 아마 이 사내도 그 '해적'들 중 하나였으리라.

"어째, 당신도 그 해적 일당 아니야?"

내가 계속 사내를 해적이라고 부르자 그는 기분이 상했는지 툴툴거리며 지껄였다.

"너희는 우리를 해적이라고 부르지만, 내 눈에는 너희가 더 해적 같아 보여."

사내는 눈을 희미하게 뜨며 칼을 들이밀었다.

"멋대로 군함을 끌고 와서 어장을 파괴하고 툭하면 포를 쏘아댄 주제에! 누가 누굴 보고 해적이라는 거야?!"

아아, 어쩌지. 남방계 몽골로이드의 특징이 도드라진다 싶었더니만 이 근방 제도에 살던 원주민인 모양이었다. 나는 입을 다물고 사내의 모습을 찬찬히 관찰했다. 지저분한 수염과 깡마른 체구, 그리고 꾀죄죄한 제복까지…. 그런 말을 들었기 때문일까, 갑자기 이 사내가 해적이 아니라 항구에서 그물을 다듬는 평범한 어부처럼 보이기 시작했다. 만약 나와 해군 동료들이 이 제도에 나타나지 않았다면 사내는 평범한 어부로 살아갈 수 있었을지도 모른다. 하지만 그렇다고 이들이 상선을 약탈하고 사람을 죽였던 행동이 정당화 되지는 않는다. 콧노래를 흥얼거리며 숫돌에 칼을 가는 사내의 모습은 역시 범죄자로밖에 보이지 않았다.

가난한 어부, 그리고 침몰하는 무진함……. 나는 어쩐지 이 두 단어에서 지독한 위화감을 느꼈다. 사내의 모습을 관찰하던 나는 결국 위화감을 참지 못하고 입을 열었다.

"……질문 하나 해도 돼?"

"뭔데?"

사내가 내 쪽을 돌아보았다.

"우리 배를 침몰시킨 어뢰… 그건 무슨 돈으로 구한거야? 내가 알기로는 구형 경(輕)어뢰도 몇 억을 호가하는데."

어뢰는 원래 지독히도 비싼 무기다. 여간한 유도무기가 다 그렇겠지만, 어뢰는 군함을 단 한방에 침몰시킬 수 있을 정도로 파괴력이 강한 무기다. 국가 간의 거래도 크게 제한되는 터라, 비공식 루트를 통해서 구하는 어뢰의 값은 상상을 초월한다. 그런데 하루 벌어 하루 먹고 살기 힘들어서 해적이 되었다는 이들이 어떻게 이 비싼 무기를 손에 넣었던 걸까? 그 정도 돈이 있었다면 해적질을 그만두고 남태평양의 조용한 섬에서 평화롭게 살 수도 있었을 텐데.

사내는 잠시 움찔하더니 어두운 표정을 지으며 음침하게 나를 내려다보았다.

"안 그래도 이번에 손해를 너무 많이 봐서… 투자금을 좀 회수해야겠는데."

괜한 질문을 했나 싶었다.

사내는 천천히 손가락으로 내 턱 끝을 들어 올리더니 얼굴을 감상하기 시작했다. 히죽거리는 모습이 불쾌하다. 흡사 물건을 품평하는 장사치의 얼굴이다.

"넌 수염도 없고 곱상하게 생겼으니 남창(男娼) 짓을 해도 꽤 돈을 모을 수 있을 거야."

기껏 한다는 생각이 이 정도라니. 너무 한심해서 한숨이 나올 지경이었다.

"…거부한다면?"

사내는 혓바닥을 날름거리며 칼을 들이밀었다.

"손가락을 잘라서 내 새우잡이 어선에 처박지."

그러고 보니 전에 항해 당직을 설 때, 새우잡이 어선의 노역자들은 모두 손가락이 한두 개 모자라다는 괴담을 들은 적이 있다. 고대 사회에서 노예를 구분하기 위해서 낙인을 찍듯이 현대의 노예상인들은 잘린 손가락으로 팔려온 노역자를 구분한다는 얘기다. 처음 들었을 때는 그저 뜬

소문이라고 생각했는데… 진짜였을 줄이야.

사내가 이죽이죽 웃으며 도마 위에 내 손을 끌어올렸다.

"그래서, 어느 쪽을 택하겠어?"

아픈 건 사양이지만… 망설일 필요는 없었다.

나는 털북숭이 사내의 얼굴에 침을 탁 뱉으며 대답했다.

"지옥에나 떨어져."

사내는 무시무시한 표정을 짓더니 주저 없이 칼로 내 오른쪽 검지를 힘껏 내리쳤다. 그날의 굶주림에 비견할 만큼 끔찍한 고통이 잠시 후에 찾아왔다.

-4-

…전에 한 말을 취소한다. 극심한 굶주림은 그 어떤 고통에도 비견할 수 없다. 산 채로 살을 도려내고 손가락 마디를 모두 잘라낸다 하더라도 더 이상의 굶주림은 견딜 수가 없다. 딱딱한 흑빵 한 개와 한 모금의 물로 끼니를 때우고, 고된 노동만 이어지는 지금의 모습은 어쩌면 훈련소 시절과 비슷할지도 모르겠다. 하지만 그때와 다른 점이 있다면 이 지옥 같은 생활이 얼마나 이어질지 기약할 수 없다는 막연함과 좁디좁은 선창 안에 계속 갇혀 있어야 한다는 암담함이었다. 보름에 한 번씩 수상한 섬에 기항하여 식량을 조달받고 배를 수리할 때를 제외하면 우리는 조그마한 어선 안에서 새우 그물을 만지고만 있어야 했다.

그렇다고 먹을 게 없진 않았다. 잡은 새우는 먹을 수 있었다. 하지만 물조차 부족한 배 안에서 염분에 찌든 날 새우를 먹었다가는 탈수로 죽게 된다. 더군다나 새우를 훔치다 갑판원들에게 들키면 가혹한 린치를 당할 터다. 그럼에도 불구하고 나는 새우에 손을 대고 싶은 유혹을 참지 못했고, 심지어 가끔은 그냥 남창이 되는 게 낫지 않았을까 하고 생각하기도 했다.

하지만 어쩌랴, 내 손가락은 오래전에 잘려 나갔고, 나는 어두침침한 선창 아래에서 노예처럼 일하고 있었다. 다른 노역자들 역시 공포와 절망에 질려 하루하루를 힘겹게 버텨나갈 뿐이었다. 결국 현실을 견디지 못한 사람들은 바다에 자신의 몸을 던졌지만, 대부분은 그럴 용기조차 없어 정신을 놓고 반쯤 미쳐버렸다.

……하루, 그리고 또 하루가 흘렀다.

일과가 시작 될 때마다 선창 밑바닥에 긁어놓은 표식을 세 보았다. 오늘 새긴 표식이 벌써 예순 번째. 이 노예 생활이 시작 된지 이제 막 두 달이 지났다. 기분 상으로 1년은 족히 흐른 듯했지만, 겨우 달이 두 번 차고 기울었다. 초조한 심정에 습관대로 손톱을 물어뜯으려다 멈칫했다. 손가락은 이미 잘려나가고 없다. 잘려나간 손가락의 자국은 이제 거의 아물었지만, 정신이 몽롱해질 때마다 무딘 칼로 손끝을 내리치는 환각에 시달렸었다.

오늘따라 해무(海霧)도 짙다. 안개로 희미하게 가려진 흘수 아래를 내려다 볼 때마다 오싹오싹한 무언가가 등줄기를 타고 흘렀다. 귀신이 이 주위를 떠돌고 있는 모양이다. 물 밑에서 치솟아 오른 검은 머리의 귀신들이 내 손을 잡아당긴 다음 무딘 칼로 손가락을 내리쳤다. 썩둑, 썩둑.

이미 잘려나가 없는 손가락 마디에서 통증이 느껴졌다.

…혹시 나도 미쳐가는 걸까? 갑자기 웃음이 터져 나왔다.

어머니, 당신의 아들은 이 이역만리 바다 위에서 이렇게 미쳐가고 있답니다. 크하하.

그때였다.

"부우―."

갑자기 중후한 울음소리가 안개 속에서 들려왔다.

환청을 들었나 싶었지만, 분명 그 소리는 환청이 아니었다. 뱃속을 깊숙이 울리는 선박의 뱃고동 소리였다.

"부우―."

또 한 번 소리가 들리자 정신을 차리고 소리가 들리는 방향을 바라보았다. 먼 발치에서 불빛이 깜박거렸다. 저쪽에 또 다른 배가 있었다. 그 선박은 저시정 항해를 경계하는지 끊임없이 규칙적으로 뱃고동 소리를 내고 있었다.

"…기적 소리다."

누군가가 그렇게 중얼거렸다. 나는 엷은 흥분으로 인해 호흡이 가빠지는 걸 느꼈다. 민간 어선일까? 아니면 이 근처를 탐색하는 경비정일까? 어쩌면 우리를 구해줄지도 몰라!

노역자들 사이에서 비슷한 술렁거림이 커지자 털북숭이 선주(船主)는 당황한 표정으로 소리를 빽 질렀다.

"입 다물지 못해, 이 쓰레기들이!"

선주는 몽둥이를 휘두르며 노역자들을 위협했다. 그리고 황급히 함교로 올라가서 반쯤 얼이 빠진 항해장의 정강이를 걷어찼다.

"야, 항해장! 정신 똑바로 안 차려? 다른 선박들 가까이 가지 말라고 했잖아!"

"죄, 죄송합니다. 하지만 모니터에는 아무 표시도 뜨지 않는걸요."

"그럼 저게 스텔스 함이라도 된다는 거야? 이 고물 레이더, 팔아버리든지 해야지."

선주는 툴툴거리며 쌍안경을 꺼내 그 배를 관찰했다.

안개가 조금 더 엷어지자 내가 서 있는 선창에서도 선박의 실루엣이 또똑히 보였다. 헤지 그레이 빛깔의 중형 함정이었다. 군함일지도 모른다는 생각에 내 가슴은 더욱 쿵쿵 뛰기 시작했다. 하지만 선주는 한동안 무언가를 골몰히 생각하다가 대뜸 이쪽을 가리키며 소리를 빽 질렀다.

"어이, 거기 계집애처럼 생긴 신참! 이리와 봐!"

나 말인가? 어리둥절한 기분으로 함교로 뛰어 올라갔다. 선주는 나를 위 아래로 가볍게 훑어보더니 조소 섞인 목소리로 물었다.

"너, 전에 해군 수병이었지?"

"그렇습니다만."

나는 선주가 무슨 질문을 할지 예상조차 가지 않았다.

"그럼 저 배가 지금 뭘 하는지 살펴봐."

터져 나오려는 한숨을 간신히 참았다. 이 인간이 해군 수병은 죄 항해술에 능한 줄 아나. 나는 조타병도 아닐뿐더러 경의부에서도 가장 한직인 의무병이었다. 물론 견시 당직을 서며 대강의 선박 등화는 배웠지만, 굳이 그걸 말할 필요는 없겠다 싶어서 핑계를 댔다.

"저, 저는 병과가 의정이라서 항해술에는 그다지 조예가 없… 윽!"

사내는 말이 길어지자 내 정강이를 걷어차며 윽박질렀다.

"그래서 할 수 있다는 거야, 없다는 거야?"

신음을 간신히 꾹 참고 대답했다.

"…해 보겠습니다."

선주에게 쌍안경을 받아들고 나는 천천히 배의 등화를 읽어 내려갔다. 흐릿한 안개 사이로 녹색 현등(舷燈)이 깜박인다. 전부와 선미 아래 방향에 달린 백등(白燈)을 보아하니, 닻을 내리고 잠시 배를 쉬게 하는 모양이었다. 마스트 수직선상에 홍등(紅燈)이 보이지 않으니 좌초되지는 않은 모양이었지만, 그 외에 어로나 수중 작업에 임한다는 등화도 일절 없었다. 공해상에서 홀로 닻을 내린 채 뭘 하는 거람.

"묘박 중인 선박입니다."

내가 그렇게 답하자 선주는 만족스러운 표정으로 고개를 끄덕이며 중얼거렸다.

"포도 달려있지 않고 크기만 요란한 걸 보아하니 분명 무언가를 수송하는 수송함이렷다. 음, 위장 무늬가 그려져 있어서 군함인 줄 알았는데 다행이군."

다행이긴 뭐가 다행이야, 군함 맞아.

속으로 선주를 비아냥거리며 툴툴거렸다.

포와 미사일이 가득 실린 순양함이나 구축함 같은 싸움배만 군함은 아니다. 그러한 싸움배들이 온전히 전투에 임할 수 있도록 돕는 지원함도 있다. 지원함에는 정보 수집함, 군수 지원함 등등이 있는데 저 선박의 실루엣은 어쩐지 군수 지원함을 닮았다. 수평 보급을 할 때 쓰는 윈치 드럼(Winch Drum)이나 램 텐셔너(Ram Tensioner), 킹 포스트(King Post) 따위가 달려 있었기 때문이다.

허나 흔히 볼 수 없는 독특한 모양의 함정임은 틀림없었다. 일단 날렵한 형태의 일반 군함과는 달리 텀블 홈* 모양의 선형이었다. 게다가 최근 고안된 텀블 홈 방식의 군함들이 주갑판을 좁게 하여 기동성을 살린 데에 반해, 저 배는 20세기 초의 프랑스 전함처럼 주갑판도 넓었다. 저래서

---

* Tumble home : 현측 상부가 안쪽으로 경사진 형태

야 최대 속력이 20노트는 나올까 싶다.

…뭐, 군수 지원함의 주갑판이 조막만 해도 문제겠지만.

그런데 어째서 군수 지원함이 호위도 없이 단독으로 항해하는 거지? 보통의 군수 지원함이라면 석유나 군수 물자를 가득 싣고 있기 때문에 적의 표적이 되기 쉽다. 그래서 군수 지원함의 작전에는 두 세척의 호위 함정을 붙여야 하는데, 이 주위에는 어떠한 함정의 현등도 보이지 않았다. 경계가 얼마나 무방비한지 미끼선이라고 생각될 정도였다.

"수송선이라면 역시 값나가는 것들이 실려 있겠지? 크크."

허나 선주는 물욕에 눈이 멀었는지 함정을 탐욕스럽게 바라보며 혀를 날름거렸다. 혹자라면 이렇게 작은 새우잡이 배가 저 큰 군함을 어찌 제압하겠냐고 혀를 차겠지만, 사실 이 새우잡이 배는 대함(對艦) 무기 몇 가지를 교묘하게 숨기고 있다. 선미에 쌓인 어구들 틈에는 조잡하게 개조한 어뢰 발사관과 기관포가 달려 있었고, 선창 아래의 그물 밑에는 소총도 몇 자루 있었다. 물론 실제 군함이나 경비정에 비하면 이런 경무장은 장난감 수준이었지만 기습적으로 해적질하기엔 충분했다. 특히 이 배에 실려 있는 어뢰는 경 어뢰면서도 이천 톤에 가까운 무진함을 일격에 침몰시킨 무시무시한 파괴력을 갖고 있으니, 군수 지원함 한 척을 항행 불능 상태로 만드는 건 일도 아니리라.

"시각 신호 보내봐."

선주는 내가 포로 신분임을 잊었는지, 태연히 발광 신호를 주문했다. 내가 저 배에 구조 신호라도 보내면 어쩌려고 이렇게 함부로 신호 장비를 맡기는 걸까? 하지만 잠시 생각해보니 섣불리 구조 신호를 보낼 수는 없었다. 선주가 모스 부호를 읽지 못한다 해도, 그쪽에서 쓸데없는 반응을 보이며 다가온다면 의심을 살테니까. 일단 시키는 대로 하자. 나는 12인치 신호등 앞에 서서 머릿속으로 천천히 모스 부호를 되새겼다.

그러니까… 영문 알파벳으로 보내면 되나?

〈무언가 도와 드릴 일이라도 있나요?〉

나는 손잡이를 잡아당겨 느릿느릿한 속도로 발광 신호를 보냈다. 국제 해상 법규는 잘 모르지만, 이 정도면 충분히 공손한 질문이 되었다고 생각한다. 하지만 내 착각이었는지 대답은 대뜸 날아왔다. 그것도 1.5초 당 1부호라는 배려심 없는 속도로.

"에구구, 급하기도 해라."

나는 허둥대며 발광 신호를 부랴부랴 해독해 보았다.

〈…그냥 입 쳐 다물고 가던 길 가시지. 지 마누라 XX도 못 찾을 X같은 XX들이 오지랖만 넓어요.〉

엄청난 게 수신되어 버렸다!

그대로 말해줘도 될까? 되는 걸까?

"피… 필요 없으니 그냥 가랍니다."

나는 땀을 뻘뻘 흘리며 황급히 변명했다. 모략을 꾸미고 있었기 때문이 아니라, 솔직히 말했다가 선주의 기분이 상하기라도 하면 뭔 불똥이 튈지 모르기 때문이었다.

"뭐? 뭔가 긴 전문이 날아왔잖아? 그것뿐일 리가 있어?"

"그, 그럴 리가요."

하지만 선주는 내가 무언가를 숨긴다고 생각했는지 가슴팍을 걷어차며 욕설을 했다.

"이 쥐새끼 같은 놈이 무슨 꿍꿍이야? 내 직접 상선 검색 망에 연결해 봐야겠다. 거짓이면 네 목숨은 없을 줄 알아!"

내가 바닥을 구르는 사이 선주는 상검망의 채널을 이리저리 돌리더니 수화기에 대고 항행 불능 선박 흉내를 내며 상대의 접근을 유도했다.

"미확인 선박, 미확인 선박. 여기는 귀 함으로부터 0-8-5 방향으로 3마일 거리에 위치한 어선 '치카이'다. 해무가 심하여 방위를 잃었으니 예인을 부탁한다."

하지만 상검망 스피커는 이상하리만큼 조용했다. 설마 상검망 설치가 안 된 함정은 아니겠지? 선주가 무미건조하게 같은 방송을 두어 차례 반복했을 무렵—

〈우물우물…. 에헴.〉
무언가를 씹어 넘기는 소리와 함께 헛기침 소리가 들렸다.

"여자…?"

의외라고 할까, 상검망 너머에서 들려온 목소리는 여성의 음색이었다. 물론 여성 항해사나 여성 선장이 아예 없지는 않지만, 격리된 공간에서 오랫동안 고된 일을 해야 하는 선상 생활은 아직까지도 남성의 전유물처럼 여겨지고 있었다. 그런데 우연히 만난 함정의 상검망 당직자가 여자라는 사실은 꽤 의외였다.

하지만 다음에 들려 온 그 여성의 대답은 더욱 의외였다.

〈길을 잃었으면 성가시게 굴지 말고 죽 직진이나 하시지? 지구는 둥그니까 자꾸 앞으로 나아가다보면 온 세상 항구들을 다 만날 수 있을게다.〉

"우와…."

예의라고는 조금도 찾아볼 수 없는 불손한 응답. 만일 이 배가 진짜 항행 불능 선박이었다면 상대를 국제 법에 의거하여 신고할 수도 있을 정도였다. …물론 이쪽은 멀쩡한 해적선이었지만.

선주는 상대의 성별과 태도에 적잖이 당황했는지 한동안 병 쩌 있다가, 곧 골을 내며 수화기에 대고 소리를 지르기 시작했다.

"매우 무례한 반응이로군! 어이, 거기 당직자. 선주의 국적이 뭐야? 그 불손한 통신 태도부터 해난 구조에 대한 무성의까지…! 당장 국제 해양 경찰에 신고하겠다!"

경찰에 신고하면 가장 먼저 잡혀가는 건 넌데요, 이 인신매매범아.

나는 속으로 선주를 비아냥거리며 두 사람의 말싸움을 경청하기 시작했다. 하지만 둘의 대화는 말싸움이라고 부르기 민망할 정도로 긴장감이 없었다. 선주가 끊임없이 고성을 지르며 항의를 하는데도 상대는 계속 무언가를 먹으면서 건성으로 답하고 있었다.

〈우적, 우적…. 우물우물, 쩝. 아, 고마워. 트리샤. 거기 빵 좀 줄래? 근데… 방금 뭐라고 했지?〉

선주는 그 무성의함에 결국 화가 머리끝까지 치솟았는지 심한 욕설을 퍼붓기 시작했다.

"이 빌어먹을 창녀가! 너 지금 대체 뭐 하는 거야?"

과연, 노골적인 욕설은 효과가 있었는지 상대방은 잠시 동안 침묵을 지키고 있었다.

10초 정도 지났을까, 여성은 굉장히 딱딱한 투로 한 단어를 짧게 읊조렸다.

〈…밥.〉

"뭐?"

〈밥 먹는다고, 밥! 하아… 저 멍청한 뱃놈은 시간 개념도 없나. 지금 점심시간이잖아! 식사 시간이니까 소란스럽게 굴지 말고 기다려! 삐익-.〉

상대가 일방적으로 통신망을 끄자 새된 기계음과 함께 한동안 함교에 정적이 흘렀다. 철저하게 일방적으로 농락당했음을 깨달은 선주는 광분하며 물건을 집어던졌다.

"저 태도는 뭐야?! 빌어먹을 창녀들이 바다에 나와서 대뜸 한다는 소리가, 뭐? 멍청한 뱃놈? 으아악! 시발! 우라질! 열이 뻗쳐서 진정이 안 되는군! 내 저 년을 잡아서 유린한 다음 사창가에 팔아먹지 않고서는 잠을 못 자겠어! 갑판장! 당장 발사관에 어뢰를 장전하고 저 배를 조준해!"

"네, 넷!"

선주의 분노에 찬 눈길을 받고 싶지 않았는지 갑판장과 선원들은 냉큼 선미로 달려가서 어뢰 발사관을 조작하기 시작했다. 나는 딱히 별다른 지시를 받지 못했던 터라 사이드 윙 후미에 앉아, 선주의 눈에 띄지 않게 몸을 숨기고 그 문제의 군수 지원함을 쳐다보고 있었다.

저 여성은 지금 자신이 도발한 어선의 선주가 이 일대에서 가장 악랄한 해적선의 선주라는 걸 알고나 있을까. …모르겠지. 모르니까 무례하게 굴었겠지. 하지만 나는 어쩐지 지금의 상황에 강렬한 위화감을 느꼈다. 오래전에 비슷한 생각을 한 적이 있는데…… 그래, 돈 한 푼 없는 해적들이 비싼 어뢰를 들고 무진함을 침몰시켰을 때였다.

해적선이 중무장한 호위함에 무턱대고 접근할 수 있었던 건 '어뢰'라는 믿는 구석이 있었기 때문이다. 그렇다면 저 군수 지원함도 뭔가 '믿는 구석'이 있는 게 아닐까? 그렇다면 방금의 도발적인 통신도 일종의 '미끼'일 가능성이 높다.

"어뢰 발사관 전 부분 개방! 2번 스톱 볼트 선체변 및 중간변 개방 완료! 준비 완료되었습니다. 명령만 내려주신다면 바로 발사하겠습니다!"

내가 생각을 마치기도 전에 선미에서 갑판장의 상기된 목소리가 들려왔다. 선주는 만족스러운 표정으로 고개를 끄덕이더니 표적의 위치를 가늠하기 시작했다.

"방위 0-7-0에 3000 야드라… 딱 좋군! 여기 까지 접근을 허한 걸 보면 저년은 역시 우리를 얕보고 있는 모양이야. 흐흐, 아무렴 어때. 이제 그 몸에 직접 우리의 위력을 새겨주면 되는 거지. 좋아, 발사 준비! 3, 2, 1… 쏴!"

퉁!

맥 빠지는 둔탁한 소리와 함께 어뢰가 발사되었다. 추진체의 힘을 받아 거의 40노트 가까운 속력으로 가속한 어뢰는 입력된 프로그램에 따라 목표물을 향해 돌진하기 시작했다.

"거리 1500 야드 돌입!"

어뢰가 배에 가까워지는데도 상대 함선은 놀라우리만큼 태연했다. 배를 가속해서 회피 기동을 하기는커녕 아직도 정지 등화를 켜고 무심하게 서 있었다. 나는 분명 상대가 경계를 소홀히 해서 어뢰를 알아차리지 못했으리라 판단했다. 하지만 나는 또 한 번 믿을 수 없는 광경을 목도하게 되었다.

콰과광!

어뢰가 폭발했다.

…뭐 어뢰는 폭발하라고 만들어 놓은 폭탄이니까 폭발 자체가 이상한 일은 아니었다. 내가 놀란 것은 배에 닿기도 전에 어뢰가 폭발한 점이었다.

"뭐, 뭐야? ECM인가? 아니, 저거 기만체 발사대 아냐? 방금까지 저런 거 없었잖아?"

선주는 갑작스러운 상황에 놀라 쌍안경을 든 채 두리번거리며 상대편 배 현측에 달린 발사대를 가리켰다. 포연 때문에 잘 보이지 않았지만 분명 현측 중간에 무언가 새로운 구조물이 튀어나와 있었다. 언뜻 보면 일반 군함의 기만체 발사대와 비슷하기 때문에 선주의 착각도 내심 이해가 갔다. 하지만 그 구조물은 절대 기만체 발사대가 아니었다.

"ATT(Anti-Torpedo Torpedo-요격 어뢰)…"

R-BOC 같은 일반적인 기만체가 발사되면 어뢰는 바로 폭발하는 게 아니라, 궤적을 잃고 헤매다가 자폭하게 된다. 그렇기 때문에 추가 피폭을 막기 위해 기만체는 약간의 거리를 두고 미리 발사한다. 하지만 지금의 경우는 어뢰가 거의 배 근처까지 접근했었고, 어뢰의 항적도 그대로 직진하다가 대뜸 폭발하고 말았다. 그 말인즉슨 어뢰에 직접 타격을 가해 폭파시키는 하드 킬 방식의 대응체계였다는 말이다. 저 배에는 근접 방어용 기관포가 달려있지 않으므로 그 외에 내가 추측해 볼 수 있는 하드 킬 대응체계는 ATT뿐이었다.

"무슨 놈의 군수 지원함이 ATT야…"

역시 이상했다. ATT는 일반적인 어뢰와는 달리 로켓 추진 기술을 이용하여 '발사'될뿐더러, 3D 호밍 및 고주파 소나기술까지 접목된 최신형의 무기다. 순양함 같은 중무장 군함의 방어 체계라면 모를까, 단순한 군수 지원함의 방어용으로 쓰기에는 너무 비싼 무기다.

결국 선주는 어뢰가 불발한 원인을 알아내지 못했는지, 갑판장을 다그치며 재발사를 명령했다.

"대체 뭐지? 으음, 아무래도 좋아. 그래. 이번에는 녀석들이 운이 좋았던 게야. 운이 좋았던 게 분명해…. 갑판장! 어뢰 한 발 더 준비…."

그때였다.

"야, 이— 식사 예절도 없는 새끼들아!"

갑자기 상대편 배에서 욕설이 들려왔다. 이미 자함과 상대편 배의 거리는 꽤 가까워진 터라 우리는 충분히 그 상대의 모습을 확인할 수 있었다. 흰색 스탠딩 칼라 제복에 사관 정모를 쓴 금발 소녀가 갑판 위에서 메가폰을 잡고 있었다. 그 소녀는 다른 손에 든 신호 깃발로 이쪽을 가리키며 메가폰의 볼륨을 높였다.

"아무리 군인이라고 해도 적에게 총을 갈겨서는 안 되는 시간이 세 번 있는데,"

소녀는 손가락을 꼽으며 천천히 운을 떼었다.

"첫째가… 크리스마스, 둘째가 티 타임… 마지막이…."

그리고 소녀는 숨을 들이키더니 힘껏 소리를 빽 질렀다.

"마지막이 밥 먹는 시간이다!"

"뭐?"

의미 불명의 고성에 선주도 대답할 기력을 잃었는지 입만 딱 벌렸다. 거기까지 말을 마친 소녀는 흠흠, 하고 몇 번의 헛기침을 해서 목을 틔우더니 이상하리만큼 짓궂은 미소를 흘리며 되물었다.

"개도 안 건드린다는 밥 먹을 때에 심기를 건드린 이 개만도 못한 새끼들은 거기에 어울리는 취급을 해 줘야지?"

"……어이, 항해장. 지금 저 계집애가 지금 뭐라는 거야?"

"저, 저도 잘 모르겠습니다."

항해장은 패닉에 빠진 표정으로 고개를 급하게 휘저었다. 그때까지만 해도 나는 소녀를 걱정하며 발을 구르고 있었다. 무슨 꿍꿍이가 있는지는 모르겠지만, 슬슬 정박등을 끄고 회피 기동을 해 주었으면 좋겠다. ATT가 빗나가기라도 하면 바로 즉사할 수도 있는데 저렇게 여유를 부리고 있어서야….

하지만 곧 그 생각은 기우였음이 밝혀졌다.

"총원! 전투 배치!"

순간, 여자아이가 구호와 함께 깃발을 내지르자 상대편 배가 요란한 금속 마찰음을 내더니— 다른 배로 변신했다.

…조금 과장스럽게 표현하긴 했지만.

건조하게 말하자면 스텔스 모드였던 전투 체계가 겉으로 드러난 것뿐이었다. 현측과 주갑판에서는 10문에 가까운 스텔스 함포가 튀어나와 이쪽을 노렸고, 함포 바로 밑의 덱에서도 역시 스텔스 모드로 숨겨져 있던 근접 방어용 기관포가 등장했다. 단순히 위장 무늬라고 생각했던 현측의 격문은 내부가 열리면서 유도탄 사일로로 변모했고, 깔끔하게 정리되었던 폐위 마스트는 여러 가지 사통 장비들이 튀어나오자 파고다 마스트처럼 바뀌었다.

한마디로 전투 체계를 모두 드러낸 그 군수 지원함의 모습은 흡사 2차 세계 대전 당시의 전함(戰艦:Battle Ship)과도 비슷했다.

"꺄아아아아아아악!"

반대로 이쪽의 함교는 패닉에 빠지고 말았다. 그도 그럴 것이 포 한문도 설치되어 있지 않다며 방심하고 접근한 배가 알고 보니 중무장한 전함이었다면, 그 어떤 해적이 놀라지 않겠는가.

"미확인 선박, 미확인 선박… 아니, 선생님! 잠시 만요!"

선주는 당황해서 상검망에 대고 애원하기 시작했지만 상대의 반응은 냉정했다.

"우현 부포군! 일제— 쏴!"

소녀의 지시와 동시에 5문의 부포가 동시에 불을 뿜었다.

쾅!

지축을 울리는 소리와 함께 배가 거의 전복 직전까지 갔다가 돌아왔다. 피격 당한 곳은 없는지 재빠르게 살펴보았지만, 이상하게도 배는 멀쩡했다. 어라, 이 정도 거리라면 수동으로 쏴도 맞을 텐데?

내 심정을 읽었는지 사관모를 쓴 소녀가 메가폰에 대고 부가설명을 해주었다.

"후후후… 걱정 하지 마! 일부러 빗겨 쐈으니까!"

"저… 저, 악마 같은 년이!"

수십 미터만 비켜가도 아무런 영향이 없는 육지의 포탄과는 다르게 해상에서는 협차탄*만 맞아도 파고의 영향으로 배가 크게 흔들리기 마련. 물론 중형 급의 함정이라면 포탄에 의해 발생한 파고가 배를 덮친다 해도 항행에 큰 지장이 없겠다마는, 내가 탄 이 조잡한 소형 어선은 대구경 함포의 파고에도 전복 위험을 맛보아야 한다. 한마디로 저들은 고양이에게 잡힌 생쥐처럼 우리를 가지고 놀고 있었다.

"후퇴! 양 현 앞으로 전속! 빨리 가속해!"

내가 타고 있는 어선이 뱃머리를 돌려 도망가려고 하자 소녀는 장난기어린 목소리로 우릴 불러 세웠다.

"다 끝나지도 않았는데 어딜 가시나? 함수, 함미 주포 연동."

---

* 夾叉彈:포탄이 목표물 주위에 떨어졌을 때 목표물 반대방향으로 오차 범위를 줄여가며 쏘는 탄

소녀의 말이 떨어지자마자 부포와는 비교도 안 되게 큰 주포 2문이 이 쪽을 향했다.

"으윽…."

"쏴!"

쾅!

또다시 엄청난 굉음과 함께 포탄이 함교를 스치고 우현에 떨어졌다.

동시에 엄청난 크기의 해일이 배를 덮치자 나는 균형을 잃고 말았다. 무어라 비명을 지를 새도 없이 라이프 라인이 손에서 떨어져나갔다. 허공을 날았다, 라고 생각한 건 한 순간이었다. 나는 쏟아지는 물과 함께 바다 속으로 내던져졌다.

첨벙!

바닷물이 부드럽게 몸을 감싸고 햇빛이 엷어지고 나서야 나는 상황을 실감했다. 온 몸을 떠받드는 해수의 감촉은 부드럽고 편안했지만, 나는 조금도 안정되지 않았다. 눈, 코, 입 속으로 밀려드는 바닷물이 너무나도 고통스러웠기 때문이다. 숨을 내쉬려고 했지만 신선한 공기는커녕 따가운 해수만 기도 너머로 밀려 들어왔다. 그 고통은 너무나도 극심하여 죽음의 신이 목을 조르듯 느껴졌다.

이대로 죽는 걸까? 도대체 내가 무얼 잘못했다고 그래? 두 번이나 타고 있던 배가 피격 당해서 물에 빠졌으니 용왕님께 미움 받고 있다고 해도 과언이 아니다.

팔과 다리를 저어 부유하려고 했지만 근 이틀 동안 아무것도 먹지 못한 몸뚱이는 가누기조차 힘들었다. 바닷물 색깔은 점점 진해지고, 태양빛은 아련해진다. 희미해지는 정신 끝에서 나는 문득 무진함의 동기들을 떠올렸다. 함께 웃으며 밥을 나누어 먹을 수 있는… 그런 사람들이 바로 앞에 와 있었다.

왠지 갑자기 행복해졌다.

그리고 나는 엷은 웃음을 지으며 눈을 감았다—.

이렇게 끝났으면 좋았을까.

그 순간, 갑자기 수면 위에서 무언가가 날아들더니 순식간에 내 옷을 꿰어 들어올렸다. 나는 황급히 옷을 꿰고 있는 뾰족한 갈고리를 더듬어 보았다. …이게 뭐야? 사조묘? 왜 이런 게 여기에 있지?

생각할 틈도 없이 사조묘는 순식간에 나를 잡아당기더니 곧 물 밖으로 끌어올렸다.

"푸학!"

갑자기 입 안으로 차가운 공기가 들어오자 꼴사나운 비명을 지르고 말았다. 누군가가 보았다면 마치 낚시꾼에게 건져지는 한 마리의 청새치 같았으리라. 나는 그런 볼썽사나운 모습으로 다시 갑판 위에 내팽겨 쳐져서 거칠게 숨을 들이키기 시작했다.

후일 돌이켜 생각해보면 우스운 소리지만, 이때 정신이 돌아오자마자 가장 먼저 떠오른 단어는 바로 '낭패'였다. 죽는 것 보다 더한 끔찍한 삶으로부터 간신히 벗어날 수 있었는데, 다시 이렇게 목숨을 영위하게 되다니……. 신은 내가 죽는 것도 허하지 않는단 말인가.

천천히 고개를 들어 나를 끌어올린 상대의 얼굴을 확인했다. 십중팔구 선주의 험상궂은 표정이 있으리라 상상했건만.

"괜찮습니까? 호흡이 불편하거나, 어지럽지는 않나요?"

…다시, 숨이 멎을 뻔 했다.

놀랄 만큼 아름다운 소녀가 시야에 들어왔으니까. 커다란 눈망울과 오뚝한 콧날. 허리까지 내려오는 흑발은 금실이 수놓아진 댕기로 곱게 땋아 내렸고, 앞섶에는 그와 대조되는 빨간 리본이 묶여있었다. 그리고 스커트 밑으로 뻗은 가늘고 하얀 다리까지… 아무리 생각해봐도 내가 타고 있던 새우잡이 노역선에 이런 미인은 존재하지 않았다. 그렇다면 이곳은 노역선이 아니라 방금 전까지 나를 향해 포격을 하던 그 군수 지원함이라는 뜻인데……

"정신이 드는 모양이군요. 다행입니다."

상대의 반응은 놀랄 만큼 싹싹했다. 나는 오랜만에 받는 과한 친절에 어안이 벙벙하여 조심스럽게 말을 꺼냈다.

"당신들은… 누구…"

"아, 소개가 늦었군요. 본 함은 광명학회(光明學會, Illuminati)의 취사 지원함(炊事支援艦) '잿빛 10월(Ash October)'이고, 저는 이 배의 조리장인 이해인 일등병조입니다. 뭐, 이렇게 떠들어봤자 평범한 여성이 이해하지는 못 하겠지만…. 일단 이곳은 안전한 곳이니 마음 놓으세요."

해인이라고 자신을 소개한 여성은 사근사근한 미소를 지으며 마른 수건을 내 어깨에 덮어주었다. 경황이 없어서 그녀의 말을 제대로 듣지는 못했지만, 이 배는 어딘가의 해군 지원함인 모양이었다.

'정말로' 살았다는 안도감과 함께 극심한 갈증이 몰려왔다.

"혹시 물과… 먹을 것을…."

"물과 먹을 것 말입니까? 잠시만 기다리세요. 당번병에게 일러 금방 가져다 드릴 테니."

해인은 몸을 말리라고 주의를 준 후, 뒤에 서 있던 수병에게 손짓으로 지시를 했다. 마른 수건으로 머리를 닦고 있노라니, 곧 세일러복을 입은 여자아이가 종종걸음으로 다가와 주먹밥이 담긴 그릇과 물 주전자를 내밀었다.

정말 먹어도 되는 걸까…… 떨리는 손으로 주먹밥을 받아들었다.

먹는 것이다. 먹을 수 있는 것이다.

윤기가 흐르는 고슬고슬한 외양과 한 손에 쥐어지는 아담한 크기. 그리고 무엇보다도 따듯한 온기에 감동했다. 게걸스럽게 쳐먹고 싶은 욕구를 간신히 누르고, 천천히 밥덩이를 베어 물고 간만의 식사를 즐겼다. 특별히 속은 넣지 않았지만 소금 간을 해서 심심하지 않게 먹을 수 있었다. 무엇보다도 맛이 있고, 영양가가 있는 음식이라는 점이 가장 좋았다. 나는 눈물이 나려는 것을 꾹 참으며 주먹밥을 씹어 넘겼다.

"천천히 드세요. 밥은 많으니까."

해인이라고 이름을 밝힌 소녀가 따듯한 표정으로 나를 토닥거리며 웃어보였다.

아, 이런 인간적인 대우를 받아 본 적이 언제였던가. 군에서도 이렇게 친절하게 말을 걸어준 사관은 없었다. 동시에 그간의 설움이 물밀 듯이 밀려오자, 나는 결국 울음을 터트리고 말았다.

"우으으……. 으으……."

"왜, 왜 그러세요? 밥이 맛이 없었나?"

내가 작게 흐느끼자 무슨 오해를 했는지 해인은 당황해서 발을 동동굴렀다.

"…내버려둬. 여러모로 고생이 많았던 것 같잖니."

옆에서 20대 중반의 여성이 손을 내저으며 내 어깨를 토닥여주었다. 옷깃에 붙은 의무 기장으로 보아 이 배의 군의관인 모양이었다. 한동안 아무 말 없이 흐느끼고 나니, 겨우 마음을 가라앉힐 수 있었다.

흐느낌이 멎은 후, 두 번째 주먹밥을 주워 먹는데 해인이 내 눈치를 보며 군의관과 작은 목소리로 대화하기 시작했다.

"…쇼우코 대위님. 그래도 해적선에 잡혀있었다면… 아무래도 성적 유린을 당하지는 않았을까요."

"하지만 나는 외과 전공의지 부인과 전공의가 아닌데…."

"그래도 기본적인 것은 봐 주실 수 있잖아요?"

"오지랖도 넓어. 참…."

쇼우코라고 불린 군의는 툴툴거린 다음 내게 다가와서 나른한 목소리로 물었다.

"저기, 출신과 이름을 들을 수 있을까?"

나는 별다른 의심 없이 솔직하게 답했다. 아니, 오히려 솔직하게 답해야 뒤탈이 없으리라는 생각에, 과하게 내 신분에 대해 떠들어댔다.

"콜록…. 예, 저는 연방 해군 7함대 71전대 무진함 소속 이원일 병장입니다. 뭐, 원래대로라면 의무 복무가 끝났겠지만… 아직 제대 명령을 듣지 못했거든요. 하하."

농담이라고 던진 말이었는데, 어쩐지 갑자기 주변의 분위기가 싸해지는 기분이었다.

나름 웃자고 한 농담이었는데, 그렇게 썰렁했나? 하지만 또 이렇게 정색할 것은 뭐람.

나는 머리를 긁적이며 마지막 주먹밥을 집어 삼켰다.

"…네?"

해인은 웃는 얼굴 그대로 굳어 있다가, 천천히 되물었다. 해인의 표정은 더 이상 따뜻하지 않았다. 아니, 부모의 원수라도 만난 듯한 차가운 표정이었다.

도대체 왜 그러지? 내가 무슨 이상한 소리라도 했나?

"그러니까 저는 연방 해군 소속의 이원일 병장…"

내가 재차 대답하자 해인은 얼굴을 손에 파묻으며 고개를 저었다. 그리고 천천히 운을 떼듯 재차 내 신분을 확인했다.

"…몇 달 전 어뢰를 맞고 침몰한 그 연방 군함의 승조원말입니까?"

"네, 바로 그 함의 승조원입니다! 알고 계시는군요! 다행입니다. 저는 다른 수병들과는 달리 피격 직후에 해적들에게 잡혀 끌려가서 죽지 않고 살아있었거든요…. 저, 왜 그런 표정을 지으십니까?"

내 말이 끝나자 해인은 아예 고개를 돌려버렸고, 쇼우코 대위만이 어색한 미소를 지으며 고개를 갸웃거리고 있었다.

"그러니까… 어, 그게 말이지… 어? 수염이 없는데? 하, 하지만 연방에서는 여성 수병을 뽑지 않는데…"

쇼우코 대위는 뭐가 그렇게 불안한지 계속 쉴 새 없이 중얼거리며 고개를 젓다가, 마침내 큰 결심을 한 표정으로 내게 물었다.

"…너 남자지?"

"네, 물론 남자입니다만… 무슨 문제라도?"

"아니 그게 말이지… 하하하…"

쇼우코는 억지 웃음을 흘리며 고개를 저었다. 그리고 검지로 내 뒤를 가리키며 불편한 미소를 지었다.

"네가 한 번 직접 봐."

나는 앞머리를 마저 털고 한층 선명해진 시야로 함미를 쭉 둘러보았다.

먼저 내게 음식을 가져다 준 당번병 소녀는 흰 색 카추샤를 든 채로 얼어있었고, 현측에서 담배를 피우던 포니테일 머리의 여성은 담배가 타들어가는 줄도 모른 채 이쪽을 주시하고 있었다. 그 옆에 서 있던 위병 완장을 찬 여자아이들은 혐오스러운 표정으로 총기를 집어 들었고, 탱크톱 차림으로 포탄을 나르던 소녀는 새빨개진 얼굴로 가슴팍을 가렸다. 또한 O-2 덱 위에서 이쪽을 멍하니 내려다보는 풍성한 머리칼의 여성도, 관심 없다는 듯이 바지런히 페인트 통을 나르는 새치름한 눈매의 아가씨들도 전부… 여자였다.

조금씩 상황이 정리되며 한기가 돌기 시작했다. 나는 방금 전까지 여성으로 가득한 화원 한 가운데에서 내가 남자라고 떠들어 댔던 건가. 나는 조심스럽게 다시 말을 꺼냈다.

"…아까 한 말은 못 들은 걸로 해 주시면 안 될까요."

"시끄러워요."

아무렴. 이런 허튼 소리가 먹힐 리가 없지.

해인이 반대쪽 현측을 향해 소리를 빽 내질렀다.

"거기 위병 두 명!"

"네!"

해인의 말에 위병완장을 찬 소녀들이 쪼르르 달려 나왔다.

"이거 바다에 도로 쳐 넣어요."

"Aye, Aye, Maam! (예, 알겠습니다!)"

해인의 말에 조금의 주저함도 없이, 소녀들은 나를 들쳐올려 라이프 라인 너머로 던져버렸다. 불과 몇 십 분 전에 느꼈던 기시감을 다시 느끼며, 나는 현측 아래로 추락했다.

첨벙!

쪽빛의 바다가 다시 시야를 흩트렸다. 아까와는 달리 기력이 조금 생긴

나는 손으로 물을 천천히 저어 수면위로 나왔다. 해수면 밖으로 머리를 내밀자, 머리 위로 명랑한 톤의 이함 방송이 들려왔다.

〈땡! 땡! 존 도(John Doe) 이등병조, 이-함!〉

'존 도"라니. 죽일 셈인가? 아니, 이미 죽은 사람 취급인가? 뭐가 되었든 유쾌한 취급은 아니었다. 내 이름을 제대로 불러주지 않는 점도 기분 나쁘고, 죽은 사람 취급도 기분 나쁘지만… 군인으로서 가장 불쾌한 부분은 이게 아닐까 싶다.

"아까 분명히 이원일 '병장'이라고 했잖아, 머저리들아!"

왜 이 동네의 뱃사람들은 내 계급을 제대로 불러주지 않는지. 한숨을 푹 내쉬고 하늘을 올려다보았다.

하늘은 쌀을 씻어낸 것처럼 부옇고, 사방은 한 치 앞도 안 보이는 해무로 가득 찬 가운데—

내 '잿빛 10월'은 그렇게 시작되었다.

----
* John Doe: 미국에서 가상의 원고(原告)나 시체에게 붙이는 가명

2. 돼지고기 감자조림

-1-

해군 함정의 중앙에 있는 사관실(Ward room)은 옛부터 상급사관, 즉 장교들의 사교 공간이다. 이는 구 영국 해군에서 귀족 출신인 장교들이 예복을 걸어놓기 위해 쓰던 격실을 차와 다과를 즐기는 일종의 카페테리아로 개조한 데에서 유래하는데, 그때문에 '천한 뱃놈 출신'인 수병이나 하급 사관들은 사관실에 출입할 수 없었다. 그리고 이 전통은 현대 해군에도 고스란히 이어져 수병이나 하급 사관들은 특별한 신고가 없다면 사관실에 출입하지 않는 것이 함상 예절의 기본이다. 그런데…

"차 한 잔 더 하시겠어요?"

"아, 네…. 부탁드리겠습니다."

왜 그 수병 나부랭이에 불과한 내가 사관실에 앉아서 차를 마시고 있는 거냐.

물에서 금세 건져진 부분까지는 좋았다. 하지만 의무실에서 몇 시간동안 기본적인 신체검사를 받은 후, 나는 무슨 영문인지 당직 완장을 찬 사관과 함께 사관실로 안내되었다. 그리고 이번에는 차와 다과라는 분에 넘치는 대접이 내게 제공되었다. 몇 달 만에 마시는 차의 향기는 매혹적이었지만, 아까처럼 황송한 대우를 한 후에 바다에 던져버리지는 않을까 해서 빠르게 눈치를 살폈다.

"……."

차는 입에 대지도 않은 채 사관들은 신기한 생물을 보는 양 나를 쳐다보고 있었다. 아까와 같은 노골적인 적의는 느껴지지 않았지만, 나를 향해 쏟아지는 시선 속에서 아무렇지도 않게 차를 마시는 일도 고역이었다. 게다가 예상했던 대로 사관들 역시… 전원 여성이었다.

'여러 여성의 시선을 한 몸에 받는 것도 꽤나 고역이네….'

어쩐지 여고에 들어선 인기남의 기분을 실감할 수 있었다.

"XX 같은 새끼, 두 번이나 물에 빠지고도 좋다고 실실 쪼개네."

정정. 인기남은커녕 여자 탈의실에서 잡힌 변태를 대하는 분위기였습니다.

"그대로 입수해서 죽어버렸으면 좋았으련만."

"저기요…?"

"입은 다물어줄래? 오징어 냄새 나서 못 견디겠다."

고개를 돌려보니 오른편에 앉아 있던 금발 머리 사관이 내게 끊임없이 욕설을 퍼붓고 있었다. 5피트가 될까 말까한 자그마한 체구와 조각처럼 수려한 용모, 그리고 어깨를 타고 흘러내린 매끄러운 금발까지. 만화에서나 나올 법한 미소녀가 입이 험하기로 소문난 뱃사람들도 저리가랄 만큼 지독한 욕설을 쉴 새 없이 퍼붓고 있었다.

…음, 사람은 외모가 다가 아님을 깨닫는 좋은 계기가 되었습니다.

"사람의 목숨을 그렇게 함부로 말씀하시면 안 된답니다, 엘레나 소교."

다행히 차를 나르던 흑발의 사관이 나를 감싸며 엄하게 주의를 주었다. 그 흑발의 사관은 엘레나라고 불린 금발 소녀와는 달리, 미소를 지을 때마다 가느다랗게 흘러내리는 눈매가 아름다운 전형적인 동양 미인이었다. 단지 약간의 흠이 있다면 윤기나는 흑발의 끝이 군도로 자른 양 비죽

비죽 흐트러졌다는 점 정도일까. 하지만 그 덕분에 외견은 더 앳되어 보였다.

"하지만 샤오지에…."

"엘레나 소교."

샤오지에라고 불린 사관이 엄하게 말을 맺으며 노려보자, 엘레나 소교는 불만스럽게 궁시렁거리며 입을 비죽 내밀었다. 사실 물에 빠진 나를 재차 사조묘로 건져 내서 사관실로 데리고 온 사람도 이 샤오지에 사관이었다. 당최 한 쪽에서는 건져내고, 다른 한 쪽에서는 바다로 던지는 이 배의 명령 체계가 어떻게 되먹었는지 의심스러웠지만, 다행스럽게도 샤오지에라는 이 사관만큼은 나에게 호의적이었다.

나는 정신없는 와중에 간신히 시선을 바로잡고 샤오지에의 가슴팍을 흘겨보았다. 음흉한 마음이 있어서가 아니라 제복에 찍혀있는 계급과 성명을 확인하기 위해서였다. 미군식의 약장에 세 개의 아치와 조그마한 별이 수놓아진 표식으로 보아 선임 병조장인 모양이었다. 연방 계급으로 치면 상사 정도 되려나?

"저어… 선임 병조장님?"

내가 머뭇거리며 계급을 부르자 샤오지에는 의외라는 표정으로 손을 내밀며 키득거렸다.

"그렇게 딱딱하게 부를 필요는 없어요. 샤오지에라고 불러주세요. 이 배의 갑판장입니다."

"갑판장?!"

나는 악수하다 말고 비명을 지를 뻔 했다. 갑판장이면 중요한 선임 부사관 중 하나 아닌가. 특히 함내의 군기를 책임져야 하는 엄격한 직책인데, 왜 여기서 차나 타는지 이해가 가질 않았다. 내 의문을 알아챘는지 샤오지에 갑판장은 주먹을 불끈 쥐며 쓸데없는 투지를 보인다.

"매듭법은 미숙할지 몰라도 차 달이는 실력으로는 함내 최고라고 자부한답니다."

…이상한 데서 자부심을 보이는 여자였다.

이런 미심쩍은 자기소개를 곧이곧대로 받아들여야 하나? 나는 차를 한 모금 마시고 다시 사관실을 둘러보았다. 분명 이곳은 일반적인 군함의 사관실과는 다르게 소란하고 어수선한 분위기가 만연해있었지만, 그렇다고 여기 있는 사람들이 군에 문외한인 민간인처럼 보이지도 않았다. 하지만 장난을 치는 것 같지도 않은데….

사관실이 다시 소란스러워지기 시작할 무렵, 사관실 밖에서 노크 소리가 들렸다.

"들어가도 좋습니까? 조리장입니다."

익숙한 목소리에 나는 무의식적으로 출입구를 쳐다보았다가 입을 딱 벌리고 말았다.

"당신은…!"

방금 들어온 소녀도 내 존재가 의외였는지 눈살을 찌푸리며 쌀쌀맞게 물었다.

"…어째서 여기에 있는 겁니까? 존 도 이등병조."

양 갈래로 곱게 땋은 머리칼과 새치름한 눈매. 그리고 조각처럼 반듯한 용모까지…. 그 소녀는 아까 나를 끌어올렸다가 다시 바다에 던져버린 이해인 일등병조였다. 나는 아까 해인이 정색하면서 나를 바다에 던져버린 일이 떠올라 가시돋친 말투로 반박했다.

"저는 이원일 병장이지, 존 도 이등병조가 아닙니다."

하지만 해인은 아무래도 좋다는 투로 어깨를 으쓱거리며 내 말을 무시했다.

"뭐, 썩고 부패하면 다 거기서 거기죠."

"멀쩡히 산 사람을 시체 취급하다니, 뻔뻔함도 유분수지!"

"다 죽어가는 사람을 건져놓은 것도 저희입니다. 어차피 저희가 없었으면 그대로 죽을 운명이었는데 뭘 그리 분개 하십니까?"

"이 배가 포를 쏘지 않았으면 물에 빠질 일도 없었어!"

"아하. 당신에게는 그 새우잡이 어선이 꽤 '살만한' 곳이었나 봅니다? 그런 것 치고는 몸 상태가 엉망인 것 같지만… 원한다면 다시 그 해적선에 당신을 인계해드리지요."

해인의 말에 말문이 턱 막히고 말았다. 나를 그 배로 인계한다는 말이 허황된 공갈이라는 것을 알면서도, 갑자기 두렵고 불안한 마음이 들어 더 이상 대꾸할 수가 없었다. 내가 갑자기 입을 다물자 체념했다고 여겼는지, 해인은 관심을 떼고 다른 사관들을 향해 불만스럽게 말했다.

"그보다 저를 부르신 분이 누구십니까? 저는 저녁식사를 준비하느라 굉장히 바빠서… 혹 식후에 드실 다과나 디저트를 요청하시려거든 당번을 통해 말씀해 주십시오."

그때 가장 안쪽에 있던 여성이 손을 들어 보였다.

"응, 해인아. 내가 불렀는데…. 그리고 보니 디저트로 아이스크림을 먹을 수 있을까나?"

다른 사관들과는 달리 눈을 감고서 적포도주를 홀짝거리고 있었기에 주의를 주지는 않았지만, 들어온 순간부터 사관실의 정중앙에 앉아 묘한 존재감을 풍기고 있던 여자였다. 갈색 빛으로 그을린 피부나 풍성하게 흘러내린 곱슬머리로 보아 아마도 남방 아시아 계통의 여성인 듯 했다.

하지만 나는 정작 그 여자의 계급이나 직책은 알 수 없었다. 깔끔하게 근무복을 입고 계급장을 패용한 다른 장교들과는 달리, 그녀는 반쯤 풀어헤친 블라우스를 입고 정모를 비스듬히 쓰고 있었기 때문이었다. 게다가 주변 사람들을 계급이나 직책이 아닌 이름으로 격 없이 부르는 모습을 보니, 어딘가의 높은 사람일까 싶었다.

"아이스크림은 재고가 거의 남아있지 않습니다. 장교 분들만 드실 거라면 저녁 식사 후에 따로 내드리지요."

해인이 사무적으로 딱딱하게 답했음에도 여자는 생글생글 웃으며 고개를 끄덕였다.

"응응, 고마워. 역시 해인이 밖에 없구나아~. 아, 그러고 보니 그쪽은 원일 군이라고 했나? 원일 군도 아이스크림 먹을래?"

그 여자가 갑자기 나를 향해 말을 걸어오는 바람에 당황해서 대답도 하지 못하고 고개만 빠르게 저었다. 하지만 무엇이 불만이었는지, 그 여자는 한동안 뚱하게 나를 쳐다보았다. 분명 목소리도 나른하고 눈도 공허하게 흔들리고 있었지만, 그 시선에는 묘한 마력이 스며들어 있었다. 그래서일까, 시선이 마주치자 나는 맹수 앞에 선 초식동물처럼 움찔거렸다. 그걸 아는지 모르는지, 여자는 곧 머리카락을 가볍게 매만지며 무심한 투로 말을 돌렸다.

"그럼 하는 수 없지. 해인, 아이스크림은 장교들 것만 따로 부탁할게."

계속 화제가 디저트에서 머무르자 해인은 눈살을 찌푸리며 재차 물었다.

"정말로 아이스크림 때문에 저를 부르신 겁니까?"

해인의 날카로운 일갈이 이어지자 여인은 잠에서 막 깨어난 것처럼 허둥거리며 손을 저었다.

"아, 맞다. 그건 아니야."

그리고 그 여인은 나를 가리키며 느긋하게 말을 이어갔다.

"여기 있는 원일 군의 처우에 관한 문제인데…."

갑자기 내 이름이 언급되자 나는 자세를 고쳐 잡고 귀를 기울였다. 드디어 무언가 군인다운 이야기가 나오려나.

"일단 연방의 군인이었던 네가 그 노역선에 타게 된 경위를 설명해줄래?"

설명 자체는 어려운 일이 아니지만, 누군지도 모를 여성에게 연방 해군의 치욕을 증언하는 일은 껄끄러웠다. 그래서 나는 짐짓 비딱한 말투를 택했다.

"그, 그보다 그쪽이 누군지 밝혀주는 게 예의가 아닐까…요? 국제 해양법에 의거하더라도…."

나는 더듬거리면서도 끝까지 최대한 의연한 척 해군 수병으로서의 자부심을 쥐어짜냈다. 내 반응이 의외였는지 여인은 눈을 동그랗게 떴고, 엘레나 소교는 위협적인 표정을 지으며 이를 드러내 보였다. 순식간에 괜한 소리를 했나 싶은 불안감이 엄습했다. 하지만 예의 같은 부분은 사실 아무래도 상관없었는지, 여인은 곧 어깨를 으쓱 거리며 말했다.

"뭐, 아무래도 좋겠지. 난 이 배의 함장 카밀라 대교야."

나는 잠시 내 귀를 의심했다.

"하… 함장이라고요?"

내 반문에 그 여인은 아무렇지도 않게 재차 선언했다.

"응, 함장(The Captain of Warship). 여기서 Captain은 Lieutenant(대위)라는 뜻이 아니라 'Commander'라는 거 알지? 물론 내 계급은 Captain(대

교)이 맞지만. 헤헤.'"

카밀라 대교는 뭔가 절묘한 농담을 해냈다는 투로 수줍게 웃으며 혀를 깨물어 보였다. 아니, 그런 해군들만 알아들을 것 같은 고난이도의 농담을 던지셔도…….

나는 카밀라 대교가 했던 말과 옷차림을 다시 비교해 보았다. 이 배의 함장이라. 그럼 이 배에서 가장 높은 위치에 있으며. 함내에서 이루어지는 모든 행동을 통제할 수 있는 무소불위의 절대자가 바로 이 여성이라는 뜻이다.

하지만 그렇다 하더라도 배의 총책임자라는 사람이 제복도 제대로 입지 않고 업무 중에 술을 홀짝거리는 태도가 말이나 되는가. 함장은 충원을 압도하는 위엄을 보여야 할뿐더러, 복장이나 행동거지 같은 평소의 모습에서도 모범이 되어야 한다. 게다가 본래 함장이라고 하면 보통 빳빳하게 다려진 해군 정복을 입고 시가를 물은 초로의 사내 아닌가?

지금에 와서 여성 함장이 존재한다는 사실도 파격적인데, 저렇게 얼빠진 누님이 함장이라니!

"역시 조금 이상하긴 하지? 이렇게 여자아이만 가득한 군함에 육감적인 미모의 누님이 함장이라는 것도…. 헤헤."

내 눈치를 읽었는지 카밀라 대교가 멋쩍게 머리를 긁적이며 말을 이었다. 함장 앞에 붙은 수식어가 묘하게 거슬리긴 했지만, 이상한 함선이라는 것 자체는 틀린 소리가 아니었으므로 나는 고개를 끄덕여 긍정했다.

"하지만 어쩔 수 없게도 이 배의 함 행동 자체가 여성이 주로 하는 세심한 일에 맞춰져 있어서 말이야. 편제를 맞추다 보니 우연히 여자 밖에

---

* captain은 육군에서는 대위를 지칭하나, 해군에서는 함장을 의미하여 대령을 뜻한다. 작중 '대교'가 대령에 준하는 계급.

남지 않았거든."

"…그렇습니까."

거친 일투성이인 뱃일 중에 도대체 어떤 게 세심하다는 건지 알 수는 없지만 함장의 말을 들어보니 단순히 가장(假裝)이나 종교적 이유를 목적으로 여자만 승함한 것 같지는 않았다. 나는 결국 미심쩍은 기분으로 천천히 이 배까지 오게 된 경위를 설명하기 시작했다.

내가 담담한 어조로 근 두 달여간의 고초를 설명하는 동안 함장을 비롯한 사관들은 상투적인 탄식도 내뱉지 않았다. 여성들이 듣기에는 조금 잔혹한 이야기였음에도 불구하고 사관들이 다른 세계의 모험담을 듣는 양 흥미진진한 표정을 짓고 있어서 나는 말을 마치기도 전에 맥이 빠져버렸다.

손가락이 잘렸다는 대목에 이르자, 함장은 눈을 반짝이며 다가와 내 손을 들어올렸다. 둘째 마디까지 사라진 검지를 마주하자 함장은 눈살을 찌푸리며 신음을 흘렸다.

"흐으, 꽤 아프게 잘렸는걸."

과연 함장의 말처럼 절단면 끝은 엉망진창이었다. 그 빌어먹을 털북숭이 사내가 이 빠진 칼로 세 번에 걸쳐 손가락을 잘라내는 바람에 절단 부위는 뭉개진 찰흙 덩어리처럼 울퉁불퉁했다. 하지만 함장은 고무 모형을 만지는 사람처럼 아무렇지도 않게 환부를 조물거리기 시작했다.

"으윽…."

나는 낮은 신음 소리를 흘겼다. 제대로 치료받았으면 그나마 좀 나았을 텐데, 엉망진창으로 뭉개진 절단 부위를 그대로 방치하는 바람에 환부는 곪았다가 아물기를 반복했었다.

겉으로는 새살이 완전히 돋아났지만 아직도 안에는 염증이 다소 차 있는지, 함장이 절단 부위를 꾹꾹 누르자 극심한 통증이 밀려왔다.

"아파?"

"당연히 아픕니다. 제대로 된 처치도 받지 못했는데…."

하지만 내 호소에도 불구하고 함장은 계속 장난처럼 손가락과 손가락 끝을 맞대며 눌러댔다. 그러더니 갑자기 고개를 숙이고….

"하웁."

"?!"

내 검지를 이 끝으로 가볍게 물어버렸다.

"이언 어해?(이건 어때?)"

카밀라 대교는 입술로 부드럽게 손끝을 꾹꾹 깨물며 나를 올려다보았다. 마디 끝에서 전해져 오는 통증은 여전했지만… 어쩐지 여성이 아래쪽에서 나를 올려다본다는 사실이 에로틱하게 느껴졌다. 딱히 이상한 생각이 들지는 않았지만, 함장의 눈도 묘하게 선정적이고.

"어, 어떻긴 뭐가 어떻습니까. 통증이야 여전하지요… 아야야, 정말 아프니까 그만 둬 주세요. 그보다 왜 갑자기 손가락을 입으로 무시는 건지… 우왓?"

"츄릅."

통증으로 민감해질 대로 민감해진 마디 끝에 말랑말랑하고 끈끈한 무언가가 닿았다. 무슨 뜻인고 하니, 함장이 혀끝으로 내 손을 핥고 있다…. 나는 어쩌지도 못하고 바들거리며 함장이 손가락을 핥는 모습을 그저 바라만보고 있었다.

분명 그것은 통증이었다. 그러나 이내, 묘하게 배덕적인 기분이 들면서 엉뚱한 쾌감이 등골을 타고 짜릿하게 흐르기 시작했다. 게다가 손가락의 말단부터 팔꿈치를 타고 흐르는 간지러운 느낌 때문에 나는 작게 전율했다. 그걸 아는지 모르는지 함장은 혀를 부드럽게 굴려가며 내 손가락을 부드럽게 탐하기 시작했다. 카밀라 대교가 방금 전까지 술을 마시고 있었기 때문이었을까. 함장이 입을 뗐다가 다시 물때마다 포도주의 달달하고 알싸한 향기가 코끝을 찔렀다. 게다가 손끝에 침이 붙었다가 떨어질 때마다 뭐라 말할 수 없는 음탕한 소리가 나는지라⋯.

"함장님, 식사 후에 입이 심심한 것은 이해할 수 있습니다만, 무언가를 물고 빠시려거든 그 사내의 손가락보다 영양가 있고 위생적인 것을 추천하겠습니다."

해인의 싸늘한 목소리가 들리고 나서야 나는 제 정신을 차릴 수 있었다. 나는 손가락을 반 강제적으로 잡아 당겨 빼고는 몸을 움츠렸다. 도대체 지금 뭘 하고 있었던 거람? 오히려 부끄러워해야 할 쪽은 함장이건만, 정작 달아오른 사람은 내 쪽이었다. 반면에 함장은 손가락으로 살짝 흘러내린 침을 닦으며 아쉬운 표정으로 고개를 끄덕이고 있었다.

카밀라 함장은 킬킬거리며 입맛을 다시더니 나를 보면서 사뭇 진지한 투로 말했다.

"이것도 꽤 나쁘지 않다고? 음, 이것은 동정의 맛이구나!"

상쾌한 표정으로 이상한 소리를 지껄이는 여자였다.

나만 그런 생각을 한 게 아닌지 엘레나 소교는 한숨을 푹 내쉬면서 고개를 가로저었고, 갑판장은 어색한 미소를 지어 보였다. 해인은 어처구니가 없다는 투로 나와 함장을 번갈아 쳐다보더니, 곧 이맛살을 찌푸리며 재차 독설을 날렸다.

"손가락을 빤 이유가 겨우 그런 걸 알려고 하셨던 거라면 시간 낭비라고 조언하고 싶습니다. 이 사내는 딱 보아도 여자에게 인기가 없을 것처럼 생겼으니까요."

"정말 이 여자들은 초면의 상대에게 아무 소리나 막 하는구만…"

나는 손가락을 뒤로 숨기며 궁시랑 거렸다. 확실히 동정이라는 점은 부인할 수 없었지만. 어쩐지 손가락만 빨렸는데, 소중한 무언가도 함께 빨려 들어간 기분이 들었다.

"뭐 아무래도 좋을까나. 원일 군이 고생이 많았다는 건 손가락을 통해서 충분히 이해했어~."

"어쩐지 그 '이해'라는 단어가 제가 알고 있는 것과 많이 다른 것 같습니다만?"

"그냥 넘어가아. 사소한 건 그냥 넘어가자고. 헤헤."

카밀라 대교는 와인을 홀짝거리며 손을 내저었다. 그리고 누구에게라고 할 것도 없이 혼잣말처럼 내가 한 말을 되새기며 중얼거리기 시작했다.

"일단 이야기에 개연성도 있는 편이고, 앞 뒤 정황도 딱 들어맞는데. 저 정도면 신원이 확실하다고 해도 좋겠지?"

나는 곧 그 말이 사관들을 향했음을 깨닫고 그 들을 다시 처다보았다. 사관들 대부분이 그말에 미심쩍은 표정으로 고개를 끄덕였지만, 단 한 사람— 엘레나 소교만큼은 불만스러운 표정으로 손을 들었다.

"함장님께서 무슨 생각을 하시는지는 모르겠지만, 저는 저 자를 신뢰할 수 없습니다."

"응? 그럴 리가. 이 아이한테서 거짓말의 맛 같은 건 나지 않았다고?"

거짓말의 맛은 대체 뭡니까. 또 함장이 헛소리를 하나 싶었다. 엘레나 소교도 같은 생각이었는지 함장의 말을 깔끔하게 무시하고 다시 제 이야

벌 벌레고기 감자조림

기를 하기 시작했다.

"일단 저희와 최근 사이가 틀어진 연방 출신의 군인이라면 의심을 해 보아야 합니다. 게다가 저 사내가 고의적으로 거짓말을 했는지는 모르겠지만, 무진급 호위함을 일격에 침몰시킬만한 어뢰라면 잠수함용 중어뢰밖에 없습니다. 반동이 심해서 여간한 구축함에도 장착하기 힘든 것을 개조 해적선에 달았다고 보기는 힘듭니다."

"음… 경어뢰로는 안 될까?"

"경어뢰로는 무진급 호위함의 복각식 격벽을 관통할 수 없습니다. 물론 운 좋게 탄약고에 맞혀서 연쇄 폭발을 일으킨다면 가능성이 아주 없는 것은 아닙니다만, 단 한발로 승부를 봐야 하는 해적선의 입장에서는 그런 모험을 택할 리가 없습니다."

소교의 말은 논리적으로는 지극히 옳았다. 직접 그 해적들의 공격을 받지 않았다면 나라도 그렇게 생각했을 터다. 하지만 나는 실제로 어뢰 공격을 받았을 뿐더러, 엘레나 소교의 말은 심히 공격적이었다.

"…어찌되었든 저는 저 동정남의 얼빠진 모험담을 들어주느니, 참치 먹이로 던져버리는 쪽이 유익하다고 봅니다."

"잠깐, 잠깐만요. 엘레나 소교라고 하셨습니까?"

나는 머리를 감싸 쥐며 엘레나 소교의 말에 끼어들었다. 참으려고 했지만 아까 전부터 이어지는 욕설과 비방에 나도 적잖이 화가 난 터였다. 나는 비아냥거리는 어투로 엘레나 소교에게 일갈을 날렸다.

"딱 보아도 행정직이나 전자전 계열 사관 같은데, 무기는 제원이 같아도 사용자나 상황에 다르면 다른 결과가 나오는 법입니다. 최근에 개발된 20식 지향성 탄두를 이용하면 경어뢰로도 충분히 호위함을 침몰시킬 수 있습니다. …그리고 보니 그쪽의 사관께서는 지향성 탄두가 뭔지는 아십니까?"

나는 그렇게 말을 하면서도 엘레나 소교가 심하게 골을 낼 거라고 생각했다. 안 그래도 비등점 낮아 보이는 사람에게 노골적인 비아냥거림을 던졌으니 욕설이 아니라 주먹이 날아와도 이상하지 않다고 생각했다. 하지만 놀랍게도 엘레나 소교는 욕설이나 주먹을 날리는 대신 희미한 조소를 흘리며 나를 쳐다보았다.

"멍청한 놈. 여기 포술장이 나다. 반편이 새끼야."

"네, 포술장이시라면… 엥? 포술장?"

나는 의외의 사실에 놀란 나머지 내 처지도 잊은 채 본심을 쏟아내고 말았다.

"소총도 못 들 것 같은 그 조그마한 체구로 포술장직을 수행한단 말입니까?"

포술장이라 함은 함 전반에 걸쳐 모든 병기와 사통체계를 관리하는 무장 계열 최고 사관을 의미한다. 아무리 장교라 해도 직접 포탄을 만져보고, 비상시에는 수동 조준까지 할 줄 알아야 하기 때문에 대부분 포술장은 함내에서 가장 억세고 강인한 이미지를 갖고 있었다. 그런데 엘레나 소교의 외모는 포술장이라기 보다는… 인형놀이를 더 좋아할법한 어린 아이에 가깝지 않은가. 하지만 이러한 내 반응은 긍지 높은 포술장의 심기를 크게 거스른 모양이었다.

"이 자식이 어디서 입을 함부로 놀리는 거야, 앙?"

엘레나는 입을 씰룩거리며 순식간에 요대에서 권총을 뽑아들었다. 엘레나 포술장이 내게 총구를 겨누자 또 샤오지에 갑판장이 눈살을 찌푸리며 끼어들었다.

"엘레나 소교."

"우으…"

무언가 미적지근한 긴장감이 사관실 안에 가득 퍼졌다. 총을 든 소녀와 그 총구 앞에 선 거지꼴의 선원을 중재하는 사람치고는 너무나도 느긋했다. 심지어 샤오지에는 어린 아이를 타이르듯 엘레나 소교의 머리를 토닥이며 짐짓 엄하게 읊조렸다.

"착한 아이는 그러면 안 된답니다."

유치원생에게도 먹히지 않을 성싶은 유치한 협박이었지만, 놀랍게도 엘레나 소교는 부르르 떨다가 요대에 권총을 거칠게 꽂아 넣었다.

"으으… 알겠어요. 안 죽이면 되잖아요!"

엘레나 소교는 제 분을 못 이겨 한동안 골골대다가 내게 얼굴을 들이밀며 소리를 질렀다.

"이 튀겨 먹어도 시원찮을 반편아, 잘 들어! 네 놈이 말한 지향성 탄두는 누구보다도 내가 잘 알아! 어뢰 라이선스가 나한테 있으니까! 만약 20식 지향성 탄두를 장착한 어뢰가 특정 조직이나 국가에 판매되었다면 당연히 내가 제일 먼저 알아차렸을 테니까 지랄 마!"

지향성 탄두의 라이선스가 여기에 있다니? 지향성 탄두를 장착한 어뢰는 고가에 거래되는 최신식 무기이다. 그런 최신 무기의 라이선스를 갖고 있다는 말에, 당최 무슨 소리인지 이해가 가지 않아서 말을 더듬었다.

"라, 라이선스가 당신에게 있다니, 대체 그게 무슨…"

그때, 해인이 아까 했던 말이 머리를 스치고 지나갔다.

'본 함은 광명학회의 취사지원함인 잿빛 10월입니다.'

"…광명학회, 말입니까?"

"응, 그래. 이 배는 광명학회 소속의 군함이야. 경제 신문 같은데서 한번쯤은 들어봤지? 어뢰를 비롯한 광명학회의 모든 해상 무기는 대부분 여기 있는 엘레나 양의 주도로 개발된 거라고."

카밀라 대교는 자랑스러운 표정으로 가슴을 펴며 으스대 보였다. 물론 광명학회의 이름이야 신문에서 가끔 들어봤지만, 썩 좋은 의미로 언급된 적은 없었다. 내가 들은 바에 따르면 광명학회는 최첨단의 무기나 군수품을 만들어 전쟁 중인 국가들에게 팔아치우는 기술 본위의 이상한 신념을 가진 천재들의 모임이라고 했다. 물론 연방군에서도 광명학회의 무기를 가끔 구매하긴 했지만, 국적 불명의 집단이 한 국가의 존망을 좌지우지 할 정도의 강대한 재력과 기술, 군사력을 갖고 있다는 사실은 꽤 껄끄러운 일이었으므로 언론 이미지는 상당히 나쁜 편이었다. 그때문에 나는 약간 거리를 둔 채 쏘아붙이듯 물었다.

"그럼 왜 광명학회가 이런 분쟁 수역에서 움직이고 있는 겁니까?"

"분쟁 수역?"

카밀라 대교는 작은 크래커 조각들을 입에 던져 놓고 한동안 우물거리더니 낮게 웃었다.

"아⋯. 역시 '민간인'들한테는 그렇게 알려져 있었나?"

멀쩡한 군인을 앞에 두고 민간인이라니. 나는 항의의 뜻으로 짐짓 얼굴을 찌푸려 보았지만, 함장은 어린 아이의 투정을 대하듯 천연덕스럽게 히죽거리며 물었다.

"원일 군. 연방이 왜 전체 해군력의 상당 분을 투사해가면서 동중국해의 주도권을 잡으려고 하는지 알아?"

"그야 해저 자원 때문 아닙니까? 그 근처 광구에서 액화 가스와 망간 등이 발견되었으니까요."

"뭐, 그것도 이유가 될 수 있지만⋯ 네가 연방의 정치인이라면 매장량도 불확실한 심해의 해저 자원을 채굴하기 위해 온갖 불이익을 감내하고 전쟁을 하겠니?"

나는 꿀 먹은 벙어리마냥 한동안 벙 쪄있었다. 하기야 이 곳에 매장된 해저 자원을 개발하려면 막대한 채굴비용이 필요하다. 심지어 최근 대두되고 있는 대체 에너지 개발 붐으로 인해 석유 자원의 가치는 하락세에 있다. 석유가 탐난다 해도 인근 국가에게 지탄을 받고 국제 사회로부터 경제 제재를 받는다면 해군력을 물리는 편이 더 싸게 먹힌다.

하지만 연방은 해군을 물리기는커녕 점점 더 많은 군함과 병력을 해역 근처에 투입하고 있었다.

군인으로 살았던 지난 2년간 나는 그 점을 한 번도 의심치 않았다. 아니, 의심해서는 안 되었다. 나는 충실한 종복처럼 국가가 시키는 대로 움직였고, 국가가 적이라 지정한 상대와 맞서 싸워야 했으며 내게 주어진 정보 외에는 그 무엇도 궁금해 하지 않았다.

그런데 지금에 와서 그런 소릴 한다고 해도….

내 혼란을 알아챘는지 카밀라 대교는 눈웃음을 치며 의미심장한 말을 던졌다.

"국민의 세금으로 움직이는 국가가 무언가 비효율적인 일을 하고 있다면 국민에게 공개하기 싫은 꿍꿍이가 있다는 뜻이지."

함장은 학생에게 새로운 것을 가르치는 선생님처럼 손가락을 가볍게 휘저어 보였다. 그렇게 말하는 카밀라 대교의 표정은 너무나도 천진하여 내가 그게 무엇이냐고 물으면 바로 답해줄 듯했다. 하지만 내가 아직 군인 신분인 이상— 더군다나 포로인 이상 자국의 치부에 대해서 너무 많은 것을 알아도 문제가 된다.

…영리한 개는 호기심 때문에 죽는 법이랬다. 궁금증을 최대한 꾹 누르며 화제를 돌렸다.

"저, 그보다 다시 제 신병에 관한 이야기를 했으면 좋겠습니다만."

"…재미없게시리."

내 반응에 실망했는지 카밀라 대교가 투덜거리며 입을 쑥 내밀었다. 하지만 나는 함장을 무시한 채 천천히 내 할 말을 시작했다.

"구조해 주신 것과 더불어 베풀어 주신 인도적인 처우에 대해 깊은 감사를 드리지만, 저는 연방의 군인입니다. 국제 법에 의거하여 저를 본국으로 인도해 주셨으면 합니다."

내가 생각해도 퍽 정중하고 일리 있는 부탁이었다. 포로로 잡힌 군인을 본국으로 송환하는 데에 다른 이유가 무엇이 있겠는가. 나는 카밀라 대교가 어지간히 성격이 비뚤어진 사람이 아니라면 내 의견을 수용하리라 생각했다.

하지만 카밀라 대교는 환하게 웃으며 고개를 저었다.

"응. 그건 안 돼."

"왜, 왜 입니까?!"

이 여자, 성격이 어지간히 비뚤어졌나?

"…무슨 무례한 생각을 떠올리는지는 모르겠지만, 아까도 엘레나가 말했잖아? 연방은 우릴 싫어한다고."

함장은 손가락을 꼽으며 대답을 이었다.

"그러고 보니 연방 함정이 우릴 보자마자 포격을 날린 경우가 벌써 7번. 적의가 없음을 알렸음에도 계속 공격을 멈추지 않은 것은 3번… 이정도면 암묵적으로 적대 관계에 있다고 봐도 틀리지 않잖아?"

"그… 그런…"

연방과 광명학회 사이에 무슨 일이 있는지는 모르겠지만, 그 정도면 적대 관계에 있다고 봐도 좋은 상황이었다. 불가침 협약을 맺기 전까지 포로 교환은 불가능하리라. 하기야 포로를 돌려준다는 이유로 비밀 결사 단체인 광명학회가 제 위치를 연방에 알려줄 리도 없지만.

"그럼 인도적 차원에서 부탁드리겠습니다만…."

나는 끙끙거리다가 마지막 묘수를 쥐어 짜냈다.

"제 3국의 영토에 놓아주실 수는 없겠습니까? 무기나 호위, 식량 같은 것은 일절 요청하지는 않을 테니, 아무 항구나 해안에 저를 놓아 주십시오. 그럼 저 혼자서 가장 가까운 영사관을 찾아가 귀환하겠습니다."

이 정도면 허락해주리라 생각했다. 어차피 이들은 연방과의 확전을 원하지도 않으니 나에게는 포로로써의 가치도 없고, 뒤봐야 식량만 축내는 짐짝이 될 테니 과감하게 '나를 버려달라'고 요청했다. 하지만 이 조차도 오산이었다.

"미안. 정말 미안하지만, 그것도 안 돼."

"어, 어째서입니까!"

카밀라 대교는 멋쩍게 머리를 긁적이며 유감이라는 표정을 지었다.

"아까 말했던 '연방의 끙끙이' 말이야. 우리도 같은 목적을 갖고 이 해역에 나와 있는 거라서… 당분간 육지로 돌아갈 계획이 없거든?"

"그, 그래도 식량이나 청수를 보급하러 상륙은 해야 하잖습니까!"

"우리는 청수를 자체 담수화 장치로 보급하고, 식량은 근처의 섬에서 직접 현지 조달받아. 그래서 당분간 대륙과 이어진 육지에 상륙할 계획은 없는데…. 헤헤."

나는 마지막 희망을 쥐어짜내듯 질문을 던졌다.

"그 당분간이란 얼마나…."

"한… 6개월?"

"망했다…."

나는 갑자기 절망스러운 기분에 휩싸였다. 6개월간 항해를 계속할 배에 구조되었으니 다른 곳으로 도망칠 방법은 없었다. 물론 상륙 주정이나 구명정을 쓴다면 나 홀로라도 도망칠 수 있겠지만, 그런 비싼 장비를 나 하나 살리자고 줄 성싶진 않았다. 그럼 계속 이 배에 있어야 한다는 뜻인데….

"그럼 저는 어찌 되는 겁니까?"

나는 불안한 기분으로 주위를 둘러보았다. 어쩐지 사관들의 표정이 싸늘하게 변한 것 같다. 그래, 안 그래도 식량과 공간이 늘 모자란 해군 함정에 6개월짜리 밥버러지가 들어왔으니 짜증이 날만도 하다. 게다가 여자만 가득한 배에 남자라니….

카밀라 대교도 어쩐지 냉소적인 투로 천천히 말을 이어가기 시작했다.

"글쎄. 우리 '잿빛 10월'도 신사적으로 손님을 배웅해드리고 싶지만, '손님 배웅'을 해드리기에는 우리도 사정이 여의치가 않아서 말이지. 아무래도 지금은 국제 법보다는 이 배의 규칙을 우선시해야 할 것 같은데?"

"이 배의 규칙이라면…."

순간 주마등처럼 중세시대의 해상 처벌법이 눈 앞을 스치고 지나갔다. 물과 식량 없이 바다에 표류시키기, 선수상에 산채로 못 박아 죽이기, 함교에 매달아 바짝 말려 육포 만들기, 산채로 껍질 벗겨서 범포 만들기….

하지만 함장의 입에서 나온 '규칙'은 조금 의외였다.

"일하지 않는 자, 먹지도 말라!"

"네?"

의외의 상식적인 격언에 얼빠진 소리를 내고 말았다.

"말 그대로야. 당분간 이 배에 머물 거라면 일손을 도와줬으면 좋겠는데. 배라는 건 아무리 자동화를 시켜놔도 늘 사람 손이 모자라기 마련이거든. 앉아서 식량을 축내는 것 보다 일을 돕는 게 서로에게 유익하지 않겠어?"

"그야 그렇지만…"

나는 불안한 표정으로 주위를 둘러보았다. 아니나 다를까, 이해인 일조가 눈에 쌍심지를 키며 함장에게 항의하기 시작했다.

"하, 함장님! 그럼 이 사내를 잿빛 10월의 승조원으로 착임시킨다는 말씀이십니까?"

하지만 함장은 너무나도 태연하게 고개를 저으며 씩 웃었다.

"아니, 아니. 정식 승조원은 아니고… 일단은 비정규직이라고 해둘까? 그리고 원일 군은 전 함에서 의무관으로 근무했으니 이곳에서도 의무관으로 계속 일 해줬으면 좋겠어."

"경의부의 직별장으로서 그건 곤란합니다! 아무리 일손이 부족하다고 하지만, 계급도 무훈도 없는 민간인을 함내 부서에 마음대로 집어넣을 수는 없습니다. 각 부서에는 계급 체계가 있고, 또 그에 따른 군기가 존재하…"

함장은 이상하다는 투로 해인의 말을 도중에 자르며 끼어들었다.

"무슨 소리야, 계급도 무훈도 없는 민간인이라니."

함장은 테이블 위에 놓인 스크랩 철을 뒤적이더니 연방에서 발간한 영자 신문 한 부를 꺼내 보였다(해상에서 받는 보급품에는 신문과 잡지 등도 포함된다. 일반적으로 신문은 한 달 치씩 스크랩하여 사관실에 비치한다). 그 신문은 무진함이 침몰된 직후에 발간 된 일간지였는데, 거기에는 놀랍게도 내 사진과 이름이 실려 있었다.

〈동성 무공 훈장 추서(追敍) – 고(故) 이원일 하사〉

"훈장…? 거기에 일 계급 특진?"

"이원일 '일등병조'는 '죽은 사람'이지만 엄연히 무공을 세운 현역이라고? 그런고로! 함 총원은 원일 군에게 해군 일등병조에 걸 맞는 대우를 해줬으면 좋겠어, 이상."

"에에에에에?"

그 말 같지도 않은 선언에 사관실에 있던 사람들이 일제히 비명을 내질렀다. 간신히 정신을 차린 해인이 가까스로 마지막 항변을 했지만,

"자, 잠깐만요! 아무리 그래도 이 사내는 잿빛 10월에 대해서 아무것도 모르는 신참인데!"

"그건 해인 양이 알려주면 되잖아? 하암. 난 이만 슬슬 자러갈게. 나 없다고 부장 너무 괴롭히지 말고. 바이바이."

…결국 씨알도 먹히지 않았다.

함장이 떠난 사관실은 한바탕 전투를 치르고 난 함교 마냥 부산스럽기 그지없었다. 해인은 무어라 형언할 수 없는 표정을 지으며 멍하니 있었고, 포술장은 입에 담기도 거북한 욕을 쉴 새 없이 쏟아 내었으며, 갑판장은 생글생글 웃으며 차를 홀짝이고 있었다.

내 탓은 아니었지만 어쩐지 함장을 향한 적의는 고스란히 내게 돌아왔고, 나는 어찌할 바를 모르고 홀로 쭈뼛거리기만 했다. 나는 내게 쏟아지는 싸늘한 시선을 짐짓 모른척하며 얼굴을 손에 파묻었다.

…어머니. 저, 어머니가 바라시던 판검사는 되지 못했지만 하사가 되었

어요.

"하여간 사관들이란 이래서 문제라니까요. 일 하나 던져주고 누군가 알아서 해주겠지, 하고 손을 놔 버리면 어쩌자는 겁니까. 아마 사관들은 이 배가 자동으로 청결해지고, 자동으로 식량을 조달해서, 자동으로 포를 쏘는 줄 알겁니다."

사관실에서 나온 직후부터 해인은 노골적으로 불만을 표시하며 중얼거리고 있었다. 물론 갑작스럽게 나타난 외부인을 자신의 부서에 떠맡게 된 부담감은 충분히 이해하지만, 사실 나도 좋아서 된 처지가 아닌데 일방적으로 푸념을 듣자니 좀 억울한 기분이었다.

"어… 그러니까 이해인 일조?"

내가 말을 걸자 해인은 나를 돌아보며 쌀쌀맞게 대꾸했다.

"그냥 조리장이라고 불러주십시오. 전에도 말했지만 그게 제 직책입니다."

"네, 조리장… 님."

묘한 압박감 때문에 뒤에 '님'자를 붙이자 해인은 눈살을 찌푸리며 고개를 저었다.

"경어를 쓸 필요는 없습니다. 함장이 말했듯이 이 배에서 저와 당신은 똑같은… 으음, 일등병조니까요. 동 계급의 사관끼리 존칭을 쓰는 것도 이상하잖습니까?"

나는 '그러는 너도 존댓말을 쓰고 있는데요…' 라고 말하려다 해인의 불만스러운 표정을 보고 그만두었다. 어쩌면 해인은 내가 일등병조의 자격이 없다고 생각하는 것일지도 모르겠다.

"이런 설탕이 뚝뚝 떨어질 것 같은* 사람에게 일등병조의 직책을 맡기다니."

…정정. 아무래도 일반 수병 이하로 보는 모양이다.

하지만 무슨 불만이 있으랴. 나는 앞으로 근 6개월 동안 이곳에서 승조원처럼 지내야 했고, 해인은 내 직속상관이나 다름없는 사람이었다. 그래서 최대한 해인의 심기를 맞춰주려 했다.

"어, 어쩐지 고생이 많았나 보네…"

"물론이죠! 이 배의 인간들은… 음식 맛뿐 아니라 식품 위생의 기본도 모르는 사람들이에요! 그래놓고선 화학 조미료로 가득 찬 싸구려 인스턴트는 맛있다고 하지요. 정말… 이 배의 셰프로서 참을 수 없는 일입니다!"

"네, 네. 어련하시겠습니까."

적당히 맞장구를 쳐주며 해인을 찬찬히 뜯어보았다. 해인의 가는 눈썹은 화가 나서인지 뒤집어진 여덟 팔 자 모양을 하고 있었고, 뺨은 살짝 상기되어 있었다. 거기에 못마땅하다는 듯 비죽이 내밀어진 불그스름한 입술은…

"흐음…"

이런 상황에서 말하기엔 우스운 소리지만, 해인은 정말, 화난 모습까지도 미인이었다. 뱃사람이 하는 농담 중에 미인을 배에 태우면 배가 이를 질투하여 일부러 기관 고장을 낸다는 말이 있다. 해인 정도의 미소녀를 태우고 다니려면 이 배의 기관장은 사흘에 한 번씩 엔진을 교체해야겠는걸. 그렇게 실없는 농담을 떠올리며 쿡쿡 웃고 있노라니, 해인이 불쾌하

---

* 뱃사람 속어로 설탕이 뚝뚝 떨어진다는 것은 숙련되지 않은 선원이라는 뜻. 반대로 숙련된 선원은 소금기가 배었다고 말한다.

다는 표정으로 나를 노려보았다.

"으… 뭔가요, 그 괴상한 표정은."

"으, 응? 아, 아무것도 아니야!"

생각이 들켰을까봐 황급히 도리질을 치며 시선을 회피했다. 하지만 해인은 그런 나를 더욱 의심스러운 표정으로 노려보기 시작했다. 나는 해인이 화를 낼 거라고 생각했지만, 오히려 해인은 꿍한 표정으로 입을 비죽이며 의기소침한 태도를 취했다.

"으음… 물론 이런 지원함의 주방장 따위가 셰프라는 표현을 쓰는 게 우스워 보일지도 모르겠지만."

"아니, 그런 생각은 전혀 안 했거든?"

"변명하지 않으셔도 됩니다. 하지만 저도 육상에서 적당한 절차를 밟아서 셰프로서의 경험을 차곡차곡 쌓아갔다면 지금쯤 미슐랭의 별을 받을 만한 고급 레스토랑에서 최고급 식재료를 조리하고 있을 텐데… 전들 이런 곳에서 군인들의 식사를 만들게 될 줄 누가 알았겠나요. 으으…."

뭔가 어두운 과거가 살짝 지나간 것 같지만 못 들은 척 했다. 사연 한두 가지 없으면 그게 어디 뱃사람인가. 하지만 해인은 곧 언제 그랬냐는 듯 얼굴빛을 고치며 훈계하는 투로 다시 말했다.

"그러나 어떤 음식을 만들든지 음식을 만드는 사람에게는 자부심이 있어야 합니다. 그건 비단 조리사뿐만 아니라 의무사인 당신에게도 해당됩니다. 저로서는 인정하긴 싫지만… '잿빛 10월'의 승조원이 된 이상 스스로의 일에 자부심을 품으십시오."

해인의 말은 조금 의외였다. 아무리 마음에 들지 않아도 일단 명령이 내려졌다면 따르고, 그에 걸맞은 책임감을 갖는다는 뜻인가. 군인으로서 존경심이 들 만한 자세였다.

"…그래봤자 설탕 냄새 나는 건 마찬가지지만."

정정. 이 여자는 그냥 아무 소리나 막 하는 모양이다.

그 외모가 아까울 정도다.

해인은 걷는 내내 주머니에서 수첩을 꺼내 무언가를 휘갈기고 있었다. 곁눈질로 보니 수량 같은 무언가를 적고 있었는데, 아마도 재고를 체크하는 모양이었다.

"그보다 나는 이제부터 무얼 하면 좋을까?"

"흐음. 글쎄요, 먼저…."

"우왓?!"

갑자기 해인이 내 팔을 더듬는 바람에 비명을 질렀다. 해인은 흥미로운 표정으로 내 팔뚝을 쿡쿡 찔러보기도 하고, 손목을 당겨 팔뚝에 돋아난 핏줄을 만져보기도 했다. 해인의 차갑고 가는 손가락이 내 피부 위를 스칠 때마다 나는 간지러워서 몸을 작게 떨었다.

…하지만 그 행위는 솔직히 남녀 간의 '탐미'라기보다는 정육 센터의 고깃덩어리 취급을 당하는 기분이라, 그다지 유쾌하지는 않았다.

"도대체 지금 뭘 하는 건지…."

곧 해인이 고개를 끄덕이며 무심하게 중얼거렸다.

"이 정도면 최소한의 근력은 남아 있겠군요. 하도 못 먹고 빼빼 말라서 제 몸이나 가눌 수 있을까 걱정 했습니다만."

"실례잖아."

아까도 생각했지만 이 배의 여자들은 배려라는 것을 모르는 인종 같다. 나는 뭐라 한 마디 정도 쏘아붙일까 하다가 그만두었다. 그런 내 심정을 아는지 모르는지, 해인은 의미심장한 표정을 지으며 나를 손짓으로 불렀다.

"따라오십시오. 해야 할 일이 있습니다."

나는 영문도 모른 채 해인을 따라가기 시작했다.

해야 할 일? 이 배에 대해서 아무것도 모르는 신참내기가 할 수 있는 일이 있을까 싶다. 해인은 배 우현의 통로를 따라 한참을 걷더니, 함미의 해치 보드에 달린 자물쇠에 키를 끼웠다. 자물쇠는 이중으로 걸려 있었는데, 총기나 탄약 같은 중요 군수품을 보관하는 곳일까 싶었다.

"내려오시죠. 사다리가 미끄러우니 실족에 주의하시고요."

해치가 열리자마자 해인은 날렵하게 수직 사다리를 타고 아래로 내려 갔다. 나는 도저히 엄두가 나지 않아 천천히 발을 한 걸음씩 내딛으며 아래층으로 내려갔다. 그리곤 사다리 아래 펼쳐진 풍경을 마주하자 나도 모르게 탄성을 지르고 말았다.

"…우아."

그곳에는 여간한 육상 부식창고에 맞먹을 만큼 넓은 공간이 펼쳐져 있었다. 게다가 그 넓은 공간이 오로지 식재료만으로 가득하다는 점은 나를 한 번 더 놀라게 했다. 일단 즉각 취식형 레토르트 군용식이 가장 많았고, 그 다음으로는 쌀과 밀가루, 감자 같은 주식 순이었다.

그 밖에도 음료수나 과자 같은 증식들도 여느 항구의 보급 창고를 방불케 할 정도로 쌓여 있었는데, 아무리 봐도 그 양이 항해에만 쓰기에는 과해 보였다.

"이, 이게 대체…"

"으음. 전에 들어온 감자가 아직 충분히 남아있었던가."

해인은 들은 체도 하지 않고선 내게 감자 상자를 세 박스나 떠 안겼다. 상자를 들자 흙냄새가 훅 끼쳐왔다. 상자의 귀퉁이를 조금 들어 안을 보자 아직 흙도 털어내지 않은 신선한 감자가 상자 안에 가득 들어있었다.

해상 보관 치고는 꽤 양호한 상태였다.

"일단 그 상자부터 저기에 있는 식료품 엘리베이터로 옮겨 주십시오. 다 끝나면 여기에 있는 나머지 식료품도 다 똑같이 옮겨 주시고요."

"어… 어."

나는 얼빠진 사람처럼 대답하고는 감자 상자를 식료품 엘리베이터까지 날랐다. 그러는 사이에도 해인은 아까 그 수첩에 뭔가를 끼적이며 중얼거리고 있었다.

"아무래도 감자부터 소모하는 쪽이 좋겠지. 돼지고기도 아직 여유있는 편이고…. 하지만 기름진 음식을 연달아 먹으면 쉽게 물리니까, 튀김은 자제하고 대신 채소의 비율을 좀 높일까… 당근 유통기한이 언제까지더라…"

"저, 지금 안 바쁘면 지금 뭘 하는 건지 설명해 줄 수 있을까?"

해인은 무슨 당연한 걸 묻느냐는 투로 쏘아 붙였다.

"오늘 저녁에 무얼 먹을지 계획을 짜고 있습니다."

"어… 그런데 내 생각이 틀린 게 아니라면 방금 준 감자만 해도 100인분은 족히 되는 것 같은데?"

"그렇습니다. 대략 200인분의 식자재가 필요합니다."

"이 배에 사람이 그렇게 많아?"

"아닙니다. 대략 80명 내외로 함 규모에 비하면 적은 편입니다."

"……."

뭔가 미묘하게 말이 겉돌았다. 저게 무슨 의미지? 하지만 곧 해인이 다른 지시를 내리는 바람에 나는 생각 하는 것을 그만두었다.

"일단 여기에 있는 흙 당근과 양파 상자를… 그리고 간장도 조금 더 필요하겠군요. 한 상자만 꺼내서 가져다주십시오. 그게 다 끝나면 저쪽

냉동 창고의 입구에 있는 돼지고기도 3상자 꺼내 오시면 됩니다."

해인이 재고를 체크하는 동안 나는 지시한 박스를 바지런히 날랐다. 200인분 식재료료라고 해도, 시간은 그리 오래 걸리지 않았다. 10분도 지나지 않아서 나는 해인이 지시한 모든 식재료를 식료품 엘리베이터에 가져다 놓을 수 있었다. 끝나고 엘리베이터가 향하는 곳을 올려다보니 바로 위층이었는데, 아마도 이 위에 자리 잡은 조리실로 바로 연결되는 모양이었다. 함 중앙의 메인 덱에 위치하고 있으려나.

"저, 다 옮겼는데…."

"그렇습니까? 흐음. 그럼 이걸 들고 따라오십시오."

해인은 무신경하게 꺼내 놓은 청주와 설탕을 내게 안기고 또 먼저 종종 걸어가기 시작했다. 나는 내가 지금 객실구처라고는 해도 조리장의 잡역부처럼 부리는 양이 못마땅했다. 아무리 그래도 같은 계급인데. 하지만 신참내기인 이상 대뜸 불만을 표시할 수도 없어서 잠자코 있었다.

다시 수직 사다리를 올라 함 중앙으로 걸어가고 있노라니, 누군가가 저쪽에서 황급히 뛰어오는 모습이 보였다. 리본으로 묶은 세일러복과 하얀색의 사선 계급장을 보아하니 수병인 모양이었다.

"아, 셰프. 여기 계셨군요."

그 수병은 간단하게 경례를 올려붙이고 해인에게 다가왔다. 감색 세일러 모 밑으로 보이는 얼굴이 어쩐지 낯이 익다 싶었더니, 아까 내게 먹을 것을 가져다 준 당번병이었다. 카페오레 빛의 피부와 검고 동그란 눈을 보아하니 인도계일까. 가슴팍에는 'TRISHA'라는 금실 자수가 이름표에 새겨져 있었다. 트리샤, 라고 읽으면 되는 걸까?

"안 그래도 쌀 씻는 작업을 모두 완료 했는데도, 오시질 않으셔서 무슨 일이라도 있나 해서… 어…? 히, 히이이익?"

트리샤 수병은 말하다말고 뒤에 있는 나를 보고 소스라치게 놀라더니 뒷걸음질 쳤다.

그렇게 알기 쉬운 태도를 취해도 꽤 상처받는 데 말이지.

"셰, 셰프! 저… 저 사람은 아까 그 남자…."

"그래요. 아까의 그 남자입니다. 무슨 문제라도?"

수병 소녀는 조금 주저하더니 해인의 귓가에 대고 작게 소곤거렸다.

"…죽은 거 아니었나요."

어이, 다 들린다고. 그보다 산 사람을 두고 죽었다니, 말이 심하잖아?

"애석하게도 갑판장님이 다시 구조한 모양이에요."

"애석하다니…. 저기, 이해인 일조님? 속마음이 마구 드러나고 있는데요?"

"게다가 정말 함장님께서 이 배의 의무장으로 임시 착임시키시는 바람에 저희 잿빛 10월의 새로운 승조원이 되었답니다. 이 무슨 엿 같은…."

'여… 엿 같은…?'

…나도 귀가 있으니까 제발 상처받는 말은 가려서 해 주었으면 좋겠다. 이 배의 여자들은 왜 이렇게 하나 같이 말을 고르지 않고 하는 거야.

구시렁거리는 와중에도 트리샤는 불안한 듯 이해인 일조와 나를 번갈아 보며 우물쭈물하고 있었다. 그 태도가 썩 마음에 들지 않았는지 해인은 발을 구르며 다시 트리샤를 독촉했다.

"그래서. 언제까지 그렇게 얼빠진 표정으로 서 있을 건가요, 트리샤 양?"

"네? 아… 시, 실례했습니다! 트, 트리샤 일등 수병입니다. 잘 부탁드리겠습니다. 의무장님!"

트리샤는 그렇게 말하고 재빨리 경례를 올려붙였다. 나도 답례를 올려붙이고 어눌하게 인사를 건넸다.

"어? 어… 반가워, 트리샤."

전에 연방 해군에서는 선임자가 후임자를 처음 만났을 때 악수를 청하던 게 떠올라, 나는 넌지시 손을 내밀어 악수를 청했다. 하지만 트리샤는 내가 악수를 청하자 당황한 표정을 짓더니 손을 잡기는커녕 다시 차렷 자세로 돌아가 악수를 피했다. 덕분에 손을 내민 나만 민망해졌다. 트리샤는 내 표정을 보고는 다시 파닥거리며 변명을 던졌다.

"어, 어… 그, 그게 죄송합니다. 제, 제가 친족외에 다른 남성의 손을 잡아본 적이 없어서…"

"어…? 아, 그런가?"

그러고 보니 세상에는 성인이 되기 전까지 외간 남성을 만나지 않는 굉장히 보수적인 문화의 민족도 많다. 아마 트리샤도 그런 집안에서 자란 모양이리라. 그렇게 생각하니 오히려 내 쪽이 머쓱해져서 사과를 건넸다.

"음… 미안. 내가 실수를 했네. 그런 줄 생각도 못 하고."

"아, 아닙니다! 저, 절대로 의무장님의 실수가 아니라… 그러니까 정확히 말하면 제 탓이고… 죄, 죄송합니다! 신경 쓰게 해드려서 죄송해요!"

"아니야. 마음 쓰지 마. 오히려 내가 미안한 걸."

"그래도…"

"아니래도."

순간 어색한 침묵이 흘렀다. 굉장히 불편하다. 어쩌다 이런 상황에 빠진 거지? 그냥 처음 만난 여자와 인사만 했을 뿐이잖아. 그런데 분위기는 만나자마자 얼굴에 물을 끼얹은 듯 차갑기 그지없었다. 누가 어떻게 좀 해줘.

"……."

그런 우리를 멍하니 쳐다보고 있던 해인은 결국 성질이 끝까지 뻗쳤는지 이를 드러내며 소리를 버럭 질렀다.

"…둘 다 언제까지 거기서 히죽대고 있을 겁니까! 당장 따라와요!"

"히이익…. 죄, 죄송합니다!"

해인은 그리고 나서 기분 나쁜 표정으로 어딘가를 향해 성큼성큼 걸어가기 시작했다. 나와 트리샤는 허둥거리며 해인을 황급히 따라갔다.

우리가 도착한 곳은 예상했던 바와 같이 조리실이었다. 조리실의 문을 여니 안에서는 수병들이 아까 내가 식료품 엘리베이터에 올려놓았던 감자와 당근을 부리느라 한창 분주한 상태였다.

"셰프! 밑에서 올려주신 식료품은 모두 이 옆에 부려 놓았습니다."

"감자와 돼지고기, 당근 그리고 간장이 올라왔습니다. 뭐 빠진 물품은 없습니까?"

해인이 들어서자마자 안에 있던 수병들은 경례를 올려붙이고 보고를 하기 시작했다.

"네, 그게 전부입니다. 다들 수고했어요. 오늘은 돼지고기 감자조림과 계란말이, 단호박 샐러드 그리고 무청된장국을 만들 생각이니 모두 준비해주세요. 일단 흙 당근과 감자는 씻어서 껍질부터 벗겨주시고요. 말린 무청도 해동해주세요."

"예. 그 밖에 다른 준비는…"

분주하게 대화를 하던 수병들은 역시 나를 보고 입을 다물었다.

"저… 저 여성분은 누구…?"

해인은 더 설명하기도 귀찮다는 투로 손을 확확 내저으며 간략하게 나를 소개했다.

"네, 아까 바다에서 잡아온 남자입니다. 함장님 명으로 당분간 이곳에서 의무장으로 일하게 되었고, 계급은 일등병조입니다. 무슨 부가설명이라도?"

"야."

완전히 모자라잖아, 설명. 그보다 잡아왔다니, 내가 무슨 청새치나 고등어쯤 되는 줄 아나.

나는 해인을 제치고 내 스스로 자기 소개를 시작했다.

"음… 표류 중에 이 배에 구조된 이원일 일등병조입니다. 당분간 사정으로 이 배에서 승조원으로 일하게 되었으니 잘 부탁드립니다."

아까처럼 다시 여고에 들어선 남자아이돌처럼 환하게 웃으며 인사하려고 했지만… 어쩐지 그렇게 보이지는 않나 보다. 조리병들의 싸늘한 표정으로 어쩐지 아까의 트리샤와 비슷한 반응을 보이고 있었다.

음…. 정말… 진심으로 상처받았다. 내가 눈에 띄게 풀이 죽은 표정을 짓자 해인은 내 걱정을 했는지 따끔하게 일침을 놓았다.

"다들 아까 전부터 주뼛주뼛 대기나 하고…. 무슨 문어 괴물이라도 본 것 마냥 그렇게 굴고 있어요? 수병이면 대범하게 뭐가 자신을 바라보든 신경 쓰지 말고 제 할 일에 집중하십시오. …이만 하면 되었습니까, 이원일 일조?"

"…네 말이 제일 상처였어."

"네? 잘 못 들었는데요?"

"아냐. 신경 쓰지 말아줘. 그냥 없는 사람처럼 조용히 있을 테니."

풀이 죽어 동그란 간이 의자를 끌어 앉아 주방의 구석에 앉았다. 과연 해인의 일침이 효과가 있었는지 조리병들은 금세 군기를 바짝 차린 채 일사분란하게 제 위치로 가서 요리를 시작했다. 물론 재료를 옮길 때는 가끔씩 이곳을 보기도 했지만 칼을 잡는 순간부터 수병들은 모두 자기 일에 집중하느라 나는 물론 이해인 일조에게도 눈길을 주지 않았다. 과연 숙련병다운 모습이랄까.

하지만 수병 열댓 명이 옹기종기 모여 식자재를 다듬는 모습은 어쩐지 신선했다. 앳되어 보이는 소녀들이 세일러 복 위에 앞치마를 입고 식칼을 휘두르고 있으니 마치 여고의 조리 실습처럼 느껴지는지라….

"내, 내가 뭐 도울 수 있는 거라도 있을까?"

혼자 계속 손이 놀고 있자 왠지 머쓱해져서 해인에게 말을 걸었다. 해인은 감자를 깎다 말고 나를 뚱하니 노려보며 날카롭게 되물었다.

"당신네 군대에서는 당신 부대를 지키는 총기를 신참에게 맡깁니까?"

"음? 그게 무슨 소리야?"

"군에 납품되는 음식이란 부대를 지키는 초소의 기관포 같은 겁니다. 있으면 더없이 든든하지만 다루는 사람이 미숙하거나 나쁜 마음을 먹으면 한 번에 부대원들을 몰살시킬 수도 있습니다. 함장님부터 수병들까지 총원이 먹을 음식을 처음 보는 사람한테 맡기기는 부담스럽군요."

"하지만 감자를 깎거나 쌀을 씻는 것 정도는…."

"요리는 식재료를 집어 드는 순간부터 요리입니다."

쌀쌀맞은 일침에 할 말을 잃었다.

'한마디로 아직 나를 신뢰할 수 없다는 소리로군.'

해인의 말은 지극히 당연했지만, 나는 왠지 섭섭함을 느꼈다. 독을 탈 리가 없는데 그렇게 과민 반응하면….

"물론 당신이 일부러 독을 탄다는 식의 해코지를 할 거라 생각하지는 않습니다."

나는 해인에게 마음을 들킨 줄 알고 뜨끔했다. 하지만 해인은 눈치 챈 기색도 없이 감자에만 눈을 주고 있었다.

"하지만 식재료 다듬기는 굉장히 중요한 일입니다. 감자의 싹을 제대로 잘라내지 않으면 오늘 밤 누군가가 배탈이 날 수도 있고, 흙을 제대로 털어내지 않으면 누군가가 저녁 식사 중에 불쾌한 이물감을 느낄 수도 있습니다."

해인은 그렇게 말하며 깎인 감자를 대야에 던져 넣었다.

"우리도 그 정도 자부심은 있습니다."

동그란 창 너머로 내리 쬔 햇볕 때문이었을까. 나는 해인이 웃었다고 생각했지만, 눈을 비비고 다시 바라보니 평소처럼 무뚝뚝한 표정 그대로였다. 아무래도 착각한 모양이다.

다시 둘러 본 '잿빛 10월'의 조리실은 확실히 일반적인 군함의 조리실과는 달랐다. 일단 넓었다. 군함은 어떻게든 공간을 줄이려고 노력하기 때문에 군함의 최고 선임자가 거주하는 함장실조차도 침대에서 내려오면 문에 발이 채일 정도로 좁다. 이런 상황이다 보니 웬만한 함내의 격실은 배의 설비나 구조에 따라 찌그러진 모양을 하곤 했다.

하지만 이 배는 어쩐지 조리실을 먼저 설계하고 배를 디자인한 듯 조리실 내의 조리 도구들이 제 위치에 딱 맞게 배치되어 있었다. 맨 오른쪽에는 대형 오븐을 포함해서 볶음 요리나 국을 끓일 때 사용되는 회전식 국솥이 있었는데, 조금 놀라웠던 부분은 트레일러식 토스트기와 대형 취사솥이 함께 있었던 점이다. 서양식 요리와 동양식 요리를 동시에 대량으로 만들기 위함이리라.

천장에는 공간을 아끼기 위해서인지 대형 국자와 조리용 삽, 뒤집개 등이 가지런히 걸려 있었으며, 모두가 물기 하나 없이 깨끗하게 닦여 있었다. 게다가 조리 전에는 으레 얼룩이 남아있어야 할 바닥도 매끈하게 닦여 있는데다가, 희미한 락스 냄새로 보아 청소한지 그리 오래되지 않은 모양이었다. 물론 끝으로 언급한 것들은 일반해군 함정 조리실에서도 가능한 일이긴 하다. 상당히 귀찮고 고된 작업이기 때문에 자주 실시하지 않는 것뿐이지만….

'이 아가씨 은근히 수병들을 막 굴리나 보네….'

나는 조금 무례한 생각을 하며 해인을 쳐다보았다. 아름다운 꽃에는 독이 있다는 속설처럼, 해인의 얼굴은 살짝 차가워 보이긴 했다. 이 아가씨도 후임 괴롭히는 데에 일가견이 있는지도 모르겠다.

'조리병들이 고생이 많겠군.'

나는 해인에게 들리지 않을 정도로 작게 한숨을 내쉬었다.

얼마나 지났을까. 불 위에 올려놓은 대형 밥솥이 요란한 소리를 내며 증기를 분출하기 시작했다. 그 증기에서는 희미하게 고소한 밥 냄새가 났다. 뜸이 들기를 기다리고 수병이 차례로 밥솥을 열자 부연 수증기가 피어 올라와 조리실 천장을 안개처럼 가득 메웠다.

껍질을 벗긴 감자와 당근이 모두 모이자 해인은 수병들을 시켜 감자와 당근을 볶았다. 기름을 잔뜩 두른 팬에 물기가 많은 당근과 감자가 쏟아지자 팬이 요란한 소리를 내며 운다. 감자가 살짝 설익을 정도가 되자 수병들은 해동한 돼지고기를 넣고 다시 한 번 팬을 힘껏 볶았다. 돼지고기 특유의 고소한 기름 향이 조리실에 퍼지자 자신도 모르게 군침을 살짝 삼켰다. 수병들이 고기와 감자를 볶는 동안, 해인은 그 옆에서 다른 통에 간장과 미림, 설탕을 붓고 천천히 저었다.

나는 흥미가 동해서 해인에게 다가가 보았다.

"조림장인가?"

"네. 무슨 관심이라도?"

내가 다가오자마자 해인이 사나운 표정을 지어보여서 조금 움찔했다.

"어… 혹시 무슨 비밀 배합이라도 있어?"

"단체 급식에 무슨 비밀 배합입니까, 비밀 배합은. 단지 배합 비율을 맞춰야 하니 신경 쓰이는 것뿐입니다."

그 말에 일리가 있다 싶어서 나는 한 발자국 뒤로 물러서 해인을 계속 관찰했다. 그 이후로 해인은 특이한 재료를 넣지는 않았지만, 대신 아까 내가 가져온 청주를 조금 부었다. 비법 재료는 아니라지만 단체 급식에 맛술을 쓰다니… 꽤 본격적으로 보였다.

고기가 어느 정도 익자 해인은 수병들이 조린 감자와 고기를 커다란 솥에 모아 조림장을 붓고 중불로 천천히 졸이기 시작했다. 냄비 한 개 분량의 양이라면 별로 어렵지도 않고 오랜 시간도 걸리지 않았을 테지만, 많은 양을 한 번에 조리해서 그런지 해인은 신중하게 솥을 젓고 있었다. 반 식경 쯤 지났을까. 해인은 솥의 뚜껑을 젓고 숨을 돌렸다.

"다 되었습니다. 트리샤, 젓가락과 접시를 가져다주세요."

해인은 트리샤에게 젓가락과 접시를 받아들고선 감자와 고기 두어 개를 집어 들었다. 한 개를 집어 본인의 입에 넣고 맛을 봤을 때에는 별 생각이 없었지만 그 직후, 해인이 내게 다가오는 바람에 나는 깜짝 놀라고 말았다.

"자요."

해인은 음식을 집어, 내게 내밀며 말했다.

"어… 뭐라고?"

"시식해보십시오. 원래 음식은 조리한 사람보다 옆에 있는 사람이 향신료에 덜 예민하기 때문에 더 정확하게 시식할 수 있는 법입니다."

그건 맞는 소리지만… 오랫동안 싸구려 음식만 먹어 온 내 미각을 믿는 건가?

어찌되었건 나에게는 좋은 일이었기에 해인이 집어 준 돼지고기와 감자를 입에 물었다.

먼저 돼지고기는 푹 졸여져서 식감이 부드러웠다. 고기 특유의 씹는 맛이 거의 없어서 처음에는 조금 의아했지만, 생각해보니 큰 솥에 넣고 많은 양을 삶아야 하는 탓에 씹는 맛을 미묘하게 강조하기는 어려웠으리라. 많은 양을 만들어야 하는 단체식의 특성 상, 식감을 살리기 위해 모험을 하기 보다는 이 편이 더 맛있게 조리하는 방법이겠지. 조림장과 청주를 섞어 만든 매콤하고 달달한 양념도 고기에 적당히 배여 씹을 때마다 알싸한 향이 입 안 가득 퍼져나갔다. 맛과 향이 조금 강한 감이 없지 않았지만, 밥반찬이라는 점을 염두에 둔다면 이 정도가 딱 좋았다.

좋았다. 단순한 급식이라고 생각했지만 이것은 요리였다.

그것도 범인(凡人)의 요리가 아닌 일류의 요리.

"어떻습니까?"

해인은 떠보듯이 물었지만 이미 표정에서는 자신감이 넘쳐흐르고 있었다. 그만큼 본인의 요리에 자신이 있다는 뜻이겠지. 해인의 그런 태도가 아니꼬웠지만, 나는 도저히 그 말을 반박할 수 없었다. 해인의 요리는 확실히 맛있었다.

"맛있어…"

"다행이군요."

해인은 당연하다는 표정으로 으스댔다. 뭐, 그만큼 자신이 있었으니 권했었겠지만.

맛있는 음식을 먹느라 알아차리지 못했는데, 어쩐지 나와 해인을 바라보는 수병들의 표정이 묘했다. 일부는 나와 해인을 번갈아 보고 있고, 일부는 해인의 손을 보고 있었다.

뭐지? 해인이 들고 있는 젓가락이 왜….

"아."

나는 그제야 수병들의 생각을 추측할 수 있었다.

'…혹시 이걸 간접 키스라고 생각한 건가?'

해인이 한 입 물은 젓가락을 다시 내 입에 댔으니, 초등학생 같은 발상으로 치면 그렇게 볼 수도 있다. 그래도 솔직히 그것만으로 호들갑은 이상하잖아.

하지만 다시 생각해보니 자신이 먹던 요리를 직접 집어 먹여준다는 행위는 생각 외로 꽤 야릇했다. 배가 고파서 몰랐지만 음, 연인 간에 먹여주는 느낌도 들고.

머리가 복잡해졌다. 하지만 해인은 아무런 관심도 없는데 나만 이상한 반응을 보였다간 변태 취급 받기 딱 좋았으므로, 최대한 의연한 척을 했다. 그래서 전방 45도 상방만 주시하고 있었다.

해인도 시선을 의식했는지 수병들을 돌아보며 이상하다는 투로 물었다.

"다들 표정이 왜 그런가요? 자자, 모두들 서두릅시다. 저녁 시간까지 얼마 남지 않았으니 빨리 마무리하고…. 모두 용기에 음식을 포장해주세요."

해인의 말이 떨어지기가 무섭게 수병들은 금세 표정을 풀고 어디선가 큰 통을 가져와 요리를 담기 시작했다. 가까이 가서 살펴보니 그 통은 일반적인 함선에서 쓰는 배식 통과 비슷했지만, 한 가지 차이점이 있었다.

"수밀(水密) 덮개…?"

확실히 배식 통에 수밀 덮개가 달려있으면 국물 따위가 넘쳐흐르지 않고 편할 듯하지만, 배식 통에 저런 장치를 달기엔 조금 예산 낭비라는 생각이 들었다. 비싸기도 하거니와 관리도 귀찮을 텐데….

해인은 그 사이 유선 인터폰을 들고 갑판 침실에 전화를 걸고 있었다.

"갑판장님? 이해인 조리장입니다. 식사 준비가 모두 끝났으니 가지러 오시면 좋겠는데요. 추가로 작업원도 다섯 명 정도 부탁드리겠습니다."

〈그래요? 음… 알겠습니다. 그럼 곧 수병들을 보낼게요.〉

샤오지에 갑판장의 유쾌한 목소리가 송화기 너머에서 울리더니 곧 전화가 끊어졌다. 그리고 얼마 지나지 않아 무뚝뚝하게 생긴 수병들이 들어와 경례를 올려붙이고 배식 통을 들어 옮기기 시작했다. 그런데 갑판병들은 이상하게도 배식 통을 식당이 있는 1층이 아닌 O1덱 위로 들고 갔다. 나는 해인과 갑판병들의 뒤를 무작정 따라가 보았다.

갑판병들이 배식 통을 들고 도착한 곳은 O1덱의 우현 난간이었다. 바람이 잘 들고 바다도 잘 보이는 위치였지만, 아무리 좋게 말해도 식사를 하기에 좋은 공간은 아니었다. 편의나 접근성은 고사하고 사람 두 명 정도 움직일까 말까한 좁은 공간이기 때문이었다.

"저기 해인… 갑자기 왜 음식을 들고 여기로 온 거야…"

내 말이 끝나기도 전에 갑판병들은 익숙한 솜씨로 배식 통의 손잡이를 들고 머리 위로 올린 다음……

배식 통을 바다에 던져버렸다.

"잠까아아안- 지금 뭐하는 짓이야아아아!"

내 일갈에 갑판병 하나가 놀란 표정으로 나를 쳐다보더니 천천히 되물었다.

"식량 보급… 입니다만?"

"식량 보급이라니, 바다에 먹을 걸 던져서 누구한테 식량을 보급할 셈인데? 물고기 떼한테 줄 셈이야? 저기에 던지면 누가 주워 먹는데?!"

경악으로 가득 찬 소리를 지르는 나를 보고 해인이 눈을 동그랗게 뜨더니 곧 쿡쿡 웃기 시작했다. 이 여자는 자기가 공들여 만든 음식이 바다에 던져졌는데 그런 표정이 나오나.

"물고기 떼라… 뭐, 완전히 틀린 말도 아니네요."

뒤에서 느긋한 목소리가 들리기에 돌아 봤더니 샤오지에 갑판장이 미소를 지으며 천천히 이쪽으로 걸어오고 있었다. 내가 경례를 올려붙이자 샤오지에 갑판장은 고개를 갸웃거리며 내게 물었다.

"이원일 일조. 그러고 보니 아까 말씀을 안 드렸던가요? 저희 배가 왜 이곳에 있었는지."

그러고 보니 연방 해군이 이 배를 싫어한다는 말만 듣고 그 이상은 듣지 못했다. 내가 고개를 끄덕이자 갑판장은 손을 쭉 뻗어 바다를 가리키며 말했다.

"저희는 이곳에서 작전 중인 잠수함 전단을 지원하기 위해서 나와 있답니다."

"잠수함 전단?"

이곳에서 잠수함이 나온다는 말은 연방 해군 시절에도 들은 적이 없다. 도대체 무슨 소린지.

"네, 수중을 항행하는 커다란 잠수함 말이에요."

갑판장이 손을 뻗는 것과 동시에 바다가 소란스러워지기 시작했다.

촤아아아아ㅡ.

요란한 파도 소리와 함께 무언가가 수면 위로 떠올랐다. 처음에는 고래나 청새치라고 생각했지만, 고래와 달리 그 물체의 피부는 이질적이고 단단했다. 그 이물의 정체는 바로 잠수함이었다. 그것도 원자력 급의 대형 잠수함.

"저, 저게 무슨…!"

그 잠수함의 실루엣은 내가 알던 어떤 국가의 잠수함과도 달랐다. 마치 최신형의 스텔스 전함을 통째로 가라앉은 듯 매끈하고도 강인한 형상이었다. 아무리 보아도 보통 기술로는 진수할 수 없는 고가의 잠수함이 분명한데, 이 해역을 타국에 들키지도 않고 용케 전단을 이루어 지나고 있다는 사실을 믿을 수가 없었다.

"말도 안 돼…."

"하지만 여기에 있잖아요?"

무엇이 우스운지 샤오지에 갑판장은 나를 보며 계속 히죽히죽 웃었다. 그러는 사이 잠수함 승조원들은 투색총을 쏘아 라스를 잇고, 가벼운 보급품을 주고받기 시작했다. 그 광경을 보면서도 나는 잠수함이 탐지될 위험을 감내하고 굳이 왜 해상보급을 받으려는지 이해할 수가 없었다. 그래서 골치를 꾹꾹 누르며 신경 쓰이는 점을 하나씩 묻기로 했다.

"보급이라니… 그럼 유류 같은 걸 보급하시는 겁니까?"

샤오지에는 고개를 저었다.

"아뇨. 광명학회의 잠수함은 모두 원자로를 탑재하기 때문에 유류는 필요가 없어요."

"그럼 청수나 배터리 등을 교체해 주러 오는 겁니까?"

"아뇨 그 역시 함정마다 담수화 장치와 산소 발생 장치가 달려 있기 때문에 필요 없어요."

"그럼 무얼 위해 이 배는 여기에 있습니까?"

"밥."

그 질문은 이해인 조리장이 대신 답해주었다.

"저희는 밥 때문에 여기에 있는 겁니다."

"밥…이요?"

해인은 왜 해가 동쪽에서 떠오르는지 설명하듯 차근차근 말했다.

"에너지만으로 물을 만들어 내는 장치는 있어도, 밥을 만들어 내는 장치는 없습니다. 100년을 물속에서 견딜 수 있는 잠수함이라도 식량이 없으면 말짱 도루묵이죠."

그리고 해인은 주머니에서 아까 삶고 남은 감자 한 알을 꺼내 베어 물었다. 물론 해인의 말처럼 식량 보급은 중요하지만, 나는 잘 이해가 되질 않았다.

"그러니까 이 커다란 배가 중무장을 하고 여기에 있는 이유가 유류 보급도 물자 수송도 아닌… 단순히 잠수함 전단에 밥을 해주기 위해서란 말입니까?"

해인은 그 말에 무언가 모욕을 받은 사람처럼 눈을 찌푸리며 나를 쳐다보았다.

"단순히 밥이라뇨. 식량 보급 없이 싸울 수 있는 군대는 세상 어디에도 없습니다."

"식량 보급이라면 레이션 상자를 옮겨주는 것만으로도 충분하잖아요? 이렇게 번거롭고 불편한 일을 왜 합니까?"

"왜냐니… 그 편이 더 맛있잖아요?"

해인은 나를 답답하다는 표정으로 흘겨보았다.

"해상에서 먹는 맛있는 밥 한 끼는 수만 발의 탄약보다 더 값집니다."

"그게 무슨 뚱딴지같은…."

"해인아ー! 오늘 메인 메뉴는 뭐야?"

수밀 급식통을 수거하던 잠수함 장교가 갑자기 이쪽을 향해 소리치는 바람에 말을 멈추었다.

"돼지고기 감자조림입니다."

"으엑ー. 그게 뭐야. 엄청나게 단순해. 하하하."

"별로 상관없잖습니까. 단순해도 이런 게 더 맛있는 법인걸요."

"하긴. 그건 그렇지."

"기대하셔도 좋습니다. 이번에 가져온 감자가 꽤 맛나답니다."

해인은 거기까지 말하고 주머니를 뒤져 삶은 감자 한 알을 꺼내 휙 던졌다. 장교는 그 감자를 받아 들더니 껍질을 대충 벗겨내고 한 입 크게 베어 물었다. 분명 간도 제대로 되어 있지 않고, 식어서 살짝 푸석해졌을 텐데ー 장교는 감격스러운 표정으로 천천히 감자를 음미했다.

"그래… 이번 것은 꽤 맛있네."

그리고 그 잠수함 장교는 매우 소중한 물건을 전해 받은 사람처럼 감자를 앞주머니 깊숙이 찔러 넣었다.

그 모습을 보자 어떤 기억들이 머릿속을 스쳐 지나갔다. 야간 당직을 서며 동료와 나누어 먹던 건빵, 곰 솥에 가득 퍼진 콩국수, 함미 갑판에 쪼그리고 앉아 구워 먹었던 돼지고기 몇 조각, 입항 때마다 질리도록 먹었던 레토르트 카레…

육상 사람들이 보기에는 별것 아닌 음식이지만 그런 음식들이 없었다면 나는 결코 해상 생활을 버텨낼 수 없었으리라. 아니, 새우잡이 어선에서 주어지던 딱딱한 흑빵조차도 하루를 버텨내는 유일한 낙이었다. 사람에게 조리한 음식이란 그 정도의 가치가 있다. 그리고 이 배는 심연 아래에 있는 잠수함들에게 그 정도의 가치를 해내는 놈이다.

물 위에 떠 있는 어망 부이를 수거하듯 바다에 던져진 수밀 급식통을 모두 회수하자, 커다란 잠수함은 다시 해수면 아래로 하강해 버렸다. 잠수함이 완전히 사라지고 하늘이 어느새 어둑어둑해지자, 그제야 '잿빛 10월'의 승조원들은 기지개를 펴며 왁자지껄하게 떠들기 시작했다.

　　"자— 이제 우리들도 밥 먹자!"

　　"아, 오늘은 굉장히 좋은 냄새가 나서 참기 힘들었어요."

　　"돼지고기 감자조림? 아, 나 다이어트 해야 하는데…."

　　"그럴 시간에 갑판 위에서 줄넘기나 해. 먹는 것 가지고 그러지 말고."

　　여고생들처럼 종알거리던 수병들은 식당으로 돌아왔고, 그제야 잿빛 10월은 다른 군함들에 비해 조금 늦은 저녁식사를 시작할 수 있었다.

　　나는 그렇게 '잿빛 10월'이라는 배가 어떤 배인지 조금씩 이해해가고 있었다.

3. 라면

승선한 다음날부터 며칠간은 지독한 강풍과 우레를 동반한 스콜이 주기적으로 내렸다. 황천이 심했지만 항해에 지장을 줄 정도는 아니었고, 비가 그쳤을 때는 오히려 상갑판의 묵은 때가 말끔히 씻겨 내려가 개인적으로는 상쾌한 기분이 들 정도였다. 하지만 모든 사람이 스콜을 반기지는 않다. 물을 한껏 뒤집어 쓴 함 전반에서는 비릿한 짠 내가 풍겨 나왔고, 그 비린내는 스콜이 끝나고도 한동안 남아있었다. 아무리 몸에 짠 내가 밸일대로 밴 해군이라 하더라도 비린내를 좋아하는 사람은 거의 없는데, 그중에 특히 군의관 미나미 쇼우코 대위는 정도가 심했다.

"우에엑—!"

쇼우코 대위는 환자용 침상에 비스듬히 앉아서 구토용 대야를 끌어안고 토악질을 해댔다. 하지만 어제부터 식사도 않고 뱃속을 한차례 게워내기만 한지라, 군의관은 메스꺼운 표정으로 침만 줄줄 흘리고 있었다.

"어떻게, 몸은 괜찮으십니까?"

"우으… 최악이야. 최악. 이러다가 말라죽는 거 아닌지 몰라."

쇼우코 대위는 툴툴거리면서 게슴츠레 눈을 떴다. 나는 쓴웃음을 지으며 받아온 죽 그릇을 군의관에게 내밀었다. 그 죽은 오늘 오전 배식이 끝난 후 해인이 만들어준 야채 죽으로 군의관을 위해 따로 1인분만 만들었다고 했다. 간단하게 당근과 시금치만 넣어 끓인 죽이었지만 참기름 특유의 고소한 향과 푸근한 밥내가 어우러져 충분히 식욕을 자극했다. 쇼우코 대위는 내가 가져온 죽을 보더니 의아한 표정으로 물었다.

"웬 죽이야…?"

"이해인 조리장이 군의관님께 가져다주라고 했습니다."

"우우, 전복 같은 해산물 들어간 죽은 아니지?"

"전혀 안 들어갔습니다. 평범한 야채 죽이에요."

"다행이네."

그제야 쇼우코 대위는 안심한 표정으로 죽 그릇을 들고 깨작거리며 수저를 입으로 옮기기 시작했다.

죽 그릇을 들고 먹는 모습을 보니 군의관이 일본인이라는 사실이 새삼스럽다. 편견이라고 할 수도 있지만, 어쩐지 일본인이라 하면 매일 초밥과 회를 입에 달고 살리라 여겨지기 때문이다. 하지만 쇼우코 대위는 해산물은 물론이고 특유의 바다 냄새조차도 질색할 만큼 꺼렸다. 그래서 오늘처럼 배 안에 비릿한 향이 가득할 때면 구역질을 하며 침대에 누워 끙끙 앓았다.

"어쩐지 의외입니다. 일본 사람이 비린내에 약할 줄은 몰랐는데요."

혼잣말처럼 그렇게 말하자 쇼우코 대위는 눈살을 찌푸리며 툭 쏘아붙였다.

"편견이야. 연방 사람도 다 김치 좋아하는 건 아니잖아."

"그거야 그렇지만요."

"나는 세상에서 바다가 제일 싫어."

쇼우코 대위는 죽을 입에 퍼 넣으며 음울하게 말했다.

"그렇게 바다가 싫으시면 왜 해군에 입대하신 겁니까?"

단순히 군인이 되고 싶었던 거라면 육군이나 공군이 더 사정이 좋았을 텐데. 내 질문을 듣자 쇼우코 대위는 잠시 움찔하더니 기어들어가는 목소리로 천천히 궁시렁거렸다.

"그게 말이지… 카밀라 그 년이… 이 일을 할 수 있는 재원이 나 밖에 없다고…."

카밀라? 카밀라 라면 함장의 이름인데?

군의관의 표정이나 말투로 미루어볼 때 무언가 어두운 뒷사정이 있음이 틀림없었다. 전에 해인의 반응도 그렇고… 이 배는 험한 과거를 겪은 사람들만 모여 있는 곳인가.

내가 할 소린 아니지만.

"그, 그러는 너는 해군에 왜 입대한 건데?"

군의관은 말을 돌리려는 듯 황급히 질문을 던졌다.

"연방군도 징집제이긴 하지만 해군만큼은 지원제로 뽑잖아. 특별한 이유라도 있는 거야?"

"글쎄요. 특별한 이유가 있다기보다는…."

나는 곰곰이 내가 입대 지원 서류를 내던 날을 떠올렸지만, 특별한 이유나 일은 없었다. 어쩌면 입대 즈음에 개봉했던 할리우드 블록버스터 무비의 전열함이 너무 멋있어서 그랬을지도 모르겠다. 정확히 말하자면 사실 그때까지만 해도 죽음이나 전투는 나와 전혀 상관없는 먼 나라의 이야기라고 생각했다. 그렇기 때문에 나는 단순히 겉멋과 호기심에 휘둘려 해군에 지원했었다.

"겉멋과 호기심이라…."

쇼우코 대위는 흥미롭다는 표정으로 고개를 끄덕였다.

"헤, 구국의 영웅도 입대 지원 동기는 그저 단순한 변덕 때문이라는 건가."

"구국의 영웅이요?"

"아냐, 아냐, 신경 쓰지 마."

쇼우코 대위는 무심하게 손을 내저은 다음 말없이 죽 그릇을 끌어당겨 식사를 마쳤다. 죽 그릇이 바닥을 보이자 아까 보단 허기가 가셨는지, 쇼우코 대위는 한결 편안해진 표정으로 말했다.

"아 정말, 일손이 많아지니까 그래도 좋긴 좋네."

"그렇습니까? 다행이군요."

"응. 전에는 의무사도 의무병도 없어서 나 혼자서 밀려드는 환자를 받아야 했다니까. 이젠 네가 의무실을 지켜주니, 나는 맘 편하게 개인 연구에 전념해도 되고."

사실 인원 부족은 군함이라면 공통적으로 터져 나오는 고질적인 문제이기도 하다. 군함은 보급부터 전투까지 한 개 대대가 해야 할 일을 추가적인 지원 없이 스스로 해결해야 하지만 생활공간은 한정되어 있다. 그래서 최소한의 필요인원만 승조시켰기 때문에 배에 타게 되는 '최소인원'은 늘 극도의 격무에 시달렸다.

하지만 쇼우코 대위의 말 중에 이해가 잘 가지 않는 부분이 하나 있었다. 이 배의 승조원은 80명 내외라고 했을 텐데, 군의관 한 명이 관리하는 인원 치고 '잿빛 10월'의 승조원은 꽤 적은 편이었다. 게다가 배에 온이후로 나는 의무실에 내원하는 환자를 한명도 보지 못했다.

"배에 환자가 많은 편인가요?"

"응? 꽤 많지 않아? 적어도 이 시기에는 하루에 10명 넘게 내원할텐데."

말이 떨어지기가 무섭게 누군가가 문을 두드리는 소리가 났다.

"들어가도 좋습니까? 루나 클라인 일등 수병입니다."

뒤이어 문을 열고 들어온 사람은 긴 머리를 포니테일로 묶은 금발의 수병이었다. 루나라고 이름을 밝힌 그 수병은 파랗게 질린 얼굴로 몸을 구부정하게 구부리고 있어서, 몸 상태가 안 좋다는 점을 한 눈에 알 수 있었다.

"오늘 아침부터 몸이 무겁고 아파서 말이죠… 어?"

루나 일등 수병은 쇼우코 대위에게 자신의 상태를 설명하려다가 나를 보고 화들짝 놀랐다.

"이, 이원일 일조님? 필승!"

루나는 이상하리만큼 불안한 표정으로 경례를 올려붙이며 고개를 돌렸다. 나도 천천히 답례를 올려붙였지만, 루나의 태도는 확실히 이상했다. 단순히 처음 보는 사람에 대한 어색함 정도가 아니라. 내 존재 자체에 낭패를 느끼는 낌새라고 할까. 과연 루나는 곧 슬금슬금 뒷걸음질을 치며 속이 뻔히 보이는 거짓말을 하기 시작했다.

"아… 그리고 보니 가스터빈 콘솔 스위치 끄는 걸 깜박해서…"

잠시 불편한 침묵이 의무실 안에 감돌았다. 나는 어떻게 반응하면 좋을지 고민했다. 아무리 내가 싫다고 하지만 이 수병의 몸 상태는 틀림없이 좋지 않았다. 이대로 보내기엔 찜찜한데…

"의무장."

침묵을 깬 사람은 군의관이었다.

"거기 선반 맨 위에 있는 진통제 꺼내 줘."

쇼우코 대위는 문진을 마친 의사처럼 자연스럽게 손을 들어 약장을 가리켰다. 어디가 아픈지 듣지도 않고 약을 처방하는 의사라? 심히 미심쩍었지만 환자 앞에서 설전을 벌이기도 뭣하여 순순히 따르기로 했다. 나는 약 포장기에 투약 봉투를 재며 물었다.

"일일 몇 타블렛 처방합니까?"

하지만 쇼우코 대위의 다음 지시는 더더욱 어이가 없었다.

"그냥 통째로 줘. 클라인 양이 가지고 가서 다른 수병들도 아프다면 나눠주고."

더 이상 참을 수가 없어서 한마디 하기로 했다.

"그게 무슨 말씀이십니까. 이건 영양제가 아니라 다량 섭취 시에는 부작용이 생길수도 있는 진통…."

"의무자상?"

쇼우코 대위는 눈을 치켜뜨며 내 직책의 끝을 길게 늘여 불렀다. 나는 결국 마지못해 새 약통을 꺼내 통째로 수병에게 내밀었다.

"가, 감사합니다."

수병은 약을 받자마자 내 얼굴도 쳐다보지 않은 채 경례를 올려붙이고는 종종거리며 도망쳤다. 수병의 발소리가 멀어지자 나는 바로 불만스러운 투로 군의관에게 물었다.

"묻지도 않고 함부로 약을 처방하셔도 됩니까? 수병들이 이게 무슨 약인줄 알고요?"

하지만 쇼우코 대위는 어깨를 으쓱거리며 단언했다.

"뭐, 이 시기에 오는 애들은 보통 생리 때문이니까, 생리통 약이면 알아서 먹을 거야."

무진함에서는 한 번도 들은 적 없는 여성 한정의 병명을 듣고 움찔했다.

"생리요?"

"응, 좁은 환경에서 여자들끼리 함께 생활하다 보면 생리 주기가 엇비

숫하게 맞춰지거든. 그래서 매달 이맘 때 쯤 되면 생리통 환자로 의무실이 바글바글 한데…"

쇼우코 대위는 잠시 고개를 갸웃거리더니 이상하다는 투로 작게 뇌까렸다.

"어? 그런데 요번 달은 잠잠하네. 애들이 단체로 생리를 건너뛰나?"

사실은 아까 전부터 신경 쓰고 있었던 점이었기에 짚이는 구석이 있었다.

"…저 때문이 아닐까요."

"응? 그게 왜?"

"제가 남자니까…"

"엥, 혹시 너 이 배 수병들 벌써 다 임신시켰어?"

"개소리 좀 작작하십시오, 수병들이 그냥 부끄러워서 그러는 거잖습니까!"

아마 여성으로서 '생리'는 남자 상관에게 이야기하기 꺼려지는 부끄러운 화제이리라. 어쩐지 자신의 그런 생리적인 현상을 이성과 공유한다는 점이 갈 때까지 다 간 연인사이 같아 보이기도 하거니와. 하지만 쇼우코 대위의 생각은 다른 모양이었다.

"아니, 남자가 자기 생리 주기를 아는 게 왜 부끄러운 데? 신체 건강하게 생식력을 잘 보존하고 있다는 뜻이잖아. 나도 지금 생리중인걸?"

"제발 그런 얘기는 함부로 하지 마세요! 역 성군기 위반이란 말입니다!"

쇼우코 대위의 말을 듣고 있노라니, 되레 내 쪽이 부끄러워져서 얼굴을 붉히며 소리쳤다. 하지만 쇼우코 대위는 데면데면한 표정으로 하품만 하고 있었을 뿐이었다.

"글러먹었어⋯. 이 사람은 수치심이라는 게 없어⋯."

"하암⋯. 너도 카데바 생식기에 1년 동안 머리 쳐 박고 해부하고 있어 봐라. 육체적인 부끄러움이라는 건 결국 어린애들 허상일 뿐이야. 남중생 같이 순진하게 굴긴⋯."

쇼우코 대위는 침대에서 내려와 책상을 뒤적거리며 중얼거렸다.

"이렇게 된 이상 내가 전 승조원의 생리 주기표를 그려 줄 테니 네가 알아서 챙겨줘라. 펜이 어디에 있더라⋯."

"죄송하지만 거절하겠습니다."

슬슬 머리가 지끈거리기 시작했다. 하지만 쇼우코 대위는 농담하는 기색도 없이 입을 비죽 내밀고 불안한 표정으로 말했다.

"그렇긴 해도 이거 꽤 큰 문제인걸."

"어떤 점이 말입니까?"

"승조원들이 의무관이 싫어서 아파도 의무실에 안 온다면 괜한 병을 키울 수도 있잖아. 일단은 네 이미지를 어떤 수를 써서라도 좋게 만들어야 하는데⋯."

쇼우코는 비장한 표정으로 침대에서 일어나더니 진통제를 한 병 꺼내 들이켰다. 그리고 얼굴을 찡그리며 천천히 내 이름을 불렀다.

"이원일 일등병조."

그 목소리는 어쩐지 비장하게 들렸다.

"다음 주까지 '잿빛 10월'의 승조원 중 한명을 골라 '공략(Conquest)'해 놓도록."

뭐라는 거야, 이 군의관이.

쇼우코 대위는 몸 상태가 호전되자 사관 구역의 개인 연구실로 올라가 버렸고, 나는 혼자 의무실에 남아 의료 기재를 정리하고 있었다. 새로운 함선에서의 과업이었지만, 대부분의 의료 기재가 연방의 제품과 흡사하여 다루는 데 큰 문제는 없었다. 약품을 보충하고 일지를 정리하니 시간은 이미 20시를 넘어가고 있었다. 동시에 스피커를 통해 현종 소리와 함께 점호를 알리는 당직관의 목소리가 들려왔다.

〈점호! 점호!〉

지금쯤 다른 수병들과 사관들은 지정 장소에서 일석점호를 하고 있겠지만, 나는 어쩐 일인지 점호에 참여하지 않고 의무실에 남아도 된다는 허가가 내려왔다. 사실 말이 좋아 허가지, 그 속내는 다른 곳에 가지 말고 외진 곳에 처박혀 있으라는 무언의 압박이나 마찬가지였다.

잠을 청하기에는 다소 이른 시간이었지만 할 일도 없었기에 나는 침대에 누워 며칠간 배 안에서 겪은 일들을 떠올려보았다. 다른 승조원들과 마주칠 때라고는 식사시간 뿐이었지만, 그 시간조차도 나는 외톨이었다. 내가 웃으며 다가가도 수병들은 정색을 하며 도망쳤고, 경례는커녕 인사조차 받아 주지 않았다. 물론 외부인에 가짜 일등병조 계급장을 단 남자 상관이 편할 리는 없겠다만… 그걸 감안하더라도 수병들의 태도는 이상하리만큼 차가웠다. 그나마 함장이나 군의관 같은 일부 장교들이 나를 살갑게 대해주었지만, 다들 제 할 일이 바빠 의무실에 모습을 비추는 일은 거의 없었다. (심지어 의무계열 사관인 쇼우코 대위조차도!)

그제는 갑판장인 샤오지에 병조장이 지저분하게 자란 머리를 자르면 인상이 달라지지 않겠냐며 직접 이발을 해주었는데, 더 역효과가 나고 말았다. 갑판장의 이발 솜씨는 여간한 군 이발병에 버금갈 만큼 훌륭했으나, 머리가 짧게 깎여서 내 특유의 사나운 눈이 그대로 드러났기 때문이다. 그전까지는 길게 자란 머리칼이 얼굴을 가려 여성으로 착각할 만큼 중성적인 이미지를 풍겼는데, 머리가 짧아지고 사나운 눈매가 드러나자 꽤 남성스럽게 변해버렸다. 그때문에 수병들은 이제 아예 근처에 오려고 하지도 않았으며, 나는 더더욱 고독한 기분을 맛보고 있었다.

'아니, 나와 전혀 상관없는 사람들을 걱정해서 무엇 한담.'

고민으로 머리가 지끈거리기 시작하자, 나는 손으로 머리칼을 마구 헝클어트리며 다시 생각을 고쳤다. 어차피 나는 연방 해군의 수병이지, 광명학회의 일원이 아니다. 잿빛 10월의 승조원들과 평생을 함께할 리도 없지 않는가. 앞으로 6개월. 남은 기간 동안 최대한 수병들의 시선에 거슬리지 않게 처신하며 철저한 이방인으로 살아가면 된다.

…그게 최선이다. 그렇게 속으로 뇌까리며 이불을 머리 위까지 끌어당겼다. 오지 않는 잠을 억지로 청하며 한동안 침대 위에서 뒤척거렸다.

달그락.

그로부터 시간이 얼마나 지났을까. 누군가가 수밀 통로를 넘어 걸어가는 소리가 들렸다. 시계를 꺼내 보니 22시를 넘긴 늦은 시간이었다. 이 시간이면 다들 각자의 침실에서 자고 있어야 하는데… 함내 순찰을 도는 위병인가 싶어서 문틈으로 밖을 내다보았지만, 놀랍게도 그 불청객은 위병이 아닌 내가 아는 사람이었다.

"트리샤 일등 수병이잖아?"

일전에 나와 이야기를 나누었던 자그마한 몸집의 조리병이었다. 연방 해군과 마찬가지로 '잿빛 10월'에서도 조리병은 야간 당직을 서지 않는다.

그렇다면 왜 이 오밤중에 트리샤는 과업장을 어슬렁거리고 있는 걸까? 나는 갑자기 호기심이 동해 트리샤의 뒤를 밟기로 했다.

트리샤는 한동안 중앙 통로를 따라 걷다가, 안전 당직자와 마주치기 전에 함 외곽의 우현 통로로 갈아타 함미 쪽으로 걸어가고 있었다. 지금 트리샤가 가는 통로는 낯이 익었다. 이상하리만큼. 내가 이 배에 승선한 이후 가본 곳은 몇 군데로 한정된다. 그렇다면 혹시…

과연 트리샤는 함미의 해치보드에 다가가더니, 열쇠로 이중 시건장치를 해제하고 수직 사다리를 따라 아래로 내려가기 시작했다. 그곳은 바로 식량 저장고였다.

조리병이 식량 저장고에 가는 게 이상하다고 할 수는 없었지만, 왜 하필 이 시간에 부식을 가지러 가는 걸까? 내일 아침에 쓸 재료의 밑 손질이라도 해 두려는 건가? 생각이 거기에 미쳤을 무렵, 갑자기 트리샤가 무게 중심을 잃고 휘청거렸다. 아무래도 미끄러운 수직 사다리의 난간을 잘못 밟은 모양이었다.

"어… 어, 어?"

"조심해!"

트리샤의 몸이 휘청거리자 몸을 숨기고 있다는 사실을 잊어버린 채, 무작정 뛰쳐나가 트리샤의 손목을 잡아끌었다. 트리샤는 갑작스러운 내 등장에 놀랐는지, 한동안 눈을 동그랗게 뜨고 나를 멀뚱히 쳐다보았다.

"의… 의무장님?"

"조심해야지. 안 다쳤어?"

"네, 하지만… 으앗?"

트리샤는 내가 손을 잡고 있다는 사실을 알아차리자마자 비명을 지르며 손을 거칠게 뿌리쳤다. 마치 싫은 사람에게 잡힌 듯. 나는 그 거친 태도에 잠시 놀랐지만, 곧 트리샤가 전에도 악수를 거절했던 점을 기억해냈다. 남성과의 접촉이 익숙하지 않다고 했던가. 하지만 이렇게 노골적인 거부를 받으니 머리로는 이해하면서도 괜스레 민망하고 머쓱했다. 트리샤도 내 반응을 알아차렸는지 고개를 푹 숙이며 사과했다.

"죄, 죄송합니다! 그, 그러니까…"

"아니, 사과할 필요는 없어. 전에 남자는 익숙지 않다고 그랬었잖아?"

어쩌면 급한 상황이었다고 해도 트리샤의 손목을 함부로 잡아끈 내 잘못일 수도 있다. 나는 민망해진 손을 황급히 뒤로 가리며 어물쩍거렸다.

"그보다, 이 시간에 여기에는 무슨 일이야?"

"아, 그… 그게……"

트리샤는 얼굴을 붉히며 손을 가지런히 모았다.

"다, 다른 수병들과 야식을…"

아하, 그런 거였군.

선상에서 생활해 본 사람이라면 누구나 알겠지만, 항해 중의 일정은 빠듯하고 고되기 때문에 쉽게 배가 꺼진다. 그때문에 연방 해군에서 항해 중의 식사는 야식을 포함하여 네 끼를 지급하도록 규정했다. 그러나 어찌된 일인지 잿빛 10월의 식단에는 야식이 없었다.

물론 야식을 먹지 못한다고 해서 죽지야 않겠지만, 9시가 넘어가면 입이 심심하고 배가 허전해지는 데에야 이곳의 수병들이라고 별반 다르지 않다. 그때문에 조리병인 트리샤가 몰래 야식을 준비했으리라.

"저, 저… 의무장님?"

그렇게 생각하는 동안 트리샤는 엉뚱한 오해를 했는지 불안한 표정으로 나를 올려다보았다.

"응? 왜 그래?"

"죄, 죄송합니다! 정말로 다음부터는 이러지 않을게요! 식료품을 횡령한 것도 아니었고, 야식도 저녁 식사에 쓰고 남은 자투리 재료나 유통기한이 아슬아슬한 것들로만 만들고 있었어요! 그… 그러니까……."

"그러니까?"

"이해인 셰프에게는 말하지 말아주세요!"

나는 그 말을 듣는 순간 엉뚱하게도 웃음이 터져 나오고 말았다. 하긴, 해인이라면 야식은커녕 사관실 탁자 위에 올려놓은 주전부리도 안 먹을 듯한 스타일이니까. 해인이 이런 심야의 파티를 허락해주었을 리가 없다. 게다가 취침 전에 먹는 기름진 음식이라니, 규칙상으로나 건강상으로나 절대로 허가가 나올 리 없다.

하지만 나로서는 이해하지 못할 바도 아니다. 나 역시도 무진함에서도 종종 유통기한이 아슬아슬한 식재료를 훔쳐 조리병들과 나누어 먹었던 적이 있었을 뿐더러, 이 시간대에 먹는 기름진 야식이 얼마나 달콤한 유혹인지 잘 아니까.

하지만 나는 당황해하는 트리샤의 모습이 우스워 짐짓 장난을 치기로 했다.

"으음, 이거 곤란한 걸. 의무장으로서 식단표 외의 음식을 허가해 주기도 그렇단 말이지. 게다가 소등 이후에 함부로 함내를 돌아다니는 것도 역시 규정 위반이잖아?"

"하, 하지만……."

트리샤는 작은 동물처럼 몸을 움츠리며 고개를 숙였다.

"뭐, 넘어가 줄 수 없는 것도 아니야― 대가가 있다면."

"대, 대가요?"

무슨 착각을 했는지 트리샤는 갑자기 양 손으로 앞섶을 가리며 뒷걸음 질 쳤다.

"저기, 저기, 저기… 그러니까…… 대, 대가라고는 하지만, 그것도 다른 군율의 위반이라고 해야 하나. 뭔가 부적절하다고 해야 하나. 역시 남자라는 것은 조금 그렇지만, 저 주제에… 그게 그러니까…."

트리샤는 변명하듯 말을 속사포처럼 쏟아내다가 잠시 주저하더니 천천히 결론을 내렸다.

"야한 건… 안 된다고 생각해요."

"……."

무슨 소리를 하는 거야. 왜 내가 바라는 대가가 당연히 몸이라고 생각하는 거냐고. 어쩐지 조금 서글프다. 이 배에서의 내 이미지는 사소한 잘못으로 트집을 잡아 여성 승조원의 정조를 빼앗는 극악한 변태 정도로 여겨지고 있는 건가.

나는 황급히 고개를 저으며 변명을 했다.

"아니, 뭔가 오해한 모양인데 내가 말한 '대가'라는 건 그렇게 이상한 말이 아니라…,"

머리를 긁적이며 머쓱한 투로 말을 이었다.

"그… 나도 파티에 끼워주지 않을래?"

"……네?"

"그러니까, 야식 만드는 걸 도와줄 테니 먹을 것 좀 나누어 줘."

원래 사람 간에 친해지는 가장 좋은 방법은 비밀을 공유하는 것이라 했다. 특히 이렇게 심야에 몰래 야식을 훔쳐 먹으며 '공범의식'을 공유하는 일은 연방 해군에서도 자주 있었던 일이라 나는 기꺼이 동참하기로 했다.

"어쩐지 출출해져서. 게다가 나도 동참하면 공범이 되는 셈이니까, 내가 해인에게 고자질할 염려도 없어지잖아? 괜찮으면 좀 끼워줘."

"그건 그렇습니다만…"

그러나 트리샤는 의아한 표정을 지으며 나를 올려다보았다. 뭔가 곤란한 사정이라도 있는 걸까?

"아, 혹시 내가 먹기엔 양이 모자라려나?"

"아뇨, 아뇨. 그런 게 아니라… 사실 좀 놀랐거든요."

"뭐가?"

"의무장님은 뭐랄까, 좀 더 착실한 분이신줄 알았는데…"

"하하, 내가 그렇게 보였어?"

어색한 미소를 흘기면서 그 동안의 내 행동을 돌이켜 보았다. 딱히 수병들 앞에서 딱딱하게 군기 잡힌 모습을 보인 적은 없었는데. 해인과 자주 이야기하고 있어서 그런가? 여하튼 이런 이미지도 수병들에게 미움 받는 이유 중 하나였으리라.

…그보다 트리샤는 방금 전까지 나를 사소한 잘못을 빌미로 여성의 몸을 노리는 극악한 변태로 대하지 않았나? '착실하지만 변태인 상관'이라니… 무슨 능욕계 포르노의 주인공이냐고.

"그럼 짐을 나르는 걸 도와주시겠어요?"

이윽고 저장고의 구석에 도착하자 트리샤는 한쪽에 밀어둔 종이상자를 들어 올리며 내게 물었다.

"응, 좋아. 뭐부터 나르면 될까?"

"일단 저 끝에 있는 라면 상자를…"

"오오, 라면!"

무심결에 흥분하여 소리를 높이고 말았다.

라면은 연방군이 제일 좋아하는 간식 메뉴다. 특히 구불구불하게 찍어낸 유탕면(油湯麵)은 보관이 용이하고 면발의 식감이 좋기 때문에 연방군에서 전투 식량으로도 사랑받는 음식이었다. 무진함이 침몰한 이후로 한 번도 보지 못했던 음식을 여기서 보게 되다니……

내가 과하게 흥분한 것을 알아차렸는지, 트리샤는 어색하게 웃으며 되물었다.

"헤… 라면, 좋아하세요?"

"응, 당연하지! 게다가 이건 연방제 라면이잖아? 호오, 이거 꽤 매울 텐데."

나는 붉은색으로 점철된 라면 봉지를 가리키며 말했다. 이 라면은 매운 음식을 좋아하는 연방에서도 맵기로 악명이 높은 제품이었다. 하필이면 왜 이 라면이 다국적 인종으로 가득 찬 잿빛 10월에 있는 걸까?

"항만지원대 군수품 창고 구석에 쌓여있는걸 그쪽 보급병에게 말해서 가져왔어요. 어쩐지 매워서 다들 못 먹는 모양이라, 그대로 방치하는 것도 뭣해서 제가 먹으려고요."

"음식을 소중히 여기는 건 좋지만, 이거… 진짜 상상 이상으로 매운데?"

"아뇨, 매운 건 괜찮아요. 이래봬도 인도 출신이거든요."

아니, 어찌 봐도 트리샤는 인도 출신처럼 보인다. 그런데 그게 매운 라면과 무슨 상관이 있단 말인가? 트리샤는 묘하게 으스대며 말을 덧붙였다.

"인도에는 카레처럼 매운 음식이 많거든요."

나는 그 말에 조금 의아했다.

"응? 카레가 매운가?"

연방에서의 카레는 달착지근하고 어린아이들이나 먹는 음식이라는 인식이 강하다. 시중에 매운맛이라고 나온 카레도 혀가 아릴 정도로 맵지는 않았다. 하지만 어쩐지 트리샤는 내 말에 조금 기분이 상한 기색이었다.

"매운데요."

"카레가 매운 음식이라고?"

"매운데요."

"달지… 않나?"

"맵다니까요."

시근사근 대답하며 나를 올려다보는 트리샤의 표정은 어쩐지 매서웠다. 내, 내가 실수했나? 하기야, 생각해 보면 카레에 쓰이는 강황도 일종의 향신료이고… 많이 넣으면 매울지도 모르겠다. 그래도 맵다는 것에 저렇게 쓸데없는 호승심을 불태울 필요는 없잖아. 나는 트리샤의 비위를 맞춰주기 위해 일단 사과를 했다.

"하하, 미안. 내가 먹어본 카레는 전부 달달한 것 밖에 없어서 말이야. 음, 괜찮으면 나중에 개인적으로 매운 카레를 만들어주지 않을래?"

"개인적인 요리를…?"

트리샤의 눈이 동그랗게 변했다.

"그, 그건 조금 무리일지도 모르겠는데요. 이해인 조리장님의 지시 없이 식재료를 소비하는 것도 그렇고, 제가 만든 요리를 남성분이 드신다는 것은 아직 불안해서…"

트리샤의 목소리는 갈수록 작아져서 마지막에는 무어라고 웅얼거리는지 들리지 않게 되었는데, 여하튼 이 배에서 사적으로 음식을 만들기는 곤란한 모양이었다. 어차피 그렇게 카레가 먹고 싶어서 했던 질문도 아니었으므로 포기하고 말을 돌렸다.

"역시 그런가? 그러면 어쩔 수 없지."

"아……."

어쩐지 트리샤는 조금 아쉬운 표정으로 입을 벙긋거리다가 고개를 푹 숙였다. 카레를 못 만드는 게 그렇게 아쉬웠던 걸까. 하기야 연방에도 김치에 대해서라면 으레 흥분하는 사람들도 있으니까, 트리샤가 카레에 대해 지나친 자부심을 갖고 있다고 해도 이상한 일은 아니다.

나는 라면 상자를 집어든 다음 트리샤에게 물었다.

"그럼 이것들은 조리실로 가져가면 되려나?"

"아뇨, 함미의 기관실로 가져가야 해요. 다른 아이들과 거기에서 먹기로 했거든요."

"기관실?"

나는 무진함의 기관실을 떠올리며 의아해했다.

무진함을 비롯한 군함의 일반적인 기관실이라면 터빈이 돌아가는 소음과 열기 때문에 빈말로라도 밥 먹기 좋은 공간은 아니었다. 아무리 몰래 하는 일이라지만, 식사 하는 장소로 함내의 수많은 비밀 공간 중에 하필이면 기관실을 골랐는지. 하지만 얻어먹는 입장에서 장소를 고를 처지도 아니었던지라, 나는 묵묵히 상자를 들고 기관실을 향해 앞장서서 걷기 시작했다. 뒤에서 트리샤가 종종거리며 따라오는 소리가 들렸다. 문득 뒤를 돌아보니 불안한 표정으로 주위를 두리번거리며 경계를 곤두세우는 트리샤가 보였다.

어쩐지 내가 벌인 일에 트리샤를 끌어들인 기분인걸.

불안한 표정으로 나를 올려다보는 트리샤의 표정은 마치 주인을 따르는 작은 동물처럼 보였다. 나는 그런 트리샤의 모습이 가여워 긴장을 풀어줄 요량으로 사적인 질문을 던져보았다.

"트리샤, 너 오빠 있었어?"

"네, 넷? 그, 그걸 어떻게 아세요?"

"뭐랄까, 말이 같아 보이지는 않았거든. 좀 더 응석이나 어리광을 부리기 쉬운 스타일이라고 해야 할까. 어쩐지 내 여동생이랑 비슷한 점이 많은 것 같아서."

"그런가요. 과연… 눈썰미 좋으시네요."

트리샤는 쓴웃음을 지으며 문득 시선을 피했다.

"그럼 오빠도 해군에서 일해? 다른 배의 승조원이라든지…"

"아뇨, 저희 오빠는 더 이상 배를 타지 않아요."

그리고 트리샤는 담담하게 충격적인 이야기를 연달아했다.

"죽었거든요."

"아……"

안타까운 한숨을 흘렸다. 어째 나란 녀석은 입을 열 때마다 이렇게 지뢰를 밟는 거람. 이런 소재는 농담으로라도 꺼내도 안 되는데. 나는 우물쭈물하다 결국 사과를 하고 말았다.

"음, 미안. 괜한 이야기를 했네."

"아뇨, 의무장님의 탓이 아녜요. 제 탓입니다."

"아니, 아니. 어째서 네 탓이야? 내가 제대로 알지도 못하고 말을 꺼낸 게 잘못이지."

"그, 그렇지 않습니다. 그러니까…"

트리샤는 결국 아무 말도 하지 못하고 입을 다물어버렸다.

"……"

불편한 침묵이 격벽 내에 퍼졌다. 트리샤는 이제 나와 눈도 마주치지 않으려 했고, 나는 어찌할 바를 모르고 발만 동동 구르고 있었다. 멍청한 이원일, 지금 무슨 짓을 한 거냐. 수병들의 호감도를 올리기는 고사하고, 남의 트라우마나 끄집어내고 있으니……

무슨 말을 해야 할지 몰라 주뼛대고 있는데 복도 맞은편에서 발소리가 들려왔다.

"트리샤~."

타이밍 좋게 먼발치에서 트리샤를 부르는 느긋한 목소리가 들려왔다.

"재료 가지러 간다고 해 놓고선 왜 이렇게 늦는 거야. 어디 가서 요리를 해 오는 것도 아니…… 어?"

맞은편 모퉁이 너머에서 활기차게 뛰쳐나온 사람은 오전에 의무실에 내원했던 루나 클라인 일등 수병이었다. 루나는 오전과는 달리 하얀 가운을 입고 금발을 타이트하게 묶어 넘겨 군인이라기보다는 과학자를 연상케 하는 모습이었다. 하지만 루나는 내 존재를 알아차리자마자 오전처럼 허둥대며 황급히 경례를 올려붙이고, 또 씨알도 안 먹힐 변명을 하기 시작했다.

"의, 의무장님? 아, 그러니까 지금 이 상황은… 그래, 연소 실험입니다! 제가 가스터빈의 연소 실험에 쓰일 채소와 육류를 트리샤 일등 수병에게 부탁했었습니다!"

"저, 루나 일등 수병. 고체 연료를 쓰는 가스터빈 군함이 어디 있어. 게다가 이건 채소나 육류가 아니라 그냥 건조된 라면이라고."

"하, 하… 그, 그렇습니까? 아무래도 트리샤 일등 수병이 뭔가를 착각한 모양입니다. 지, 지금 제가 데리고 가서 따끔하게 주의를 줄 테니 제발 이해인 조리장에게 만큼은…."

"……."

또 해인이냐. 도대체 조리장은 이 배의 수병들에게 무슨 짓을 한 거야?

그 되도 않는 변명을 지껄이는 루나가 딱했는지 결국 트리샤가 나대신 해명을 해주었다.

"루나. 의무장님은 나를 꾸짖으셨던 게 아니라, 같이 동참해도 되겠느냐고 말씀하신거야."

"네? 의무장님이 야식을요?"

루나는 놀란 표정으로 나와 트리샤를 번갈아 보더니 이상하다는 투로 뇌까리기 시작했다.

"호, 의외네요. 부사관들은 죄다 꼬장꼬장해서 수병들 잘못만 봤다 하면 장교들에게 일러바치기 좋아하는 족속이라고 생각했는데, 직접 동참하시는 분도 계실 줄이야…."

저기, 이래보여도 '그 꼬장꼬장한 부사관' 맞는데요? 그렇게 대놓고 말씀하시면 은근히 상처 받는데요? 그보다 왜 이 배의 여자들은 다 생각나는 대로 말을 입 밖으로 내뱉는 거야? 함훈(艦訓)이 '일단 생각나는 대로 내뱉고 보자'라도 되는 거야?

나는 불편한 심정을 최대한 억누르며 가능한 한 밝은 표정을 지으며 넌지시 물었다.

"…혹시 내가 참가하면 안 되는 이유라도 있어?"

"아, 아닙니다. 환영입니다! 언제든지요!"

루나는 유쾌하게 재차 경례를 올려붙인 다음, 내게 빼앗듯 라면 상자를 받아들어 기관실로 향했다. 어쩐지 좋지 않은 상황에 휘말려가고 있는 기분인데…, 하고 생각했지만 루나를 따라 수밀문을 열고 아래쪽 덱으로 내려갔다. 선체 하부에 있는 터빈실과 엔진룸이 쭉 이어진 기관 구역은 나로서는 처음 와보는 곳이었다. 야간 항행 중이라서 시동을 끈 것일까. 생각 외로 기관 구역은 그다지 시끄럽지 않았다.

팔랑팔랑.

앞서 가는 루나 일등 수병의 나풀거리는 백의가 눈에 띄었다. 기관병과 백의라니? 아무리 생각해도 어울리지 않는 조합이었다. 내가 몸담고 있던 연방 해군의 경우만 하더라도, 기관병들은 다른 수병들과는 달리 윤활유나 검댕 같은 오물에 옷이 더러워지기 쉽기 때문에 때가 타도 잘 드러나지 않는 얼룩무늬 전투복을 입었다. 그런데 하고 많은 옷 중에서 때가 제일 타기 쉬운 백의라니. 나는 루나가 무슨 생각으로 저런 옷을 입고 있는지 궁금해졌다.

"루나 양은 기관병이 아니었던가?"

루나 수병은 내 말에 뒤를 돌아보며 고개를 끄덕이며 담담하게 대답했다.

"예, 기관병 맞는데요. 정확히 말하자면 원자력 기관병이지만요."

"원자력 기관병?"

그동안 전기병이나 가스터빈병, 내연병 같은 직책은 들어봤지만 원자력 기관병은 처음 듣는 직책이었다. 루나는 손으로 백의를 펄럭이며 제자리에서 한 바퀴 빙글 돌았다.

"자, 제 몸에서 나는 푸른빛이 안 보이시나요?"

푸른 빛? 무슨 후광이라도 나는 걸까 싶어서 루나를 뚫어져라 쳐다보았다. 하지만 백의는 여전히 백색이었고, 되레 내 시선을 마주하자 루나는 얼굴이 새빨개져서 당황한 듯 입만 벙긋거리고 있었다.

"의, 의무장님."

뒤에서 트리샤가 내 등을 찌르며 작은 목소리로 말했다.

"지금 루나는 농담을 한 거에요."

"…뭐? 농담?"

나는 루나를 다시 홱 쳐다보았다. 그러자 루나는 조금 주눅 든 목소리로 중얼거렸다.

"왜, 구소련 원잠 승조원들은 체렌코프 현상 때문에 밤에는 푸른빛이 난다는 농담이 있잖아요. 거기서 나온… 저로서는 꽤 고심 끝에 내놓은 회심의 농담이었는데…."

"알까보냐, 그런 농담!"

"에에이. 해군이면 그 정도의 상식은 갖추셔야죠. 영화 〈K19 : 위도우 메이커〉 정도는 보셨을 거라고 생각했는데."

"…너는 어느 시대의 영화를 이야기하고 있는 거니?"

"후훗…. 풋…."

문득 뒤를 돌아보니 트리샤는 나와 루나가 티격태격하는 양을 보며 쿡쿡 웃고 있었다. 어쩐지 이 엉뚱한 말다툼 덕분에 긴장이 다소 풀린 모양이었다.

이야기를 나누는 사이, 우리는 어느새 기관 구역의 마지막 격벽에 도착했다.

"자, 다 도착했습니다. 여기가 원자로로 이어진 통로에요."

루나가 격벽에 설치된 해치를 열자 거대한 격실이 나타났다. 물론 식량 저장고만큼 크지는 않았지만, 온갖 파이프와 전선이 늘어진 기관실의 모습은 버려진 폐 발전소를 연상시킬 만큼 흉흉해보였다. 무엇보다도 가장 의외였던 점은 간헐적으로 따, 따, 따— 하는 소리가 나기는 했지만, 발전기 특유의 요란한 소음이 거의 들리지 않았다는 점이다.

"생각 외로 조용하네? 노심은 냉각수 순환에 가스터빈을 쓴다고 해서 요란할 거라고 생각했는데."

"예. 여기는 단순히 노심 보호 장치 외부니까요. 실제로 저 안은 엄청 시끄러워요. 여러 층의 흡음장치 덕분에 이렇게 밖에서는 조용한 거죠. 점검 때는 안으로 들어가지만 지금은 그냥 단순히 기관통제만 하기 때문에 밖에 있어도 된답니다."

루나가 히죽이며 모니터를 두드리자 뭔가 어려운 단어가 계속 모니터 위에 떠올랐지만, 나는 그게 뭘 의미하는지 해석하지 못했다. 아마도 원자력 공학자가 아닌 이상 무리겠지….

"그런데 잿빛 10월 같은 보급함이 원자력 발전을 할 필요가 있어?"

내 질문에 루나 일등 수병은 고개를 갸웃거리다가 자신 없는 투로 몇 가지 추론을 내놓았다.

"글쎄요…. 사실 학회에서도 잿빛 10월은 실험함이라는 성격이 강하니까요. 전에 보셨는지는 모르겠지만, 잿빛 10월은 보급함 답지 않게 최첨단의 무기와 사통 장비들을 운용하고 있답니다. 이런 장비들을 최상의 상태에서 운용하기 위해서는 예비 전력을 늘 확보해두어야 하니까요. 게다가 전력 수복 장치가 고장난 배에게 함전을 공급해 줄 수도 있고…. 뭐 어찌되었든 담수화 장치를 마음대로 쓸 수 있다는 점은 우리 수병들 입장에서 좋은 일이에요."

"으음, 하긴."

전에 있던 배에서는 가끔씩 절수 공고가 뜨곤 했다. 항해가 예상외로 길어져서 청수를 아껴야 할 필요가 있을 때는 사관들이 직접 할당량의 물을 배급했다. 물론 세면을 하거나 식수로 쓰기에는 충분한 양이었지만, 샤워는 도저히 할 수 없었다. 거기에 폭염 때문에 다들 땀을 흠뻑 흘린 상태라면…. 역겨운 기억이 떠올라서 나는 얼굴을 찌푸렸다.

그런 나를 보고 루나가 이맛살을 찌푸리며 쏘아붙였다.

"또 무슨 음란한 생각을 하시는 건지…."

"안 했어! 왜 그리 이 배 승조원들은 나를 못 잡아먹어서 안달이야? 보자마자 바다에 던져버리질 않나, 대놓고 욕설을 퍼붓질 않나, 소총을 겨누질 않나…. 응, 소총?"

찰칵.

총의 노리쇠를 당기는 소리가 들렸다. 고개를 들어보니 방호복을 입고 방독면을 쓴 정체불명의 군인이 나를 향해 소총을 겨누고 있었다. 너무나도 갑작스러운 상황에 나는 수하조차 하지 못하고 양 손을 번쩍 들었다.

"적?"

방독면 너머에서 계집아이의 탁한 목소리가 들려왔다.

"아냐, 아냐, 아냐, 아닙니다. 아니에요. 적이 아닙니다."

하지만 나는 당황한 나머지 말을 더듬다 못해 존댓말로 항변하기 시작했다.

"적은 그렇게 말해."

"그보다 무슨 연유로 대뜸 저를 적이라고 하시는 겁니까!"

"우리의 주적은 간부."

"너 수병이었냐! 그보다 어째서 연방군의 오도된 군 문화가 여기까지 퍼져 있는 거야!"

혼란스러워 하는 나와 아직도 소총을 치우지 않는 소녀 사이에 트리샤가 조심스레 끼어들었다.

"아, 저기… 마리아 수병님. 이분은 적이 아니라 저흴 도와주시러 오신 거예요."

"돕는다?"

마리아라고 불린 소녀는 의심쩍은 눈초리로 나와 트리샤를 번갈아 보았다. 트리샤는 잠깐 주눅 든 듯했지만 이내 다시 기세 좋게 항변하기 시작했다.

"그러니까 돕는다는 것도 이상하지만… 여하튼 저희를 타박하러 오신 게 아니라 같이 라면을 먹으러 오신 거라고요. 그러니까 같이 합석해도… 괜찮겠죠?"

"트리샤가 남자를 변호할 때가 있다니."

마리아는 내게는 들리지 않을 만큼 작게 무어라 중얼거리며 고개를 끄덕였다. 하지만 마리아는 내게 겨눈 총구를 내리지 않은 채 한 마디를 더 쏘아붙였다.

"하지만 만에 하나. 조리장한테 이 사실을 알린다면…"

"안 알려! 안 알린다고! 그보다 이해인 조리장은 수병들한테 얼마나 미움 받고 있는 거야? 어쩐지 예쁘장한 것 치고는 지나치게 깐깐하게 생겼다 싶더니만…"

"…뭐, 그 정도면 합격."

마리아는 한숨을 푹 내쉬며 방독면을 벗었다. 그 밑에서 지저분하게 뻗친 백금발을 가진 앵글로색슨 계열의 백인 소녀가 모습을 보였다. 눈 밑은 피곤한 듯 거스름이 잔뜩 져 있었고, 푸른빛의 눈동자에는 못마땅한 빛이 가득했다. 초면에 이런 평가를 내리기도 뭐하지만, 마리아의 외모는 군인이라기보다 할 일 없는 니트족처럼 보였다. 대부분의 수병과는 달리 마리아는 조금도 그을리지 않은 창백한 피부와 잔 근육 하나 없는 매끈한 팔을 갖고 있었기 때문이다. 하지만 섣부른 판단은 금물이다. 나는 전에 마주쳤던 엘레나 포술장을 상기하며 경계를 풀지 않았다. 하지만 마리아는 처음의 위협적인 태도가 무색할 만큼 거리낌 없는 태도로 내게 바로 다가오더니 손을 내밀며 인사했다.

"작전부의 마리아(Maria)야."

마리아는 예외적으로 직책과 계급을 말하지 않고 이름만 밝혔다. 잘 알지도 못하는 수병의 관등성명을 알아봤자 아무 쓸모도 없으므로 나는 최대한 평정을 유지하며 악수를 받아들였다.

"음. 소문은 들어 알고 있겠지만… 이원일 일등병조라고 한다. 잘 부탁해."

마리아는 악수를 하며 나를 찬찬히 뜯어보더니 갑자기 대뜸 심한 소리를 내뱉었다.

"혹시 고자야?"

"…아무래도 이 배의 수병들이 내뱉는 폭언에 일일이 놀라다가는 제 명에 못 살겠다. 그보다 왜 갑자기 그런 생각을 했어?"

"아니. 너무 깡말라서."

마리아는 스스럼없이 내 팔뚝을 주물거리며 말했다. 오히려 민망해진 것은 내 쪽이라, 나는 팔을 확 잡아 빼며 소리를 질렀다.

"그게 무슨 상관이야? 게다가 비쩍 마른 네가 할 소리는 아니잖아!"

"하지만 남성은 달라."

"…그보다 왜 넌 자꾸 반말인데?"

"어차피 타 부서 사람이니까…."

또 이렇게 무시당하나. 순간적으로 울컥했지만, 오늘만큼은 참기로 했다. 나는 이곳에 상하관계를 분명히 하기 위해 방문하지 않았다. 그래, 단순히 친교를 다지러 왔을 뿐이니까…. 게다가 어차피 나는 임시로 승함한 가짜 일등병조다. 이곳의 수병들이 존경심을 가지지 않아도 충분히 이해가 간다.

그 사이 마리아는 방호복을 벗고 정비용 위장 재킷을 걸쳤다. 방호복을 입고 있을 때는 가늠이 잘 되지 않았는데, 마리아의 체구는 정말로 가냘프다 못해 안쓰러울 정도로 빼빼 말라있었다. 마리아는 방독면 주머니에서 커다란 안경 하나를 꺼내 쓰더니, 가방에서 알 수 없는 용어가 잔뜩 적힌 레포트를 꺼내들고 루나와 대화하기 시작했다.

"현재 '미리암'의 ECCS (비상 노심 냉각 장치 : Emergency Core Cooling System)에는 큰 이상이 없어. 소프트웨어 상으로도, 하드웨어 상으로도."

"흐음, 그런데 어째서 노심의 온도가 이렇게 떨어지지 않는 걸까요."

"미리암 말로는 상부 대기 순환이 이상하대."

"아, 애들이 연돌 청소를 제대로 안 해뒀나?"

"그럴 가능성도 있지만, 만약을 위해 열교환기를 살펴봐."

"헉— 혹시 연돌 때문에 멜트 다운(Melt down : 노심 융용) 하지는 않겠죠?"

"…그 점에 대해서는 기관장님이 알아서 처리한다고 했으니까 괜찮아."

"……"

나는 루나와 마리아의 대화를 한동안 듣고 있다가 트리샤에게 넌지시 물었다.

"쟤네… 뭐라는 겨?"

"하하, 저도 잘 모르겠네요. 타 부서의 일이라…."

"아, 그럼 마리아도 원자력 기관병이야?"

"아뇨. 마리아 수병은 작전부 수병이에요. 기관 통제 장치에 쓰이는 전산 프로그램을 손보러 온 것 같아요."

자기 부서 일도 아닌데 저런 갑갑한 방호 장비를 쓰고 돌아다니다니.

나는 일전에 무진함에서 화생방 상황 하 제독 청소를 하던 일이 떠올라, 마리아를 딱하게 쳐다보았다.

"과연, 이 배도 인력난은 마찬가지구나. 전부(前部) 요원이 후부(後部)의 일까지 도와야 한다니…"

하지만 트리샤는 말끝을 흐리며 내 말을 살짝 부정했다.

"아뇨. 마리아 수병은 다른 수병들과는 달리… 아, 역시 이건 말씀드리기 좀 힘드네요. 다소 민감한 사안인지라……."

트리샤의 표정을 보아하니 단순한 문제는 아닌듯하여 넌지시 말을 떠보았다.

"역시 이것도 기밀사항인가?"

"뭐… 기밀이라기보다는 개인사에 가까워요. 자신의 숨기고 싶은 사실을 다른 사람이 떠벌리고 다니는 것도 싫잖아요? 어차피 전우라고 해도… 결국은 타인이니까요."

트리샤는 엷게 웃으며 말을 흐렸지만 나는 어쩐지 그 말에 섭섭함을 느꼈다.

타인이라. 아직도 나는 잿빛 10월의 승조원들에게 그 정도의 인간인건가. 물론 승선한지 1주일 밖에 안 된 승조원에게 동료애나 전우애 같은 유대감을 가지길 기대하진 않았지만, 이렇게 쌀쌀맞게 표현할 필요는 없잖아. 어쩐지 비참한 기분이 되어 고개를 푹 숙이고 있으니, 트리샤가 허둥거리며 억지로 화제를 돌렸다.

"아. 그럼 사담은 여기서 끝내도록 하고… 마리아 수병과 루나가 기관장치를 손보는 동안, 저희는 야식을 준비하죠!"

"으응. 그래."

나는 떠밀리듯 일어나서 기관실 구석에 놓여 있는 버너를 가지러 갔다.

그 사이 트리샤는 소매를 걷어 올리며 냄비와 젓가락을 부랴부랴 챙기기 시작했다. 콧노래를 흥얼거리며 냄비에 물을 받고 있는 트리샤의 얼굴을 바라보고 있노라니, 어쩐지 방금 전까지 하던 고민이 쓸머리 없게 느껴졌다.

-3-

"저… 그래서 말입니다."

나와 트리샤가 라면을 끓여오자, 기관의 일도 거의 끝난 모양이었다. 그 둘은 요리를 내오자마자 젓가락을 들고 냄비 앞에 앉았지만, 바로 먹지 않고 한동안 서로 눈치만 보고 있었다. 한참의 침묵 끝에 루나가 먼저 입을 열었다.

"저… 이 음식이 대체 무엇입니까?"

"아, 너흰 라면을 모르나보구나. 라면은 연방과 일본에서 인기 있는 유탕면 요리로, 보통 건조 보관이 쉽기 때문에 연방 군대에서는 전투 식량으로도 종종 쓰이는 음식인데…"

하지만 루나는 내 설명을 중도에 끊고 고개를 저었다.

"아뇨, 아뇨. 저희가 라면이라는 음식을 몰라서 그러는 게 아닙니다. 저희가 궁금한 것은 이 라면의 조리법인데…"

루나는 다시 냄비에 시선을 향했다. 그곳에는 평소와는 달리 면과 국물이 각각 두 개의 냄비에 따로 담겨 있었다.

"이래서야 라면이 아니라 소바 같지 않습니까."

루나는 아무런 조미도 되어 있지 않은 삶은 면발을 들어 올리며 중얼거렸다.

"게다가 희미하게 식초 냄새도 나고 있어."

마리아도 코를 킁킁거리며 한마디 거들었다.

루나가 지적한대로 나는 부러 면을 따로 삶고 스프를 푼 온수 또한 별도로 내왔다. 면 요리라면 국물이 어느 정도 면에 배어야 그 맛과 향을 즐길 수 있기 마련인데, 나는 그 순서를 완전히 무시하고 면을 따로 삶아 내왔다. 거기에 마리아가 지적했듯이 옅게 희석한 식초로 면을 한 번 더 버무리기까지 했다. 요는 처음 보는 조리법이니 불안해서 쉽게 손이 가지 않는다는 뜻이겠지.

"어쩌죠…."

트리샤는 불안한 표정으로 내 눈치를 살폈다. 하지만 나는 이들의 걱정은 눈에도 안 들어올 만큼 자신이 있었다.

"일단 걱정은 나중에 하고 다들 한 그릇씩 먹어보라고."

나는 면을 그릇에 담은 다음 국물을 부어 넉살좋게 수병들에게 권했다. 가장 먼저 젓가락을 댄 사람은 루나 일등수병이었다. 루나는 미심쩍은 표정으로 면을 국물에 풀어 몇 번 휘휘 젓더니 면과 국물을 한 번에 후루룩 들이켰다. 그리고 루나는 놀란 듯 눈을 동그랗게 떴다.

"어… 라?"

"왜 그래?"

"아뇨. 이것 참 '의외로' 맛이 있어서…."

"의외라니. 밥을 만든 사람을 앞에 두고 그딴 단어 고르지 마!"

"하지만 정말 신기한 느낌이라서 말이죠. 면을 따로 끓여서 먹는데도 같이 넣고 끓였을 때처럼 라면 특유의 맛이 살아 있어요. 아니, 오히려 그렇게 먹는 것보다 더 깔끔한 느낌인데요?"

"과연."

막 면발을 입에 넣은 마리아도 고개를 끄덕이며 루나의 말에 동조했

다. 물론 정직하게 봉지의 뒤에 쓰인 조리법대로 조리한다면 절대로 알아
차릴 수 없는 비법이긴 하지만…

"그건 이게 인스턴트 라면이기 때문이야."

나는 빈 스프 봉투를 가리키며 말했다.

"일반적인 면 요리라면 면발에 국물이 제대로 스며들지 않아 먹을 때
당연히 연한 맛을 느끼겠지만, 라면 스프는 적은 양으로도 강렬한 맛을
낼 수 있는 인공 조미료야. 국물을 살짝 묻혀도 강렬한 스프의 맛 덕분에
어느 정도는 혀를 속일 수 있지. 게다가 라면 사리에도 약간의 조미료가
들어가기 때문에 면 자체도 일반 생면과는 달리 감칠맛이 있어. 생 라면
을 깨부숴 먹은 적 없어?"

세 수병은 말없이 고개만 끄덕였다. 하기야 몰래 들여온 음식을 그렇
게 낭비할 정도로 호사스러운 상황이 아니지. 나는 어깨를 으쓱하고 설명
을 이어갔다.

"그리고 면과 국물을 함께 삶으면 면에서 배어나온 전분이 국물을 약
간 끈끈하게 만들기 때문에 국물이 혼탁해져. 물론 전분이 섞인 국물을
더 좋아하는 사람도 있긴 하지만, 두 개 이상의 라면을 삶을 때는 국물의
온도를 일정하게 유지하기 힘들기 때문에 자칫하다가는 면이 퍼지기 쉽
거든."

"그런데 따로 삶은 면은 어째서 퍼지지 않았지?"

마리아가 한 데 뭉쳐진 면발을 가리키며 물었다.

"아, 그건 면을 희석한 식초 액으로 버무렸기 때문이야."

"식초?"

"음. 이건 일종의 화학 현상인데, 면을 삶으면 호화돼서 전분이 배어나
와 면이 서로 달라붙거든. 이게 식으면 다시 엉겨 붙게 되고… 그런데 여

기에 희석된 식초 액을 발라두면 면이 호화되는 것을 막을 수 있어. 어차피 라면은 국물의 맛이 강렬하기 때문에 식초액을 조금 넣는다고 해서 맛이 크게 변하는 것도 아니고."

내가 설명을 마치자 루나는 눈을 반짝이며 나를 올려다보았다.

"역시, 아무리 고심한다 해도 연륜에서 나오는 지식은 이길 수 없는 법이군요!"

"어쩐지 엄청 나이든 것처럼 느껴지니까 그렇게 말하지 말아줄래…?"

"아무렴 어떻습니까. 그보다 한 그릇 더 먹을 수 있나요?"

"응, 아직 많이 남았으니까. …그보다 이건 원래 너희 음식이잖아!"

"의무장. 나도 한 그릇 더."

"네, 네. 식객인 제가 대접해 드려야지요. 휴우…"

한숨을 쉬며 수병들의 빈 그릇에 다시 면발을 담아 내밀었다. 하지만 어쩐지 그리 나쁜 기분은 아니었다. 친구와 함께하는 저녁 식사처럼 편안하고 즐거웠다.

"다행이다…"

라면을 맛있게 먹는 둘을 보자 트리샤도 그제야 한숨을 내쉬며 기뻐했다. 하긴 기껏 내 말만 믿고 만든 음식이 맛없었다면 동료들을 볼 면목이 없었겠지. 나는 그런 소녀들을 흐뭇하게 바라보며 라면을 젓가락으로 집었다. 조금 시간을 끌어서일까, 이미 내 그릇에 담긴 면발은 호화되기 시작해서 축축 늘어지고 있었다.

뭐… 결국 최고의 조리법을 가미한다고 해도 인스턴트 라면은 어차피 인스턴트 라면이다. 싼 값에 오랫동안 보관할 수 있도록 만든 인스턴트 면을 어떻게 조리한다 한들 방금 뽑아낸 생면의 맛을 따라갈 수 없음은 당연하다. 더욱이 여러 사람에게 동시에 배식하기 위해 한꺼번에 조리한 음식이라면 그 맛이 더더욱 떨어진다.

하지만 그렇기 때문에 라면은 맛있다. 기름에 푹 절어 느끼한 면발도, 먹고 나면 혀끝이 텁텁해지는 스프도, 이 모든 점들을 감추기 위해 억지로 쏟아 넣은 자극적인 캡사이신 소스도 맛있다. 어디서나 간편하게, 싼 값에 많은 사람들과 나누었던 추억이 담긴 맛이기 때문이다. 혹자가 말했듯이 음식에 들어가는 최후의 조미료는 분위기와 공복이다.

향이 매워서 과연 서양사람 입맛에도 맞을까 싶었던 내 걱정과 달리 수병들은 맛있게 라면 그릇을 비웠다. 그런 모습을 보고 있자니 나는 한 가지 생각이 떠올랐다.

"그런데 이렇게 라면을 좋아하는데 가끔씩 식사 대신 라면을 내놓아도 좋지 않아? 전에 내가 있던 배에서는 종종 그렇게 했는데. 사기도 진작될뿐더러, 사실 조리병들도 이게 편하잖아?"

내가 그렇게 말하자 갑자기 모두의 표정이 어두워졌다. 또 뭔가 잘못 말했나 싶었는데, 트리샤가 고개를 저으며 질문에 대답했다.

"예, 물론 저희도 끼니를 라면으로 때우면 좋겠지만… 허락이 나지는 않을 거예요."

"허락? 장교들 허락 말이야?"

나는 내게 역정을 내던 꼬마 포술장을 떠올리며 고개를 갸웃거렸다. 분명 장교들은 식사를 부식으로 때우는 걸 그다지 좋아하지 않을 테지. 하지만 허락 맞고자 마음먹으면 그리 어렵지 않을 법했다. 포술장과는 달리 이 배에는 의외로 나사가 풀린 장교들도 많기 때문이었다. 일단 군의관부터가 그리 꽉 막힌 사람이 아닌데다가, 정 뭣하면 함장에게 직접 건의해도 된다. 아니, 함장이라면 오히려 '귀찮은데 매 끼니를 라면으로 먹을 수는 없을까?' 하고 물을까봐 걱정되는 사람이지만….

하지만 트리샤가 말했던 허락의 주체는 장교가 아닌 전혀 다른 사람이 었다.

"저, 장교 분들의 허락이 필요한 게 아니라…"

트리샤는 주저하다가 모 영국 판타지 소설에서 악당의 이름을 부를 때처럼 최대한 짧게 그 이름을 입에 담았다.

"이해인 조리장님이요."

"……."

또 조리장이냐. 이젠 너무 자주 언급 되어서 놀랍지도 않을 정도였다.

"조리장이 라면을 싫어해?"

내 질문에 수병들은 치를 떨며 한 마디씩 거들기 시작했다.

"싫어하는 정도가 아니라 아주 증오해요."

"보이기만 하면 갖다 버린다니까요?"

"다른 가공 식품도 마찬가지야."

솔직히 해인이 즉석가공식품을 좋아하리라 생각하진 않았지만, 수병들이 이렇게까지 말하니 새삼스럽다. 하기야 해인의 깡마른 체형과 그 깐깐한 표정을 떠올리면 라면은 고사하고 채소도 유기농이 아니면 입에 대지 않을 성싶다.

"그래도 식량 창고에는 전투용 레토르트 식품이 잔뜩 실려 있잖아?"

"그건 잠수함에 불출할 물자와 식재료가 떨어졌을 때를 대비한 물자들이에요. 실제로 잿빛 10월 승조원들에게 보급된 적은 없고요. 식사는 언제나 제대로 된 재료를 이용해서 만들어요."

"확실히 처음 봤을 때부터 요리에 대한 애착이 크다고 생각했지만…"

내가 주저하는 사이 수병들은 나쁜 어른의 추태를 일러바치는 어린 애처럼 이해인 조리장의 만행을 잇달아 보고하기 시작했다.

"사실 제일 심한 건 한식에 쓰이는 김치인데요…."

"아, 그리고 보니 김치는 한 달에 한 번씩 담구지 않아?"

"엥? 함상에서 김장을 한다고?"

"네, 조리장님이 일반 냉장 시설에 보관한 김치는 2주가 넘으면 물러져서 맛이 없다고…."

"아마 된장도 시설만 허락했다면 직접 발효시켰을 걸."

"심하다……."

나는 뜨악한 심정으로 고개를 저었다.

물론 조리요원으로서의 이해인 일조는 모범적이고 완벽하다. 가장 신선한 상태의 재료를 추가적인 인공 감미료 없이 조리하는 것은 건강한 요리의 기본이다. 하지만 군인으로서는 크게 잘못되었다. 아무리 인공 감미료와 식용 방부제가 몸에 안 좋다고는 하나, 야전에서 일정한 품질의 식료품을 상하지 않게 먹으려면 이런 화학 첨가물이 필수적이다. 더욱이 식량 보급이 불규칙한 해상에서는 이런 가공 식품조차도 없는 경우가 허다한 지라, 무엇이든지 있을 때 맛있게 잘 먹는 습관을 길러두는 편이 좋다.

아무리 잿빛 10월의 식재가 풍부하다고 하지만 이들은 군인이 아닌가. 그렇게 악착스럽게 신선한 식재료에 집착할 필요는 없다. 물론 매 끼 맛있는 음식을 먹을 수 있다는 점을 생각하면 불평할 일은 아니지만….

'물론 당신이 보기에는 이런 지원함의 주방장 따위가 셰프라는 말을 쓰는 게 우스워 보일지도 모르겠지만….'

'전들 이런 곳에서 군인들의 식사를 만들게 될 줄 누가 알았나요.'

문득 해인과 처음 만났을 때 들었던 말을 떠올렸다. 수병들에게 자신을 직책인 조리장 대신 셰프라고 부르라고 하거나, 적당주의인 군대식 조리에 불만을 늘어놓는 걸 보면 해인은 군 조직 자체에 꽤 불만이 있는 듯했다. 자의로 잿빛 10월에 승선한 게 아니었던가?

"조리장은 혹시 처음부터 군인을 지원했던 게 아니었어?"

내 질문에 트리샤는 우문을 들은 사람처럼 눈을 동그랗게 떴다가 배시시 웃기 시작했다.

"아마도요? ……사실 이 배에 처음부터 군인이 되고 싶어서 들어온 사람은 없을 테지만요."

원해서 입대하지 않았다는 말에 내가 얼굴을 찌푸리자, 무슨 오해라도 했을까봐 트리샤는 황급히 변명을 덧붙였다.

"아, 그렇다고 납치되거나 불법으로 노역하는 건 아녜요! 그, 비밀 결사인 광명학회에서도 바다를 항행해야 하는 해군 승조원들은 특히나 육지와의 연을 끊고 싶어 하는 사람들만 지원하는 법이거든요. 예를 들면 돌아갈 곳을 잃어버렸다거나……."

그렇게 말하는 트리샤의 얼굴이 유난히 쓸쓸해 보였다.

'마음의 벽을 쌓고 모인 집단이라…….'

그제야 나는 수병들이 내게 보여주던 쌀쌀맞은 표정을 이해했다. 뭍사람이 싫어서 바다로 도망쳐 나온 소녀들에게 이방인은 그 무엇보다도 무섭고, 피하고 싶은 존재였겠지. 적어도 '나라서' 유독 미움을 사고 있진 않다는 점만큼은 확실했다. 그 사실을 상기하자 마음이 점차 편하게 가라앉았다.

"아, 저는 원자력 발전소의 노심 한 개를 부숴먹고 도망치다가 지원했어요!"

"난 국가 군사 기밀을 빼서 위키리크스에 올렸다가 인터폴에 올라서."

고백타임인 줄 알았는지, 루나와 마리아가 각자의 흉흉한 지원동기를 밝힌다.

"그런 암울한 과거 따위 듣고 싶지 않아!"

어쩐지 가라앉던 뱃속이 다시 요동치는 기분이 들었다. 그냥 못 들은 셈 치자.

그 대신 아무래도 공감을 얻을만한 다른 대화 소재가 필요했다. 나는 오래전 훈련소 동기가 해주었던 말을 떠올렸다. 그의 말에 따르면 동서고 금부터 가장 큰 공감대를 얻을 수 있는 대화 소재는 타인의 흉이라 했다. 아무리 생각해도 옳은 말이다. 나는 넌지시 트리샤의 직속상관인 이해인 일조를 언급하며 수병들을 떠보기 시작했다.

"그런데 말이지, 이해인 조리장… 좀 후임들을 막대하지 않아?"

"네? 아… 조, 조금은…."

트리샤가 내 질문에 우물쭈물하며 말끝을 흐렸다. 군 생활에서 저 정도의 표현이면 엄청나게 심하다는 말과 동의어다. 나는 확신적인 어조로 다시 말했다.

"아니, 전에 조리실을 보니까 무슨 함대 사령관이라도 시찰 오는 것 마냥 도구들이 반짝반짝 잘 닦여있더라고. 물론 보기에야 좋지만 그거 엄청 힘든 일이잖아?"

"맞아요! 이해인 일조가 점호 청소를 감독하는 날은 평일인데도 대청 소를 해야 한다니까요?"

옆에서 루나 일등 수병도 내 말에 동조하며 무릎을 쳤다. 나는 분위기를 타서 하고 싶은 말을 마구 던지기 시작했다.

"솔직히 그런 거 짜증나잖아. 깨끗하고 완벽한 걸 좋아하면 저나 좋아하라지. 왜 다른 사람들을 끌어들여서 민폐를 끼친담. 내가 전에 타던 배에도 그런 사관이 하나 있었는데, 다들 속으로는 엄청 경멸했다니까."

트리샤와 루나는 평소에 가려웠던 곳을 긁어줘서 시원하다는 표정을 짓고 있었다. 다행히 내 예상이 맞은 모양이었다. 해인처럼 쓸데없이 일에 철저한 사관은 병들에게 원성을 자주 살 테지. 나는 하는 김에 조금 더 수병들의 호감을 얻어 볼까 일부러 강경한 말을 했다.

"뭐 그렇게 살아서 어디 시집이라도 갈까 싶다. 남자들은 그렇게 떽떽거리는 여자 별로 안 좋아하는데. 얼굴만 예쁘면 뭘 해, 마음이 고와야지."

그때 뒤에서 가시 돋친 여성의 목소리가 들려왔다.

"어머, 걱정해주셔서 그것 참 다행이네요."

그 싸늘한 음색에 나는 비명을 지를 뻔 했다. 굳이 뒤를 돌아보지 않아도 새파랗게 질린 수병들의 표정에서 나는 그 상대가 누구인지 대충 예상할 수 있었다.

"이… 이해인 일조?"

"네, 조리장입니다만?"

해인은 산뜻한 웃음을 지으며 되물었다. 해인의 웃음은 늘 그렇듯이 청아했지만, 눈만큼은 적의로 가득 불타고 있었다. 아마도 내가 하는 말을 듣고 있었나 보다.

"혹시… 어디부터 듣고 있었어?"

"'이해인 조리장은 후임을 막대하지 않냐' 부터요."

"……다 듣고 있었잖아."

나는 변명을 포기하고 손에 얼굴을 파묻었다. 그보다 해인이 이 시간에 여기에 무슨 일로?

"오늘 부직 사관이었습니다. 침실로 돌아가던 중에 어디서 이상한 냄새가 나서요."

나는 그제야 해인이 왼팔에 부직 사관 완장을 차고 있음을 알아차렸다. 하여간 누가 조리장 아니랄까봐 냄새도 잘 맡아요. 녹과 폐유 냄새로 찌든 기관실 사이에서 풍기는 라면 냄새를 포착하다니 공항의 마약 탐지견 저리 가라할 수준이다. 그 사이 해인은 얼어붙은 수병들 사이로 걸어 들어간 다음, 빈 그릇을 뒤적거리며 남은 음식을 살폈다.

"이게 뭐죠? 포장은 연방제 인스턴트 라면 같은데."

"저, 그게…."

"이런 걸 먹어도 좋다고 허가한 적이 있었던가요, 트리샤 일등 수병?"

"아, 아닙니다."

"그럼 왜 이런 짓을 한 건지 이유를 대보세요."

"……."

트리샤는 입만 달싹거릴 뿐 아무런 대답도 하지 못했다. 트리샤 뿐 아니라 루나도 아무 말도 하지 못한 채 뻣뻣하게 굳었다. 아무래도 내가 나서야할 때다 싶어 트리샤와 해인 사이에 끼어들었다.

"아, 미안. 이건 내가 기획한 거야. 밤중에 내가 너무 배가 고파서 뭐라도 달라고 했거든. 나머지 두 명은 우연히 지나가던 길에 내가 불러서 온 거고."

"이원일 일조가 이걸 기획했다고요?"

해인은 의심쩍은 눈초리로 나를 쳐다보았다. 물론 나도 억지라는 걸 안다. 착임한지 며칠 되지도 않은 신참 하사의 지시에 수병들이 고분고분하게 따랐을 리가 없지. 하지만 그렇지 않다는 증거도 딱히 없었던지라 해인은 이맛살을 찌푸리며 불편한 신음을 흘렸다.

"일조의 지시로 시작된 일이라면 수병들의 책임은 아니고, 이원일 일조는 아직 수습기간이니 징계를 내릴 수도 없겠군요. 좋습니다. 오늘일은 불문에 붙이죠."

해인이 그렇게 말하자 트리샤와 루나가 가슴을 쓸어 내렸다. 하지만 해인은 여전히 못 마땅하다는 눈초리로 빈 라면 그릇을 노려보며 경고했다.

"하지만 다시 이런 쓰레기 같은 음식을 먹는다면 가만히 넘어가진 않겠습니다."

"잠깐, 말이 심하잖아!"

순간적으로 크게 소리를 지르고 말았다. 하지만 해인은 조금도 동요치 않고 무표정하게 나를 바라보며 물었다.

"왜 그러시죠? 의무장."

"아무리 그래도 너무 하잖아? 사람이 먹는 음식을 두고 쓰레기 같…"

"음식에도 격이 있습니다. 이 증식용 라면은 음식을 구하지 못하는 최악의 상황에서만 먹도록 적재된 비상식량입니다. 신선한 식재료가 있는 상황에서 영양학적으로 해로운 라면을 섭취할 이유는 없습니다."

"세상에 그렇게 매 끼니 깐깐하게 이유와 건강을 따지면서 먹는 사람이 어디 있어? 게다가 먹으라고 만든 음식을 그렇게 말할 것 까지는 없잖아!"

"…그럼 정정하죠."

해인은 완장을 팔에 단단히 고정시킨 다음, 재차 경고했다.

"이건 그냥 음식물 쓰레기— 그 자체입니다. 정성도 영양도 전혀 들어가 있지 않은, 최소한의 생존을 위한 물품이란 말입니다."

순간적으로 혈압이 올라 정신이 아득해지는 것을 느꼈다. 지난 2개월 간 나는 해인이 말했던 그 쓰레기라고 말했던 음식도 제대로 먹지 못해,

죽기 보다 더한 고통을 느껴왔다. 그리고 그 고통을 견디지 못해 자살을 택한 노역자들이 몇인데, 어찌 감히 저딴 소리를 함부로 입에 담는단 말인가. 그건 평생을 풍족하게 살아온 인간들이나 할 법한 망언이다! 나는 주먹을 꽉 쥐며 해인을 노려보았다.

"너 진짜 한 번만 더 그딴 식의 말을 하면…."

"해인."

폭발하기 일보 직전의 순간, 팽팽한 긴장감에는 어울리지 않는 나른한 목소리가 울려 퍼졌다. 뒤를 돌아보니 마리아가 짜증스러운 표정으로 귀엣머리를 만지작거리고 있었다.

"이원일 일조에게 실례야. 거기까지 해."

"뭐…?"

순간 나는 마리아가 미친 줄 알았다.

아무리 군기가 빠진 사병이라고 해도 그렇지, 일개 수병이 감히 일등병조에게 예절에 대해 주의를 주다니…. 하지만 놀랍게도 해인은 마리아의 태도에 화를 내기는커녕 못마땅한 표정으로 고개를 끄덕이며 표정을 누그러뜨렸다.

"…알겠습니다. 오늘은 여기까지 하지요. 그럼 다른 분들도 내일 조별 과업에 늦지 않도록 바로 취침하세요."

해인은 그렇게 말하고 뒤로 돌아 그대로 기관실을 빠져나갔다. 곧이어 마리아도 하품을 하며 해인의 뒤를 따라갔다. 나는 갑자기 벌어진 이 어처구니없는 상황에 화내는 것도 잊은 채, 두 수병을 천천히 돌아보았다.

"저기, 이게 무슨 상황이야?"

하지만 트리샤 수병은 내가 단단히 화가 났다고 오해를 했는지, 몸을 파르르 떨며 연신 머리를 조아렸다.

"죄, 죄송했습니다! 저희 때문에 괜한 모욕까지 들으시고…. 정말, 정말 면목 없습니다!"

"아니, 해인의 말은 아무래도 좋으니까 지금 마리아의 태도를 좀 설명해주지 않을래?"

"죄송합니다……."

트리샤 수병의 눈에 결국 눈물이 그렁그렁 맺히기 시작하자 난처한 표정으로 나와 트리샤를 번갈아 보던 루나가 트리샤의 어깨를 감싸 쥔 채 대신 인사를 올렸다.

"아, 오늘은 정말 감사했습니다, 의무장님! 앞으로도 잘 부탁드리겠습니다!"

그리고 루나는 내가 대꾸도 하기 전에 트리샤를 데리고 황급히 기관실을 빠져나갔다.

"……."

수병들의 호감을 얻는다는 당초의 목표는 이룬 듯했지만, 아무래도 해인과의 관계는 처음보다 더 나빠진 모양이었다. 내 업보라면 업보지만…. 그보다 나는 원칙을 중시하는 조리장이 마리아 수병의 무례한 말투를 왜 묵인했는지 도통 이해할 수 없었다.

"…도대체 이 배의 명령체계는 어떻게 되어먹은 거람?"

나는 이 배에 승선해서 입버릇처럼 되어버린 그 질문을 다시금 뇌까리며, 빈 라면 그릇을 집어 들었다.

4. 연어호

　해상 견시는 적함을 눈으로 보고 포격하던 범선 시절부터 이어져 내려 온 해군만의 특수한 정찰 활동이다. 아무리 레이더와 사통 장치가 발달 한다고 한들 기뢰나 어망, 부이 같은 소형 부유물은 기계의 눈으로 포착 하기 힘들다. 그래서 현대식 군함이라도 아직까지는 두 세 명의 견시 요원 을 사이드 윙에 배치해서 자함 주위의 부유물 등을 감시하게 한다.

　견시는 그 중요성에도 불구하고 오랜 시간동안 서서 해수면을 응시해 야 하는 고된 노동이기 때문에 일반적으로 함 생활에 익숙지 않은 신참 수병들의 임무로 알려져 있다. 그리고 나 역시도 배에 승조한지 얼마 되지 않은 신참이었던지라, 직별 과업 외에 하루 4시간의 견시 업무가 주어졌 다. 샤오지에 갑판장은 경의부 요원에게 갑판 당직을 맡겨 미안하다고 했 지만, 오히려 하루 8시간의 당직을 서야했던 연방 해군에 비하면 꽤 여유 로운 편이었다. 게다가 산호가 펼쳐진 비취색의 바다도 연방 근해와는 달 리 이채로운 풍경이어서 지루하지 않았고….

　다행스럽게도 오늘은 구름이 적당히 껴서 반사광으로 인한 눈의 피로 도 거의 없었다. 나는 곧 함의 진행방향에 있는 흰색 부유물을 쌍안경으 로 확인하고 바로 보고했다.

　"우현 견시 보고! 해상 부유물 하나, 방위 0-3-0, 거리 2500 피트. 어 망 부이로 사료됨!"

〈함교, 수신….〉

"좋아, 좋아! 수신 완료. 그런데 저거 어망이 아니라 그냥 스티로폼 덩어리야!"

갑자기 함교 전화수의 말을 끊고 뒤에서 유쾌한 목소리가 들려왔다. 물론 약 30분 전부터 뒤에 누가 있다는 사실은 진작 인지하고 있었다. 하지만 괜히 귀찮은 일이 생길까봐 무시하고 있었는데…. 나는 한숨을 푹 내쉬고 '그 인물의 직책을 나지막이 불렀다.

"함장님. 거기서 뭘 하시고 계시는 겁니까."

그곳에서는 카밀라 대교가 긴 낚싯대를 휘두르며 무심하게 해수면에 뜬 찌를 쳐다보고 있었다. 느긋한 표정으로 항로에는 눈길도 주지 않고 해수면의 물고기를 바라보는 카밀라 대교의 모습은 함장이라기보다는 어쩐지 고급 크루즈에 승선한 부잣집 아가씨처럼 보였다.

함장은 내 질문에 찌를 가리키며 느릿느릿 대꾸했다.

"응? 보다시피 낚시하는데?"

낚시하는 걸 몰라서 물었을 리가 없지 않은가. 함장이 낚시를 한다는 사실 자체가 이상했기 때문이었다. 일반인들은 해군이야 바다에서 사니까 여가 시간에 한가하게 낚시나 즐기리라 생각할 수도 있지만, 사실 해군 승조원은 절대로 낚시를 하지 않는다. 어선이 드나드는 해역에서의 낚시는 어로 활동을 두고 어민들과 마찰을 일으킬 수도 있는데다가, 고깃배가 아닌 배에서의 낚시는 바다의 금기다.

나는 그 점에 대해 진지하게 조언했다.

"'보다시피'가 아니라 싸움배에서는 원래 낚시를 하면 안 됩니다. 그러다가 용왕님 노하셔서 배에 안 좋은 일이라도 생기면 어쩌려고 그런 무식한 행동을 하십니까."

"뭐…?"

하지만 카밀라 함장은 해가 서쪽에서 뜬다는 말을 들은 사람마냥, 이상하다는 눈초리로 내 얼굴을 빤히 쳐다보았다.

"누가 화를 낸다고?"

"용왕님 말입니다. 용왕님. 아, 외국에서는 넵튠이라고 부르나요? 지방에 따라 트리톤이나 포세이돈으로 부르는 사람들도 있지만… 여하튼 바다를 다스리는 신 말이에요."

카밀라 대교는 한동안 놀란 표정으로 나를 쳐다보다가 곤란하다는 투로 머리를 긁적이며 말끝을 흐렸다.

"이것 참. 아직도 이렇게 순수한 아이가 전장에 나와 있을 줄이야… 뭐부터 얘기해야 좋을지 모르겠지만, 원일 군. 사실… 산타클로스는 실제로 존재하지 않아."

"제가 순수해서 용왕님을 언급한 게 아닙니다!"

버럭 소리를 질렀다. 요즘 세상의 어느 바보가 해저에 용궁이 있다고 믿겠는가. 용왕님이 노한다는 말은 뱃사람들 사이의 관용구 같은 소리였다.

"용왕님이라고 해서 제가 진짜 바다 밑에 흰 수염 길게 기른 만성 간경변 노인이 살고 있다고 믿는 건 아닙니다. 그저 뱃사람이면 뱃사람답게 지켜야 할… 주의해야 할 터부가 있는 것 아닙니까."

'손에 사람 피를 묻히고 다니는 군인이 제사도 지내지 않고 함부로 물고기를 잡아들이면, 용왕님의 저주를 받는다더라.'

나도 처음에는 선임 수병들이 괴담처럼 용왕님을 언급했을 때 단순한 농담이라 여겼다. 하지만 뱃사람이라면, 바다에서 사는 사람이라면 어쩐지 그 금기를 무시할 수 없게 된다. 거짓말처럼 휘파람을 불면 풍랑이 심해지고, 여자가 탄 배는 잔고장이 심해진다. 아무리 우연이라고, 미신이라고 무시해도 알 수 없는 불안은 더해갔고, 결국에는 이성적인 사람이라해도 터부에 복종하게 된다.

나는 신참 수병이면 몰라도 해상에서 오랜 시간을 보냈을 함장이 그걸모를 리가 없다고 생각했다. 하지만 함장은 내 기대를 배신하고 실실 웃으며 손가락을 흔들어 보였다.

"흐응. 그럼 의무장은 뭘 두려워하는 건데? 폭풍우? 아니면 정체불명의 바다 괴물?"

"진지하게 들으실 생각이 없으시군요."

맥이 빠져서 고개를 설레설레 저었다.

하지만 '두렵다'라…….

함장이 말한 단어를 곱씹으며 수평선을 쳐다보았다. 나는 이 바다에서죽을 고비를 수없이 넘겼었고, 그때마다 형언할 수 없는 공포에 휩싸였었다. 비록 맨손만 가지고선 아무것도 먹지 못하고 마시지도 못하는 곳이지만, 그럼에도 불구하고 지구에서 가장 많은 양의 물과 생명체가 존재하는곳─ 이 역설적인 공간에서 내가 두려워했던 것은 무엇이었을까? 굶주림? 해적? 아니면 본 적도 없는 용왕님의 저주?

아니, 나는 그보다 훨씬 본질적인 무언가를 두려워했다.

"저는 바다, 이 자체가 두렵습니다."

뱃전에 부딪혀 새하얗게 깨져 나가는 파도를 응시하며 말했다.

"인류는 몇 만 년이 넘는 세월 동안 이 바다에 의지하며 살아왔지만…아직도 바다 속에 무엇이 있는지, 어떤 생물이 살고 있는지 모르잖습니까. 심지어 내일 바람이 어디서 불지, 비가 내릴지 말지도 정확하게 알지못하는 데, 그 누가 바다를 쉽게 여기겠습니까."

처음에 해군을 지원했을 때, 나는 단순히 바다를 육지의 연장선상으로 보았다. 그저 밟을 수 없는 또 하나의 공간일 뿐이라고 말이다. 하지만 막상 나와서 마주한 바다는 공간이 아닌 개체였다. 마치 살아 있기라도 한 양 사람을 공격해오기도 하고, 어머니처럼 어루만지기도 했다. 뱃사람들은 그녀를 달래기 위해 온갖 금기를 만들어 냈고, 그에 따라 생활하며 안심했다. 사실 그 금기를 지킨다고 해서 실제로 늘 안전하진 않았지만, 그렇게 함으로써 적어도 내면의 두려움은 어느 정도 떨쳐낼 수 있었다.

나는 자조 섞인 웃음을 흘리며 내 멋대로 용왕님의 정의를 내려버렸다.

"결국 용왕님이라는 것은 이 까다로운 '바다'님을 다르게 부르는 말이겠죠."

"으음……."

함장은 무슨 생각인지 한동안 입을 다물고 해수면을 응시했다. 내 말에 느끼는 바라도 있었던 걸까. 카밀라 대교는 눈을 감고 천천히 낚싯대를 움켜쥐더니… 대뜸 무언가를 낚아채 올렸다.

철썩!

산산이 부서지는 물방울과 함께 은백색의 생선이 허공을 가르고 날아오른다—

"우와, 연어 낚았다!"

"하나도 안 듣고 있었잖아!"

갑자기 허탈한 기분이 들어서 기운이 쭉 빠져버리고 말았다. 내 기분을 아는지 모르는지, 함장은 내 얼굴에 펄떡거리는 생선을 들이밀며 기세 좋게 외쳤다.

"우리 회 떠먹자. 회!"

"근무 중에 무슨 회입니까! 그보다 함교 당직자들이 보면 욕한다 고요!"

"걱정 마. 아무도 이쪽에 관심 안 가질 테니까."

설마 싶어 함교 유리창 안을 들여다보았지만, 함장의 말대로 당직자들은 전원 졸거나 딴 짓을 하고 있었다. 전화수는 일지판에 아예 머리를 박은 채 곯아떨어져 있었고, 당직 사관과 부직 사관은 시시덕거리며 잡담을 나누고 있었다. 그나마 조타수로 보이는 어린 수병 하나가 타각을 맞추느라 계기판에 눈을 주시하고 있었을 뿐이었다.

"어휴…. 마음대로 하세요. 어차피 함장이 하는 일에 시비를 거는 사람도 없을 테고."

"에이, 뭐 그리 섭섭하게 얘기해. 이미 공범이라고, 공범."

무서운 소리를 아무렇지도 않게 하며 함장은 반질반질하게 닦인 사이드 윙의 원목 난간을 도마 삼아, 커다란 폴딩 나이프로 생선의 머리를 퍽 잘랐다. 피 냄새가 훅 풍겨오자 나는 어쩐지 쓸데없는 생각이 떠올랐다.

'…갑판장이 보면 짜증내는 수준에서 그치지 않을 텐데….'

갑판병과 사람들은 매일 갑판을 비롯한 함 외부를 닦고 쓰느라 여가 시간의 절반을 날려먹기 때문에, 갑판에 흠집을 내거나 오물로 더럽히는 행위를 극도로 싫어한다. 그런데 잘 닦이지도 않는 피를, 그것도 난간에 흠집까지 내서 배어들게 한다면 어지간한 보살이 아니고서야 분명 광분하겠지.

그러는 사이 함장은 생선의 내장을 잡아 빼서 난간으로 홱 던져버렸고, 그 내장의 일부는 메인 덱의 라이프 라인에 걸려 그로테스크한 광경을 연출했다.

'어차피 함장이 저지른 일이니 신경 쓰지 말자'고 생각하며 나는 무심하게 고개를 돌려 재차 견시를 시작했다. 경계를 하며 흘끔흘끔 보았지만, 헐렁한 평소 행동거지와 달리 물고기를 다듬는 함장의 손은 꽤 야무졌다. 등뼈 사이로 칼을 넣어 뼈를 발라내거나, 껍질을 벗겨내는 솜씨 모두 프로라고 할 수는 없었지만, 그래도 일반인치고는 능숙한 편이었다.

"혹시 옛날에 횟집에서 일하신 적 있으십니까?"

그렇게 말하면서도 교관급 해군 사관에게 물을 질문은 아니라고 생각했다. 하지만 놀랍게도 함장은 고개를 끄덕여 내 말을 긍정했다.

"응. 옛날에 쇼우코네 집에 놀러갔을 때 어깨 너머로 배웠지. 헤헤…."

쇼우코라면 군의관의 이름인데? 원래부터 친구였던가. 전에 군의관도 함장의 이름을 허물없이 부르던 걸 보니 군 계급을 달기 전부터 친한 사이였나 보다. 그보다 쇼우코 대위는 가업이 일본식 횟집인데도 그렇게 비린내를 싫어한단 말인가.

"자, 됐어. 먹어봐."

어느새 생선은 가지런히 잘린 회가 돼있었고, 함장은 손수건으로 주변의 피와 물기를 닦아내고 있었다. 혹시나 해서 다시 함교 안의 눈치를 보았지만, 함교 안의 승조원들은 이미 사이드 윙 밖의 견시 요원에게는 관심도 없었다. 역시나 '잿빛 10월'다운 풍경이었다.

나는 함장이 내민 연어회를 한 점 집어 들고 천천히 살폈다. 역시나랄까. 카밀라 대교가 직접 뜬 연어회는 시중에서 사 먹던 회와 비교하면 매우 조잡한 모양새였다. 그도 그럴 것이 제대로 된 회칼로 손질하지 않아서 그런지 절단면은 비죽비죽 제멋대로인 데다가, 제대로 씻지 않아서 핏기도 그대로 남아 있었다. 아마도 이해인 조리장이었다면 음식으로써의 가치가 없다고 평가했겠지.

"…크ㅎㅎ"

이제는 어떤 음식을 먹더라도 해인의 반응을 생각하고 있는 건가. 나는 그런 내 자신이 어쩐지 우스워져서 낮은 웃음을 흘렸다.

"우와아 기분 나빠. 의무장이 음식을 앞에 두고 음흉한 미소를 짓고 있어. 또 무슨 음란한 상상이라도 하는 거야? 물론 네이키드 스시 같은 건 군법 위반이지만."

"그런 생각 안 했습니다! 사람을 뭐로 보는 겁니까!"

투덜거리며 연어회를 입 안에 던져 넣었다. 그리고 아주 오랜만에 먹는 회의 맛을 천천히 음미했다.

붉은 빛이 감도는 연어의 속살은 생각 외로 비리지는 않았다. 살짝 기름기가 많아서 내가 자주 먹던 광어나 전갱이 회에 비하면 다소 느끼한 감도 없잖아 있었지만, 뒷맛은 깔끔해서 좋았다. 보통 연방에서는 언제나 회를 간장이나 초장에 찍어 먹었기 때문에, 생선살 본연의 맛을 느껴본 적은 없었다. 그런데 막상 이렇게 아무런 조미도 하지 않고 먹어보니 생선 특유의 담백한 감칠맛이 살아나서 오히려 좋았다. 게다가 질기지도, 무르지도 않은 적당한 탄력은 조미 생선보다 더욱 만족스러웠다.

"어때, 맛있지?"

"맛있군요. 바로 잡아서 회를 떠서 그런지 특유의 바다 향기랄까… 그런 게 더 잘 느껴지네요. 식감도 괜찮고."

"그렇지? 이렇게 맛있는 걸 왜 쇼우코는 그렇게 싫어한담. 크으…"

함장은 그렇게 투덜거리고선 가슴팍의 포켓에서 힙 플라스크를 꺼내 뭔가를 들이켰다. 반응으로 보나 향으로 보나…… 술이겠지.

"캬아~ 역시 회 먹을 때는 일본식 사케가 최고라니까!"

힙 플라스크에 술을 담아 상비할 정도라니, 함장은 도대체 얼마나 술을 좋아하는 걸까. 그보다 힙 플라스크가 가슴 포켓에도 들어간다는 사실은 처음 알았다. 측면부가 둥글어서 엉덩이나 허벅지 주머니에만 들어간다고 생각했는데, 여자들은 저렇게도 쓸 수 있군.

"의무장도 마실래?"

함장이 술병을 내밀었지만, 나는 정중히 거절했다.

"됐습니다. 어차피 일과 중이기도 하고…."

함장의 기행 때문에 잠시 잊을 뻔했지만, 지금은 일과 중이다. 전장에서 초계 임무를 맡은 병사가 음주라니… 말도 안 되는 소리다. 그렇지만 이 배에선 말도 안 되는 일이 너무나 많이 일어나서 일과 중 음주 정도야 한편으론 대수롭지도 않았다. 태평한 얼굴로 연어회를 씹는 함장을 보니 괜스레 심기가 꼬인 나는 함장에게서 술병을 빼앗으며 직언을 했다.

"그 술 이리 주십시오. 아무리 생각해도 근무시간의 음주는 옳지 못합니다. 배의 군기를 바로잡기 위해서는 함장님께서 모범을 보여주셔야지요! 장교들이 모범을 보이지 않으니 작전부 수병이 조장들에게 반말을 던지는 식의 하극상이 태연히 벌어지는 겁니다."

하지만 함장은 태연하게 고개를 끄덕이며 말했다.

"아, 마리아? 걔는 조장들한테 그래도 괜찮아."

"괜찮다니요! 어제 트리샤 수병이 마리아는 특이한 케이스라고 하긴 했지만…. 군에는 계급이 있습니다, 계급! 부사관(Petty Officer)한테 말을 놓는 수병이라니 말도 안 된다고요!"

그러자 카밀라 함장은 태연하게 충격적인 발언을 했다.

"그야 마리아는 수병이기 이전에 '포술장 딸'이니까."

이건 또 무슨 개소리야.

순식간에 머릿속으로 엘레나 포술장의 얼굴과 마리아 수병의 얼굴이

핵핵 겹쳐 지나갔다.

'딸내미? 엘레나 포술장이 결혼을 해서 애까지 낳았다고? 또 그게 마리아 수병이라고? 분명 포술장이 자기 입으로 동안이라고 했지만, 십대 후반의 딸이 있을 정도면 아무리 빨라야 30대 후반일 텐데. 그게 어딜 봐서 사십 먹은 아줌마의 얼굴인가. 둘 다 꼬맹이라는 점은 꼭 닮았지만…'

"음… 뭔가 실례되는 상상을 하는 것 같은데… '포술장 딸'은 영국 해군 은어로 '사관후보생(Midshipman, 사관생도)'을 의미하는 거야. 알지?"

"그런 매니악한 은어 알까보냐!"

전부터 생각했던 바지만, 종종 함장은 해군 개그를 치기 위해 입대한 사람처럼 보인다. 도대체 얼마나 해군을 사랑하는 거야.

"그보다 수병이면 수병이고, 사관후보생이면 사관후보생이지…. 도대체 그게 무슨 뜻입니까?"

"아, 그게 말이야. 마리아가 수병 출신인 건 맞는데, 정보처리 능력이 여간한 CPO(병조장, Chief petty officer)만큼 우수해서 장교 임관 시험을 쳐보라고 사령부에서 권유했었거든. 그런데 우스운 게 마리아가 시험은 모두 만점을 받았는데, 정작 광장 공포증이 있어서 임관식에 참가를 못했어. 그래서 아직 임관을 못하고 계급장만 수병이지! 어때, 웃기지 않아?"

"전혀 안 웃깁니다만……."

갑자기 머리가 어지러웠다. 시험에는 만점을 받아놓고 정작 임관식에는 광장 공포증이라며 안 가는 생도라니, 평생 듣지도 보지도 못했다. 아니, 그보다 그게 가능한가?

"그보다, 결과적으로 마리아 수병은 군법 상 임관하지 않았으니, 어쨌든 부사관 보다는 하급자가 아닙니까. 그럼 버릇없이 굴 이유가 전혀 없을 텐데요."

"아, 거기에는 또 사연이 있는데… 우리 광명학회가 워낙 인력난이라서 말이야. 마리아 이상으로 통신 및 작전 장비를 잘 다루는 인재도 없는지라, 그냥 임시로 특별 채용하기로 했거든. 그래서 견습 장교 같은 느낌으로 우리 배에서 '작전관'을 맡게 됐어."

"작전관의 계급이 '수병장'이라니, 이게 무슨 당나라 해군이야…"

처음 이 배에 승함했을 때부터 느꼈지만, 이 배의 인사체계는 정말 제멋대로였다. 그러고 보니 내가 승함했을 때도 그 무자비한 인사 체계 때문에 소동이 있었지….

'함 총원은 원일 군에게 해군 일등병조에 맞는 대우를 해주길 바라.'

"함장님."

"응? 왜?"

"그런데 왜 저를 배의 승조원으로 받아들이신 겁니까?"

내 질문에 함장은 조금의 주저도 없이 단언했다.

"그야 일 안하고 밥만 축내는 꼴을 내가 못 보거든. 나도 못 노는데, 노는 인원이 배 안에 있다니! 절얼대 용납 못해!"

"이미 함장님은 충분히 놀고 계신다고 생각합니다만…"

마지막 말은 무시하더라도, 함장의 말마따나 나를 함내 승조원으로 받아들여서 얻는 이익은 그리 크지 않다. 배의 승조원들이 언제나 격무에 시달리긴 하지만, 거기에 한 사람의 승조원을 추가해서 얻는 이득이라고 해봐야 당직 시간의 한 타임을 뺄 수 있을뿐이다. 그에 비해 내가 함내를 자유롭게 활보하면서 생기는 위험성은 어마어마하다. 내가 연방의 스파이가 아니라는 증거도 없는 마당에, 함내의 수밀 하나를 봉쇄하고 인질이라도 잡는다면 어떻게 되겠는가? 육상과 달리 이동 범위가 제한된 배 안에서의 내란은 굉장히 치명적이다.

"뭐, 의무장을 채용한 것은 일종의 모험이었어."

함장은 갑자기 고백처럼 엉뚱한 소리를 했다.

"모험… 이요?"

"응, 모험. 늘 똑같이 살아봐야 재미없잖아? 가끔은 리스크를 짊어지더라도 도전이 재밌는 법이지. 여자만 가득한 이 잿빛 10월에 남자가 탄다면 어떤 일이 벌어질지 궁금하기도 했고—."

기가 막혀 말이 나오질 않았다. 지금 이 사람은 순전히 '재미'를 위해 앞서 말한 위험성을 모두 무시했단 말인가. 함장의 어처구니없는 망언은 계속해서 이어졌다.

"바다에 적을 둔 해군이고, 또 사내라면 모험을 즐길 줄 알아야지! 그런데 의무장은 아까도 그랬지만 너무 몸을 사린다니까. 그래서야 남자 구실이나 제대로 하겠어?"

함장은 처녀에게 음담패설을 지껄이는 동네 아저씨처럼 걸쭉하게 웃으며 현측 난간을 두들겼다. 카밀라 함장은 방금 한 말이 굉장히 우습다고 생각한 모양이었지만, 개인적으로 하나도 안 웃겼다.

"……."

나는 일단 함장의 말을 어디서부터 부인해야 할지 몰라 골머리를 썩이며 손을 내저었다.

"아니… 그보다 일단 함장님은 사내가 아닌데요."

"그랬었던가아?"

예상대로 맥 빠진 반응이 돌아왔다. 나는 주제넘은 짓임을 알지만, 도저히 참을 수가 없어서 함장에게 진정한 군인의 태도에 대해 설명하기 시작했다.

"게다가 함장님은 군인이잖습니까! 세상에 도대체 어떤 군인이 기분 내기로 부대를 운용한답니까? 정확한 교리와 군율에 맞추어서 움직이지 않으면 그 어떤 전투도 이길 수 없습니다! 아무리 변화무쌍한 바다라 하더라도 넓게 보면 나름의 규칙이 있다는 사실, 잘 아시잖습니까."

"규칙이라……."

하지만 함장은 내가 말을 하는 동안에도 귀를 후비적거리며 멍청히 먼 바다만 응시하고 있었다.

'우와, 글러먹었어. 전혀 안 듣고 있어….'

이미 함장은 내 말을 들을 기색을 보이지 않았기에, 나는 일찌감치 얼굴을 손에 파묻으며 낙담하고 있었다. 한참을 딴 짓에 열중하던 카밀라 대교는 갑자기 남은 연어회를 집어 들며 묘한 질문을 던졌다.

"그래. 우리 의무장이 말한 대로 세상에 나름의 규칙이라는 게 있다면 말이지. 이 연어는 보통 어디에서 잡혀야 정상일까?"

"그게 또 무슨 뚱딴지같은 소리입니까. 당연히 연어는 북태평양에 서식하는 한랭성 어류…."

질문에 답하다 그제야 이상한 점을 알아차렸다.

그렇다. 이곳은 태평양보다는 필리핀 해에 가까운 온난한 바다다. 연어는커녕 명태도 잡히지 않을 정도로 수온이 높다. 그러므로 연어는 당연히 이 해역에서 잡을 수 없다.

하지만 실제로 함장이 드리운 낚싯대에선 연어가 낚였고, 함장은 당연한 듯 이를 받아들였다.

"대, 대체 이건…."

나는 당황해서 함장을 재차 쳐다보았다. 그때 함장의 무전기 너머로 당직 사관의 목소리가 들려왔다.

〈함장님, 곧 Area-3-5-4에 도착합니다. 우회할까요?〉

"아니. 계속 직진해. 가능한 '그게' 잘 보이는 위치까지."

〈Aye-aye. Maam.〉

함장의 말이 끝나자마자 배는 조금 더 속도를 올려 빠르게 항해를 시작했다. 나는 바다 한 가운데에 섬이나 해상 부유물이 있으리라 생각해서 눈을 크게 뜨고 주위를 두리번거렸다. 하지만 수평선 너머로 도드라지는 특이한 물체는 아무것도 없었다. 그 대신 나는 기묘한 풍경을 마주하게 되었다.

갑자기 바다의 색이 수평선 쪽부터 짙게 물들기 시작했다. 아니. 정확히 말하자면 누군가가 바다 한 가운데 암청색의 잉크를 떨어트린 양, 선명하게 다른 색을 띤 동심원이 바다 한 가운데에서 피어오르고 있었다. 물론 그 정체는 잉크가 아닌, 나도 알고 있는 단순한 과학 현상이었다.

"블루홀(Blue hole)…."

블루홀이란 과거의 육지에서 지반이 내려앉으면서 생기는 구멍인 싱크홀에 해수가 유입되면서 생기는 자연 지형이었다. 블루홀은 주변보다 수심의 깊이가 수백 미터 가량 낮기 때문에 빛을 흡수하여 검게 보이는 데, 이렇게 만들어진 블루홀은 주변과 다른 생태계를 이루기 때문에 주변 해역과는 다른 어종이 발견되기도 한다. 물론 그렇다 하더라도 북태평양의 연어가 여기까지 흘러들어 올 이유는 되지 않는다. 고작해야 일대의 심해 생물들이 새로운 군락을 이룰 뿐이지. 하지만 나는 혹시나 싶은 기분으로 함장에게 물었다.

"혹시 이 연어는 저 블루홀에 사는 놈입니까?"

"아, 그래, 블루홀 때문이야."

함장은 '때문(because)'을 강조해서 말했다. 블루홀에 '사는 것'이 아니라?

나는 그 어법이 퍽 이상하다고 생각했지만, 함장의 실수려니 하고 잠자코 넘기기로 했다.

"이 블루홀의 직경은 약 1km. 자연적인 블루홀보다는 좀 큰 편이야. 우린 이게 인공적으로 만들어졌다고 추측하고 있어. 왜냐하면 오래전, 연방과 중국이 해전을 벌이기 전에는 없었던 지형이거든."

"그럼 중국이나 연방 측에서 고의로 이 커다란 구멍을 파 내려갔다는 말씀이십니까?"

"설마. 아마 그건 물리적으로 불가능하겠지? 지질학자들은 아마 그 당시 사용된 탄두가 해저에서 폭발하면서 발생한 것으로 추측하고 있어."

인간이 터트린 폭탄이 지저면의 균형을 흐트리면서 싱크홀이 생긴다…? 물리학적으로 불가능하지는 않다고 해도, 흔한 현상은 아니라고 생각했다.

"이렇게 특수한 발생 원인에 더해서 이 해구의 깊이는 아직 공식적으로 측정되지 않았어. 전자파나 음파도 이 근처에선 교란되어서 기존의 측심 장치는 모두 먹통이 되어버리는데다가, 탐사를 시도한 잠수정은 죄다 원인 불명의 고장으로 침수되어 승조원이 모두 행방불명되어버렸거든. 이 해구의 바닥을 본 사람은 아직까지 아무도 없어."

"전설 같은 이야기군요."

바닥을 알 수 없는 블루홀이라니. 마치 버뮤다 삼각지대나 도깨비 터널처럼 '현대의 도시 전설'에나 어울릴 법한 이야기였다. 하지만 함장은 더욱 이상한 사건 하나를 추가로 언급했다.

"약 5년 전, 이 근방에서 탐사를 하던 연방의 잠수정 하나가 블루홀의 해류에 휩쓸려 사라진 일이 있었어. 그런데 그 잔해가 어디에서 발견되었는지 알아?"

"대만이나, 오키나와였나요?"

난 그 정도 밖에 예상하지 못했다. 아무리 해류가 빠르더라도 철제 잠수정이 떠내려 갈 수 있는 한계는 분명히 존재하기 때문이다. 하지만 함장은 내가 할 수 있는 예상 밖의 섬 이름을 댔다.

"포클랜드."

순간적으로 귀를 의심했다.

"혹시 아르헨티나 앞에 있는 그 섬 말씀이십니까?"

"응. 그것도 블루홀로 들어간 지 바로 이틀 뒤에."

"그 무슨…."

나는 함장이 질 나쁜 농담을 한다고 생각했다. 동중국해와 대서양은 지구 반대편에 위치하는 곳이다. 설령 인위적으로 운반했다 하더라도 이틀 만에 가기에는 너무 먼 거리였다.

"처음에 연방 측에서는 남대서양에서 뜬금없이 자국 잠수정이 발견되었다는 말에 누군가 고의적으로 괴상한 장난이라도 치는가 여긴 모양이었지만, 곧 깨달은 거야— 이 블루홀은 단순한 블루홀이 아닌 워프홀의 역할을 하고 있다는 걸."

"워프홀?!"

SF에서나 접할 법한 단어가 튀어나오자 나는 기가 막혀 말이 나오지 않았다. 들어가기만 하면 지구의 다른 위치로 이동할 수 있는 구멍이라니, 요즘 SF영화에서도 진부하다며 욕을 먹을법한 소재였다.

하지만—

만의 하나, 카밀라 대교의 말이 사실이라면 이건 단순한 초자연적 현상에 그치지 않는다.

"저… 함장님. 혹시 이게 그때 말하시려고 했던 군사 기밀인가요?"

나는 전에 함장이 했던 말을 떠올리며 불안하게 되물었다.

'국민의 세금으로 움직이는 국가가 무언가 비효율적인 일을 하고 있다면 국민에게 공개하기 싫은 꿍꿍이가 있다는 뜻이지.'

만일 이게 정말로 사실이라면 연방이 필사적으로 이 사실을 숨긴 까닭을 알겠다. 그리고 국제 여론의 비난을 감수하고 이 지역에 막대한 해군력을 투입했던 일도 이해가 간다. 지구 반대편까지 단숨에 함대를 움직일 수 있는 워프 시설이라니, 이 얼마나 훌륭한 전략 수단인가! 그렇게 생각하자 말의 아귀가 딱딱 맞아 떨어지기 시작했다.

함장은 부정하지 않고, 사악한 미소를 씩 흘리며 내 말을 긍정했다.

"물론 기밀이지. 아아주 중요한 1급 기밀. 연방에서도 이 사실을 아는 건 고위 연구원들과 해군 제독들뿐일걸?"

"으아아아, 그냥 못 들은 걸로 하겠습니다!"

나는 필사적으로 귀를 막으며 도리질을 쳤다. 그 모습이 우스웠는지 함장은 낮게 웃으며 손사래를 쳤다.

"크크… 걱정 마. 솔직히 개인이 알아도 할 수 있는 건 별로 없어. 워프홀이라니, 만화영화에서나 나올 법한 발상이잖아? 아마 더 타임즈(The Times) 같은 데에 이 사실을 투고해도, 이런 어처구니없는 제보는 『선(The Sun)』에나 가져가라고 화만 낼거야."

"그야 그렇지만…."

하지만 워낙 소시민적인 삶을 살아왔는지라, 1급 기밀이라는 말은 내게 너무 무겁게 다가왔다. 실제로 군대라는 곳은 기밀 유지에 워낙 신경을 곤두세우는 조직이어서, 기밀을 알게 된 말단 병사는 본의가 아니더라도 징계를 먹는다. 그런데 제목만 아는 1급 기밀이라니, 혹시 정보사령부에서 쥐도 새도 모르게 끌고 가 죽이는 거 아냐?

…지금도 내가 사지 멀쩡히 연방군으로 돌아갈 수 있으리라는 보장은 없지만.

"말이 나온 김에 덧붙이자면, 이곳에서 학회 원자력 잠수함이 전단을 이루어 항행하는 이유도 블루홀의 구조를 파악하기 위해서야. 잠수함에 탄 연구원들이 샘플을 채취해서 올려 보내면, 잿빛 10월에서 분석한 시료를 학회 네트워크에 올려놓는 거지. 이런 작업을 수행할 수 있을 정도로 이학 지식이 풍부한 장교도 드문지라, 사실 쇼우코는 바다가 싫다는 걸 억지로 끌어왔어. 흐흐."

"아아, 전에 쇼우코 대위가 말하던 승선 사유가 이거였습니까."

일전에 쇼우코 대위는 내가 의무실을 맡아준 덕에 당분간 개인 연구에 전념할 수 있겠다며 퍽 좋아했었다. 일개 군의관이 함장의 이름을 언급하며 툴툴댈 수 있었던 이유는 이런 사정 때문이었으리라.

규모조차 파악할 수 없는 거대한 이상 현상에 불안해하는 나와는 달리, 카밀라 대교는 사랑스러운 연인을 보는 반짝이는 눈으로 블루홀을 주시했다.

"연방이 온갖 불이익을 감내하고서라도 이 해역을 차지하려는 건 당연한 반응일지도 몰라. 워프홀이라니! 그게 얼마나 짜릿한 이동 수단이야? 방어선을 모두 무시하고 적의 최심부에 떡하니 정예 병력을 손실 없이 내려놓는다면 전쟁의 양상은 크게 바뀔걸?"

"그야 그렇겠지만요…"

나는 함장의 말에 반은 동감하면서도 반은 동감하지 못했다. 함장의 말대로 이 블루홀이 진짜 워프홀이라면 무궁무진한 군사적 가치를 지녔음은 분명하지만, 이는 국가가 소유할 때나 유효하다.

세간에 알려진 바에 따르면 '광명학회'는 단순한 초거대 복합 사업체에 불과했다. 사업체로써의 재력도 영향력도 충분하니, 학회에게 군사력은 자위(自衛)의 수단 정도면 충분했다. 그러나 학회는 마치 탐욕스러운 뱀처럼 끊임없이 신무기를 개발하고, 군사력을 늘려갔다. 사람들은 그 이유를 늘 궁금해 했다. 나는 끝끝내 호기심을 참지 못하고 다소 민감할 수 있는 질문을 함장에게 던져 보았다.

"도대체 광명학회는 이 블루홀의 작동 원리를 알아내서… 무엇에 쓰려고 하는 것입니까?"

그렇게 물으며 내심 조금 긴장을 했다. 세계 정복이나 인류 재개발 같은, 소설 속의 악당들이 할 법한 그런 대답이 나올 수도 있었다.

하지만 함장의 대답은 예상외로 간단했다.

"아니, 그냥 작동 원리만 알면 돼. 목적은 그뿐이야."

"네?"

"'네' 라니? 정말 모르는 거야? 흐음… 처음엔 그럭저럭 똑똑하다고 생각했는데, 역시 사내라서 그런지 여자와 하반신 문제 빼고는 제대로 된 추론을 못하는구면."

"…말 귀를 못 알아먹었다고 사람을 종마처럼 부르지 말아주시겠습니까."

"하하, 미안. 여하튼 그 이유라는 건 의외로 간단해. 우리 단체의 이름인 광명학파는 중세 시대에 거금을 들여 호문클로스나 불로불사의 약을 만들려 했던 돈 많은 귀족들의 모임에서 따온 거잖아? 광명학회의 설립 의도도 그와 비슷해."

"그럼 광명학회는 호문클로스나 불로불사의 약을 만들려고 한다는 겁니까?"

"뭐… 그것도 재밌어 보이긴 하지만, 우리가 추구하는 건 좀 더 근본적인 욕망에 가깝지. 너도 알다시피 중세 귀족들의 이러한 시도는 결국 대부분 실패로 그쳤지만, 그 대가로 귀족들은 엄청난 과학적 지식을 손에 넣게 되었어. 우리가 원하는 것은 바로 그 지식이야— 그 누구도 알지 못했던 최고의 진리, 그 자체."

함장은 그렇게 말하며 광인처럼 눈을 희번덕거렸다.

"새로운 패러다임으로 가려면 기존의 편견을 깰 필요가 있어. 여자는 배에 탈 수 없다? 배 위에서는 휘파람을 불어서는 안 된다? 그런 근거도 없는 허황된 미신은 엿이나 먹으라고 해. 그런 방식으로는 절대 발전할 수 없어. 그래서 우리는 사회적 금기라는 건 죄다 어겨보기로 했어."

사회적 금기를 어기다니.

그 말은 무척이나 끔찍하게 들렸다. 마치 진리를 위해서라면 사람의 목숨 따위는 상관치 않겠다는 소리 같았다.

이 블루홀이 만일 함장의 말처럼 불완전한 수준의 워프홀이라면……이 안에 들어간 사람은 어떻게 될까? 실험이 성공적이라면 당연히 다른 시공간으로 사람이 이동하겠지만…… 실패한다면? 인간의 몸이 조각조각 나서 시공간 사이에 흩뿌려질 수도 있다.

'잿빛 10월'은 그런 실험을 준비하고 있다는 말인가….

내 눈빛을 알아차렸는지 함장이 어깨를 으쓱거리며 변명처럼 말을 이었다.

"알아, 알아. 물론 이건 '일반인'들에게는 엄청나게 기분 나쁜 일이지. 그렇기 때문에 광명학회는 다 사람과의 관계를 잃어버린 사람들로 이루어져 있어."

문득 어제 트리샤가 했던 말이 떠올랐다.

'사실 처음부터 군인이 되려고 이 배에 오른 사람은 없을 테지만요.'

트리샤와 수병들은 이 배의 승조원 대부분이 사연이 있어서 오게 되었다고 했다. 자세한 사정은 듣지 못했지만, 해인도 처음에는 육상 레스토랑의 셰프가 되고 싶었다고 말했었다. 분명 승조원들에게는 더 이상 육지에 있을 수 없는 사정이 있었으리라.

"처음에 군의 상층부는 탁 트인 넓은 해양과 단체 생활이 이들의 강박증을 치료해 줄 거라고 믿었어. 하지만 오히려 군함이라는 통제되고 격리된 공간에서 소녀들은 자신의 일에 광적으로 집착하며, 마음에 더 큰 벽을 쌓기 시작했지."

그랬다. 이 배에서 만난 수병들과 장교들은 인간관계 단절 정도를 넘어서는 강박 증세를 보이고 있었다. 특히 이해인 조리장의 경우는 그 강박증 때문에 다른 수병들과 마찰까지 생길 정도니….

"물론 상부의 높으신 분들은 내가 무어라 말해도, 일에 큰 지장이 없으면 눈곱만큼도 신경 쓰지 않거든. 하지만…… 하지만 말이야. 이렇게 농익은 한창 좋을 때의 여자아이들을 한 군데 격리하는 것도 슬픈 일이잖아?"

함장은 그렇게 말하고 씁쓸하게 웃으며 고개를 절레절레 저었다.

"그래. 잿빛 10월에 남자 승조원을 들이는 건 정말 의무장 말대로 무모한 일일지도 모르겠어. 하지만 나는 의무장이 아이들에게 살아야 할 이유를 다시 일깨워줬으면 해."

"살아갈 이유… 말입니까."

"응. 여자는 사랑에 빠지면 바뀐다고 하잖아? 남자 입장에서 어떻게든 자알 꼬셔봐."

"어휴…."

나는 이마에 손을 올린 채 고개를 절레절레 저었다. 간만에 진지하게 말을 한다 싶었더니 결국은 또 허튼 소리였다. 마음에 상처를 입은 소녀를 꾀서 갱생시키라니, 그게 말이 되는 소리인가. 심지어 그게 가능하다 하더라도 현실이 무슨 미소녀 연애시뮬레이션 게임도 아니고, 여성과 교제한 경험이 없는 내가 수십 명이나 되는 승조원들을 동시에 '공략'할 수 있을 리가 없다.

하지만 함장과 군의관의 의도는 조금이나마 이해가 갔다. 이 배는 확실히 비정상적인 목적을 위한 비정상적인 사람들의 모임이다. 집단은 새로운 인원이 유입될 때마다 조금씩 변해가는 법. 함장은 '나'라는 변수를 이용해서 잿빛 10월을 바꾸어보고 싶었던 모양이다. 물론 함장의 뜻대로 이루어질지는 미지수지만….

함장도 곧 자신의 말이 너무 생뚱맞았음을 알아차렸는지, 머쓱한 표정으로 머리를 긁적이며 미소를 지었다.

"에구, 술에 취해서 쓸데없는 소리를 해버렸네. 크게 신경 쓰지는 말아줘. 어차피 의무장은 좋으나 싫으나 여섯 달간 이 배에서 일해주면 되는 거니까."

"네, 네. 여부가 있겠습니까."

나는 건성으로 함장의 말에 대답하며 다시 망원경으로 시선을 돌렸다.

함장이나 군의관의 말처럼 여자를 꾀는 제비 흉내야 못 내겠지만, 제삼자의 입장에서 승조원들의 이야기를 듣고 고민을 나누는 정도는 가능하다. 그것이야말로 내가 이 배에 있는 이유가 아니겠는가.

나는 함장이 한 말을 계속 곰곰이 곱씹다가 문득 이상한 점을 발견했다. 이 배의 승조원들이 육지와 연을 끊은, 마음에 상처를 입은 소녀들이라면 그 리더인 함장도 예외는 아니다. 그렇다면 함장이 농담처럼 던진 '여자를 꾀어서 갱생시키라'는 말에는 카밀라 대교 본인도 포함되지 않는가. 나는 반쯤 놀릴 작정으로 그 점을 일부러 언급해보았다.

"함장님."

"왜?"

"혹시 그 '마음에 벽을 쌓은 소녀들'이라면… 그 중에 함장님 본인도 포함되시는 겁니까?"

놀랍게도 함장은 그 질문을 듣자마자 눈을 동그랗게 뜨더니, 황급히 고개를 획 돌리며 태연함을 가장한 말투로 애써 엄포를 놓았다.

"함장을 놀리다니, 군기가 빠져도 한참 빠졌군! 이원일 일등병조!"

'군기가 빠졌다니, 대체 누가 할 소릴 하는 건지.'

나는 속으로 그렇게 혀를 차며 함장의 뒷모습을 응시했다.

함장은 누가 붙잡을 새라, 부스스한 머리 위로 군모를 푹 눌러쓰고 재빨리 현측 사다리를 타고 함교를 빠져나갔다. 그 뒷모습은 언제나와 같은 '잿빛 10월'의 함장— 카밀라 대교 그 자체였지만, 눌러쓴 군모 사이로 삐져나온 귀는 평소보다 유난히 붉었다.

5. 꽁치구이

심야의 라면 취식 사건이 끝난 지 며칠이 지난 어느 날.

나는 여느 때처럼 점심 식사를 위해 사병 식당에서 배식을 기다리고 있었다. 그날의 점심은 꽁치구이와 일본식 된장국이 곁들여진 평범한 백반이었는데, 역시나 해인이 만든 식단답게 요리의 완성도는 정통 일식집 저리 가라 할 정도였다. 특히 일본식 된장국인 미소 시루는 뒷맛이 깔끔한 편이었는데, 연방군에서 먹던 '똥국' 된장국과 비교하면 맵고 자극적인 맛이 덜해서 다른 요리와 곁들여 먹기에 좋았다.

하지만 그날의 메인 메뉴는 된장국보다는 역시 먹음직스럽게 구워진 꽁치구이였다. 적당히 사선으로 칼집을 낸 꽁치는 노릇노릇하게 구워져 배식통에 깔끔하게 채워져 있었는데, 특유의 고소한 향기에 새콤한 레몬즙이 어우러져 배식용이라는 사실이 믿기지 않을 정도로 정갈했다. 허구헛날 몸통이 터진 생선을 집어 들어야 했던 연방 배식과 비교하자면 거의 신기에 가까운 솜씨였다.

물론 신이 선물한 기술이라기보다는 해인의 강박증이 낳은 결과겠지만…

"저…"

156
157

이런저런 생각을 하고 있는데, 갑자기 꽁치를 배식하던 수병이 주뼛거리며 말을 걸어 왔다. 전에 식당에서 일하던 모습을 본적 있는 태국인 수병이었다.

"이, 이거 하나 더 드세요!"

수병은 무슨 고백이라도 하듯 꽁치 한 개를 식판 위에 올려주고 황급히 고개를 돌렸다.

"어, 어… 고마워."

꽁치를 하나 더 준 수병의 마음은 참 고마웠지만, 나는 의아스러웠다. 내가 언제 저 수병한테 호의를 베푼 적이 있었던가? 그저 위생 점검 때문에 대화만 몇 번 했을 뿐, 초면에 가까운 사이인데…. 이런저런 생각을 하며 식탁에 앉노라니 옆에서 느긋한 목소리가 들려왔다.

"여어. 사랑받고 있군 그래."

"누가 들으면 오해할 소리를 하고 그러십니까, 대위님."

그 목소리의 주인공은 쇼우코 대위였다. 하루 종일 안 보인다 했더니 식사 시간에는 기가 막히게 찾아오는군.

"…그보다 왜 사병 식당에 있는 거야, 당신!"

병조장인 샤오지에 갑판장이라면 몰라도 어엿한 사관인 쇼우코 군의관이 여기에 있을 이유는 없었다. 하지만 대위는 오히려 내가 잘못했다는 양 단호하게 일갈했다.

"어쩔 수 없잖아! 나보다 계급 높은 인간들이랑 밥 먹긴 죽어도 싫은 걸!"

"이 아가씨, 어떻게 군인이 된 거지…."

'바다도 싫다, 계급 체계도 싫다.' 하는 아가씨가 군함에 해군 제복을 입고 승선해 있다니…. 도무지 이해가 안 가는 상황이었지만, 이 배에서 일일이 딴죽을 걸다 보면 하루도 편히 쉬지 못할 성싶어서 그냥 넘어가기로 했다.

"그보다 훌륭한 솜씨잖아, 이원일 일등병조."

쇼우코 대위는 내 등을 토닥이며 감탄한 표정으로 엄지를 치켜 올렸다.

"뭐가 말입니까?"

"수병 소녀들을 꾀어 식료품을 빼돌리다니, 정말 상상도 못했던 장족의 발전이라고."

"누가 들으면 오해할 소릴… 그런 거 아닙니다."

고개를 저으며 꽁치구이를 덥석 베어 물었다.

기대했던 대로 생선 껍질 특유의 바삭한 식감과 짭조름한 간장 소스의 맛이 완벽한 조화를 이루는 꽁치구이였다. 전에 들은 바에 따르면 잿빛 10월에서는 냉동된 꽁치가 아닌, 조리병들이 직접 어망으로 잡은 신선한 꽁치를 조리한다고 했다. (누차 말했듯이 해군이 직접 물고기를 잡는 것은 국제법 위반이다) 수병에 대한 대우가 박하다느니, 완벽주의자라느니 해도 이렇게 음식이 맛있으면 미워하기도 뭣한지라… 갑자기 나는 해인에 대해 미묘한 기분이 들었다.

잡생각이나 하면서 꽁치의 맛을 음미하고 있는데, 쇼우코 대위가 히죽거리며 아까의 화제를 다시 꺼내들었다.

"하지만 실제로 수병들 사이에서 의무장에 대한 평이 꽤 좋아졌던데. 눈치 못 챘어?"

하기야 군의관의 말처럼 몰래 라면을 끓여먹은 그날 이후 나를 보는 수병들의 눈이 조금 달라진 느낌도 들었다. 전과는 달리 복도에서 생글생글 웃으며 먼저 경례를 올려붙이는 수병들도 꽤 늘은 데다가, 의무실에 내원하는 환자도 많아졌다. 특히 같은 후부(後部) 요원이어서 그런지는 몰라도 기관부 수병들과 경의부 수병들은 다른 사관들의 험담을 주고받을 정도로 막역해졌다.

아무래도 그날 내가 했던 행동이 유효했던 모양이다.

"그러고 보니 요새는 꽤 친해진 것 같기도 해요."

어쩌면 아까 조리병이 내민 꽁치구이도 호감 표현의 일종이라고 할 수 있겠다. 그보다 쇼우코 대위는 아까 전부터 꽁치구이에는 손도 안댄 채 된장국만 홀짝거리고 있었다.

"그거 안 드실 거면 저 주시죠."

"…얄미워서 안 줄 거야."

그렇게 말하고 일부러 젓가락 끝으로 꽁치구이를 마구 헤집어 망그러트렸다. 뭔 짓을 하는지 잠자코 지켜보자 쇼우쿠 대위는 미심쩍은 표정으로 하얀 생선살 한 토막을 집어 들더니, 독약이라도 먹는 사람처럼 눈을 꽉 감은 채 한입 삼켰다.

"으으… 역시 이 맛은 싫어…."

대위는 아주 신 음식을 먹기라도 하듯 질색하며 몸을 부르르 떨었다. 그렇게 싫어하면 남 주거나, 아예 받질 말 것이지 저건 또 무슨 놈의 고약한 심보람?

그런 군의관을 한심하게 쳐다보고 있는데, 뒤쪽의 탁자에서 한 무리의 수병들이 묵묵히 식사를 하는 모습이 보였다. 가지런히 정돈된 매끄러운 흑발과 가는 눈매, 그리고 낭창낭창한 특유의 체격까지. 자주 보지는 못했지만 분명 첫날 마주했던 포갑부의 갑판 수병들이었다. 그러고 보니 착임한 이후로 갑판 수병들은 한 번도 의무실에 내원한 적이 없는데… 아무래도 전부의 수병들에게는 내가 아직도 불편한 모양이었다.

"하지만 수병들하고 많이 친해졌다 하더라도… 아직 전부(前部) 인원들하고 친해지지는 못한 것 같아요."

나는 한숨을 내쉬며 자조하듯 중얼거렸다.

"응? 그건 또 무슨 소리야?"

"아직도 포갑부랑 작전부 수병들은 저를 피하잖아요."

그렇게 말하자마자 군의관은 묘한 표정을 지으며 나를 지긋이 쳐다보았다.

"우아, 후부 요원들을 모조리 공략하고도 성이 안 차서 전부 요원도 공략하겠다고? 야, 그거 너무하잖아? 전부 요원들은 공략 불가 캐릭터야. 괜히 집적거리다가 다른 캐릭터 호감도 깎지 말고 일찌감치 포기해."

"뭐라는 거야, 이 에로 게임 중독녀가!"

너무 흥분한 나머지 막말을 하며 화를 냈지만, 오히려 쇼우코 대위는 불타오르며 내 말을 맞받아쳤다.

"오오, 과연 남자로군! 현실에는 공략 불가 캐릭터도 없다는 건가!"

상황이 이렇게 되니 나는 짜증낼 기력도 나지 않아 간신히 마음을 다스린 후, 내 상황을 다시 설명하기 시작했다.

"여보세요…. 전에도 말했지만 저는 단순히 친교 이상의 관계를 맺고 싶은 생각은 추호도 없단 말입니다. 단지 적어도 한동안은 같은 배에서 지낼 사이이니 친하게 지내는 게 좋잖아요. 그리고 전에 말한 것처럼 아픈 환자가 저 때문에 병을 숨길수도 있거니와."

"으음… 과연."

쇼우코 대위는 잠시 인상을 살짝 찌푸리며 무언가를 골똘히 생각했다. 하지만 곧 무슨 결론에 이르렀는지 다시 고개를 단호하게 저었다.

"아냐. 그래도 힘들 걸. 전부 요원들은."

"제가 그렇게나 싫을까요⋯."

어쩐지 군의관이 너무 확신적인 어조로 말하는 바람에 맥이 빠져 버리고 말았다.

"아니, 그런 문제가 아니라⋯."

쇼우코 대위는 말끝을 흐리다가 손목에 찬 시계를 보고 화들짝 놀라며 자리에서 일어섰다.

"내 정신 좀 봐. 오늘은 중식 후에 사관회의 있다고 했는데, 이야기하느라 시간가는 줄도 몰랐네. 그보다 참⋯! 약 전달해주기로 했었는데."

"약은 전달해드릴 테니 두고가세요. 무슨 약인데요?"

내 질문에 쇼우코 대위는 화사한 표정을 지으며 큰 소리로 대답했다.

"응, 변비약이야!"

"⋯저기요."

내가 한 질문이긴 하지만 식사 시간에 말할 만한 병명은 아니잖아. 급성 장 폐색증이라든지, 충분히 의학 용어로 돌려 말할 수도 있고. 하지만 쇼우코 대위는 내가 병명을 못들은 줄 알았는지 부연설명을 시작했다.

"응? 변비 몰라? 하기야 여자들한테 흔한 질병이니까⋯. 그, 장관 계열의 문제인데, 똥이 잘 안 나와서 화장실에 갈 때마다⋯."

"누가 변비를 몰라서 되물은 줄 아십니까! 그보다 밥 먹는데 똥 얘기 하지 마! 오늘 메뉴가 카레였으면 당신이 상관이라도 때렸을 거야!"

"어머, 난폭하긴⋯. 여하튼 그럼 약 전달은 부탁할게. 나는 이만–."

쇼우코 대위는 그렇게 말한 후 식판을 들고 퇴식구 쪽으로 쫄랑쫄랑 걸어가기 시작했다. 나는 한동안 멍청히 쇼우코 대위가 준 변비약을 쳐다보다가 중요한 사실을 알아차렸다.

"아차. 이 약⋯ 누구한테 줘야 하는지 못 물어봤는데."

다시 갑판병들을 조심스럽게 힐끔거렸지만, 그 중 하나가 사나운 눈길로 나를 노려보는 바람에 황급히 시선을 바로잡았다. 그래, 분명 정황상 이 약은 갑판 수병들 중 한 명의 몫이겠지. 하지만 갑판병들과는 초면에 가까운데… 변비처럼 민망한 화제를 대뜸 어떻게 꺼낸담.

"이것 참 곤란하네."

나는 머리를 긁적이며 애꿎은 꽁치구이만 젓가락으로 쿡쿡 찔러댔다.

-2-

자고로 타인에게 껄끄러운 이야기를 해야 할 때는, 그 사람이 바쁠 시기를 노리라는 말이 있다. 다른 일에 정신이 팔려 제대로 이야기에 집중하지 못하고, 또 쉽사리 본심이 튀어나오기 때문이란다. 나는 오래전 심리학책에서 보았던 조언대로 갑판원들이 가장 바쁠 때를 노리기로 했다. 그것은 바로 이틀에 한 번 꼴로 실시하는 투묘 때였다.

투묘(投錨)란 닻을 던진다는 뜻으로 수심이 깊지 않은 곳에 닻을 내려 배를 정박시키는 작업을 의미한다. 보통 군함은 폭풍우로 인해 피항을 할 때나, 해상 조업이 필요할 때 닻을 내려 묘박(錨泊)을 한다. 반대로 닻을 끌어올리는 일은 양묘(揚錨)라고 하는데, 투묘와 양묘 모두 무거운 닻과 쇠사슬을 이용하므로 기력을 많이 소모하게 된다. 그래서 양묘는 갑판원들이 입출항 계류삭 고정만큼이나 싫어하는 작업이기도 하다.

식사 시간이 끝난 지 한 시간정도 지났을까, 투묘 지시 방송이 나오기에 함수로 가보니 갑판병들은 이미 CO_2 재킷을 입고 정렬을 마친 상태였다. 함수 끝 부분에서는 이미 부이수가 앵카부이 줄을 사리고 있었고, 나머지 요원들은 윈드라스(닻과 연결된 줄을 감아올리거나 내리는 장치)의 스위치를 조작하거나, 주변에 있는 장애물들을 제거하고 있었다. 준비가 끝나자 갑판장이 함교를 향해 사인을 보냈다.

〈예상 수심 32m, 저질(底質)은 실트(Silt).〉

함교에서는 소나로 분석한 수심과 저질을 통보했다. 계측이 끝나자마자 배는 가속하여 투묘 예상지점을 향해 나가기 시작했다. 맞바람 때문에 소리가 잘 들리지 않자 함교 가까이 있던 전화수가 투묘지로부터의 거리를 큰 소리로 외치기 시작했다.

"투묘지 거리 300!"

"투묘지 거리 300!"

함수에 있던 갑판원 전원이 전화수의 말을 복창했다. 잠시 후, 예상 거리에 가까워질수록 전화수가 다시 한 번 큰 목소리로 거리를 외쳤다.

"투묘지 거리 100!"

"투묘지 거리 100!"

투묘지 거리가 가까워지자 측심수 하나가 함수 방향으로 달려가더니 1차 측심을 시작했다. 측심수로부터 보고 받은 측심 결과가 아까 소나에서 받은 자료와 일치하자, 갑판장은 만족스러운 표정으로 함교에 결과를 보고했다.

"1차 측심 결과, 수심 32M, 저질은 실트."

곧 투묘지에 배가 닿는가 싶었는데, 배는 가속해서 투묘지로부터 조금 더 나아갔다. 그러자 곧바로 함교에선 다시 배를 뒤로 물리기 시작했다.

〈양현 정지. 양현 뒤로 10.〉

배가 다시 후진하며 투묘지에 가까워지자 갑판원들의 눈빛이 날카로워졌다. 아마도 닻을 내릴 타이밍을 재고 있는 중이리라. 투묘지를 지나치는 순간, 함교에서 빠르게 방송이 들려왔다.

〈닻 내려!〉

"투묘!"

전화수가 함교의 지시를 전달하자마자 멈추개수가 멈추개를 보수 해머로 힘껏 내리치고, 연결된 합사를 잡아당겼다.

촤르르르릭!

닻에 연결된 쇠사슬이 마구 풀려가며 엄청난 소음이 일기 시작했다. 성난 황소 떼가 배를 끌고 가려는 양 거친 소리였다. 합사를 잡아당기는 갑판병들의 이마에도 조금씩 땀이 맺히기 시작했다. 멈추개수는 풀려나가는 체인을 확인하며 앵카의 수심을 확인한다.

"1 매듭 갑판상!"

멈추개수의 말에 따라 갑판원들이 복창한다.

"1 매듭 갑판상!"

여기서 1매듭이 27M를 의미하니, 아직 닻은 바닥에 닿지 않았으리라. 비로소 2 매듭 째에 들어서야 갑판장은 앵커체인에 브레이크를 먹이도록 지시했다. 브레이크를 걸자마자 요란스러운 소리와 함께 장력이 체인을 팽팽하게 잡아당겼다. 이로써 닻이 지저에 무사히 묘박한 셈이다.

그제야 갑판장을 비롯한 갑판원들의 얼굴에 여유가 퍼졌다. 그 후로 갑판병들은 브레이크를 풀어 체인에 어느 정도 여유를 두고, 앵카부이를 던져 닻을 내린 위치를 표시했다. 마지막으로 멈추개를 채우고, 브레이크 잠김까지 확인하자, 수병들은 다시 함수에 3열종대로 서서 갑판장에게 보고를 했다.

"상황 끝!"

"아, 정말 수고 많았어요. 오늘 날씨도 쌀쌀 했는데… 꽤 추웠죠?"

샤오지에 갑판장은 평소처럼 수병들에게 사근사근 말을 걸었지만, 놀랍게도⑦ 갑판병들은 군기가 딱 잡힌 채로 고개를 저었다.

"아닙니다, 샤오지에!"

"아녜요, 고생한 거 다 아는걸…. 그럼 앵카 당직자 두 사람을 제외하고 나머지 요원들은 들어가서 따뜻한 차를 들도록 하죠. 나오기 전에 좋은 대홍포를 꺼내 놨답니다. 앵카 당직자들도 끝나면 다시 차를 내드릴게요."

"감사합니다, 샤오지에!"

갑판병들은 깍듯한 자세로 경례를 올려붙인 다음 두 사람의 당직자를 제외하고 모두 함내로 들어가 버렸다. 정작 그런 갑판병들을 바라보는 내 심정은 어땠느냐 하면은….

'우와… 이거 완전히 군대잖아….'

물론 이곳은 엄연한 군함의 함상이다. 당연히 군대다.

허나 나는 어쩐지 이 상황을 너무나도 이질적으로 느꼈다. 그도 그럴 것이 군기 빠지기로 둘째가라면 서러울 '잿빛 10월'이 아닌가. 그런데 타 부서에 비해 갑판병들 만큼은 이렇게 빠릿빠릿하게 군기가 잡혀있으니, 같은 배를 타는 간부로서 왠지 부끄러웠다.

"하지만 역시 '갑판'이랄까…."

갑판은 연방 해군에서도 가장 군기가 엄격한 직별 중 하나였다. 해군 모든 병종의 기본이 되는 병과이기 때문이다. 육군으로 치면 보병에 가깝다고 할까? 평소에 갑판병들이 다루는 홋줄이나 체인 등은 그 자체로도 워낙 억세고 위험한 물건일 뿐더러, 함 총원의 안전과도 직결되는 생명수단이기도 하다. 그래서 갑판 병과의 승조원들은 타 병과보다 승조원들의 목숨을 책임진다는 이미지가 강했다. 그래서 갑판부는 함내에서 가장 엄격한 군기를 유지할 필요가 있었다.

그때문에 일반적으로 갑판장은 입 험하고 노련한 남성 뱃사람이 주로 맡았다. 처음 승선하고 샤오지에 병조장을 마주했을 때, 병조장 스스로가 너무 물러서 군기가 잡힐까 싶었는데… 샤오지에 갑판장도 자기 직별의 부서원들에게는 칼 같이 군기를 지키나보다.

그렇지 않고서야 갑판병들이 얼어붙을 리가 없지.

나는 넥타이를 바로 잡고 최대한 근엄한 표정을 지으며 천천히 앵카당직자를 향해 다가갔다.

"여어, 의무장이다. 수고가 많아."

전에 연방 해군에서 본 적 있는 간부 흉내를 내며 당직자들에게 다가갔다. 하지만 두 소녀는 경례도 올려붙이지 않고 나를 차가운 눈길로 쏘아보았다.

"무슨 일이십니까?"

둘 중 키가 조금 더 큰 소녀가 쌀쌀맞게 질문을 던져왔다. 말투에서 뿜어지는 한기에 오금이 저리는 기분이었지만 여기서 물러나면 약은 영영 전해주지 못할 터. 나는 그 소녀의 이름표와 계급장을 빠르게 살펴보았다. 예상대로 이등병조로 나보다 계급이 낮았고, 이름은 영문으로 적혀있었다.

'Yi-bi'라… 이비라고 읽으면 되려나?

"이비… 이조? 몇 가지 물어볼 것이 있어서 왔는데."

"바쁘니 짧게 질문하십시오."

역시 아직도 냉담했다. 나는 어깨를 으쓱하며 가져온 약 봉투를 꺼내들었다.

"사실은 군의관으로부터 약을 하나 가져왔는데, 누구 것인지 몰라. 혹시 갑판부 수병 중에 약을 복용해야 하는 수병이 있나?"

이비 이조는 내가 꺼내 든 작은 환약 형태의 약을 유심히 살펴보며 반문했다.

"이게… 무슨 약 입니까?"

"변비약이다만…"

"변비(Constipation)?"

이비 이조는 눈살을 찌푸리며 되물었다. 아무래도 이조는 Constipation의 정확한 의미를 모르는 모양이었다. 갑판 병과의 승조원들은 평소에도 중국어로 떠드는 일이 흔해 다른 승조원만큼 영어에 익숙지 않을지도 모르겠다. 그래서 나는 최대한 쉬운 단어를 조합해 변비를 설명해주려고 했다.

"음… 그러니까… 'No Shit'?"

찰칵.

순식간에 이조의 손이 탄띠에 고정된 대검으로 향했다.

그리고 이쪽나를 향해 뿜어져 오는 어마어마한 살기.

"Shit?"

"아냐, 아냐! 욕한 게 아니라고!"

나는 황급히 수첩을 꺼내 한자로 '便秘'라고 써서 보여주었다. 그제야 이비 이조는 이해했다는 표정으로 고개를 끄덕였다..

"Constipation…. 변비입니까."

"그래, 내가 친하지도 않은 사람에게 대뜸 욕설을 날려 뭐 좋을 것이 있다고…"

내가 식은땀을 닦아 내리는 사이, 이비 이조는 잠시 무언가를 곰곰이 떠올리더니 다시 단호한 태도로 약봉지를 내밀었다.

"그런 사람은 포갑부에 없습니다."

"아니, 너무 확신하지 말라고… 변비는 지극히 개인적인 질병이니까 몰래 혼자 앓고 있는 수병이 있을지도 모르잖아."

하지만 이비 이조는 단호하게 재차 강조했다.

"저희는 변비에 걸리지 않습니다."

"어째서?"

"샤오지에가 타주는 차를 매일 마시기 때문입니다."

"아, 그런가. 샤오지에 갑판장은 그러고 보니 늘 차를 휴대하고 있었지…"

일전에 차에 들어있는 카페인 성분이 이뇨와 배설 작용을 촉진한다는 내용의 의학 칼럼을 읽었다. 이 때문에 차를 좋아하는 사람은 보통 변비에 걸리지 않는다고. 게다가 차는 소화를 돕고 장 운동을 활발하게 하니, 수시로 차를 마시는 갑판부 수병들은 변비에 걸릴 확률이 적겠지.

"그런데 말이야, 이비 이조."

"네?"

"어째서 갑판장을 그냥 '샤오지에'라고 부르는 거야?"

아까 전부터 조금 의아했던 점이지만 이비 이조는 샤오지에 갑판장을 이를 때, 갑판장이나 병조장 같은 계급 존칭을 뒤에 붙이지 않고 이름으로만 불렀다. 아무리 본인이 이 자리에 없다지만 선임을 이름으로만 부르는 행동은 조금 버릇없다고 생각했다. 하지만 오히려 이비 이조는 이상하다는 투로 내게 반문했다.

"샤오지에를 샤오지에라 부르면 이상합니까?"

"아니, 그래도 예의가 있잖아. 예의. 상관의 이름만 따서 부르는 건 아무리 본인이 없는 자리라 하더라도 무례한 행동이라고."

이비 이조는 한숨을 푹 내쉬더니 고개를 저으며 다시 말했다.

"무언가 오해를 하셨나보군요, 의무장님."

"뭘?"

"샤오지에는 이름이 아니라, 중국어로 'Mistress(小姐, 귀족가의 아가씨)'를 이르는 말입니다."

"…엥?"

갑작스러운 폭탄선언에 머릿속이 혼란스러웠다. 샤오지에가 갑판장의 이름이 아닌 호칭이었다는 점만 해도 충격적인데, 귀족 아가씨? 갑자기 내가 사는 세계의 장르가 바뀌는 기분이 들었다. 요즘 세상에 주종관계라니, 마치 철지난 순정 만화에나 나올법한 발상이잖아.

"잠깐, 잠깐. 뭔가 이상하잖아. 요즘 시대에 신분제 같은 것이 어디 있어? 그렇다 하더라도 철저하게 군법과 계급에 의해 움직여야 하는 군대 내에서 사사로이 상하관계를 구축하는 건 말이 안 돼. 혹여 금전적인 이유의 문제라면…"

찰칵.

순식간에 이비 이조는 대검을 뽑아 들더니 이번에는 정말로 내 목에 대검의 날을 들이밀었다. 그리고 사나운 투로 다시 내게 천천히 물었다.

"샤오지에가 한낱 금전적인 핑계를 들어 사사로이 사람을 부릴 분으로 보이십니까?"

"아… 아니. 물론 갑판장이 그럴 사람이 아니라는 건 나도 알지. 하하…"

이비에게서 풍기는 어마어마한 살기 때문에 나는 그 자리에 얼어붙어 헛웃음만 터트렸다.

정말로 무서웠다. 진짜 무서웠다! 나 역시도 적을 죽이는 일을 생업으로 삼는 군인이지만 이렇게 노골적으로 '죽인다'며 살기를 풀풀 풍기는 사람은 이비 이조가 처음이었다. 심지어 이비 이조가 내 목에 들이댄 대검은 해군용 총검이었음에도 불구하고 잘 연마되어 날이 번쩍거리고 있었다.

이비 이조는 내가 겁먹었음을 알아차리자 바로 대검을 칼집에 넣고, 언제 그랬냐는 투로 담담하게 그들이 승선하게 된 계기를 읊기 시작했다.

"저희 갑판 수병들과 갑판장님은 유서 깊은 정교의 가문에서 수련을 하던 몸입니다. 그런 의미에서는 사저(師姐)라고 하는 편이 더 옳을지도 모르겠습니다만, 샤오지에는 교단을 물려받을 가문의 장녀셨기에 저희는 그분을 주인처럼 받들고 있었습니다. 허나 샤오지에께서 모종의 사정으로 광명학회에 몸을 의탁하시게 되자, 저희 역시 그분을 받들기 위해 따라 입대한 것뿐입니다."

…뭔가 무협지에서나 들을 법한 단어가 쏟아져 나오고 있었지만, 대강 풀이하자면 샤오지에는 부잣집 여식이고, 갑판병들은 그 밑에서 일하던 하녀 같은 관계인 모양이다. 그냥 개인적인 사정이려니 하고 넘어가려 했지만, 아직도 이상한 점이 한두 가지가 아니었다.

사실 내가 처음에 갑판장의 이름을 샤오지에라고 착각하게 된 원인도 갑판장 명찰에 떡하니 박혀있는 'Xiaojie'라는 네임 태그때문 아닌가. 그 이상한 네임 태그는 갑판부의 사정과는 전혀 상관이 없었다.

"어… 그럼 왜 갑판장의 군복에는 샤오지에라고 오버로크 쳐진 거지?"

아무리 갑판장이 맹한 구석이 있다고는 해도 군복에 이름과 별명을 헷갈려서 새겼을 리는 없다. 하지만 이비는 무슨 사정이 있었는지 어두운 표정을 지으며 필사적으로 내 시선을 회피했다.

"그건… 아가씨의… 취미입니다."

"……"

아무래도 고의였나 보다. 함장 이하 전 승조원이 자기에게 모국어로 '아가씨'라고 불러주길 원했다니. 도대체 얼마나 속이 검은 거야, 갑판 장은.

"그, 그렇다 하더라도 가, 갑판장은 훌륭한 사람입니다! 이, 일처리도 완벽하거니와!"

상관의 치부를 변명하느라 이비 이조의 캐릭터가 무너지고 있었다. 그 렇게 샤오지에 갑판장이 오해를 받는 게 싫은가. 전우애를 넘어선 충성심 에 소름이 돋을 지경이었다. 갑판부 수병들의 평소 모습을 생각해보면 조 금 의외였지만, 갑판부 수병들을 이해하기 한결 쉬워진 기분도 들었다.

'이 아이도 결국은 다른 수병들처럼 강박증이 있구나.'

함장이 말했듯이 이 배에 탄 사람들 중 과거가 평온 무사했던 사람은 거의 없다. 승조원 대부분이 육지에서의 삶을 포기하고 무작정 바다로 떠 나온 셈이다. 하지만 삶을 포기하는 심정으로 떠나왔다 하더라도, 사람이 라면 포기할 수 없는 최후의 보루는 있는 법이다. 모든 것을 다 빼앗기고 극한의 상황에 처하더라도 포기할 수 없는 소중한 무언가, 예를 들자면 해인에게는 완벽한 요리에 대한 집착이 그렇다. 보통 그 대상은 특정 행 동이나 물건에 한정되지만, 갑판부 수병들에게 최후의 보루는 갑판장 그 자체였던 모양이다.

'그래서 별다른 군기교육 없이도 충성도가 높았던 건가.'

아까 있었던 투묘 작업 때가 그랬다. 분명 그들은 일사분란하게 움직 이고 있었지만, 그 모습에 억지로 군기를 따른다는 기색은 전혀 없었다. 오히려 갑판장과 함께 하는 행동 자체가 영예롭고 즐겁다는 기색만이 가득했다.

물론 단기적으로 볼 때, 이러한 집착은 단체 활동에 유익하지만… 지나치게 의존하는 관계가 오래 이어지면 갑판 승조원들에게도, 갑판장에게도 서로 독이 된다.

나는 한숨을 쉬며 허둥대는 이비 이조를 넌지시 달랬다.

"변명할 필요는 없어, 이비 이조."

"예?"

"전에 함장에게 듣긴 했지만… 타인에게 말할 수 없는 사정이 있었겠지. 샤오지에 갑판장을 따를 수밖에 없었던."

"……."

이비 이조의 눈이 갑자기 가늘어졌다. 딱히 내 말에 불쾌감을 느끼거나 화가 난 눈치는 아니었지만 내가 무슨 꿍꿍이로 이런 말을 하는지 의심스럽다는 눈초리였다.

"걱정 마. 특별히 동정하거나 이상한 감정을 갖는 건 아냐. 샤오지에 갑판장은 좋은 사람이야. 처음 보는 사람에게 태연히 차를 권하는 사람이 나쁠 리가 없지."

내가 처음 이 배에 의해 구조되었을 때 유일하게 따듯한 태도로 차를 권했던 사람이 샤오지에 갑판장이었다. 다른 사관들이 나의 착임에 반기를 들었을 때도 갑판장만큼은 아무 말도 하지 않았다. 그것은 단순히 가식이나 착한 아이 흉내와는 다르다. 샤오지에는 본질적으로 타인을 의심할 줄 모른다. 그것을 세상 물정 모르는 부잣집 영애의 한계라고 매도할 수도 있겠지만, 그것만으로 샤오지에의 천성을 의심할 수는 없다.

때 마침 상비 탄약고 수밀에서 샤오지에 갑판장이 보온병과 다기를 바리바리 들고 나오다가 우리와 눈이 마주쳤다.

"이비 이조, 렌비 수병! 기다리라고는 했지만 역시 함수에서 서는 당직은 추울 것 같아서요. 보온병에 차를 좀 담아 왔는데… 어라? 이원일 일조도 있었나요?"

"아, 네. 잠시 포갑부에 물어볼 게 있어서."

사병들이 추울까봐 보온병에 손수 차를 담아 가져다주는 갑판장이라니, 연방의 해군이라면 아무도 믿어주지 않으리라. 어쩐지 이비 이조도 같은 생각을 했는지 나와 이비 일조는 동시에 실소를 터트렸다.

"후훗."

"크크크…"

"어라? 뭔가 재미있는 이야기라도 하던 중이었나요? 저도 좀 같이 웃어요."

천진하게 고개를 갸웃거리는 갑판장을 뒤로 한 채 이비 이조는 목소리를 죽여 대답했다.

"그렇습니다. 샤오지에는 좋은 사람입니다."

이비는 마치 고귀한 성인의 이야기를 하듯 자랑스럽게 샤오지에에 대한 칭찬을 늘어놓았다.

"샤오지에는 귀족가의 영애셨던 때부터 저희를 무시하시지도 않았고, 천하게 여기시지도 않았습니다. 마치 자매— 아니 그 이상으로 따뜻하게 보듬어주고 거두어 준 은인이십니다…. 그렇기에 샤오지에가 가는 곳이라면 저희는 지옥이라도 자원할 용의가 있습니다."

그렇게 말하며 이비 이조는 일순간 아주 청명한 미소를 흘렸다. 그 미소는 어쩐지 일전에 해인이 음식을 만들며 보여주었던 미소와 흡사했다. 과연…… 갑판장은 자신의 부서원들에게 아주 사랑받고 있는 모양이다. 결국 내가 이 사이에 끼어들어 할 수 있는 일은 아무것도 없었다.

'뭐, 어차피 나는 일개 임시 승조원에 불과하고, 간섭해야 좋을 게 없지.'

하지만 이비 이조는 내 생각을 오해했는지 금세 싸늘한 투로 무서운 소리를 입에 담았다.

"그러니 샤오지에게 저속한 욕망이라도 품고 접근하신다면 죽여 버릴 겁니다."

이비 이조가 너무 태연하게 죽인다는 말을 입에 담아서 나는 순간적으로 이조가 농담을 한다고 생각했다.

"하하… 그런 일은 없었지만…. 농담이지?"

"…목을 따버릴 겁니다."

"……."

말이 격해졌다. 진심인 모양이다.

아무래도 샤오지에 갑판장에게는 농으로라도 괜한 수작을 걸지 않는 게 좋겠다. 배 위가 아무리 심심한 일상의 연속이라고 해도 자다가 목을 따러 온 갑판병들과 교전을 벌이는 이벤트 같은 건 사양이니까….

"그나저나 갑판부에는 무얼 물어보러 오셨나요?"

때 마침 샤오지에 갑판장이 말을 걸어준 덕분에 나는 그제야 본연의 임무를 떠올렸다.

"군의관님이 변비약을 건네주셨는데, 이게 누구 약인지는 듣지를 못해서요. 혹시 짐작 가는 사람이라도 있으신가요?"

"글쎄요. 일단 저희 포갑부 승조원 중 변비에 걸린 사람은 없어서…"

역시 차의 효능 덕분인가. 갑판장도 이비 이조와 같은 소리를 했다.

"다른 부서에 가봐야 하나… 작전부는 어떤가요?"

"작전부는 지금 사관 회의 때문에 바쁠 테니 나중에 가보시는 게 좋을 겁니다. 그보다 기관부에 먼저 가보시는 게 어떤가요? 기관부 수병들은 당직 때문에 식사가 불규칙해서 종종 장관 질환으로 고생한다는 말을 들은 적이 있거든요."

기관부라. 그리고 보니 전에 몰래 야식을 훔쳐 먹은 곳도 기관실이었고, 종종 있는 사관실에서의 병식 때도 기관장만큼은 늘 당직을 핑계로 빠지곤 했다. 하긴, 불규칙한 식사는 소화에 도움이 될 리가 없지….

"감사합니다. 그럼 기관부에 가서 물어봐야겠군요."

그런데 막상 자리를 뜨려고 하니 나는 묘한 의문이 생겼다. 기관부의 수병들하고는 그럭저럭 친해졌지만 정작 기관부의 부장인 기관장은 한 번도 보지 못했기 때문이다.

"그런데 기관장님은 실제로 뵌 적이 없는데, 어떻게 생기신 분이신가요?"

기관장의 생김새를 묻자마자 샤오지에 갑판장과 이비 이조는 묘한 표정을 지었다. 이유는 모르겠지만 갑판장은 중지와 검지를 벌려 삼각 꼴로 만든 후, 양 관자놀이에 가져다 대며 횡설수설 거렸다.

"어… 도이치계 미국인인데… 그, 귀가 이렇게 뾰족하고… 체렌코프광이 번쩍거리는…."

뭐지, 그거. 사람인가.

"사람 맞아요! 그러니까, 동양 고전에 나오는 서양 도깨비 느낌이랄까… 스타트렉 시리즈에 나오는 벌칸 성인같은…."

더더욱 정체불명이 되어가고 있었다. 내가 미심쩍다는 표정을 짓자, 갑판장은 결국 한숨을 쉬며 설명을 포기했다.

"직접 보시는 게 빠를 것 같네요. 독특한 외모니까 아마 찾기 쉬우실 거예요."

"예… 뭐, 아무쪼록 감사합니다."

알쏭달쏭한 기분으로 함수를 빠져나왔다. 그때만 해도 나는 샤오지에 갑판장이 참 설명을 못 하는 편이라고 생각했다. 하지만 기관실에 닿고 나서야, 나는 갑판장의 설명이 아주 정확했음을 깨닫게 되었다.

-3-

"이럴 줄 알았으면 진작 견학안내라도 받을 걸 그랬나…"

함수에서 내려온 이후, 나는 벌써 10분 동안 기관 구역을 방황했다. 기관 구역이 다른 구역에 비해 조명도 밝지 않고 구조가 복잡한 탓도 있었지만, 가장 큰 문제는 수밀에 이름표가 새겨져 있지 않아서 아무 수밀이나 벌컥벌컥 열 수 없었기 때문이다.

잿빛 10월은 전에도 말했지만 원자력 발전으로 움직인다. 원자력 함선들은 기관원들도 일반적인 함선처럼 내연-내기 엔지니어가 아니라 원자력 공학자로 구성된 경우가 흔하다. 그런데 문제는 이 빌어먹을 원자력 기관병들이 노심 근처 수밀에 피폭 주의 표지판을 세워두지 않았다는 점이다. 그 말인즉슨 무턱대고 수밀을 마구 열댔다가는 방사능을 그대로 쬘 수도 있다는 뜻이다.

…물론 보호구역 너머의 수밀이 하나 열렸다고 해서 피폭될 정도면 이미 함선 거주 자체가 위험하다는 뜻이니 내가 하는 잔걱정은 무의미하다. 하지만 사람 심리라는 게 그렇게 이성적이지가 않은 법이라 나는 결국 쓸모없는 고민을 하다가 돌아섰다.

"그럼 기관부는 나중에 루나 수병을 불러서 같이 돌도록 할까…"

"어? 그 목소리는… 아래에 의무장님 계신가요?"

호랑이도 제 말하면 온다더니, 수직 사다리 위에서 루나 일등 수병의 발랄한 목소리가 들려왔다. 루나는 기세 좋게 사다리를 타고 미끄러져 내려오더니, 군홧발을 바닥에 쾅 하고 구르며 경례를 올려붙였다.

"필승! 루나 일등 수병입니다."

오늘의 루나 일등 수병은 세일러복에 단화를 신은 일반적인 수병의 차림새가 아니라, 푸른색 디지털 위장 무늬가 수놓인 해군 작업복과 작업용 군화를 신고 있었다. 그리고 위장 전투복답게 모자는 에이트-포인트-커버라고 불리는 해군 작업용 팔각모를 쓰고 있었다.

"그래. 이미 목소리 듣고 너인 줄 알았어. 그나저나 반갑다, 루나 일등 수병. 안 그래도 기관부 아이들에게 물어볼 일이 있었거든."

"기관부 아이들이요? 음… 기관부에 관한 일이라면 기관장님께 직접 여쭤보는 게 좋지 않을까요?"

"응—? 누가 날 찾니?"

루나의 말에 누군가가 위에서 응답하더니, 조심스럽게 사다리를 타고 내려오기 시작했다. 기관장이었다.

"……"

다시 말하지만 나는 분명 아까 갑판장이 단순히 설명을 못한다고 생각했었다. 그러나 갑판장이 묘사한 기관장의 외양은 정말로 정확했다. 기관장의 해군 위장 전투복 칼라에는 소교를 의미하는 물방울무늬 기장이 하나 달려있었고, 팔각모 아래로는 아름다운 금발이 풍성하게 흘러내렸다.

그리고 가장 중요한 점이지만…… 그 머리칼 사이로 삐져나온 귀는 서양 민담 속의 엘프처럼 뾰족했으며, 기관장이 지나온 길에는 푸른빛의 후광이 반짝거렸다.

뭐지. 이건.

사람인가. 이종족인가.

오늘만 해도 벌써 무협물과 순정만화를 오가는 얼빠진 설정을 몇 개나 보았는데, 기관장의 외형은 그 범주를 훨씬 벗어나 있었다. 거의 판타지에 가까웠다.

물론 그렇다고 해서 기관장의 외모가 흉측하거나, 이상하다는 말은 아니었다. 오히려 너무 비현실적인 후광 때문에 여신처럼 아름답게 보일 지경이었다.

"저…… 이 분은?"

"아, 그러고 보니 의무장님은 처음 뵙나요? 저희 부서장이신 가브리엘라 기관장님이세요."

기관장도 나를 발견하자 생긋 웃으며 악수를 건넸다.

"아, 이렇게 만나는 건 처음이네. 이원일 일조. 잿빛 10월의 기관장인 가브리엘라 미스트랄 소교야. 편하게 가비라고 불러줘."

나는 가브리엘라 소교의 손을 잡고 악수까지 했지만 아직도 기분이 얼떨떨했다. 내가 한참동안 멍하니 서 있자 루나는 무슨 오해를 했는지 내 허리를 쿡쿡 찌르며 킬킬거렸다.

"이야아, 역시 의무장님도 남자시네요. 저희 기관장님 엄청 미인이시죠? 저희도 처음 봤을 때는 입이 떡 벌어질 정도였으니 의무장님이 충격을 받을 만도 하네요."

"아니, 그게 문제가 아니잖아!"

나는 그제야 제 정신을 차리고 딴죽을 걸기 시작했다. 차마 상관에게 삿대질을 할 수는 없어서 나는 가브리엘라 기관장의 주변에 떠다니는 푸른색 후광을 가리키며 소리쳤다.

"이… 이게 다 뭐야? 웬 후광? 기관장님이 여신이라도 돼?"

"어머, 어머. 여신이라니, 부끄럽게."

내 말에 기관장은 그저 수줍게 웃었고, 대신 루나가 옆에서 우쭐거리며 대신 설명을 해주었다.

"아, 그거 체렌코프 광(Cherenkov radiation)이에요."

"뭐?"

나는 뒤로 세 발자국 정도 물러서며 소리를 질렀다. 체렌코프 광이라면 보통 방사능 수치가 어마어마하게 높은 곳에서만 발견되는 현상이잖아! 호, 혹시 나도 이미 피폭된 건가!

하지만 루나는 내 반응을 보더니 손을 내저으며 변명을 하기 시작했다.

"아뇨, 아뇨. 겁먹지 마세요. 전에 했던, '원자력 잠수함 승조원은 몸에서 푸른빛을 낸다' 같은 농담이니까요. 원래 체렌코프 광은 하전 입자가 투명한 유전체를 통과할 때 빛의 위상 속도보다 입자의 속도가 빠르면 발생하는 현상이에요. 하지만 이 주변은 빛의 위상 속도가 떨어진 것도 아니고, 빠른 전하도 존재하지 않잖아요? 그래서 다들 그냥 기관장님의 체질이 특이하거나, 아니면 새로운 능력이 개화한 거라고 여기고 있어요."

루나가 자신 있게 소리쳤지만 나는 여전히 불안했다. 왜냐하면 무슨 소린지 조금도 이해가 가지 않을 뿐더러 루나의 말투가 너무 무책임했기 때문이다.

"난 이해 안가니까 결론만 말해. 피폭된다는 거야, 만다는 거야?"

"음… 전에 군의관님이 측정한 결과로는 약 2 μSv/hr 정도?"

"더 모르겠는 걸…."

5. 폭뢰구이

"그래봤자 미국에서 살면서 받는 자연 피폭량보다 훨씬 적어요!"

"이젠 뭐가 뭔지도 모르겠다…."

나는 다시 한 발자국 다가와서 기관장을 찬찬히 살펴보았다. 누차 말하지만 기관장의 외관은 아무리 보아도 평범함과는 거리가 멀었다. 주변에 빛나고 있는 저 정체불명의 푸른색 후광을 제외하더라도 특유의 뾰족한 귀나, 맑고 파란색 눈, 그리고 밸런스가 의심될 정도로 큰 가슴까지― 그 모습은 마치 고대 그리스 신화 속의 여신이 현현한 듯 했다.

"저… 실례가 아니라면 그 귀에 대해 물어도 될까요."

간신히 용기를 내어 무례를 무릅쓰고 기관장의 귀를 가리켰다. 분명 포술장이라면 상관에게 무슨 무례한 질문이냐고 노발대발했겠지만, 다행히 기관장은 수줍게 웃으며 순순히 답해 주었다.

"아, 이거? 좀 모양이 이상하긴 하지, 후후."

그렇게 말하며 기관장은 귀를 쫑긋거렸다. 아무래도 장치나 분장은 아닌 모양인데.

궁금해 하는 내 속을 읽었는지 기관장은 명랑한 어조로 그 귀를 갖게 된 경위를 설명했다.

"사실 날 때부터 이런 모양은 아니었고, 일전에 노심에서 일하다가 피폭이 된 이후로 이렇게 변한거야. 다행히 몸에는 별 문제가 없었는데, 귀모양이 이렇게 문드러지고 몸 주변에서 청색광이 나오더라고. 신기하지?"

…아무래도 기관장이 나를 바보로 아나보다.

"아니, 보통 한계치 이상의 방사선에 피폭당하면 그렇게 요정 같은 모양새의 돌연변이가 되는 게 아니라, 몸이 문드러지고 피를 토하며 죽는 걸로 알고 있는데요…."

피폭을 당했더니 몸이 죽죽 늘어나는 돌연변이가 되었다든지, 초능력을 얻었다든지, 거대한 녹색 괴물로 변한다든지 하는 얘기는 전부 영화에서나 있을 법한 일이다. 실제로 피폭당하면 대부분의 사람은 높은 확률로 사망한다. 하지만 기관장은 마치 다른 사람 이야기라도 하듯 고개를 끄덕거리며 내 말에 수긍했다.

"그렇지이~? 나도 좀 이상하게 생각하고 있어."

"그렇지는 무슨 그렇지 입니까! 당신이 겪은 일이잖아!"

결국 분을 참지 못하고 소리를 버럭 지르고 말았다.

어째 기관부 사람들과 얘기하고 있노라면 상식이 조금씩 붕괴되는 느낌이다. 다들 방사능에 너무 중독되어 머리가 이상해지기라도 했는지 말과 행동이 늘 미묘하게 어긋난다. 심지어 그럼에도 불구하고 태도는 언제나 명랑하니, 완전히 메르헨(Märchen) 아닌가. 부장(部長)부터가 동화 속 엘프의 외양을 하고 있다니, 이게 말이 되는 부서냐고.

"그보다 뭘 물어보러 오셨다고 하지 않았나요?"

다행히 루나가 화제를 돌려준 덕분에 나는 다시 본연의 임무를 간신히 깨달았다. 오늘 몇 번이나 봉변을 당하는지 모르겠다만, 나는 약 봉투를 내밀며 아까와 같은 질문을 던졌다.

"아까 군의관이 이 변비약을 전해주라고 했는데, 누구에게 줘야하는지 알려주지를 않아서 말이야. 혹시 기관부에 변비 환자 있어?"

내 질문에 가브리엘라 기관장과 루나 일등 수병은 서로 눈을 마주친 다음, 곤란한 기색으로 머리를 긁적이며 시선을 피했다.

"하하하, 그게… 있기는 있는데요…"

나는 루나의 말을 어림잡아 이해했다. 환자를 알고 있지만 직접 그 이름을 밝히기가 민망해서 저러는 거겠지. 특히 변비라는 질병은 굉장히 개인적인 질환이기 때문에 본인이나 친한 승조원이 변비에 걸렸다고 말하기가 창피할 수도 있다.

"아, 직접 이름을 말하기는 좀 곤란하지? 그럼 이 약 줄 테니까 대신 전해줄래?"

나는 이해한다는 투로 어깨를 으쓱거리며 약봉지를 내밀었지만, 루나는 고개를 저으며 부정했다.

"아뇨. 그게 아니라 사실 부서 내에 변비 환자가 너무 많아서 전에 군의관님께서 아예 큰 약통을 통째로 주셨거든요."

아무래도 쇼우코 대위가 또 약통을 통째로 넘긴 모양이었다. 약통을 그렇게 환자에게 한 번에 넘기면 과용할 수도 있으니까 귀찮더라도 한 포씩 조제해서 배부하라고 말했건만!

"그래서 저희 기관부 수병들은 아무 때나 가져다 먹을 수 있기 때문에 아마도 개인적으로 약을 부탁한 사람은 없을 거예요."

"그렇구나. 아, 이거 골치 아프게 됐네…."

포갑부에도 기관부에도 환자가 없다면 이제는 대체 어느 부서로 가야 한담? 이제 남은 곳이 몇 군데 없는데…. 개인적으로 장교 숙소에 일일이 들어가야 하는 상황은 피하고 싶다. 만약 포술장에게 가서 '혹시 변비가 있지 않으신가요?'하고 직접 질문을 하게 된다면, 대답과는 상관없이 머리에 탄환이 박힐 거라고.

"그, 그래도 혹시 모르니까 보수병들 중에 따로 약을 부탁한 아이들이 있는지 물어볼게요."

루나 일등 수병은 나를 위로한답시고 부러 그렇게 말했지만, 나는 이미 기운이 다 빠져버린 상태였다.

"그 중에 있었으면 좋으련만…. 아마 없겠지."

그때 조용히 대화를 듣고 있던 가브리엘라 기관장이 조언을 건넸다.

"그런데 사실 장관 계통 질환이라면 식사가 불규칙한 기관부 아이들도 많이 걸리긴 하지만, 가장 많이 앓는 아이들은 경의부 수병들이 아닐까?"

"경의부요?"

막상 내가 속한 부서가 언급되자 나는 찬찬히 경의부의 수병들, 특히 조리병들을 떠올려 보았다. 트리샤를 비롯해 조리병들 대부분이 태국이나, 인도, 연방 등 향신료에 익숙한 국가 출신이다. 딱히 음식으로 인해 속병이 날 일은 없을 텐데….

"그게, 조리병들은 사실 음식을 다루기 때문에 평소에도 이것저것 집어 먹을 때도 많거니와, 기름 냄새 때문에 입맛이 없다고 식사를 거르는 일도 잦다고 들었거든."

"맞다. 그러고 보니 연방에서도 조리병들은 남은 식재료로 다른 음식을 만들어 먹을 때가 있었지요."

전에 트리샤와 라면을 끓여 먹었던 일을 생각하면, 식재료를 빼돌려 몰래 만찬을 즐기는 조리병들이 꽤 있었을 터다. 그로 인해 장관 질환이 생겼다면 조리장에게 들키지 않도록 몰래 약을 의뢰했을 테고….

"그럼 조리실에 가봐야겠습니다. 감사합니다, 기관장님."

"천만에."

"아, 의무장 님! 저희도 그 근처에서 작업을 하고 있을 테니까, 경의부에도 약을 받을 사람이 없다면 다시 한 번 오세요. 제가 보수병들에게도 물어봐놓을 테니까요!"

루나가 기세 좋게 말해준 덕분에, 그제야 나는 조금 기운이 되살아났다.

"고마워, 루나. 그보다 조리실 근처에서 작업이라니? 무슨 일이 있어?"

조리실 근처는 경의부 구획이라서 기관병들과는 상관이 없을 텐데.

"아뇨. 그게… 청수관 파이프에 문제가 생겼는지 요즘 온수가 잘 나오지 않는다고 건의가 들어와서요. 일단 식당과 후부 화장실로 가는 청수관을 정비하려고요."

사실 기관부의 일은 단순히 배를 움직이는 엔진을 정비하는 데에서 그치지 않는다. 배 내부를 복잡하게 휘감아 도는 청수관과 해수관을 정비하는 일도 기관부의 몫이며, 전기 및 각종 설비 수리 또한 기관부의 일이다. 사실 그런 의미에서 기관병들은 배에서 가장 중요한 고급 인력인 셈이지만, 그럼에도 불구하고 대우가 늘 열악해서 나는 기관 계통 수병들이 늘 안쓰러웠다.

"그래……, 수고가 많네. 다음에 다른 기관병들이랑 의무실에 오면 비타민제라도 줄게. 힘내!"

"정말요? 역시 의무장님 밖에 없다니까요!"

"루나. 우물쭈물하다가는 저녁 시간 전에 청수관 수리 못하겠다. 빨리 가자."

"네, 기관장님!"

그리고 두 사람은 나타났을 때처럼 기세 좋게 공구를 달각거리며 반대편 수밀로 사라졌다.

문득 시계를 확인하니 15시였다. 점심 식사의 뒷정리를 하고 있기에는 너무 늦은 시간이고, 저녁 식사를 준비하기도 이른 애매한 시간이었다.

'경의부 수병들이 조리실에 있으려나, 아님 경의부 침실에 있으려나.'

내 경험상 비번일 때는 침실에서 쉬고 있을 가능성이 높았지만, 막 청소를 마치고 돌아온 수병들이 옷을 갈아입고 있을 수도 있었다. 사실 수병용 침실이라는 것이 육군의 내무반처럼 밀폐된 격실이 아니라 뻥 뚫린 통로의 양측에 캐비닛과 침대가 걸린 모양새라, 나는 과업 시간외에 침실에 가기를 꺼렸다.

'휴식 시간에 침실에 가서 괜한 오해를 사느니… 조리실에 누가 남아있으면 전해주고 와야겠다.'

나는 그렇게 생각하며 먼저 조리실로 발길을 돌렸다.

-4-

과연 예상대로 조리실 안에서는 아무런 소리도 들리지 않았다. 일과 시간마다 으레 들려오던 물소리와 금속 식기 특유의 날카로운 타성은 없었고, 적막한 고요만 흘렀다. 혹시 아무도 없는 걸까 해서 가벼운 마음으로 문을 두드렸다.

"들어가도 좋습니까? 의무장입니다."

"들어오세요."

갑자기 안에서 해인의 차가운 목소리가 들리는 바람에 한 발자국 뒤로 물러났다. 딱히 지금처럼 당황할 만큼 조리장에게 잘못한 일은 없었지만, 나는 다시 옷매무새를 바로잡고 조심스럽게 문을 열었다.

조리장은 책을 읽고 있었는지 무릎 위에 책 한권이 눈에 띄었다. 심지어 코끝에는 도수가 낮은 가벼운 뿔테 안경도 얹혀 있었다. 해인은 내 얼굴을 확인하자 책을 덮고 안경을 벗으며 불만스럽게 물었다.

"이원일 일조? 조리실에는 무슨 일이죠?"

"아… 별건 아니고…"

나는 말을 이어하려다가 다시 헉 하고 숨을 삼켰다.

일반적으로 점심 배식이 막 끝난 조리실은 곧 있을 저녁 조리를 위해

가볍게 물청소만 한다. 그때문에 이 시간대의 조리실은 보통 바닥에 괴인 물웅덩이와 쓰다 남은 식재료가 널려있어 어수선한 법이다. 그런데 잿빛 10월의 조리실은 물웅덩이는커녕 습한 느낌조차 들지 않을 정도로 깨끗하게 말라 있었다. 아마도 청소 후에 한 번 더 마른 걸레로 바닥을 닦아냈 겠지만…. 바로 2시간 전에 식사를 마친 조리실이라고 믿기 힘들 정도로 깨끗했다. 거기에 각종 조리 기구와 식기 등이 오와 열을 맞추어 수납함 에 담겨있으니 상쾌한 기분이 들다 못해 소름이 끼쳤다.

해인은 내 얼굴을 한참동안 물끄러미 쳐다보더니 한심하다는 투로 한 마디 툭 쏘아붙였다.

"혹시나 해서 하는 말이지만 식사 시간외에는 부식을 내어줄 수 없습 니다."

"배 안고파! 누굴 식충이로 보나…."

삐이익―

그때 갑자기 증기가 빠져나가는 듯한 새된 소리가 내 말을 가로막았다. 해인은 소리가 나자마자 책을 덮고 자리에서 일어섰다.

"잠시 실례하겠습니다."

그리고 해인은 가스레인지 위에서 끓고 있던 자그마한 냄비의 뚜껑을 열더니 나무 주걱으로 몇 번 저어 넘쳐 오른 거품을 걷어내었다. 나도 옆 에 가까이 가서 보았더니 냄비 안에서는 갈색의 육수가 끓어오르고 있 었다.

"…지금 만드는 건 뭐야?"

"퐁드뷰(Fond de Veau, 갈색 송아지 육수)입니다."

해인의 말은 잘 모르겠지만, 말만 들어도 손이 많이 가는 고급 요리 같 았다

"이게 오늘 저녁 메뉴야? 프랑스 스프, 그런 건가?"

"무슨 소리입니까. 이건 육수입니다. 프랑스 요리의 기본이 되는 육수죠."

나는 해인의 말에 어처구니가 없어 잠시 할 말을 잊었다.

"…무슨 군대 음식 육수 내는 데 이렇게 정성을 들여?!"

"정성이라뇨. 그렇게 어려운 것도 아닙니다. 소 잡 뼈와 양지를 재벌구이 한 다음 기름은 버리고 토마토 페이스트를 발라 정향, 부케 가르니, 후추 등과 삶으면 완성됩니다. 아주 초보 요리사라도 만들 수 있는 기본 육수죠. 여기에 루를 섞어 걸쭉하게 만들면 일반인들에게도 유명한 데미글라스 소스가 됩니다."

해인은 종지에 국물을 조금 담아 향과 맛을 본 다음 한 마디 덧붙였다.

"물론… 서너 시간 동안 계속 눈길을 떼지 말아야하기 때문에 과정이 조금 귀찮긴 하지만, 다른 요리에 비하면 수고랄 것도 없습니다."

"그게 정성이잖아…"

보통 군대 요리는 고사하고 일반 요리점에서도 데미글라스 소스는 그냥 병에 담긴 공산품을 쓴다.이런 번거로운 작업 때문에 본인만 괴로우면 몰라. 다른 조리병들도 해인 때문에 사서 고생을 하고 있으니 나는 여러 모로 걱정이 되었다.

"…다른 조리병들은?"

"지금은 과업 시간이 아니니 내려가 있으라고 했습니다."

"그래도 지금 소스 만드는 중이잖아?"

"이 정도는 제가 직접 해도 되고…. 수병들도 좀 쉬어야 하지 않겠습니까."

순간적으로 귀를 의심했다. 지금 저 얼음 같은 완벽주의자 입에서 쉰다는 말이 나온 건가? 해인은 내 표정에서 심중을 짐작했는지, 미간을 찌푸렸다.

"이보세요. 이원일 일조. 도대체 제 직책을 뭐라고 생각하신 겁니까? 저도 함내의 복지를 담당하는 경의부 간부입니다. 충분한 휴식이 건강과 전투력에 얼마나 도움이 되는지는 잘 알고 있습니다."

"아니, 그래도 완벽주의자인 네가 그런 말을 하니 뭔가 생경해서…."

해인은 냄비를 주걱으로 탕탕 내리치며 짜증을 냈다.

"제가 휴식을 위해 음식을 맛없게 만든다는 게 아니잖습니까. 요리에 조리하는 사람의 마음이 담긴다는 건 요리 학원에서도 제일 처음 배우는 기초 상식입니다. 지치고 힘든 상태로 요리를 만들면 그 여독이 그대로 음식에 배어 들어갑니다. 게다가 이곳은 칼이나 불 같은 위험한 도구를 다루는 주방입니다. 수병들을 놀려도 좋지 못하지만, 정신을 못 차릴 정도로 혹사시켜도 사고가 일어납니다."

"그래, 그건 좋은 일이지. 조금 전제가 이상하긴 하지만."

보통은 음식보다는 사람이 먼저인데, 해인은 음식 맛을 위해 '가끔' 사람을 배려하는 모양이다. 결과적으로는 수병들이 쉴 수 있게 되었으니 아무래도 좋을까. 나는 쓴웃음을 지으며 가져온 약 봉지로 화제를 돌렸다.

"그런데 말이야, 이해인 조리장. 조리병들 중에 약을 받기로 한 수병이 있었어?"

"…그게 무슨 말입니까?"

"응. 안 그래도 말이지, 아까 군의관이 이 변비약을 전해주라고 해서—."

딸그락.

갑자기 해인이 손에서 나무 주걱을 떨어트렸다. 여태껏 해인이 조리 도구를 손에서 떨어트린 적이 없었기 때문에, 역으로 내가 당황하고 말 았다.

"이해인 일조⋯?"

"왜, 왜, 왜왜왜⋯⋯."

이해인 일조는 전에 없을 정도로 흥분하더니 빨갛게 달아오른 표정으로 나를 노려보았다.

"왜 당신이 그걸 들고 있는 겁니까!"

"어? 쇼우코 대위가 전해주라고 해서."

해인은 재빨리 내 손에서 약을 낚아채더니 뒤로 숨기며 횡설수설하기 시작했다.

"그 사람은 정말! 제가 먹지 않겠다고 몇 번이나 말했는데, 다른 사람 ― 그것도 남성 간부에게 약 배달을 시켜 이런 부끄러움을 주다니 생각 이 있는 겁니까? 이런 약 없이도 알아서 해결할 수 있다고 말했거늘⋯!"

"아⋯⋯."

나는 그제야 대강의 사정을 짐작할 수 있었다.

"저기, 조리장? 그 변비약⋯⋯ 사실 조리장 거였어?"

"저, 저는 필요 없다고 했단 말입니다!"

"확실하구만⋯⋯."

허둥거리고 있는 해인을 보면서 확신했다. 결국 이 변비약의 주인은 해 인이었던 모양이다. 괜히 다른 부서에 가서 엉뚱한 소동만 일으킨 꼴이 되어버렸다. 어찌 되었든 환자를 찾은 건 좋은 일이지만, 해인이 이렇게까

지 부끄러워하니 나는 조금 당혹스러웠다. 내 예상으로는 그냥 짜증만 부리면서 약을 가져갈 줄 알았는데.

해인은 한참을 안절부절 못하더니 결국 의기소침한 표정으로 작게 뇌까렸다.

"해군 승조원들에게 변비라는 건 원래 흔한 질병입니다."

"어, 알고 있어."

"그것도 여성 승조원에게는 더더욱 흔한 병이고요!"

"알고 있으니까 변명 안 해도 된다니까?"

전력을 다 해 수긍하며 해인을 진정시키려 애썼다. 사실 해인의 말처럼 해군에서 제일 흔한 내과계 질환은 변비였다. 일단 가장 큰 이유는 육상 병력에 비해 물을 적게 섭취하기 때문이다. 물을 적게 마시면 변이 딱딱해져서 용변 보기가 힘들다. 거기에 채소가 귀한 해상이다 보니 섬유질 섭취도 적고, 운동을 할 만한 장소도 충분치 않다. 이런저런 상황이 얽혀 결국 군함은 변비에 걸리기에 최상(?)의 조건을 갖추고 있다고 해도 과언이 아니었다.

실제로 남성뿐인 무진함의 승조원들도 변비로 인해 고생하는 일이 허다했는데, 여성은 여성 특유의 호르몬이 직장 운동을 방해하기 때문에 그 정도가 더욱 심각하리라. 사실 돌이켜 생각해보면 변비에 걸리지 않는다는 포갑부의 승조원들이 이상한 편이었다. 해인도 그 사실을 알고 있었는지, 포갑부의 선례를 들며 내게 약을 돌려주었다.

"듣자하니 포술장님과 갑판장님은 차를 많이 마셔서 변비가 없다고 합니다. 저도 차나 섬유질 섭취 같은 식이요법으로 해결할 생각이니 약은 다시 가져가십시오."

"확실히 차에는 변비를 예방하는 여러 가지 성분이 있고, 따뜻한 물을 자주 마시면 장관 운동에도 도움이 되긴 하지만…."

병이라는 건 원래 'Case-by-Case'다.

"정작 너는 그 식이 요법으로 치료가 됐어?"

"윽…."

해인은 눈에 띄게 동요하며 낮은 신음 소리를 흘렸다.

원래 아무리 좋은 약이라 하더라도 사람에게는 개인차가 있는 법이다. 다른 사람이 큰 효과를 본 명약이라 하더라도 자기 몸에 안 맞으면 그저 독일뿐이다. 더군다나 군의관이 직접 약을 챙겨줄 정도면 해인의 변비는 이미 민간요법으로는 손을 쓸 수 없는 만성 질환이라는 뜻이겠지.

"그런데 왜 약을 안 쓰려고 하는 거야?"

해인은 내 질문을 듣고도 쭈뼛거리며 억지로 시선을 회피했다.

"약이라는 건… 몸에 해롭지 않습니까."

"무슨 소리야. 몸에 해로우면 그게 약이야? 독이지."

해인은 내 말에 발끈하더니 엉뚱한 궤변을 늘어놓았다.

"하지만 자연계에는 존재하지 않는 특별한 합성 성분을 농축시켜서 먹는다니, 마치 인공 조미료 같지 않습니까!"

"어휴… 겨우 그런 이유로 군의관이 주는 약을 피하고 있었던 거야?"

나는 한숨을 쉬며 관자놀이를 꾹꾹 눌렀다. 나 역시도 약의 오용, 남용이 미치는 부작용에 대해서는 회의적이며, 가벼운 질환은 약 없이 치료하는 편이 좋다고 생각한다. 하지만 감기에 약을 쓰지 않는 경우와 만성적인 질환에 약을 쓰지 않는 경우는 다르다.

마침 다시 냄비가 부글거리면서 끓기 시작했다. 나는 냄비 안에서 끓는 육수를 보며 물었다.

"저기, 이 육수에서 기름기는 빼고 특유의 감칠맛만 취하려면 어떻게 한다고 했지?"

"물 위에 뜨는 기름을 제거하면서, 국물을 졸여야지요."

해인은 갑자기 무슨 엉뚱한 소리냐는 표정으로 나를 올려다보았다. 나는 고개를 끄덕이며 이어서 설명했다.

"약 역시 마찬가지야. 회복을 촉진시키는 성분은 취하고 나머지는 버리면서 졸여낸 일종의 음식 같은 거라고. 물론 건강한 사람이라면 균형적인 식사만으로도 건강을 되찾을 수 있지만 극한의 환경 때문에 몸이 한쪽으로 치우쳐지면 반대의 성분을 써야. 그건 몸이 찬 사람에게 더운 음식을 주는 것만큼이나 당연한 일이야."

"하지만 일부 약에는 간독성도 있다고 들었는데…"

"아, 진통제 말인가. 그건 어쩔 수가 없어. 음식에도 상성이 있고, 과다 섭취하면 몸에 해로운 것도 있잖아? 멀리 갈 것도 없이 술이 그렇군. 하지만 뭐든지 남용하지 않고 적당히 섭취하면 약이 돼. 게다가 변비약은 대부분이 별도의 가공 없이 천연 상태인 약재가 많으니 부작용 걱정은 말라고."

나는 그렇게 말하고 다시 해인에게 약 봉투를 던져주었다. 해인은 일단 약 봉투를 받아들기는 했지만, 아직도 조리장으로서의 프라이드와 질병의 고충 사이에서 고민하는 듯 보였다. 정말로 솔직하지 못한 아가씨라니까. 나는 결국 짐짓 진지한 표정을 지으며 해인의 등을 조금 떠밀어 주었다.

"네가 처음에 이 배에 내가 승선했을 때 자부심을 가지라고 했잖아? 요리를 먹고 기뻐하는 사람들의 표정이 조리 요원들의 자부심을 채워준다면, 약을 먹고 완쾌한 환자의 표정은 의무 요원들의 자부심을 채워준다고. 그런데 네가 식언하면 안 되잖아."

"그야… 그렇지만요."

해인은 그제야 마지못해 약 봉투를 받아들었다.

새삼 느끼는 점이지만 해인은 평소에 엄격하고 무뚝뚝한 이미지라, 이렇게 가끔씩 보이는 소녀 같은 모습과의 갭이 귀엽다. 외모만은 기관장과 비교해도 밀리지 않을 정도의 미인이니까, 싸늘한 무표정 대신 좀 더 밝은 표정을 지어주면 수병들에게 인기도 좋을 텐데.

"또 무슨 흉악한 생각을 하는 겁니까."

생각을 하느라 표정이 풀어졌는지 해인이 나를 보며 사납게 으르렁거렸다.

"응? 아무것도 아냐."

"불쾌한 사람이군요."

해인은 한숨을 내쉬며 다시 봉지 안을 뒤적거리다가, 약포 사이에 끼워져 있는 투명한 액상 튜브 하나를 들어올렸다.

"응? 이건……."

"아, 그건 관장약이야. 효과가 빠른 편이니까 내복약보다 그걸 먼저 쓰는 게 좋을 걸. 혹시 모를까봐 말해주는 건데, 어떻게 쓰냐면 그 입구를…"

"쓰는 법은 알고 있어요! 부끄러우니까 입에 담지 마요!"

해인은 얼굴을 새빨갛게 붉히며 소리를 빽 질렀다.

그리고 해인은 재빨리 관장약을 주머니에 우겨넣고 내 눈치를 보았다. 화장실에 가고 싶어서 그러는 모양인데… 저렇게 눈치를 볼 것까지야. 나는 일부러 의뭉을 떨며 해인에게 손짓을 했다.

"응? 냄비에 올려놓은 육수가 걱정되어서 그래? 걱정 마. 내가 가끔씩 걸어 놓을 테니."

"무슨 소립니까. 외부인 주제에 음식에 손대지 마십시오."

그리고 해인은 쾅쾅거리며 가스레인지 앞으로 다가와 불을 살짝 줄이고 그 위에 나무 주걱을 올려놓았다. 그리고 다시 나를 노려보며 주의를 주었다.

"나무 주걱을 올려놓았으니 절대로 안 끓어오를 겁니다. 아니, 끓더라도 건드리지 마요."

"알겠다니까? 그냥 걱정 말고 다녀와."

나는 어깨를 으쓱해 보였지만, 해인은 끝까지 못 미더운 표정으로 몇 번이나 으름장을 놓고서야 조리실을 떠났다. 귀여운 구석이라고는 한 군데도 없는 여자다.

뭐, 그 점이 매력이긴 하지만.

-5-

해인의 말대로 냄비도 잠잠해졌고, 아무도 없는 조리실에 혼자 앉아있기도 뭣하여 나는 몇 분 뒤 조리실 밖으로 나왔다. 그러고 보니 들어오기 전에 루나 수병이 이 근처에서 작업을 한다고 했는데….

"의무장 님!"

아까처럼 복도 끝에서 루나 수병이 기세 좋게 손을 흔들며 다가왔다. 표정이 밝은 모습을 보니, 일이 생각 외로 빨리 끝난 모양이었다.

"어, 온수관은 다 고쳤어?"

"예. 관의 문제는 아니었고 노심에 연결된 밸브 중 하나가 반쯤 잠겨있더라고요. 그래서 온수가 시원찮게 나온 모양이에요. 그런데 그것도 모르고 애꿎은 온수관만 해체했다 조립했지 뭐예요. 일단은 지금 온수만 나오도록 해서 실험중이고 청수는 잠시 꺼뒀어요."

말끔했던 루나의 전투복은 녹과 구리스 등으로 더럽혀져있었고, 얼굴에도 검댕이 묻어있었다. 마치 흙장난을 하고 온 개구쟁이와 같은 느낌이다.

"그러게 진작 좀 꼼꼼하게 살피지 그랬어."

나는 손수건으로 루나의 얼굴에 묻은 검댕을 닦아주며 혀를 찼다. 지적을 받아서 부끄러웠는지 루나는 얼굴을 붉히며 말끝을 흐렸다.

"헤헤… 그렇지요…?"

루나는 자신의 실수를 무마하기라도 하려는 양, 재빨리 화제를 돌렸다.

"그러고 보니 환자는 찾으셨어요? 유감스럽게도 보수병들 중에서는 환자가 없었는데요."

"어… 운 좋게 아까 마주쳤어."

나는 해인이 환자라는 말을 하지 않기 위해 최대한 대충 에둘러 말했다.

"네에, 그것 참 다행이네요."

루나는 별 생각 없는 표정으로 고개를 끄덕이며 내 말에 맞장구를 쳐주었다. 그러더니 낮은 미소를 흘기며 중얼거리기 시작했다.

"사람을 가리지 않고 괴롭히는 걸 보면 변비라는 건 참 괴로운 질병이에요."

"응? 아… 뭐, 그렇지."

나는 영문도 모른 채 루나의 말에 동감하며 고개를 끄덕였다. 혹시 루나도 변비를 앓고 있었나? 그런데 루나는 내 무미건조한 동의에 역정을 내며 오히려 역으로 쏘아붙이기 시작했다.

"에이, 잘 알지도 못하면서 그런 말씀 마세요! 남성들이 아는 '변비'와 여성들이 아는 '변비'는 차원이 다르다고요!"

"차원이 다르다니, 어떻게?"

"저는 여학교를 다녀서 잘 아는데, 변비를 앓는 사람의 안색은 확실히 달라요. 그것도 오래되면 배가 불룩하게 나올 정도라… 보통 저희 학교에서는 1주일에 한 번이라도 변을 보면 변비로 치지도 않았다니까요?"

"우와… 그 정도냐."

일주일에 한 번이라니, 그 상태로 움직이는 게 가능하기나 한가. 게다가 그게 약과라니, 정말 여성의 변비란 남성으로서는 상상도 못할 영역인가 보다.

"…정말로 해군 여승조원들은 고달프겠구나."

하지만 루나는 오히려 그 말에는 고개를 갸웃거리며 모호하게 답했다.

"딱히 그렇지도 않은 게 이 배에는 일본식 비데가 설치되어 있어서 저는 괜찮아요."

"비데?"

잿빛 10월의 모든 화장실 칸 안에는 비데가 설치되어 있다. 물론 직접 여자 화장실에 들어가 보지는 못했지만, 일전에 군의관으로부터 위생 시설 개요를 설명 받으면서 들었다.

그런데 그 비데와 변비가 무슨 상관이 있단 말인가?

"저도 이 배 와서 처음 써 봤는데요, 일본식 비데는 진짜 편리하고 신기하더라고요! 그 유럽식 비데는 단순히 고정된 위치에서 물이 흘러나와 씻어주는 정도이지만, 일본식 비데는 노즐이 자동으로 움직여 제대로 된 위치를 씻어주잖아요. 그 비데 덕분에 관장효과랑 마사지 효과를 받아서 오히려 잿빛 10월에 승조하고 변비가 사라졌다는 수병들도 있어요."

"으음."

"게다가 보온 장치 덕분에 시트도 물도 따듯하니까 몸이 냉한 여성 승조원들한테는 인기가 좋아요. 원래 여자애들은 냉증 때문에 몸이 좀 차거든요."

"그래…?"

나는 여성인 루나에게 그런 이야기를 듣기가 민망해서 말끝을 흐렸다. 물론 음담패설은 아니지만, 그에 준하는 민감한 생리현상에 관한 이야기가 아닌가.

그럼에도 불구하고 루나는 나를 남자라고 생각하지 않는 건지 부인과 질병에 대한 일화를 떠들어 대기 시작했다.

루나의 말을 한창 듣던 중, 나는 한 가지 중요한 사실을 떠올렸다.

"저기… 루나 일등 수병?"

"네?"

"아까 분명히 청수관을 잠그고 온수관만 개방했다고 하지 않았어?"

"네! 그래서 지금 수도꼭지를 틀면 어떤 쪽으로 밸브를 향하든 끓는 물만 나올걸요?"

루나의 말에 나는 더욱 불안한 기분이 들었다.

"그 수도꼭지라는 게… 화장실 좌변기에 연결된 급수관도 포함하는 거야?"

그 말에 루나는 부정도, 긍정도 하지 않은 채 생글생글 웃으며 나를 올려다보았다.

"글쎄요?"

"꺄아아아아아아아아아악!"

그 순간, 화장실 쪽에서 이해인 일등병조의 처음 듣는 새된 비명소리가 들려왔다.

…그 이유는 딱히 설명하지 않아도 충분하리라.

"루나 일등 수병."

"네."

루나는 아직도 아니, 아까 전보다 더욱 노골적으로 생글거리며 웃고 있었다.

"……너 일부러 그랬지?"

루나 일등 수병은 지금까지 본적 없는 최고의 미소를 지으며 고개를 갸웃거렸다.

"글쎄요?"

-6-

다음 날부터 나는 '상세불명의 원인으로 인한 특정 부위의 화상'을 입은 'L 모 양'(정말 의무일지에 이렇게 적혀 있었다)의 장기 입실로 인해 의무실 출입을 금지당했다. 그도 그럴 것이 그녀의 환부는 내가 '직접 치료할 만한 특정 부위'도 아니었던 데다가, 의무실에 들어서기만 하면 L 모 양이 이유 없이 욕설과 함께 곡반을 집어 던졌기 때문이다. 덕분에 나는 1주일이 넘도록 의무실 침대를 뺏긴 채 휴게실 의자 위에서 잠을 청해야했다.

덧붙여 L 모 양이 입실한 이후로 약 1주일간은 매일 밤 식당에서 불량식품 파티가 열렸다. 이 불량식품 파티에서는 그 동안 잿빛 10월 승조원들에게 허락되지 않던 라면과 냉동식품 등이 제공되었는데, 그 맛이 아주 좋아 함장님 이하 함 총원이 모두 행복해했다고 한다.

…물론 L 모 양만 제외하고.

6. 캣 푸드

일본 오키나와 현 나하 시
오키나와 섬, 토마린 항구 근교, 폐건물

    일본 남서부의 오키나와 열도는 1년 내내 온난한 기후가 이어지는 평화로운 곳이다. 비취색의 바다와 잘 발달한 산호 덕분에 오랫동안 오키나와는 남국의 휴양지로 그 명성을 알려왔지만, 동중국해에 가깝게 뻗은 지리적 중요성 탓에 군사적 이용을 당한 아픔도 가지고 있다.

    연방 통일 직후 미군이 한일 양국에서 철수하며 이 조그마한 섬은 간만에 평화를 되찾은 듯했으나, 연방 해군이 제도 근해에 진출하며 섬은 다시 시끄러워지기 시작했다. 물론 원주민들의 삶 자체는 크게 변하지 않았지만, 인근 해역에서 일자리를 잃은 생계형 해적들이 날뛰기도 하고, 난세이 군도를 일본 정부로부터 독립시켜야 한다는 과격파 운동가들도 나오자 원주민들은 불안에 떨기 시작했다.

    그 와중에도 인간이란 탐욕스러운 동물인지라, 이러한 불안을 이용해서 돈을 벌려는 무기 암거래상들이 곧 오키나와로 속속 모여들기 시작했다. 이러한 암거래 상인들은 일본 중앙 정부의 영향력이 잘 미치지 않고, 대신 해적들이 자주 출몰하는 이 섬을 기점삼아 다양한 무기를 팔아치웠다. 고객은 보통 해적이지만, 호신용의 소화기를 구입하려는 원주민들도 몇 있었다.

그 중에서도 가장 유명한 암거래상은 '체셔' 혹은 '체셔 고양이(Cheshire Cat)'라고 불리는 한 사내였는데, 언제나 헐값에 비싼 무기를 넘겨왔기에 해적들은 '체셔 고양이와의 만남은 복권 당첨과 같다'고 말하곤 했다. 그리고 지금 이 털북숭이 선주는 3년 만에 다시 복권에 당첨되었다. 그 자금원도, 목적도, 출처도 모르지만, 원하는 무기를 언제든 가져다준다는 수수께끼의 사내— 체셔를 만나게 되었으니까.

"이것 참… 그렇게 찾아 헤맬 때는 안 보이시더니… 헤헤, 반갑습니다."

선주는 손수건으로 땀을 연신 훔치며 억지 미소를 지어보였다. 하지만 눈앞의 사내는 검은 외투를 푹 뒤집어쓰고 있어서 체형은 물론이고, 얼굴조차 거의 보이지 않았다. 단지 미묘하게 실룩거리는 입가만 간신히 보였는데, 체셔라는 이름처럼 그 사내는 오늘도 이유 없이 생글생글 웃고 있었다. 미소란 본디 상대를 안심시키기 마련이지만, 체셔의 미소는 어딘가 불안한 구석이 있었다. 그의 별명인 체셔 고양이도 여기에서 비롯되었다.

하지만 아무렴 어떠랴. 사실 무기를 사들이는 해적에게 상대의 옷차림이란 아무래도 좋다. 모자가 아니라 할로윈 호박을 뒤집어쓰고 킬킬거리고 있어도, 헐한 값에 무기를 내어준다면 절이라도 할 수 있었다.

"3년 전에 지향성 탄두 어뢰 10발과 어뢰 발사관 한 문을 사갔었군요."

체셔가 장부를 뒤적이며 심드렁한 목소리로 중얼거렸다.

"네, 네. 그 덕분에 큰 건수 하나 올렸었죠."

사내는 주먹을 휘둘러 보이며 통쾌한 미소를 지었다. 하지만 체셔는 아무런 반응도 하지 않고 담담하게 장부를 읽어 내려갔다.

"제 기억으로는 상선 방어 수단으로 쓰기 위해 구입하셨을 텐데요."

"분명 그런 이유로 샀었지요."

사내는 기억을 더듬으며 맞장구를 쳤다. 하지만 무기 암 거래상에게 목적이 무어가 중요하겠는가. 총을 사서 경찰을 쏘든 가게에 침입한 강도를 쏘든 용도는 구매자의 마음에 달렸다. 그리고 이는 음지 세계에서는 불문율과도 같다. 하지만 체셔는 무어가 그리도 불만이었는지, 탁자를 부자연스럽게 툭툭 내리쳤다.

"그럼 오늘은 무슨 무기가 사고 싶어서 찾아온 겁니까?"

체셔가 본격적으로 거래 이야기를 시작하자 사내는 애가 타서 황급히 외쳤다.

"더 강한 어뢰! 더 강하고 더 빠른 어뢰가 필요합니다."

"더 강하고 빠른 어뢰라?"

체셔가 의외라는 투로 말끝을 올렸다.

"네. 그 어떤 빠른 배라도 피할 수 없고, 그 어떤 견고한 배라도 막을 수 없는 강력한 어뢰가 필요합니다. 가능하면 많이…."

"어째서 그런 어뢰가 필요하죠? 전에 제공했던 지향성 탄두 어뢰만 하더라도 여간한 배는 충분히 상대할 수 있었을 텐데요."

사내는 그 질문에 안 좋은 기억이 떠올랐는지, 입술을 꽉 깨물며 고개를 가로저었다.

"전에 공해상에서 마주친 국적불명의 보급함에 이 어뢰를 발사했는데, 전혀 먹히지 않았습니다."

"보급함?"

"예, 예. 이렇게 크은 크레인 같은 게 달린 함선이었는데…… 어뢰를 발사하자마자 기만체를 써서 회피하지 뭡니까."

"…기만체?"

"게다가 요격이 끝나자마자 저희에게 10문도 넘는 부포로 대응 사격을 해오는 바람에… 겨우 살아 도망쳤습니다."

"거기에 부포라…"

체셔는 건성으로 그의 말을 받으며 수첩에 무언가를 끼적였다. 체셔가 자신의 말을 믿어주지 않는다고 여겼는지 사내는 목소리를 높여 항변하기 시작했다.

"농담이 아닙니다! 정말로 기존의 어뢰는 전혀 듣지 않았단 말입니다!"

"하하. 그럼 그 배에 복수를 할 요량으로 더 좋은 어뢰를 달라는 것인가요? 그럼 저희가 초공동(超空洞) 어뢰라도 드려야 합니까?"

"예? 예. 그럼 그걸로…"

사내는 초공동 어뢰가 무엇인지 들어본 적도 없었지만, 일단 부탁하기로 했다. 다른 무기 거래상이라면 몰라도, 사내의 앞에 있는 상대는 거의 헐값이나 다름없을 정도의 가격에 고급 무기를 내어주는 '행운의 체셔 고양이'이기 때문이다.

하지만 오늘의 체셔는 어쩐지 사내의 뜻처럼 움직여주지 않았다.

"하지만 당신이 그 무기로 다시 연방 군함을 공격할 수도 있지 않겠습니까?"

체셔의 차가운 목소리에 사내는 잠시 얼어붙고 말았다. 자신이 무진함을 침몰시킨 장본인임을 체셔는 어떻게 알았는가.

사내는 잠시 헛웃음을 지으며 변명을 해 보았다.

"그게 무슨 말씀이신지…."

"한 달 전. 당신은 사쓰난 제도 근처를 초계하던 연방의 호위함을 우발적으로 공격해 침몰시켰습니다. 아무리 불법으로 구입한 무기라지만, 너무나 대담한 행동이더군요."

체셔의 말에는 사내는 웃는 낯 그대로 얼어붙고 말았다. 연방이 한 달 전부터 눈에 핏대를 세우고 군함을 침몰시킨 상대를 찾아다니고 있었던지라, 사내는 배의 승조원들에게도 입막음을 단단히 시켜두고 있었다. 그런데 체셔라는 이 사내는 그 사실을 어떻게 알았단 말인가? 하지만 이제 와서 약한 모습을 보일 수는 없었던 터라, 사내는 억지웃음을 흘리며 허세를 부렸다.

"하하. 아실만한 분이 왜 그러십니까. 저희도 장사를 하다보면 사소한 실수도 하는 법이고…."

"당신들은 뭔가 착각 하고 있군요."

그러나 체셔는 사내의 말을 끊고 냉정하게 선언했다.

"저희는 당신들에게 그냥 해적질이나 하라고 어뢰를 준거지, 간 크게 연방 군함을 공격하라고 어뢰를 준 게 아니란 말입니다."

그 말은 털북숭이 사내의 역린을 건드렸다. 해적질이라는 말을 듣자마자 사내의 얼굴은 붉으락푸르락 달아올랐고, 결국 사내는 품에 든 권총을 빼들며 거칠게 일어섰다.

"이 자식이 듣고 있자하니 못하는 말이 없어! 네 놈이 무얼 안다고 그렇게 말하는 거야! 내가 사람을 납치하든 죽이든 그건 네가 상관할 바가 아냐! 닥치고 어뢰나 내놔!"

사내는 권총을 상대에게 겨누며 으름장을 놓았다. 하지만 그 호기도 오래가지 않았다.

"어리석은 녀석."

사내는 갑자기 등 뒤에서 목소리가 들리는 바람에 깜짝 놀라 총을 겨누었다. 놀랍게도 총구의 끝에는 방금 전까지 자신의 앞에 앉아있었던 사내— 체셔가 자신을 내려다보고 있었다.

체셔는 이미 코트를 벗고 얼굴을 드러냈다. 조각처럼 벼려진 미형의 얼굴에는 사선으로 흉터가 나있었으며, 짧게 깎은 머리 위에는 암녹색의 베레모가 씌워져 있었다. 사내는 베레모에 붙여진 철제 배지를 마주하자 신음을 내뱉고 말았다.

"아아……."

한쪽으로 뻗은 나뭇가지 문양. 그 문양은 연방군의 표식이었다. 소문의 체셔 고양이는 바로 연방의 군인이었다. 아직 사내의 손에 총이 쥐어져 있었는데도, 체셔는 긴장한 기색도 없이 사내에게 다가가며 웃었다.

"이래서 비정규군 놈들은 믿을게 못된다니까."

"저리가! 다, 다가오면 쏴버릴 테다!"

"뼈다귀를 던져줘도 먹을 줄 모르고 주인의 손을 물어뜯으니 말이야."

체셔는 순식간에 사내의 팔을 쳐 총을 떨어트리고선 사내의 멱살을 잡아 들어올렸다. 호리호리한 체격과는 어울리지 않게 체셔의 손아귀 힘은 우악스러웠다.

"끄으윽."

사내는 목이 죄여오자 발버둥을 쳤지만 모두 허사였다.

"시끄러워."

체셔가 그렇게 말하며 손에 힘을 더 주자 사내는 곧 움직임을 멈추고 푹 고꾸라졌다. 체셔는 더러운 것을 만진 마냥 호주머니에서 손수건을 꺼내 손을 닦았다. 물론 그러는 중에도 체셔의 입가에서는 미소가 떠나지 않았다.

생글생글.

체셔는 사내의 짐을 뒤져 항해 수첩을 꺼내들었다. 항해 수첩에는 선박에 실린 무기와 함 일정, 그리고 승조원의 명단이 빼곡히 적혀있었다. 빠르게 승조원의 명단을 훑던 체셔의 손길은 곧 한 사내의 짧은 이력에 이르러서 멈추었다.

이원일, 연방 해군 이등병조.

—20XX년, X월 X일. 군함에서 떠내려 와 익수한 것을 구조해 포획함. 2개월 후 상세불명의 보급함으로부터 포격을 받아 익수. 이후 동일 보급함에 의해 구조된 것으로 추측됨.

"무진함의 생존자가 있었을 줄이야."

체셔는 손가락으로 머리카락을 긁적거리더니, 곤란하다는 표정을 지으며 한숨을 푹 내쉬었다.

"귀찮게 되었는걸."

그리곤 탁자 위에 동아시아 지역의 해도를 좍 펼치더니 카드 게임처럼 품 안에서 사진을 꺼내 배치하기 시작했다. 연방 해군의 잠수함을 찍은 사진과 초계함을 찍은 사진. 그리고 일본과 중국, 또 미국의 군함들. 그리고 마지막으로 동중국해 한 가운데에 기묘한 실루엣의 군함 사진을 올려놓았다.

현측 아래가 넓은 텀블홈 형태의 보급함. 체셔는 한동안 그 사진을 내려다보더니 곧 결심한 표정으로 휴대전화를 꺼내 들었다. 입가에는 언제와 같은 소름끼치는 미소를 지으며.

"그럼 우리 '연방 해군의 늑대 떼'가 얼마나 사냥을 잘 하는지 구경해 보실까."

7. 선박용 비스킷

"'늑대 떼'의 움직임이 심상치 않아."

엘레나 유스포브 소교가 갑자기 그렇게 말했을 때, 나는 당황해서 말 없이 눈만 끔벅거렸다.

"네?"

"무리지어 움직이는 잠수함 전단 말이다, 잠수함! 네 녀석은 도대체 얼 마나 해군 승조원의 자질이 모자란 거냐? 잠수함 교리의 가장 기본이 되 는 그 유명한 전술도 모르다니."

"아니, 아니. 물론 되니츠 제독의 그 유명한 늑대 떼 전술을 모를 리가 있겠습니까. 저 역시도 '특전 U보트' 정도는 이미 보았습니다만…."

나는 빈 잼 나이프를 핥으며 고개를 가로저었다.

"왜 하필이면 밥 먹는 자리에서 그런 흉흉한 이야기를 꺼내십니까."

포술장은 점심시간 도중 느닷없이 '늑대 떼' 얘기를 했다. 오늘은 사관회 의 때문에 계급을 불문하고 각 직별의 직별장이 사관실에 모였데, 회의가 길어지는 바람에 나도 평소와는 달리 사관실에서 식사를 하는 중이었다.

참고로 오늘의 점심 메뉴는 선박용 비스킷을 메인으로 한 간단한 서양 식 런치. 하지만 간단한 메뉴라는 말이 무색하게 음식 각각의 수준은 완 벽에 가까울 정도로 호화로웠다.

먼저 메인이 되는 선박용 비스킷은 미군의 하드 택처럼 얇게 민 생지에 구멍을 뚫어 두 번 구워낸 비스킷이었는데, 보관기간 없이 굽자마자 바로 내와 따듯하고 표면의 식감도 부드러웠다. 게다가 생지를 반죽 후 여러 번 접어서 구웠는지, 비스킷에는 여러 겹의 층이 생겨 씹을 때마다 바삭거렸다.

물론 비스킷만 먹으면 다소 퍽퍽하고 싱거울까 염려한 해인은 여러 종류의 잼을 배치해 비스킷 위에 발라먹도록 하였다. 나는 오렌지 마멀레이드를 골랐는데, 해상에서 장기 보존하는 마멀레이드라고는 믿을 수 없을 정도로 신선하고 향기로웠다. 나는 무의식적으로 이 잼은 어느 회사 제품이냐고 물으려다가, 자신만만한 해인의 얼굴을 보고 그만두었다.

…그렇다. 아마 이 잼도, 비스킷도 직접 배의 주방에서 만들었겠지. 이 배에서는 도대체 몇 종의 밑반찬을 만드는 거람. 나는 괜한 잔업을 하고 있을 조리병들을 떠올리며 속으로 넌지시 애도를 표했다.

"저도 동감입니다, 포술장님."

반대편 구석에 앉아 있던 해인이 고개를 끄덕이며 내 말에 동감했다. 완벽주의자인 해인도 식사 시간에 흉흉한 소재를 거론하기 싫었던 모양이다. 해인은 딸기잼을 바른 비스킷을 한 입 베어 물며 미간을 찌푸렸다.

"식사를 할 때는 음식에 대한 예의라는 걸 지켜주셨으면 합니다. 두유에 잼과 비스킷을 한데 부어 꿀꿀이죽처럼 먹는 것은 도대체 어느 나라 식사 예법입니까?"

…역시나. 해인은 단지 포술장의 식습관이 마음에 들지 않았던 모양이다. 다른 사관들의 시선이 일제히 포술장의 접시를 향했다.

엘레나 포술장은 다른 사관들과는 달리 비스킷을 따로 접시에 담고 그 위에 두유를 부어 부드럽게 만든 다음, 딸기잼을 조금 얹어 뒤섞고 있었다. 모양새는 이상했지만, 의외로 그게 별미임은 연방군에서 복무를 해 본 경험이 있는 나도 알고 있었다. 연방군의 딱딱한 건빵을 잘게 부숴 우 유에 만 다음, 군용 잼을 섞어 먹으면 오트밀 같은 부드러운 맛이 나기 때문이다. 특히 상온에 오래 놔둬서 딱딱해진 건빵을 처리할 때는 저 방 법이 최고였다.

하지만 조리장은 기껏 바삭하게 구운 빵의 식감을 무의미하게 만드는 저 행동이 심히 거슬렸던 모양이다. 포술장은 한동안 손에 든 빵조각을 뚱하니 쳐다보더니, 곧 조소를 흘기며 해인에게 되물었다.

"이런 하드 택도 음식이냐?"

"그 빌어먹을 돌덩어리와 제 비스킷을 비교하시지 않으셨으면 합니 다만."

일반적으로 서양의 선박용 비스킷은 하드 택이라고 불리는 소금과 밀 가루, 물로만 만들어진 딱딱한 비스킷을 이르는 경우가 흔하다. 그렇게 만들어진 비스킷은 갓 구웠을 때는 그럭저럭 먹을 만하지만, 장기간 보관 하면서 수분이 점차 빠져나가게 되면 극도로 경도가 높아져 도끼나 톱 없 이는 자를 수도 없다. 그래서 붙은 별명이 악명 높은 판금 비스킷 아닌가.

당연히 해인이 내놓은 비스킷은 그 하드 택과 비교할 수조차 없다. 해 인의 비스킷은 건조했지만 식감은 부드러웠으며, 씹었을 때 달착지근한 맛과 고소한 향이 풍겨 나왔다. 묘하게 친숙한 맛이었다.

"이거… 연방식으로 조리된 건빵이지?"

"…그렇습니다만."

과연. 연방의 건빵처럼 미묘하게 설탕과 버터 맛이 났다. 이렇게 구운 건빵은 유통기한이 확 줄어들지만, 맛은 확실히 뛰어나다. 아마 세계에서 이렇게 건빵을 굽는 조리사는 연방 사람 밖에 없으리라. 새삼 해인이 나와 같은 국가의 출신이라는 점을 재차 상기하자 묘한 소속감이 들었다. 다만 마음에 걸리는 바가 있다면…

"연방식 건빵이 아무리 일반 비스킷에 비해 유통기한이 짧다고 해도, 적어도 몇 달은 상하지 않을 텐데 왜 매번 조금씩만 만들어? 한 번에 많이 만들면 안 돼?"

"안 됩니다. 선도와 식감이 떨어집니다."

"누가 네 걱정 했냐. 조리병들이 네 완벽주의 때문에 허구한 날 고생이 잖아."

가시 돋친 말에 해인은 잠시 부루퉁한 표정을 짓더니 한 마디 쏘아붙였다.

"…그렇게 트리샤 일등 수병이 마음에 쓰입니까?"

"무, 무슨 소릴 하는 거야? 나는 그냥 수병들의 복지를 걱정하고 있을 뿐이야! 의무장으로서!"

"하, 정말 훌륭한 의무장이시군요. 너무 수병들을 걱정한 나머지 한밤중에 수병들을 의무실로 끌어들여 저속한 욕망이라도 채울까 걱정이 될 지경입니다."

"이해인 조리장…!"

나와 해인이 가시 돋친 말을 던지며 서로 노려보는 사이, 엘레나 포술장은 자신의 말이 무시당했다고 생각했는지 역정을 내며 비스킷 조각을 던지기 시작했다.

"으익! 왜 내 말을 무시하는 게냐! 포술장 말이 말처럼 들리지 않아?!"

포술장이 폭주하자 늘 그래왔듯, 옆자리의 샤오지에 갑판장이 웃으며 달래기 시작했다.

"엘레나 소교. 진정해요. 식사 시간에 빵을 던지는 건 군법 위반이에요."

빵 던지는 게 군법 위반이라는 건, 빵이 딱딱하다 못해 돌처럼 견고해져서 맞아죽는 사람까지 나왔던 대항해 시대 얘기겠지.

…이 배의 아가씨들이 얼마나 해군 개그를 좋아하는지 이미 알고 있었던 터라, 이제는 놀랍지도 않았다.

"진정해주십쇼, 포술장 님. 그나저나 잠수함 편대의 움직임이 심상찮다니…. 전에 보았던 광명학회의 잠수함 편대가 그렇단 말입니까?"

"뭐? 아군의 잠수함 편대를 두고 심상치 않다니, 내가 바보냐? 도대체 어떤 얼간이가 우군의 움직임을 두고 심상치 않다는 표현을 쓰겠냐? … 아, 물론 너 같은 반편이는 그런 소리를 할지도 모르겠네. 지가 탄 배가 어디로 가는지도 모를 테니까."

"네, 네…."

포술장은 다시 본론으로 돌아오자마자 눈을 반짝거리며 나를 거칠게 매도하기 시작했다. 방금 전까지 짜증이 가득했던 얼굴에도 생기가 돌아오고 있는 걸로 보아… 이 여자, 완전히 사디스트다. 타인에게 욕을 하면 활기를 찾는다니, 도대체 어떻게 되먹은 장교야.

"또 눈을 허옇게 뜨고 무슨 흉계를 떠올리는 거야?"

"아뇨. 별 생각 아닙니다. 그보다… 어디의 잠수함 편대가 심상치 않다는 거죠?"

내 질문에 포술장은 당연하다는 투로 담담하게 답했다.

"연방 해군 잠수함 편대지. 뭘 당연한 걸 물어?"

"콜록, 콜록!"

나는 순간적으로 당황해서 입에 머금고 있던 주스를 토해낼 뻔 했다. 연방군? 그것도 연방 해군이라면 내가 얼마 전까지 몸담고 있었던 모국의 부대가 아닌가. 정확히 말하면 나는 아직 연방 해군 소속이기도 하다.

…어쩐지 분위기가 좋지 않다.

"요새 이상하게 출항 빈도도 늘어났을 뿐더러 이 일대 해역에서 연방 잠수함이 탐지되는 위치도 전에 비해 불규칙적이야. 간단히 말하자면 이 일대에 산개해서 작전을 펼치고 있다는 뜻이지. 게다가 연방 녀석들 잠수함은 정숙도가 쓸데없이 높아서 사전 탐지도 거의 불가능하단 말이야. 이런 상황에서 놈들이 일시에 몰려들면 꽤 골치 아파진다고."

나는 다른 사관들의 따가운 시선이 내 뒤통수에 내리꽂히는 것을 느끼며 연방에 대한 궁색한 변명을 했다.

"그, 그래도 정말로 꿍꿍이가 있으면 움직임이 제한되는 잠수함이 아니라 해상 전투함을 보내지 않았을까요. 그쪽이 훨씬 더 적함을 제압하기 쉬울 텐데."

"뭐? 너 정말로 멍청이냐?"

포술장이 진심으로 경멸하는 눈빛을 보내자 나는 움찔하고 말았다.

"도대체 잠수함이 왜 만들어졌다고 생각해? 갑판 청소하기가 귀찮아서 배를 물속에 푹 담그면 깨끗해 질 거라고 생각한 머저리들이 만들었겠냐?"

당연히 그런 생각을 한 적은 없다. 잠수함의 선체가 일반 해상함보다 매끄러운 소재로 도장되어 있기는 하지만, 오래 잠항하면 선체에 따개비 따위가 붙는 일도 생긴다.

"호오, 과연 그렇게 하면 갑판 청소를 하지 않고도…"

"…그러니까 동조하지 말아주세요, 갑판장님."

나는 무릎을 치며 고개를 끄덕이는 갑판장을 만류한 다음 설명을 이어갔다.

"잠수함의 존재 의의라면 레이더나 시각 장비로는 탐지 할 수 없다는 점에 있지 않습니까."

"바보는 아니군."

포술장은 그렇게 말하고 벽에 걸린 태평양 해도의 가장 왼쪽, 동중국해를 가리키며 말을 이었다.

"우리가 머무르고 있는 이 동중국해는 현재 공해처럼 여겨지고 있지만, 역시 일본과 중국의 앞마당 같은 곳이다. 그런데 이런 곳에 눈에 잘 띄는 수상함을 떡하니 가져다 놓으면 다들 뭐라고 생각하겠나?"

"당연히 연방이 이 해역에 눈독을 들이고 있다고 생각하겠지요. 하지만 그건 이미 누구나 다 알고 있는 사실이 아닙니까."

이미 연방 정부는 중국과의 전쟁을 통해 오래전부터 이 지역에 군사력을 투사해왔을 뿐더러, 역사적 이유를 억지로 끼워 맞춰 난세이 제도 일부의 소유권을 주장하기도 했다. 더군다나 어제 들었던 함장의 말에 의하면, 동중국해 한 가운데에 있는 블루홀은 연방이 꼭 손에 넣고 싶어 하는 군사 지형이 아닌가.

"하지만 국제 관계에서는 명분이 무엇보다도 중요해."

포술장은 지도에 표기된 한반도의 남쪽 해역 부분을 세게 두들기며 말을 이었다.

"중국과의 국지전이 끝났을 무렵, 연방은 세계 여론이 악화되자 자신의 입으로 평화적인 해결을 원한다며 모든 군사력을 이 해역에서 빼 모항으로 물렸어. 그런 마당에 다시 수상함을 투입해서 노골적으로 군사 개입을 한다면, 미국이나 러시아 같은 열강들이 달갑게 보지 않겠지. 아무리 연방이 신흥 군사 강국이라고 해도 연달아 다른 국가와 국지전을 치를 만큼 자원이 풍부한 것도 아니야. 하지만 이 해역에 다른 놈이 어슬렁거리는 꼴이 보고 싶지 않다면··· 눈에 띄지 않는 '은밀한 압력'을 주어야 겠지?"

나는 그제야 왜 연방의 잠수함이 이 해역에 어슬렁거리는지 대강 알았다. 잠수함이 이 해역에 존재할지도 모른다는 사실만으로도 이 해역을 이용하는 다른 국가들에게 충분히 압박감을 줄 수 있었기 때문이다.

"물론 우리가 가끔 연방의 잠수함과 마주치는 것처럼, 중국과 일본도 이 해역에 연방의 잠수함이 상시 대기하고 있다는 사실을 인지하고 있어. 하지만 명확하게 사진을 찍거나 잠수함을 나포하지 않는 이상, 그 잠수함이 연방의 함선이라고 항의할 수도 없는 노릇이니까 연방은 이 일대의 바다속을 자유롭게 누비고 다닐 수 있는 거지."

"하지만 자유로운 것으로 치면 이 배 역시 마찬가지잖아요? 심지어 이 배는 동중국해를 자유항행하는 유일한 수상함인데······."

그렇게 치면 잿빛 10월은 애시 당초 연방 잠수함에 의해 침몰되었어야 옳다. 하지만 지금 잿빛 10월은 아무런 피해도 입지 않고 태연히 보급을 하고 있지 않는가.

엘레나 포술장은 내 질문에 정곡이라도 찔린 듯 머리를 긁적이며 답했다.

"아, 그야 항의를 넣고 말고는 어차피 체면을 차려야 하는 국가 간의 이야기이고. 우리는 전혀 상관없어. 우리가 이 해상에서 어슬렁거린다고 해서 피해를 볼 '나라'는 없거든. 설령 피해를 입었다하더라도 우리에게 국가관계에서나 통용될 법한 조약을 들먹일 수도 없고. 이것도 다 연방 정부 덕분에 얻은 호사니··· 호가호위라고 해야 하나?"

"단지 이 해역에 진출하려는 연방 정부로서는 저희의 존재가 껄끄럽겠지요."

갑판장이 마지막에 엘레나 소교의 말을 짧게 거들었다.

나는 그제야 연방 정부와 광명학회 간의 관계를 어느 정도 눈치 챌 수 있었다. 연방 정부에게 이 해역은 계륵 같은 곳이라 손을 대지도, 빼지도 못하는 형국으로 흘러가고 있었다. 물론 다른 국가도 이 제도가 탐이 나기야 마찬가지겠지만, 연방의 눈치가 보여 감히 손을 못 대고 있다. 하지만 광명학회는 그런 국가 간의 이해관계에서 벗어난 이익집단이기 때문에, 눈치를 볼 필요도 없이 이 해역에 나타나서 자기에게 이득이 되는 정보를 쪽쪽 빨아먹을 수 있었다. 그런 의미에서 연방이 얼마나 광명학회를 얄미워하는지는 보나마나 뻔했다.

문제는 이 상황에서 연방인인 나의 처신이었다. 일단 나는 연방인이기도 하지만, 현재는 잿빛 10월의 의무장으로서 승조원들의 건강을 관리해야만 했다. 그런 마당에 내가 잿빛 10월을 적인지 아군인지 판단 못하고 갈팡질팡한다면 승조원들의 신뢰도는 크게 떨어지겠지. 나는 내심 마음이 답답해져서 같은 연방 출신인 해인에게 넌지시 질문을 던졌다.

"조리장, 조리장은 이 상황에 대해서 어떻게 생각해?"

"어떻게 생각하냐니… 연방이 잠수함을 출격시킨 것과 식재료 수급에 무슨 관계라도 있습니까? 설령 교전이 일어난다하더라도 전투는 제 병과와 상관이 없습니다."

의외로 너무 담담한 반응이 나오는 바람에 나는 당황했다.

"아니, 아니. 지금 우리 모국하고 현재 몸담고 있는 조직 사이에 분쟁이 생겼다잖아. 그런데 아무런 감흥도 없어?"

달각.

"뭐가 '우리의 모국' 입니까?"

해인이 갑자기 수저를 내려놓고 나를 어처구니없다는 듯이 노려보는 바람에 말을 더듬었다.

"아, 아니. 이해인 조리장 연방 출신 아니었어? 연방말도 할 줄 알고, 외모나 이름도 연방식이라서 분명 그렇다고 생각했는데⋯⋯."

해인은 내가 그렇게 답하자 잠시 눈살을 찌푸리더니, 나를 쳐다보며 천천히 말했다.

"그야 그렇습니다. 물론 저는 연방에서 태어났고, 연방의 교육을 받고, 연방의 음식을 먹으며 자라났습니다. 하지만 그렇다고 해서 제가 연방의 일을 제 일처럼 걱정해야 할 필요가 있습니까?"

어쩐지 골치가 지끈거렸다. 이 여자는 타인의 감정이나 상황에 완전히 무감각하다. 이러한 해인의 성향은 자신의 일을 완벽하게 수행할 수 있는 원동력이 되기도 하지만, 저번과 같이 다른 사람들과의 인간관계에서는 문제가 될 소지가 다분하다. 나는 해인의 그런 점이 썩 불만이었다.

"무슨 말을 그렇게 해."

"어차피 저에게는 연방이나 중국, 일본, 설령 미국이 위험에 빠졌다 하더라도 전혀 상관이 없습니다. 그나저나 핏줄이나 지연으로 사람의 동질감을 얻으려 하다니, 의무장의 여자 꾀는 솜씨는 정말 한심하군요. 다른 수병들을 꾀어 음흉한 짓을 하지나 않을까 걱정한 제가 바보처럼 느껴질 지경입니다."

"뭐가 어쩌고 어째⋯?"

나와 해인의 대화가 날이 바짝 서자, 갑자기 샤오지에 갑판장이 다가와 찻주전자를 내밀었다.

"차 좀 드세요."

"아까 주스를 많이 마셔서 괜찮습니다."

하지만 샤오지에 갑판장은 내 거절에도 불구하고 찻주전자를 내밀며 똑같이 말했다.

"차 좀 드세요."

"……."

방글방글 웃는 얼굴로 찻주전자를 내미는 샤오지에 갑판장의 얼굴에서 묘한 박력이 감돌았다. 물론 갑판장의 표정은 지극히 평온했지만, 나는 이상하게도 겁에 질려버렸다.

"네…. 주시죠."

"감사합니다."

갑판장은 내가 고개를 끄덕이자 활짝 웃으며 잔에 차를 따라주었다. 역시 허당 같아 보여도 갑판계의 최고 선임자다운 포스였다. 포술장이 허투루 갑판장의 지시에 따르는 건 아닌 모양이다. 갑판장은 똑같이 해인에게도 차를 '강요'한 다음, 나와 해인이 잔을 비울 때 까지 우리 둘을 빤히 바라보았다.

"끄응……."

해인은 앓는 소리를 내며 차를 들이켰다. 분위기가 이쯤 되자 무의미한 성격 문제로 소모전을 벌이기도 뭣하여 나도 해인에 대한 비난을 멈추기로 했다. 하지만 방금 해인이 했던 말을 곰곰이 되뇌어 보니 무언가가 이상했다.

'다른 수병들을 꾀어 음흉한 짓을 하지나 않을까 걱정한 제가 바보처럼 느껴질 지경입니다.'

걱정? 해인이 걱정을 했다고? 누구를 걱정 한단 말인가.

해인은 수병들에게 위해가 있을까 걱정할 정도로 무른 사람이 아니다.

수병들의 정신 건강 따위는 싹 무시하고 조리실 대청소를 매일 시키는 조리장이 아닌가. 그런 해인이 '걱정'이라는 단어를 쓴 점이 퍽 이상하다고 생각했다.

삐리리릿

그때, 갑자기 사관실 벽에 붙은 전화가 울리기 시작했다. 가장 가까이에 있던 엘레나 포술장이 귀찮다는 투로 다가가서 수화기를 집어 들자 나도 잘 알고 있는 무미건조한 목소리가 사관실 안에 울려 퍼졌다.

〈함교— 통신실. 함장… 거기 있어?〉

마리아 작전관이었다. 마리아는 일전에 내게 했던 것과 똑같은 무례한 어투로 대뜸 함장을 찾았다. 아무래도 사관후보생이고 자시고… 그냥 원래 군기의 싹수가 노란 모양이었다.

"아까 약주 한 잔 하시고 주무신다."

〈부장님은… 당연히 안 계실 테고, 기관장님은?〉

"입맛이 없어서 노심에서 컵라면 하나 끓여 드신데."

포술장은 담담한 투로 함장과 기관장의 행처를 밝혔다. 그러고 보니 함내 사관 중에 쓰리–톱 이라고 불리는 함장, 부장, 기관장이 안 보인다 했더니만, 다들 어디서 사이드를 타는 모양이었다.

'함상 군기 꼴좋군.'

나는 속으로 혀를 차며 한숨을 내쉬었다. 어쩐지 혼자서 책임자 노릇을 다 떠맡는 포술장이 이제는 슬슬 불쌍하게 느껴지려던 참이었다.

함내 사령의 부재 소식을 들은 마리아는 드물게 감정을 드러내며 짧게 용건을 밝혔다.

〈곤란한걸. 급보야.〉

"급보? 급보라면 함내 정보처리시스템을 통해서 보고하지 왜 유선으로…."

〈TDS 쪽으로 들어온 정보가 아냐. 위성 TV 쪽으로 나오고 있어.〉

"무슨 소리야, 급보가 왜 TV에 나와?"

포술장은 툴툴거리며 사관실 벽에 달린 위성 TV를 켰다. 원래 예정대로라면 이 시간에는 CNN의 정오 뉴스가 나오고 있어야 옳았다. 하지만 TV에서는 긴급 기자회견이라는 붉은 글씨와 함께 연방 정부의 접견실이 비춰지고 있었다. 그리고 곧 이어 등장한 사람은… 내가 너무나도 잘 아는 사람이었다.

〈시민 여러분, 저는 연방 총통입니다.〉

"야, 저거 너희 군대 대빵 아냐?"

포술장이 TV를 가리키며 내게 물었다. 그렇다. 모니터에 떠오른 그 사내는 연방의 총통이었다. 연방의 군인으로서 군 통수권자의 얼굴을 모를 리가 있겠는가. 하지만 곧 이어 총통의 입에서 흘러나온 말에 나는 귀를 더욱 의심했다.

〈여러분은 지난날 침몰한 무진함을 기억하실 것입니다. 연방 근해에서 순찰 임무를 하던 무진함은 불의의 사건으로 침몰하였으며, 함장을 포함한 승조원 전원이 그 자리에서 사망하였습니다.〉

"왜 총통이 무진함을…?"

총통이 하고 있는 말 자체는 새로운 정보가 아니었다. 무진함의 승조원은 이미 모두 죽은 것으로 판명되었고, 그 증거로 나는 훈장까지 추서받아 일등병조의 계급을 갖게 되었다. 하지만 문제는 왜 이 시기에 갑자기 그 사건을 언급하느냐는 것이다.

무진함이 침몰된 후 수개월 동안 언론이 온갖 추측과 질문을 던져왔지만, 연방 정부는 변명조차도 하지 않고 입을 굳게 다물었다. 그런데 오늘에 와서 갑자기 그 사실을, 그것도 군의 최고 통수권자인 총통의 입으로 직접 설명하는 걸까.

　　〈그간 침몰한 무진함을 두고 세간에서는 말이 많았습니다. 암초에 의해 좌초되었다느니, 탄약고의 사고로 인한 폭침이라느니— 심지어 저희 정부의 구조가 늦어진 것을 두고 일부러 저희가 무진함을 침몰시켰다는 어처구니없는 소설까지 등장하였습니다. 하지만 저희는 여러분께 더욱 정확한 사실을 알려드리고자 아무 말씀도 드리지 않았고, 국내 연구진의 수개월에 걸친 조사를 통해 오늘에야 다음과 같은 결론을 내리게 되었습니다.〉

　　총통은 잠시 비통한 표정으로 침묵하더니, 분노에 찬 목소리로 분명히 말했다.

　　〈무진함은 광명학회라 불리는 군사 조직에 의해 침몰되었습니다.〉

　　"뭐? 저게 무슨 개소리야!"

　　TV를 보고 있던 포술장이 분을 이기지 못하고 욕설을 내뱉으며 탁자를 크게 내리쳤다.

　　"쉿. 엘레나 소교. 좀 진정하세요."

　　갑판장이 포술장을 진정시키는 사이 총통은 강경한 어투로 연설을 시작했다.

　　〈언제까지 우리가 다른 나라의 눈치를 보느라 나라의 아들들이 죽어가는 데, 방관하고 있어야 합니까? 동중국해는 명백히 지난 전투로 인해 아(我)해군의 관할 하에 들어간 해역입니다. 더욱이 중요한 해상 교역로이기도 하지요. 그런데 말도 안 되는 주변국의 억지와 해양법으로 인해 우리는 이 제도에 '광명학회'라는 해적들이 날뛰는 데도 방관하고 있어야만 했습니다.〉

"뭐 해적? 우리가 언제 상선 털어먹은 적 있었냐? 오히려 보호를 해줬으면 해줬지! 지랄을 한다!"

엘레나 소교는 이제 바로 눈앞에 총통이 있는 양 TV 가까이 다가가며 욕지거리를 내뱉기 시작했다. 총통은 그와 정반대로 차가운 미소를 흘기며 카메라를 직시했다.

바로 그 앞에 있는 엘레나 포술장에게 직접 경고하듯.

〈현 시간부로 저희 연방 정부는 해적— 특히 광명학회라는 이름을 내걸고 연방의 평화를 위협하는 무장 조직에 대해 무차별 섬멸을 가할 것을 선언하는 바입니다. 이를 위해 우리는 가능한 모든 해군력을 이 해역에 투입할 예정입니다.〉

선전포고였다. 이 해역이 전쟁터가 되고, 학회는 연방의 적이 되리라는 단호한 선전포고였다. 총통의 갑작스러운 선언에 엘레나 포술장도 당황했는지 말을 잇지 못하고 외마디 신음만 흘렸다.

"뭐……?"

"무차별… 섬멸?"

곧 TV에서는 기자들이 군사 행동의 규모와 정확한 이유에 대한 질문을 하느라 아수라장이 벌어지기 시작했지만, 총통은 대답하지 않고 무뚝뚝하게 돌아서서 단상을 빠져나갔다.

TV에서 나오는 잡음을 제외하고선 한동안 승조원들은 숨소리조차 내지 않았다. 시간이 얼마나 흘렀을까, 샤오지에 갑판장이 사태를 정리할 요량으로 손을 들고 말했다.

"즉 이 말은…"

하지만 엘레나 포술장은 손을 내저으며 갑판장의 말을 잘랐다.

"뭐 어렵게 생각할 게 뭐 있어."

그리고 포술장은 마지막 남은 비스킷을 입에 우겨넣으며 담담하게, 하지만 싸늘하게 선언했다.

"연방 해군이 곧 우리를 공격해 올 거라는 소리지."

엘레나 소교의 입에서 와드득 하고 비스킷이 부서지는 소리가 났다.

8. 미끼

북서 필리핀 해

연방 해군 97전대 SS-091 최충헌 함 함교

"식탁에 자리 있나?"[*]

"예. 그렇습니다."

최충헌함 함장 윤선호 대령은 위에서 대답이 들려오자 고개를 끄덕이고 수직 사다리를 타 함교에 올라섰다. 신선한 공기가 함장의 코끝을 간질였다. 바람이 얼굴을 한차례 훑자, 대령은 습관적으로 턱 끝을 긁적거렸다. 오랫동안 면도를 하지 않아 함장의 턱은 수염으로 지저분하게 덮여 있었는데, 이처럼 수염을 깎지 않아도 되는 특권은 잠수함 승조원에게만 주어졌다. 밀폐된 공간 특성상 모발이 날리면 실내 공기가 오염되기 쉽고, 청수(淸水)가 부족해 씻는 물이 크게 제한되기 때문이다.

물론 육상 청수 보급이 원활하다면 깔끔하게 면도를 할 수 있겠지만, 이번 달만큼은 귀항이 쉽지 않았다. 최충헌 함은 벌써 이 주가 넘도록 작전을 치르는 중이었다.

"필승!"

---

* 해군 은어로 잠수함 함교에 올라간다는 뜻

"함장 입교."

함교에 완전히 올라서자 당직을 서던 두 명의 사내가 윤선호 대령에게 경례를 올려붙였다. 오늘의 주간 초직은 전탐 중사 한 명과 보수관 둘 뿐이었다. 함장은 오랫동안 담배를 피우지 못해 좀이 쑤셔왔지만, 담배에 불을 붙이기 전에 숨을 크게 들이켜 바다의 냄새를 맡고 손끝으로 습기를 가늠해보았다.

…오늘의 공기는 평소보다 좀 더 습하고 기온이 높았다. 그에 비해 이 일대의 수온은 낮은 편이니 곧 진한 해무가 생겨나리라. 함장은 숙련된 뱃사람의 감으로 기상 변화를 예측하기 시작했다. 제 아무리 예보가 정확해진다 하더라도, 바다에 나와서 직접 보느니만은 못하다.

"특별한 이상은 없나?"

함장은 천기를 대충 훑고 난 후에야 담배에 불을 붙이며 견시 현황을 물었다.

"없습니다. 이 근처에는 어망도 없고… 무엇보다도 필리핀 해에는 동해와 다르게 꽁치 어망이 없으니 살 것 같습니다."

전탐사가 킬킬거리며 농담을 던졌지만, 보수관은 무슨 소리인지 모르겠다는 투로 함장을 쳐다보았다.

"아, 과연 그렇군. 꽁치는 한류성 어종이니까."

그에 비해 함장은 전탐사의 말이 실제로 의미하는 바를 잘 알고 있었다. 동해 어장을 따라 촘촘하게 뿌려진 꽁치어망은 유난히 치밀하기 때문에 군함의 스크루에라도 걸리면 복구하기 힘들기 때문이다. 그래서 연방군의 군함은 항해 때마다 꽁치 어망을 주의 깊게 관측했다. 실제로 연방내전 당시 북부군 잠수정의 태반은 남부군 구축함의 소나가 아닌, 꽁치어망에 걸려 나포되지 않았는가. 이는 남부군이나 북부군이나 한심한 일이었기에 공공연히 보도되지는 않았다.

"곧 안개가 끼겠어."

함장은 담배에 불을 붙이며 지나가는 말처럼 내뱉었다. 하지만 그 말에 보수관은 돌고래 떼라도 발견한 사람마냥 눈을 반짝이며 탄성을 내질렀다.

"안개가 옵니까?"

"왜, 박 소위는 안개가 좋은가 보지?"

"예, 잠수함에게 안개는 몸을 은신할 수 있는 위장막 같은 것 아닙니까."

"위장막? 푸하하! 그래… 안개는 정말 유익한 존재지."

'수상함에서 근무했으면 절대로 나올 말은 아니군.'

윤선호 대령은 킬킬거리며 보수관을 쳐다보았다. 수상함 장교들이 악천후 다음으로 싫어하는 기후가 바로 해무다. 육안과 전파 정보에 크게 의존하는 수상함은 해무가 짙게 끼면 마스트에서도 시야를 확보할 수 없기 때문이다. 하지만 육안 관측보다 청음에 의존해 항해를 해야 하는 잠수함의 경우라면 말이 다르다. 오히려 이런 날이야 말로 잠수함은 몸을 최대한 은신하여 안전하게 항해할 수 있다. 수상함 장교와 잠수함 장교는 이처럼 날씨를 대하는 태도마저 다르다.

최충헌 함의 보수관은 임관하자마자 6개월간의 추가 교육 후 잠수 PQS(Personnel qualification standard : 개인 검정 기준) 기장을 따낸 소위로, 아직도 금색의 돌고래 기장이 새것처럼 반짝거렸다. 윤선호 함장은 바다에 대한 열정으로 눈이 반짝거리는 초임 장교를 보자 쓴웃음이 흘러나왔다.

'나도 저런 때가 있었지.'

윤선호 함장이 사관학교를 졸업한 후 영국과 독일에 유학하여 잠수함 교리를 배워올 때만 하더라도 연방의 해군력은 대단한 수준이 아니었다. 그 당시의 연방은 오랜 내전으로 인해 육군만 기형적으로 강한 상태였고, 해군력은 주변국에 비하면 조악한 수준이었다.

하지만 연방 해군도 해병대와 잠수함 전단에 한해서는 주변국에 비해 우위를 갖고 있었다. 특히 잠수함 건조 기술과 운용 전술은 그 당시 연방의 기술자들과 장교들이 독일에 가서 직접 배웠는데, 이를 통해 연방 해군은 기술은 있었으나 패전 조약에 묶여 잠수함을 자유롭게 운용하지 못하던 독일과 대양 함대 위주의 편제 때문에 핵잠수함에만 투자하던 미국을 제치고 잠수함계의 새로운 강국으로 떠올랐다.

그때까지만 하더라도 윤선호 함장은 잠수함 전력이 연방의 바다를 지키는 중심 세력이 되리라 믿어 의심치 않았다. 실제로 통일 직후 몇 차례 이어진 국지적 분쟁에서 잠수함이 중요한 역할을 하자 그 생각은 확신으로 바뀌었다.

하지만 연방 해군에 막대한 투자가 이어지고, 항공모함까지 건조할 정도로 연방 해군이 성장하자, 오히려 윤선호 함장의 마음속에서는 기묘한 불안감이 피어나기 시작했다. 강력한 해군력을 앞세우며 영토 분쟁을 자초하고, 예방 전쟁을 표명하며 주변국에 선제공격을 가하는 현 연방군의 모습은 무언가 이상했다.

어딘가… 연방은 갈수록 2차 세계 대전 당시 추축국의 모습을 닮아가고 있었다.

하지만 군인 된 신분으로 그러한 정치적 현안에 의구심을 드러낼 수는 없었다. 함장은 묵묵히 상부의 지시에 순종하고, 싸우면 필승의 전략을 짜내는 데 전력을 쏟았다. 그 결과 윤선호 함장은 연방 잠수함 함대에서도 가장 유능한 사관으로 인정받아 초고속 진급을 이어갔다.

윤선호 함장은 영관급에서는 유일하게 '블루홀의 비밀'을 알고 있는 사람이기도 했다.

처음에 자신들이 벌인 전쟁의 목적이 지하자원이나 해상 교역로를 확보하는 등 자국민에게 직접적인 이득을 가져다주는 데 있지 않고 전쟁 수행에 있어 유리한 위치를 선점하기 위한, 더 많은 전쟁을 위한 전초전이었다는 사실을 알게 되자 윤선호 대령은 크게 실망했다.

'결국 이 일도 지휘부의 탐욕에서 비롯된 일이다.'

타국이 알기 전에 우리가 먼저 유익하고 평화로운 목적으로 써야 한다며 지휘부는 자신들을 포장했지만, 그 역시 허튼 소리였다. 아예 애당초 전쟁을 시작하지 않았다면 일어나지도 않았을 현상이었다. 하지만 곧 함장은 침묵하고 현실을 받아들였다.

군인이었기 때문이다.

'…군인은 명령에 살고 명령에 죽는 존재일 뿐. 그 명령이 그릇될지라도 조국의 영광을 위해서라면, 나는 내 손을 기꺼이 더럽히리라.'

함장은 입술을 꽉 깨물며 그렇게 뇌까렸다.

윤선호 함장이 이런저런 생각을 하며 부옇게 흐려져 오는 수평선 너머를 응시하고 있노라니, 옆에서 보수관이 버르적거리며 말을 걸어왔다.

"저… 그런데 정보부에서 넘겨준 오키나와 남측 50 마일 부근에서 관측된 선영 말입니다."

"아, '잿빛 10월' 말인가."

함장은 오전 중에 함내 TDS 상으로 들어온 사진 자료를 떠올렸다. 연방이 해적과의 전쟁을 선포한지 얼마 되지 않아 해군 정보부는 그 사진에 찍힌 배가 해적들의 기함이니 반드시 침몰시키라는 명령을 내렸었다. 하지만 잿빛 10월은 여러모로 일반적인 함대의 기함과는 달리 특이한 모양을 하고 있었다.

"그런데 그 사진에 비친 선영은 아무리 보아도 보급함처럼 생겼던데, 이건 미끼가 아닙니까? 세상의 어떤 지휘관이 호위도 없이 보급함을 운용한답니까?"

보수관의 말처럼 그 사진에 찍힌 배는 윈치 드럼이나 킹 포스트 따위가 달린 텀블홈 형태의 보급함이었다. 그런 보급함의 경우에는 자체 방어 능력이 거의 전무하기 때문에 보통 잠수함들의 손쉬운 먹잇감이 되기 십상이었다. 즉, 목표물이 너무 무방비하고 쉬워보였기 때문에 최충헌함의 승조원들은 오히려 동요했다.

"그래, 일반적인 경우라면 들판에 홀로 방치된 양은 좋은 먹잇감이 아니라 덫에 꿰인 미끼인 경우가 흔하지. 하지만 아마 그 녀석들은 그런 꼼수를 부리지는 않을 게야."

하지만 함장은 그런 배부른 걱정 따위는 하지 않았다. 광명학회라는 조직이 얼마나 엉뚱하고 말도 안 되는 군사 조직인지 잘 알고 있었기 때문이다.

"광명학회의 괴짜들은 기상천외한 무기를 많이 갖고 있거든. 아무리 전략에 무지하고 경험이 부족한 군사 조직이라 하더라도, 우리가 예측할 수 없는 무기를 꺼내든다면 하릴없이 패할 뿐이야. 우린 이미 오랜 해전을 통해 그걸 충분히 배워왔지."

신무기는 원래 그 자체로 전투의 양상을 바꾸고 전쟁의 근본부터 깨부순다. 학회와 연방의 사이가 틀어지기 전, 학회가 연방에 제공했던 무기들만 보더라도 학회의 기술력은 이미 연방의 기술력보다 한 세대쯤 앞서 있었다. 학회가 공개하지 않은 기술까지 더한다면 저 평범한 보급함에서 대뜸 레이저 빔이 나온다고 해도 이상하지가 않다.

"그러니 학회의 아가씨들이 그 괴상망측한 무기들을 꺼내들기 전에 몰아넣어야지. 아주 철저하게 말이야."

함장은 허리춤에서 무전기를 꺼내 관측소에 있을 부장에게 자문을 구했다.

"부장, 잿빛 10월이 마지막으로 관측된 위치까지는 얼마나 걸리지?"

곧 부장의 시원스러운 대답이 들려왔다.

〈전속으로 항행한다면 금일 자정까지는 도달할 수 있을 겁니다.〉

함장은 손가락을 꼽아 보았다. 연방 총통이 뉴스를 통해 '해적'들에게 선전포고를 한 지 12시간 밖에 지나지 않았다.

"안개가 끼면 바로 잠항해서 최대 속력까지 끌어올려."

〈네, 함장님.〉

"그리고 지금 당장 기동시킬 수 있는 UUV(Unmanned Undersea Vehicle)는?"

〈SSM-051, 척준경과 SSM-052, 경대승입니다.〉

"컨트롤 회수해. 모두 늑대 떼(Wolf Pack)에 합류시킨다."

함장이 지시를 내리자마자 함내에서 승조원들이 일사불란하게 발을 구르는 기척이 느껴졌다. 잘 훈련된 함은 함장의 수족처럼 쉽게 부릴 수 있다. 그런 의미에서 최충헌 함의 승조원들은 윤선호 함장이 맡아온 잠수함 중에서도 최고였다. 모두가 자신의 임무에 열의를 갖고 정확하게 움직인다. 하지만 그럼에도 불구하고 윤선호 함장은 이상하리만큼 불안했다. 승조원들이 실수를 할까 염려하고 있기 때문은 아니다. 단지 싸움의 승패와는 상관없이 자기 자신이 그른 결정을 내릴까. 그때문에 승조원들의 기대를 허사로 만들까. 그것이 두려웠다.

"드디어 시작이군요. 이제야 무진함 전우들의 복수를 할 수 있겠습니다."

잠수함의 가스터빈이 시끄럽게 떨리기 시작하자 보수관은 주먹을 불끈 쥐며 떨리는 목소리로 말했다. 그러고 보니 보수관은 이번 출동이 첫 실전 전투배치였다. 그것도 광명학회와의 전쟁을 자신들의 공격으로 개시하게 되는 셈인데, 보수관은 긴장하거나 불안해하는 기색도 없이 흥분해 있었다.

"첫 출진치고는 묘하게 흥분해 있군 그래. 무슨 좋은 일이라도 생겼나?"

함장은 비아냥대듯 보수관에게 물었지만, 보수관은 그런 기색을 알아차리지 못한 채 자신의 이야기를 시작했다.

"무진함의 항해사가 친하게 지내던 동기였습니다. 동기의 부고를 접했을 때, 저는 기필코 제 손으로 그 복수하겠노라 결심했습니다."

보수관은 손을 부르르 떨며 분에 찬 목소리로 말했다.

"그 동안 저희 연방 해군은 복수를 갚기는커녕 여론으로부터 모욕만 듣지 않았습니까. 전우의 죽음에 눈감고 있는 무능한 해군이라고…… 그런데 지금 이 순간, 제 손으로 그 복수의 칼자루를 쥘 수 있게 되었는데 어찌 흥분되지 않겠습니까?"

"복수라……."

그 잿빛 10월이라는 배를 쏴서 침몰시키면 과연 죽은 무진함의 승조원들이 기뻐할까? 함장은 문득 얼마 전 받았던 비밀 회신을 떠올렸다.

'무진함의 생존자가 여기에 있거든. 이원일 하사 말이야.'

"…자네는 정말로 무진함이 잿빛 10월 녀석들의 손에 침몰했다고
믿나?"

윤선호 대령은 자신의 입에서 갑자기 튀어나온 그 말에 놀라고 말았
다. 이런 의문을 갖는다는 사실 자체가 해군의 공식 발표를 스스로 부인
하는 꼴이다. 보수관 역시 평소의 윤선호 대령답지 않은 질문이라고 생각
했는지, 이상하다는 투로 되물었다.

"…함장님도 그런 의심을 하십니까?"

"아니, 믿고 있네."

'믿어야 하지만.'

함장은 속으로 그렇게 한 번 더 뇌까리며 하늘을 바라보았다.

언제부터였을까— 사람들의 말을 곧이곧대로 믿지 못하고 이 바다가,
이 세상이 그리 아름다운 곳만은 아니라고 여기기 시작했을 때가. 잠시
거센 강풍이 몰아치며 함교에 시끄러운 소음이 가득 차자, 함장은 저도
모르게 솔직한 심정을 조용히 입 밖으로 꺼냈다.

"…아마 그렇지 않을 가능성이 높겠지."

"잘 못 들었습니다만?"

"아니, 실언을 했군. 못 들은 걸로 해주게."

보수관은 함장이 소음 속에서 무어라 중얼거리는 모습을 보았지만, 함
장은 끝내 자신의 솔직한 심정을 다시 말해주지 않았다. 지금에 와서 그
런 생각을 계속 해 봤자, 아무런 도움도 되지 않기 때문이었다.

게다가 일전에 전화를 받았을 때 함장은 이미 결정을 내렸었다.

'이원일 하사는 죽었다. 내가 받은 연락은 그 뿐이다.'

'거기 있는 사내는 이원일 하사가 아냐.'

'나는 죽은 이의 부름에 귀를 막았다.'

윤선호 대령은 '참된 군인'이랍시고 수병들과 사관들의 피로 만든 길을 묵묵히 걸어왔다. 갑자기 감상적인 고민을 한다고 '인간'이 될 수 있을 리 만무했다.

그는 참된 군인일 뿐이다.

"……좋아, 복수다. 복수."

윤선호 대령은 군모를 반듯이 고쳐 쓴 다음 누구에게 하는지도 모를 소리를 뇌까렸다.

"복수를 시작하자. 우리를 이렇게 만든 '놈들'에게 모든 책임을 떠넘기자."

부우우—

터빈을 가속하자 배가 낮고 묵직한 고동소리를 내질렀다. 시간이 다가왔음을 깨닫자 함장은 주저 없이 함내 승조원들에게 지시했다.

"전 승조원은 5분 뒤 시작될 잠항에 주의하라."

그리고 그 독특한 모양의 보급함을 떠올리며, 함장은 악마 같은 미소를 흘렸다.

"우리는 지금부터 잿빛 10월을 사냥한다(Hunt for Ash October)."

9. 돈까스 덮밥

"이것 참 골치 아프게 됐네."

카밀라 함장은 머리를 긁적이며 연방 총통의 연설문을 다시 읽었다. 아무리 무능하고 땡땡이치기 좋아한다지만, 이러한 중대 상황에는 어쩔 도리가 없었는지 함장은 사관실에서 얌전히 머리를 굴리고 있었다. 하지만 아직도 손에는 으레 휴대하던 플라스크 술병이 들려 있었다. '저 정도 되면 알코올 중독 아닌가.' 하는 생각이 들기도 했지만, 상황이 상황인 만큼 이번에는 지적하지 않고 넘어가기로 했다.

"학회 사령부는 뭐래?"

함장의 질문에 포술장이 기다렸다는 듯 바로 대답했다.

"태평양 함대에 가 있는 대잠 헬기와 잠수항모 편대를 이쪽으로 보낼 테니 최대한 잠행하면서 기다리라고 했습니다."

"블루홀에 있는 우리 잠수함 편대는?"

"지금은 통신이 되지 않습니다. 아마 하루는 지나야 통신이 가능한 심도까지 부상하지 않을까요."

하지만 원군이 온다는 소식에도 함장은 깊은 한숨을 내쉬었다. 그만큼 상황이 긴박했기 때문이다.

"아무리 빠르다고 해도 내일 아침은 돼야 도착할 텐데… 그 사이에 습격을 받으면 곤란하다고요."

"그러게요. 이미 연방 잠수함 세력은 오래전부터 이 해역에 침투해 있었을 텐데… 지금 당장 지근거리에 있다고 해도 이상하지 않은 상황입니다."

아무리 생각해도 나아질 여지가 없는 상황이었다. 계속해서 들려오는 비보에 함장은 기분이 언짢아졌는지, 눈살을 살짝 찌푸린 후 작전관 자리에 놓여 있는 단말기에 말을 걸었다.

"마리아, 소나 상황은 어때?"

함장의 말이 떨어지기가 무섭게 단말기 위의 화면에 마리아의 얼굴이 떠올랐다. CIC실에 있는 마리아의 뒤로 푸르스름한 영상이 떠올랐다.

〈현재 탐지 범위 내 수상한 움직임은 포착 되지 않음.〉

마리아는 그렇게 말하며 소나의 탐지 범위를 사관실 내 전술 현황판에 띄웠다. 과연 함 주변 300km 이내에는 어떤 잡음도 보이지 않았다. 하지만 마리아는 확신하지 않고 말끝을 흐리며 한마디를 덧 붙였다.

〈하지만……〉

"하지만?"

〈만에 하나 연방의 잠수함이 미속으로 무음 항해중이라면 50km 이상의 거리에서 우리가 탐지할 수단은 없어.〉

"뭐어어…? 그게 뭐야! 뭐라도 좋으니 뿌려보라구."

함장은 어린아이처럼 떼를 썼지만, 마리아는 귀엣머리를 쓸어넘기며 한심하다는 투로 대꾸했다.

〈함장…. 소나는 컴퓨터 전술 게임의 '스캔' 같은 탐지장비가 아니야. 작정하고 몸을 숨긴 잠수함을 탐지할 수 있는 소나는 현존하지 않아.〉

카밀라 대교는 그 말에 투덜거리며 식탁을 쾅쾅 내리쳤다.

"그게 뭐야! 그럼 어떻게 이겨! 우어, 잠수함 나타나면 다 침몰 하겠네!"

〈뭐, 그 편이 전략 시뮬레이션 게임으론 재미있지만.〉

"난 재미없어!"

함장이 칭얼거리기 시작하자 역으로 어처구니가 없어진 다른 사관들이었다.

"야, 인마! 그걸 풀어야 하는 게 네 일이잖아!"

결국 보다 못한 쇼우코 대위가 반말로 짜증을 내며 소리를 질렀다. 물론 이건 하극상에 가까운 군기 위반이지만, 원래 잿빛 10월에서 군기는 존재하지도 않았거니와, 다들 함장에게 짜증이 나있었던 터라 아무도 군의관의 말에 반기를 들지 않았다.

"하지만 쇼우코, 귀찮은 걸 어떡해애."

"귀찮으면 죽어! 나가 죽어! 유서에 내 이름 쓰고 함수에서 뛰어내렷!"

"쇼우코 너무해애. 대위 주제에."

함장이 작은 목소리로 비아냥거리자 쇼우코 대위의 짜증은 극에 달했다.

"진급 못하고 있는 게 누구 탓인데! 함장이 함장다워야 함장 취급을 하지! 테일러 함장도 너보다는 책임감이 철철 넘칠 거야!"

와아, 도대체 언제적 애니메이션을 얘기하는 거지……. 묘하게 쇼우코 대위의 나이를 실감할 수 있는 대목이었다. 하지만 이러나저러나 카밀라 함장은 지극히 태평해보였고, 결국 다른 사관들의 진언을 기각한 채 함장이 내놓은 결론은 다음과 같았다.

"적이 12시간 내로 오지 않을 거라고 믿고 그냥 지원군이 올 때까지 쉴래."

"……."

이젠 다들 너무 어처구니가 없어서 딴죽을 걸지도 못했다. 실제로 쇼우코 대위는 머리를 부여잡고 의자에 드러누웠으며, 이해인 조리장은 오늘 저녁에 돼지고기를 내놓을지 소고기를 내놓을지 병기장과 논의하고 있었다. 갑판장은 생기 없는 눈빛으로 다시 옆에 앉은 사관에게 차를 권하고 있었으며, 가장 이 자리에서 화가 났었어야 할 군기반장— 포술장은….

"……."

단지 담담한 표정으로 고개를 끄덕일 뿐이었다.

나는 묘하게 불안해져서 포술장에게 넌지시 물었다.

"저, 포술장님. 포술장님이라도 말리셔야 하는 거 아닐까요? 지금 함장님이 너무 무책임한 발언만 쏟아내시는 것처럼 보이는데."

"아니……. 저 편이 지금으로서는 최선이다."

"네?"

포술장이 역정을 내기는커녕 함장의 말에 동의를 하자 나는 깜짝 놀라고 말았다.

"지금 당장 이 해역을 벗어나도 안전을 보장하기 힘든 상황인데, 현상 유지라뇨?"

포술장은 짜증스럽게 머리를 긁적이다가 마지못해 툴툴거리며 대답했다.

"이래서 비전투 병과 녀석들 질문은 받아주지 말아야하는데……. 의무장, 아까 잿빛 10월이 이 해역을 자유롭게 돌아다녀도 왜 다른 나라들이 항의해오지 않는지 말해줬었지?"

"예. 광명학회는 딱히 항의를 해도 이득을 볼 게 없는 '단체'이기 때문이라고 하셨죠."

"거기엔 사실 이유가 하나 더 있는데……."

포술장은 이 사실을 말해야하나, 하고 고민하다가 자포자기한 투로 놀랄만한 사실을 말했다.

"이 배는 레이더에 안 잡히거든."

"어…… 농담이시죠?"

나는 포술장이 함장을 대변하느라 질 나쁜 농담이라도 던지는 줄 알았다.

"내가 너랑 농담 따먹기 해서 뭐가 재밌겠냐?! 자세한 원리는 기밀이라서 알려줄 수 없지만, 전파 방해 장치랑 스텔스 도료를 어찌어찌 혼합해서 현재의 잿빛 10월은 완벽에 가까울 정도의 스텔스 상태야. 물론 가끔가다가 운 좋게 잡히기도 하지만, 레이더에 산출되는 함영의 크기가 조각배 수준이라 여간한 군함들은 다 무시할 수준이고. 그러니까 괜히 움직이며 항적을 남기느니 증원이 올 때까지 얌전히 기다리는 게 발각될 확률이 더 적어."

그러고 보니 처음 잿빛 10월과 마주했을 때, 해적선 선주는 이 배가 레이더에 잡히지 않는다며 기계 탓을 했었다. 하지만 만약 그게 단순한 기계 고장이 아니라 스텔스 설비의 힘이었다면 실로 무시무시한 기술이 아닐 수 없다. 광명학회의 기술력이 한 세대 앞서 있다는 말은 누누이 들었지만, 이 정도일 줄이야….

"그럼 걱정할 필요 없잖습니까. 함장 말대로 증원이 올 때까지 기다리면…."

"만약이라는 게 있잖아, 만약이라는 게."

포술장은 초조한 표정으로 손톱을 씹으며 고개를 저었다.

"만에 하나라도 가시거리 안으로 흘러들어온 연방의 잠수함에 잿빛 10월이 탐지되기라도 하면 곤란해. 잿빛 10월은 대잠전에 취약하단 말이야."

"어… 이 배에 대잠 무기가 그렇게 없습니까?"

저번에 봤을 때는 ATT까지 달고 있기에 여간한 잠수함 한 척 정도는 가볍게 상대할 수 있을 줄 알았는데, 포술장의 태도를 보니 그렇지도 않은 모양이었다.

"ATT 외에 대잠전에서 쓸 수 있는 기기라고 해봤자 RBOC 채프 발사기랑, TACM 어뢰기만 디코이랑, 폭뢰 열 발이랑, 대잠 미사일 수십 발 밖에 없어…."

"엄청나게 과무장인뎁쇼!"

여간한 호위함도 그보단 덜 싣고 다니겠구먼!

하지만 엘레나 소교는 으르렁대며 내 말을 단박에 일축해버렸다.

"장님이 좋은 칼을 들고 있어봐야 뭣 하겠냐? 아까도 말했지만 잿빛 10월의 소나는 통상 군함과 비등비등한 수준이야. 이런 좋은 무기를 쓰기도 전에 적함이 발사한 어뢰에 맞으면 반격이고 뭐고 일발에 끝이라고. ATT가 먹히는 것도 한 두 번이지. 물론 대잠 헬기가 도착하면 소나부이를 병행해서 사용할 수 있으니까 좀 더 낫긴 하지만."

"과연, 그렇군요."

일반인들이 간과하는 사실이긴 하나, 잠수함이 위험한 이유는 공격하기가 어렵기 때문이 아니라 탐지하기가 어렵기 때문이다. 육전으로 치면 저격수와 같은 존재라고 할까? 아무리 저격수에 대한 대책을 철저하게 세우고 엄청난 화력의 무기를 들고 있다하더라도 저격은 당하는 순간 끝나버린다. 실제로 그를 이용하여 연방 해군은 림팩에서 잠수함 한 척만으로 막강한 화력의 미군 수상함을 수십 척이나 모의 격침 시킨 전적도 있다. 즉, 문제는 누가 먼저 서로의 존재를 알아차리느냐에 달려있다.

"게다가… 날씨가 안 좋아."

엘레나 소교는 손톱까지 물어뜯으며 초조한 기색을 숨기지 않았다. 포술장의 말처럼 우리가 머무르고 있는 이 해역에는 1시간 전부터 짙은 해무가 깔려 한치 앞도 볼 수 없었다. 하지만 나는 해무가 지금의 상황을 악화시킨다는 점에는 동의하지 못했다. 레이더에 잡히지 않고 움직이지도 않는 배라면 육안에 의존해서 탐지하는 수밖에 없는데, 이마저도 해무가 가려준다면 잿빛 10월에게 더 할 나위 없이 좋은 상황 아닌가? 하지만 포술장은 이해할 수 없는 소리만 하며 고개를 저었다.

"천혜의 참호가 그대로 자신의 관이 되어버릴 수도 있지."

포술장이 불안한 표정으로 계속 인상을 찌푸리고 있자, 카밀라 함장은 소교의 어깨를 가볍게 두드리며 안심시켰다.

"뭐. 걱정 안 해도 돼, 엘레나. 네 말대로 이 배가 탐지될 확률은 희박하니까 네가 걱정하는 상황은 일어나지 않을 거야. 그냥 나처럼 맘 놓고 느긋하게 있으라니까?"

"아뇨, 함장님은 마음을 너무 많이 놔버렸는데요."

솔직히 함장만큼은 어느 정도 긴장을 했으면 좋겠다. 함장이 얼마나 한심했으면 부관들이 더 전전긍긍하겠는가. 하지만 한편으로는 함장의 말도 일리가 있었다. 이 상황에서 할 수 있는 바라고는 증원을 기다리는 일뿐이었으니까.

…아니, 사실 남은 방법이 한 가지 더 있었다. 너무나 간단하고도 모두에게 피해가 가지 않는 방법이어서, 나는 왜 진작 그 방법을 떠올리지 못

했는지 의심이 들 정도였다.

"함장님, 한 가지 건의 드려도 되겠습니까?"

"응? 뭔데, 의무자앙?"

"사실 연방군이 광명학회에 선전포고를 한 이유도 무진함이 광명학회에 의해 침몰되었다는 의혹 때문 아닙니까."

"그야 그렇지."

"그럼 제가 직접 연방 측과 교신하여 '저는 무사하며, 광명학회는 무진함을 공격하기는커녕 생존한 승무원을 보호하고 있었다.'는 것을 알리면 연방 측도 선전포고를 철회하지 않겠습니까?"

"……"

갑자기 묘한 침묵이 흘렀다. 나는 순간적으로 내가 이상한 말이라도 했나싶어 곰곰이 말을 되짚어 보았다. 하지만 딱히 이상한 의견도 아니었고, 틀린 이야기도 아니었다. 하지만 함장은 조용히 다른 장교들과 눈길을 주고받더니 유감스럽다는 투로 고개를 저었다.

"미안하지만 그건 안 돼."

"어째서… 입니까?"

내가 막 승선했을 때는 작전 해역을 벗어날 수 없다는 핑계라도 있었다. 하지만 지금은 준전시 상황이 아닌가. 오히려 잿빛 10월이 잠시 작전 해역을 벗어나더라도 교전을 피할 수 있다면 더 싸게 먹히는 셈이었다. 하지만 카밀라 함장은 그 방법만은 안 된다며 완강하게 고집했다.

"전에도 말했잖아? 연방은 우리말을 듣지 않는다고."

"시험해 보지도 않고 어떻게 아십니까? 고금부터 싸우지 않고 이기는 것이 최고라고 했습니다. 가능한 한 교전을 피하기 위해서라면 모든 수단을 강구해봐야…"

"이원일 일등병조!"

갑자기 카밀라 함장이 큰 목소리로 나를 호명하는 바람에 말을 멈추고 얼어붙고 말았다. 이렇게 큰 목소리를 낸 함장은 승선한 이래로 처음 보았다.

"…넌 장교가 아니라 부사관이잖아. 작전을 결정하는 건 장교의 몫이야. 더 이상의 진언은 그만둬 줘."

카밀라 대교는 언제나처럼 웃는 표정으로 말했지만, 그 얼굴에는 약간의 독기가 서려있었다. 그러고 보니 함장뿐 아니라 다른 사관들도 나를 미묘한 시선으로 노려보고 있었다. 무어라 딱히 형언할 수는 없었지만 나는 왠지 꺼림칙해졌다. 승선한 이후로도 장교들이 투덜거리며 내 처우에 대해 불만을 표시한 적은 있었지만, 이런 독기와 살의를 내뿜지는 않았다. 심지어 늘 웃고 다니던 갑판장마저도 지금은 입을 다문 채 묵묵히 나를 노려보고 있었다.

뭐야, 다들 왜 저래? 내가 무슨 잘못된 말이라도 했나? 연방 해군에게 연락을 걸어 진의를 전달하는 게 무슨 어려운 일이라고!

"……설마."

순간적으로 머릿속에 무서운 생각이 스쳐 지나갔다.

정말 무진함을 침몰시킨 범인이 광명학회… 인가?

이 해역에 가장 많은 잠수함을 투사하는 세력은 광명학회다. 더군다나 침몰한 배는 광명학회가 언제나 눈엣가시처럼 여기던 연방 해군 호위함. 우연을 가장하여 어뢰를 쏜다 해도 이상하지가 않다.

아니, 해적들에게 사주를 해서 제삼자의 손으로 우리를 공격하는 일도 가능하다. 그러고 보니 해적들도 모종의 루트를 통해 어뢰를 손에 넣었다고 했다. 호위함을 일격에 침몰시킬 만한 어뢰라면 지향성 탄두를 가진 20식 어뢰 밖에 없다고 했던가….

'네 놈이 말한 지향성 탄두는 누구보다도 잘 알아! 20식 어뢰 라이선스가 나한테 있으니까!'

엘레나 소교가 일전에 자신만만하게 했던 말이 이제는 의혹이 되어 가슴을 찌른다. 나는 억지로 잡념을 떨쳐낸 다음 이를 반박할 만한 증거를 찾으려 노력했다.

그래, 이들이 내가 타고 있던 배를 사주해서 침몰시킨 범인이라면 나를 바다에서 구해줬을리가 없잖아?

— 아니, 나를 건진 직후까지 이들은 나를 여성 포로로 착각하고 있었어. 해적들과 한패라고 보기에는 무리가 있어. 심지어 이들은 해적을 공격했단 말이야.

— 그래도 죽이지는 않았잖아? 처음부터 협차탄을 쏘며 위협만 했었지. 하지만, 하지만……

"이원일 일조?"

"어, 어?"

해인이 부르는 목소리에 간신히 정신을 차리고 주위를 둘러보았다. 어느새 사관들의 시선이 다 나를 향하고 있었다. 그제야 나는 식은땀을 비오듯 흘리고 있었다는 사실을 깨달았다.

"안색이 나쁩니다. 어디 안 좋은 곳이라도?"

해인이 걱정해줄 정도니 어지간히 무서운 표정을 짓고 있었나보다. 억지웃음을 지으며 손을 내저어 보였다.

"아니, 갑자기 몸살 기운이 몰려왔나. 돌아가서 약이라도 한 알 먹는 게 좋겠어."

억지로 말을 마무리 지으며 자리에서 일어서려 했다. 그때 카밀라 함장이 나를 불렀다.

"이원일 일조. 그러고 보니 곧 당직 교대 시간이지?"

"네, 의무실에서 약만 먹고 바로 함교로 가겠습니다."

하지만 함장은 고개를 저으며 의외의 말을 했다.

"아니, 바로 전투정보실로 가. 거기서 마리아를 도와서 지금 상황이 끝날 때까지 통신 당직을 서도록 해. 날도 추운데 갑판 외부로 나오는 건 몸에 해롭잖아?"

〈함장. 전투 정보실의 일은 나 혼자서도 충분…〉

말이 떨어지기 무섭게 마리아 수병이 무전기 너머로 항변했지만, 함장은 바로 무시했다.

"번복은 없어. 이행하도록, 의무장."

"아니, 왜 갑자기 통신 당직을… 그보다 상황이 끝날 때까지라니, 언제까지 말입니까?"

"방금 말했잖아? 지원이 올 때까지 이원일 일등병조는 전투정보실에서 당직을 선다. 어차피 전투 정보실은 자동화 되어 있기 때문에 전투정보실 안에서 잠을 자거나, 쉬어도 좋아. 하지만 전투정보실 밖으로 나오는 행위는 군무 이탈로 간주해서 엄벌할거야."

"……"

나는 그제야 함장의 저의를 조금이나마 이해할 수 있었다.

이것은 당직 명령이 아니다. 당직 명령을 빙자한 구금에 가까웠다. 전투 정보실은 외진 곳에 따로 있었기 때문에 그 안에 틀어박히면 다른 수병이나 사관들과 마주칠 수 없었다. 카밀라 대교는 이 점을 이용해서 지원이 올 때까지 나를 다른 사람들과 격리시키려 한 모양이다.

하지만 왜 나를 격리시키려고 하는 걸까? 내가 들으면 안 될 말이라도 있는 건가?

'정말로 무진함을 침몰시킨 것은……'

"자자, 오늘의 사관 회의는 여기서 끝. 다들 해애산."

함장이 가볍게 박수를 두 번 치며 해산 지시를 내리자 다른 사관들은 누가 붙잡을 새라 뿔뿔이 흩어졌다. 나는 끝까지 자리에 앉아서 함장을 노려보다가, 가장 마지막으로 사관실을 빠져나왔다.

어쩐지 소태를 핥은 듯 입 안이 썼다. 정말 몸살에라도 걸린 모양이었다.

-2-

"지정 하나, 방위 0-2-0, 거리 30 마일, 본 함 우현에서 좌현으로 200노트로 항속 중. 민항기로 사료됨."

〈좋아. 계속 관찰할 수 있도록.〉

잿빛 10월의 전투정보실은 일반적인 전투정보실과는 약간 다른 구조였다. 그도 그럴 것이 작전부 요원이라고 해봤자 마리아 수병장 혼자이기 때문이다. 그때문에 TDC 단말기 한 대에 의자가 한 대씩 놓인 일반적인 전투정보실과는 다르게 잿빛 10월의 CIC실은 마리아의 의자를 중심으로 여러 개의 모니터와 단말기가 둥그렇게 배치되어 있었다.

등불 하나 없이 어두운 전투정보실 내에서 유일한 광원은 모니터에서 뿜어져 나오는 암녹색의 빛뿐이었는데, 그 모든 광원이 마리아 수병을 향하자 뭔가 종교 의식 같은 분위기가 연출됐다. 또한 마리아의 게으른 성격을 반영하듯 대부분의 전선은 정리되지 않은 채 바닥에, 허공에 늘어져 있었는데, 그때문에 분위기는 더욱 아스트랄하게 느껴졌다.

사실 오기 전에는 내가 무얼 할 수나 있을까 싶어 걱정했지만, 막상 도착해보니 사실 할 일이 아예 없었다. 마리아 수병은 혼자서 분주하게 단말을 조작해 화면에 여러 가지 접촉물의 위치를 표시하고, 소나의 파형과 작전 반경을 그려나가고 있었다. 사실 그마저도 대부분 이미 짜놓은 프로그램에 의해 자동으로 처리되어, 마리아는 곧 손을 놓고 딴 짓을 시작했다.

기계 특유의 나지막한 시동음을 느끼며 나는 아까 하다 만 생각을 계속했다. 광명학회는 무진함을 침몰시킬 이유도 수단도 충분했다. 하지만 그 이후의 행보를 생각하면 이해가지 않는 점이 한두 가지가 아니었다. 만약 정말로 학회가 직접 무진함을 침몰시켰다면, 왜 나를 거두어들인 것일까? 반대로 무진함을 침몰시키지 않았다면, 왜 학회는 연방 해군과의 접촉을 꺼리고 있는 것일까?

"…의무장?"

"으앗?"

어느새 내 눈 앞까지 다가온 마리아 수병을 보고 화들짝 놀라 뒷걸음질을 쳤다.

"아까 전부터 불러도 대답이 없어서."

"아, 미안. 그냥 좀 생각할 게 있어서…"

멋쩍은 표정으로 손을 내저었다. 어쩐지 골치가 지끈거려서 머리를 검지로 꾹꾹 누르고 있노라니, 갑자기 마리아가 손에 든 텀블러를 흔들며 뜬금없는 질문을 던졌다.

"카페인 필요해?"

"…왜 갑자기 그런 결론이 나오는 거야."

"머리가 아파보여서."

고민으로 머리가 아픈 건 사실이지만 갑자기 웬 카페인?

"카페인은 신경 계열 질환에는 만병통치약이야."

"군의관이 들으면 짜증내는 것만으로는 끝나지 않을 것 같은 발언이지만… 커피 한 잔 정도라면 괜찮겠지. 응, 부탁할게."

마리아 수병은 말이 끝나자마자 CIC실 한 귀퉁이에 설치된 냉장고로 다가가서 커다란 캔에 든 음료 한 잔을 꺼내왔다. 붉은색 바탕에 흰색 글자로 카프파우(CAF-POW)라고 적힌 미심쩍은 디자인의 제품이었다. 그 제품은 어쩐지 커피 캔이라기 보다는 콜라 캔처럼 보였다. 하지만 커피 캔 디자인이야 나라마다 각양각색이었으므로, 나는 의심치 않고 카프파우라는 음료를 한 모금 들이켰다.

"…캑!"

도대체 이게 뭐야?!

음료가 혀에 닿는 순간 기침을 하며 토해내고 말았다. 마치 구정물에 탄산을 섞어 놓은 듯한 식감에 기겁을 하며 캔을 밀어냈다.

하지만 마리아는 카프파우를 잘도 들이키며 되레 나를 이상하다는 표정으로 쳐다보았다.

"입맛에 안 맞아?"

"입맛에 안 맞는 수준이 아니잖아! 이건 어디서 사 온 벌칙 음료야?"

"미 해군 범죄 수사국(NCIS) 내 복지센터?"

"미 해군에서 왜 이런 괴식을 팔고 있는데."

"법의학자들이 밤샘 근무할 때 효과가 좋거든."

에너지 드링크 같은 건가? 나는 입맛을 다시며 천천히 카프파우 캔을 쳐다보았다. 강렬한 쓴 맛에 당황해서 제대로 느낄 겨를도 없었지만, 어쩐지 에스프레소 투 샷에 레드불을 섞은 듯한 인상이었다. 물론 실제로는 그보다 10배는 끔찍했지만.

나는 결국 더 마실 엄두를 내지 못하고 캔 따개만 조심스럽게 만지작거렸다.

"그나저나 용케도 이런 걸 들여왔네."

조금만 건강에 해로운 음식이나 음료만 봐도 질겁하는 해인에게 이 카프파우는 배척해야 할 최우선 목표일 텐데. 하지만 마리아는 무슨 수를 쓴 건지, 음침한 미소를 흘리며 주먹을 흔들어 보였다.

"아무도 날 막을 순 없으셈!"

"그 정도로 의욕이 있으면 네 임관식이나 참석해!"

한심하다는 투로 소리를 지르긴 했지만, 마리아와 이런 바보 같은 대화를 나누고 있으니 마음이 조금 편해졌다. 정말 이렇게 늘 그래왔듯 실없는 대화를 나누며 일상을 즐기다가 석 달 후에 아무것도 모른 채 모국으로 돌아갔으면 좋았을 텐데.

하지만 나도 연방도, 잿빛 10월도 너무 멀리 와버렸다.

잿빛 10월은 연방의 공공연한 적이 되었고, 나는 연방을 위해 산화한 영웅이면서 동시에 그 적에게 몸을 의탁하고 있는 배신자가 되어버렸다. 혹자가 내게 배신자와 영웅, 둘 중 하나를 택하라면 나는 당연히 후자를 택하고 싶다. 하지만 상황은 이를 허락하지 않았다.

나는 여기에 새파랗게 살아있는데, 모두가 나를 죽은 사람 취급하고 있으니…….

"화났어?"

다시 마리아가 두서없는 질문을 던져왔다. 그 질문이 마리아답다 싶어서 허탈한 웃음을 내뱉었다.

"뭐가?"

"너의 조국을 위험에 빠트리고, 전우를 죽인 상대에 대해 분노하고 있어?"

"그건 어쩐지 잿빛 10월이 무진함을 침몰시킨 배후라고 인정하는 것 같은 말투네."

"……."

나는 비아냥대듯 말했지만 마리아는 아무 말도 하지 않았다. 나는 마리아가 화가 난줄 알고 황급히 변명을 했다.

"아니, 그렇게 무서운 표정 짓지 마. 물론 나도 너희와 잿빛 10월이 정말로 무진함을 침몰시켰을 거라고 생각한 건 아냐. 잿빛 10월은 연방에 대해 특별한 악감정도 없잖아?"

"아니, 그렇지 않아."

하지만 의외로 마리아는 천천히 고개를 저으며 내 말을 부인했다.

"우리가 하는 일은 연방의 국익에 반(反)하는 일이야."

마리아는 새삼스럽게 잿빛 10월의 작전 목표를 상기시켜 주었다.

"연방의 진출을 저지하고 블루홀의 워프 기술을 먼저 습득하는 것. 그것이 우리의 목표."

잠시 뜸을 들인 다음 마리아는 딱딱한 투로 선언했다.

"…당연히 연방도 '당신도' 그걸 좋아하진 않을 거야."

나? 연방이 광명학회를 고깝게 여기는 건 이해했지만, 내가 왜 잿빛 10

월과 학회를 싫어한다는 말인가. 아무래도 마리아는 나를 연방의 요원으로 생각한 모양이었다.

"저기. 이런 말하기도 뭣하지만… 나는 거창한 사람이 아니라 그냥 한낱 사병에 불과한데?"

"그 말이 아냐."

마리아는 손가락을 흔들며 말을 정정했다.

"의무장은 용병이 아닌 연방의 충직한 군인(loyal soldier)이니까."

그제야 나는 아까 사관들이 내게 보내던 미묘한 시선을 조금이나마 이해할 수 있었다. 이들은 내가 연방에 지나친 충성을 보내고 있어서, 이 상황을 받아들이지 못한다고 여긴 게다. 자신의 목숨을 구해준 은인과 목숨을 바쳐야 할 국가가 대립하니까 그 사이에서 곤란해 한다고 말이다. 나는 낮게 한숨을 내뱉었다. 오해를 해도 단단히 오해했다.

"저기, 아마 믿지 않겠지만. 난 사실 국가에 대한 충성심으로 군 생활을 시작한 게 아냐."

마리아의 눈이 살짝 흔들렸다.

"충성심이 아니라고?"

"응. 나뿐만이 아니라 다른 병사들도 마찬가지일걸? 충성심은 무슨. 그냥 국가가 부여한 의무고, 이행하지 않으면 교도소에 간다니까 군 복무를 시작한 거지. 언론에서 떠드는 연방 군인의 신념 같은 건 뭐랄까…… 그래, 그냥 보여주기 식의 연극일 뿐이라고."

나는 횡설수설하듯 억지웃음을 지으며 변명을 이어갔다. 하지만 그 역시도 충분치 않았는지 마리아는 모호하게 의문을 표시했다.

"우리는 용병. 충분한 생명 수당과 급료가 지불되기에 이처럼 험한 일도 감내해. 하지만 박봉에, 대우는 훨씬 더 형편없음에도 불구하고 연방의 젊은이들은 묵묵히 병역을 감수하지. 그런데도 국가에 대한 충성심이 없다는 말은… 이해하기 힘들어."

마리아의 말은 일리가 있었다. 돈도 거의 주지 않고, 대우는 형편없다. 심지어 젊은이들 사이에서도 멀쩡히 군대에 끌려가는 건 바보밖에 없다는 풍조가 만연해 있다. 그럼에도 불구하고 군에 다녀온 사나이들은 국가를 위해 청춘을 바쳤노라고 떵떵거리며 돌아다녔다. 그게 충성심이 아니면 뭘까? 마리아의 그런 생각도 무리는 아니었다. 하지만 나는 결국 알아버렸다. '충성심'이라는 거짓된 가면 뒤에 숨겨진 진실을.

"그건 아마도… 그렇게 변명하지 않고서는 미칠 것 같았기 때문이야."

나는 카프파우 캔을 만지작거리며 시선을 아래로 향했다.

"강제로 군에 끌려와 괴로운 훈련을 받고 있노라면 당연히 절망적이지. 이유 없이 이 부조리함을 받아들이기엔 우린 너무 어렸고, 약했어. 사실 어쩌면 우릴 전선으로 몰아낸 저 위의 높으신 분들을 향해 분노해야 했을지도 몰라. 하지만 그건 솔직히 위험하기도 하거니와…… 별로 멋지지도 않잖아?"

분위기 탓이었을까, 기분이 심란한 탓이었을까. 군의 동기들에게도 말한 적 없는 솔직한 감상을 나는 마리아에게 털어놓고 있었다.

"그에 비해 조국을 지키기 위해 적을 증오하고 전우애를 불태운다는 것은 얼마나 멋져? 우리는 사실 별 생각 없이 징집되었음에도 불구하고 그 상황을 모면하기 위해 스스로에게 최면을 걸었던 거야. 우리는 국가를 수호하기 위해 여기에 있다, 하고 말이지. 그러면 지금의 고통이 명예라는 허상으로 보상 되거든. 실체도 없는 보상……. 나 역시 그런 줄 알았어. 그런 줄 알고 싸웠어. 하지만 오랜 굶주림 끝에 깨달았지."

나는 고통스럽게 진실을 내뱉었다.

"결국 그런 명예는 살아서 먹는 한 끼의 밥보다도 못했던 거야."

스스로 돌이켜봐도 미련한 결론이라고 생각한다. 인간으로서의 모든 존엄보다도 고작 음식을 우선시하다니, 그래서 금수와 다른 점이 뭐가 있는가. 국가의 개라고 놀림 받아도 할 말이 없었다.

"그게 뭐야."

마리아도 내 말이 어지간히 한심했는지 드물게 한숨을 내뱉으며 뇌까렸다.

"짐승 같아."

"그래. 짐승 같지……. 하지만 사실인걸."

무진함의 지루한 작전을 견딜 수 있었던 원동력은 동기들과 나누어 먹던 음식이었고, 가혹한 노예 생활을 버틸 수 있었던 힘 역시 하루에 한 번 배급되는 딱딱한 빵이었다. 죽음 앞에서 가슴에 단 휘장이나 계급장은 모두 무의미했다.

나에게 먹는다는 행위는 그 정도의 의미를 가진 일이다. 내가 잿빛 10월에 마음을 놓게 된 원인도 처음 승선했을 때 받은 그 투박한 주먹밥 덕분이었다. 배고픈 사람에게 따뜻한 밥을 내미는 사람이 절대 나쁜 이일리가 없다고— 그렇게 생각했다.

"휴우."

마리아가 다시 숨을 깊게 내뱉고, 한동안 미묘한 침묵이 흘렀다.

얼마나 시간이 지났을까, 마리아는 자신의 탁자로 성큼성큼 걸어가더니 거친 목소리로 통제 AI를 호출했다.

"미리암."

〈예, 마리아 수병장님.〉

마리아의 목소리만큼이나 무미건조한 AI 기계 합성음이 답했다.

"10월 4일의 외부 통신 기록을 보여줘."

〈잿빛 10월의 외부 통신 기록은 1급 군사 기밀입니다. 현 위치에 비밀 취급 비인가자가 존재하므로 열람을 허가할 수 없습니다. 부득이하게 열람을 요하는 경우 1급 보안허가권자 3명 이상의 동의가…〉

"시끄러워."

마리아는 AI의 말을 끊고 콘솔을 조작하기 시작했다. 나는 직감적으로 그게 군법에 위배되는 행위라는 사실을 알아차렸다. 과연, 잠시 후 AI의 태도가 돌변했다.

〈반갑습니다. 마리아 수병장. 지금부터 외부 통신 기록을 불러들이겠습니다.〉

"저기, 마리아. 이건 혹시…"

"군기 위반이지."

마리아가 너무 담담하게 말하는 바람에 나는 오히려 어처구니가 없어졌다.

"잠깐, 뭔가 오해한 거 아냐? 이건 단순히 한밤중에 라면을 끓여먹거나, 임무를 땡땡이치는 일과는 완전히 달라! 전시에는 즉결 처형될 수도 있을 정도의 중군기 위반이란 말이야! 도대체 갑자기 왜 그러는 거야?"

"그래서?"

마리아는 의자를 빙그르르 돌리며 이쪽을 바라보았다. 평소와 같이 무감정한 표정이었지만, 나는 어쩐지 마리아가 화를 내고 있다고 생각했다.

"분명 너는 올바르지. 그래서 그 올바른 규칙 안에 얽매여 모든 걸 피하려고 해. 밥을 주면 먹고, 주지 않으면 시무룩해 하지. 하지만 그렇게 착한 개처럼 꼬리만 친다고 네 주인이 언제까지 네게 밥을 줄까?"

나의 주인? 나는 마리아가 하는 비유를 필사적으로 이해하려 애썼다.

"그게…… 무슨 소리야?"

"직접 들도록 해."

마리아는 그렇게 말하고 버튼을 눌러 화면에 음성 파일을 하나 띄웠다. 그 음성 파일은 내가 이 배에 승선한지 며칠 지나지 않았을 때 녹음된 파일이었다.

〈여기는 연방 해군 최충헌 함. 귀 함의 소속과 선주의 이름을 대라.〉

중후한 남성의 목소리가 먼저 들려왔다. 사내가 한 말은 평범한 연방 해군 함정의 해상 검색 과정과 흡사했으므로 나는 그 자체에 크게 놀라지는 않았다. 하지만 그 다음에 이어진 상대의 목소리를 듣고 나는 숨이 멎을 뻔 했다.

〈여기는 '광명학회' 소속 '잿빛 10월'. 그리고 나는 이 배의 함장인 카밀라 대교야.〉

특유의 명랑한 음색과 고혹적인 목소리는 내가 몸담고 있는 이 잿빛 10월의 함장, 카밀라 대교의 목소리였다. 왜 카밀라 대교가 연방군과 대화를 하지? 연방군과 학회는 서로 적대한다고 하지 않았던가?

연방군 장교 역시 의외의 상대에 당황했는지, 한동안 말이 없었다. 얼마간의 침묵 끝에 연방군 장교는 다시 입을 열었다.

〈단순히 실수로 전화를 잘못 걸었다고 할 셈은 아니겠지?〉

〈물론. 외부인이 전화번호를 제멋대로 눌러서 우연히 연방 잠수함의 함장실로 직접 연결되는 것은 불가능하니까. 하지만 말이야, 우리 정보담당은 통신위성 해킹 정도는 쉽게 해낼 수 있는 인재걸랑.〉

함장실 핫라인을 해킹했다고? 뒤를 돌아보니 마리아가 손가락을 치켜

브이 사인을 만들어 보이고 있었다. 아무래도 마리아 본인이 저지른 일인 모양이었다. 아니, 그보다 어지간한 해커라 해도 군 사령부 네트워크에 들키지 않고 들어가는 게 가능키나 한가?

하지만 광명학회가 그간 보여주었던 기행에 비하면 이 정도는 사실 놀랄 수준도 아니었다. 상대도 그걸 깨달았는지 한숨을 푹 내쉬며 본격적으로 자기소개를 시작했다.

〈…실례가 많았군. 연방 해군 97전대 SS-091 최충헌 함의 함장, 윤선호 대령이다.〉

〈응응, 반가워 윤선호 대령. 점심은 먹었어?〉

여전히 카밀라 대교는 긴장감 없는 투로 느긋하게 안부나 물었다. 그 꼴이 얼마나 한심해 보였는지 상대는 노골적으로 짜증이 섞인 목소리로 으르렁댔다.

〈…그런 시답잖은 안부나 물으려고 위성을 해킹한 건 아닐 텐데? 바로 본론이나 말해.〉

〈왜 이렇게 연방 군인들은 죄다 재미가 없는지 몰라. 좋아, 좋아. 그럼 바로 본론 말할게.〉

카밀라 대교는 잠깐 숨을 들이켠 다음 명랑하게 선언했다.

〈여기 있어— 무진함의 생존자.〉

〈……무진함의 생존자?〉

〈응. 이원일 하사라고 하던데. 혹시 알아?〉

〈…매스컴에서 매일 보도해대는데 모를 리가 있나.〉

윤선호 대령은 카밀라 대교의 말에 처음으로 당황하는 기색을 보였다. 나 역시도 당황스럽기는 마찬가지였다. 이 녹음 파일이 진짜라면 연방 정부는 내가 잿빛 10월에 있다는 사실을 알고 있다.

그런데…… 왜 나는 아직도 잿빛 10월에 있지?

〈잘 됐네. 그럼 바로 이쪽으로 구명정이라도 한 대 보내줘. 구명조끼라
도 입혀서 바다에 던져놓을 테니까.〉

카밀라 대교의 무책임한 소리에 윤선호 대령은 한동안 아무 말 없이
침묵을 지키다가 갑작스럽게 질문을 던졌다.

〈무슨 꿍꿍이지?〉

〈뭐가?〉

〈왜 우리 군의 수병을 구해주려고 하는 건가? 자네들은 무진함을 침
몰시켰잖아.〉

〈에구구, 누가 들으면 오해할 소리 마. 그렇게 말하니 꼭 우리가 상선이
나 약탈하는 악랄한 해적 같아 보이잖아.〉

〈시치미 작작 떼지. 무진함의 잔해에서 20식 어뢰의 부품이 발견되
었어. 20식 어뢰를 제작할 수 있는 단체는 광명학회 뿐이라는 사실은 그
쪽이 더 잘 알텐데.〉

〈아…….〉

카밀라 대교가 다시 말을 멈추었다. 나는 당연히 카밀라 대교가 연방
이 제기한 의혹을 부인하리라 기대했다. 하지만 뒤이어 흘러나온 말은 내
기대를 산산조각 내버렸다.

〈물론 귀국의 초계함을 침몰시킨 것은 아마 우리가 제작한 어뢰가 맞
을 거야. 하지만 우리는 그 어뢰를 쏘지 않았어. 유감이네.〉

〈농담도 작작 하시지. 우리 군함이 너희 잠수함이 득시글거리는 해역
에서 20식 어뢰를 맞았어. 그런데도 너희 짓이 아니라고? 궁색한 변명은
관 둬.〉

〈…좋을 대로 생각해.〉

카밀라 대교는 심드렁한 투로 말을 맺으며 의혹을 일축해버렸다.

〈그래서 원일 군은 언제 데려갈 건데? 적당한 시기와 장소를 불러준다면 우리도 협조하지.〉

윤선호 대령의 태도는 카밀라 대교의 긴장감 없는 말투만큼이나 이상했다.

〈무슨 소리지? 무진함은 정체불명의 적에게 습격당해서 침몰 후 승조원 전원 사망했다.〉

〈아니, 그러니까 이원일 하사는 죽지 않고…〉

윤선호 대령은 카밀라 대교의 말을 무시한 채 모르는 척 엉뚱한 소리를 늘어놓기 시작했다.

〈군부는 복수를 원한다— 목격자 하나 없는 정체불명의 적을 향해서.〉

〈……뭐?〉

나는 잠시 영어를 잘못 이해했나 싶어 귀를 의심했다. 하지만 곧 알아차렸다. 잘못 들은 게 아니다. 윤선호 대령은 의도적으로 내 생존 사실을 외면하고 있었다!

〈크하하하. 이게 뭐야, 엄청 웃겨!〉

갑자기 카밀라 대교가 싸늘한 목소리로 냉소를 터트렸다.

〈나는 인정머리 없기로는 광명학회가 제일이라고 생각했는데 그렇지도 않구나. 설마 해역 진출 명분을 얻기 위해 새파랗게 살아있는 자국의 전우를 죽은 사람 취급할 줄이야. 연방도 은근히 지독하네. 크크…….〉

〈너희만 할까.〉

하지만 여전히 윤선호 대령은 내 존재를 부인하고 있었다.

〈여하튼 거기 있는 사내가 무어라 하든, 그는 이원일 하사가 아냐.〉

〈그래, 그래. 너희 좋을 대로 생각하라고.〉

〈내가 받은 연락은 그 뿐이다.〉

대령의 말을 마지막으로 녹음 기록은 모두 끝이 났다.

나는 너무 충격을 받아서 도저히 무슨 말을 꺼내야 할지 생각이 나지 않았다. 전원 사망? 내가 살아 있는데도 불구하고 전원 사망이라고? 이 해역에 대한 진출 명분을 얻기 위해서는 내가 죽어야 했던 거야? 학회 군함이 아닌 해적에 의해 침몰되었다고 증언하면 안 되니까?

나는 돌아서서 마리아 수병장을 쳐다보았다. 마리아의 표정은 처음 만났을 때처럼 지극히 차가웠다.

"하… 하하. 저기, 이게 뭐야?"

나는 헛웃음을 흘리며 모니터를 가리켰다. 무슨 뜻인지 문법적으로는 이해할 수 있었지만, 대화의 맥락을 도저히 따라갈 수 없었다. 아니, 솔직히 말하자면 이해하고 싶지 않았다.

하지만 마리아는 잔인하게도 이 대화의 의미를 정확히 한마디로 요약해주었다.

"너는… 네 조국으로부터 버려졌어."

나는 더 이상 웃을 수 없었다.

-3-

"이, 이원일 일등 병조! 진정하세요. 그보다 이건 군기 위반이라고요."

"제가 지금 진정하게 생겼습니까? 그리고 이 배에 군기가 언제부터 존재했다고!"

나를 말리는 샤오지에 갑판장을 거칠게 내치며 사관 구역 내로 들어섰다. 갑판장은 나를 붙잡지도 못하고 발만 동동 굴렀다. 항명에, 근무지 이탈에, 사관 구역 무단 침입까지. 분명 내가 하고 있는 일은 군기에 어긋나는 행위였다. 아니, 군기를 떠나 무례한 짓이었다. 하지만 그때의 나는 그마저도 구별하지 못할 정도로 단단히 열이 뻗쳐있었다.

나는 사관 구획 가장 안쪽에 있는 수밀을 벌컥 열어젖혔다. 다른 격실과는 다르게 오동나무를 쓴 침대와 개인 욕실이 딸린 방 내부가 눈에 들어왔다. 그렇다, 바로 이곳은 함장이 거주하는 함장실이었다. 여간한 용무가 없는 한 일반 수병이나 사관은 출입조차도 할 수 없는 공간이다.

마침 그 안에서는 엘레나 포술장이 함장과 심각한 표정으로 대화를 나누던 중이었다. 함장은 평소에 쓰지 않던 은테 안경을 코끝에 걸친 채 포술장이 내민 서류를 유심히 읽고 있었고, 엘레나 소교는 직립부동 자세로 함장을 쳐다보고 있었다. 아마도 함내 안건이라도 결재하고 있었던 모양이리라. 그런 와중에 내가 갑자기 나타났으니, 엘레나 소교는 노골적으로 짜증을 내며 나를 노려보았다.

"격실 출입법은 어디다 팔아먹고 함장실에 멋대로 들어오는 거냐, 얼간아. 군기가 빠져도 제대로 빠졌군. 네 놈이 미친 게 아니라면 한 번 변명이나 들어보지?"

분명 포술장의 말대로 이것은 미친 짓이었다. 하지만 나는 엘레나 포술장의 싸늘한 시선을 마주하고도 전혀 무섭지 않았다. 이미 나는 이곳의 군법 따위는 따르지 않기로 작정했으니까.

"군기? 웃기는 소리 작작하시죠. 어차피 저는 이 배의 정식 승조원도 아니지 않습니까."

엘레나 소교는 내 말에 더욱 인상을 찌푸리고는 탄띠에 찬 대검에 손을 가져다대며 일어섰다.

"이 빌어먹을 놈이 점심을 잘못 쳐 먹었나. 배때기에 소화제 부을 구멍이라도 뚫어주랴?"

하지만 함장은 늘 그랬듯 온화한 표정으로 고개를 저으며 손을 올려 포술장을 만류했다.

"아냐, 아냐. 괜찮아. 원일이 같은 FM이 저런 꼴이 된 걸 보니 뭔가 또 꼭지가 돌만한 일이 있었나 보지. 그래, 우리 의무장은 또 뭐가 그리 심통이 난 거야?"

평소처럼 너무나도 태연하게 내 행동을 받아들이는 함장의 말투를 듣자 나는 오히려 속이 더 끓어올랐다. 그런 짓을 해놓고도 아직도 저런 뻔뻔한 미소를 보일 수 있단 말인가.

나는 숨을 천천히 고르며 말문을 떼었다.

"다… 알고 있었습니까?"

"뭘?"

"제가 버려졌다는 걸 말입니다."

잠시 함장의 얼굴에서 미소가 사라졌다. 하지만 카밀라 함장은 곧 대수롭지 않다는 투로 다시 싱긋 웃으며 내게 되물었다.

"봤구나?"

"다 보았습니다! 무진함을 침몰시킨 어뢰가 광명학회에서 제작되었다는 사실부터 연방군이 제 생존을 확인하고도 죽은 사람이라며 무시했던 것 까지! 왜 다들…… 제게 그 사실을 숨겼던 겁니까?"

포술장이나 갑판장 같은 상급 사관들도 그 사실만큼은 몰랐었는지,

내 말에 눈을 동그랗게 뜨고 일제히 함장을 쳐다보았다. 하지만 함장은 따가운 시선에도 불구하고 여전히 포커페이스를 유지했고, 이내 대수롭지 않다는 듯 귀를 후비적거리며 대답했다.

마치 무진함의 침몰에 관해 추궁 받았을 때처럼.

"아, 유감이야."

카밀라 함장은 나를 쳐다보지도 않은 채 틀에 박힌 위로를 건넸다.

"뭐, 워낙 네가 의무장 일도 잘 처리했거니와, 일부러 진실을 알려줄 필요는 없다고 생각했어. 게다가 너는 진실에는 관심이 없다고 처음부터 선언했잖아?"

물론 나는 진실을 알게 되는 게 무섭다고 했지만, 그 말은 국가 단위의 음모를 알고 싶지 않다는 뜻이었다. 내 처우에 관한 진실까지 숨겨달라고 말하진 않았다. 그리고 그 사실은 함장 본인도 잘 알고 있었으리라.

"함장, 그건……."

갑판장도 함장의 말이 심했다고 생각했는지 뒤에서 조심스럽게 말을 건넸다. 하지만 카밀라 대교는 뚱한 표정으로 나를 쳐다보며 재차 물었다.

"그래서 우리 원일 군은 뭘 원하는 거야? 너를 속인 것에 대한 배상? 아니면 진심 어린 사과라도 바라는 거야?"

함장의 말은 이상하리만큼 기계적이었다. 클레임을 걸어오는 고객을 대하는 상담원의 말투만큼이나 진심이 없었다. 여태까지 보여주었던 인간적인 면모는 조금도 보이지 않기에 나는 함장에게 더욱 실망했다.

"……당신들이 정말로 저를 걱정했다고 생각했습니다."

나는 정말로 화가 나서 몸을 부르르 떨었다.

"당신들은 제가 굶주렸을 때 먹을 것을 내어주고, 돌아갈 곳이 없어지자 일자리를 마련해주었습니다. 의도가 이상하긴 했지만 당신들의 선처에 감동했고, 절대 나쁜 사람들이 아닐 거라고 여겨왔습니다⋯⋯."

'맛있는 밥을 만들어주기 위해 여기에 있다.'

군함의 임무치고는 어처구니없을 정도로 얼빠진 잿빛 10월의 임무에 나는 실망하면서도 한편으로는 내심 안도했다. 이 정도로 진지하지 못하니, 잿빛 10월의 승조원들은 내가 헤쳐 나온 포화와는 전혀 상관없으리라고 멋대로 결론을 내렸기 때문이다. 나를 고문하고, 죽음과 마주하게 만들던 그 전장과 전혀 상관없는 '착한 소녀들'이라고 생각했는데⋯⋯.

"그런데 당신들이 무진함을 침몰시키는 데 일조한 진짜 연방의 적이었다니!"

처음에 엘레나 포술장이 말했을 때 눈치를 챘어야 했다. 군함을 일격에 침몰시킬 경어뢰는 흔치 않다. 그리고 그 경어뢰의 라이선스는 이들이 갖고 있다. 이 사실이 무얼 의미하겠는가?

⋯⋯나는 따끈하고 구수한 밥 냄새에 홀려 이 간단한 사실조차도 알아차리지 못했다.

"으음."

함장은 신음하듯 한숨을 흘리더니 궁색한 표정으로 말을 돌렸다.

"과학에는 죄가 없다고 하잖아? 비록 기술을 제공한 건 우리지만⋯⋯."

"변명은 필요 없습니다!"

그런 교과서에나 나올법한 소리를 듣고 싶었던 게 아니다. 사람이 죽었다. 그것도 생사고락을 함께 한 전우가 죽고, 나는 고문을 당했는데, 아무에게도 그 책임이 없다는 사실을 나는 참을 수가 없었다.

"설령 무진함의 침몰이 광명학회의 의도와는 상관이 없다하더라도 당신들이 만든 무기에 내 전우들이 죽었다는 사실은 달라지지 않습니다! 도대체……, 도대체 무슨 생각으로 나를 이 배에 머무르게 한 겁니까?"

나는 이유를 알고 싶었다. 정말로 이들이 무진함의 침몰과 조금이라도 연관이 있다면, 무슨 생각으로 나를 이 배에서 일하도록 했는지 그 이유를.

"……우스워 보였습니까? 조국으로부터 버림받았는데, 충견처럼 홀로 돌아갈 날만 손꼽아 기다리는 제가 애처로워 보였습니까? 그래서 이 배에 두고 애완동물처럼 감상한 겁니까? 하, 제가 그렇게 보호받아야 할 계집아이처럼 보이십니까?"

"……."

"입이 있으면 대답해보라고요!"

말이 여기에 이르자 함장은 쓰고 있던 은테 안경을 접어 탁자에 내려놓은 뒤, 검지로 미간을 꾹꾹 눌렀다. 엄청난 두통에 시달리듯 인상을 찌푸리더니, 눈을 가늘게 치켜뜨며 내게 되물었다.

"지금 가장 계집아이처럼 굴고 있는 게 누구지?"

함장의 표정은 내가 봐온 모습 중 가장 차갑게 식어 있었다. 평상시의 포술장이 천사처럼 보일 정도로 함장은 살기등등한 눈으로 나를 노려보았다. 그 바람에 나는 잠시 흥분을 가라앉히고 차분히 생각 할 수 있게 되었다.

"그래서 뭘 바라는데? 이미 배는 침몰했고, 너의 전우들은 불귀의 객이 된 지 오래야. 아무리 감정을 섞어봤자 죽은 병사를 살릴 수는 없어. 그런데 네 놈은… 도대체 뭘 하고 싶은 거야?"

함장은 싸늘하게 진실을 읊어주었다. 그 말은 사실이었다. 내가 이 배에 승선했을 때, 이미 전우들은 죽은 지 오래였고, 무진함은 해저에서 녹슬어가고 있었다. 잿빛 10월의 승조원들이 설령 직접 무진함을 공격한 해적 무리라 해도 무진함의 승조원들을 되살릴 수는 없었다.

그럼 나는 이들에게 무얼 요구하고 있었던 걸까? 진심어린 사과? 금전적 배상? 그도 아니면 떼를 써서라도 연방에 데려다 주길 원했던 걸까? 아니다. 모두 부질없는 일이라는 것은 나도 이미 알고 있었다. 나는 그저 부글거리는 속을 게워버릴 수 있는 곳을 찾고 있었다.

카밀라 함장은 그 점을 명확히 알고 있었다. 그래서 함장은 내 알량한 자존심을 짓밟으면서 조롱을 이어갔다.

"아, 혹시 전우들과 같은 영예로운 죽음이라도 바라고 있어? 그렇게 죽기를 원한다면 당장 함수로 따라와. 함수 깃대에 묶고 영화처럼 쏴 죽여서 바다에 던져 주지."

함장은 예전의 엘레나 소교처럼 저열한 미소를 히죽이며 폭언을 던졌다.

"그러고 보니 넌 이 배에 올라탔을 때부터 이등병조가 아니라 병장이라고 부르라면서 시끄럽게 떽떽거렸지. 너한테는 목숨보다 그 연방 계급장이 더 중요했던 거야?"

나는 함장의 조롱 섞인 질문에도 차마 대답을 할 수 없었다. 올바른 군인이라면 당연히 그렇다고 말해야 했다. 훈련소부터 귀에 딱지가 앉도록 들었던 말이 '군인은 명예에 죽고, 명예에 산다.'가 아니던가. 정훈 사관들은 자신의 계급과 소속을 더럽힐 바에는 차라리 죽는 편이 낫다고 강조했었다.

그렇지만 나는 그러지 못했다. 더러운 취급을 받으면서도, 굴욕적인 식사를 이어가면서도 목숨을 부지해왔다. 명예보다 한 끼의 밥을 택했다.

내 침묵의 뜻을 이해했는지 카밀라 대교는 한숨을 내쉬며 고개를 저었다.

"그래. 그럴 리가 없지. 죽기를 바라는 인간이 음식을 먹으면서 그런 표정을 지을 리 없을 테니……"

함장은 책상 서랍을 뒤적거리더니 말라비틀어진 궐련 하나를 집어 들어 입에 물었다. 매캐한 담배 연기가 격실 안을 가득 메우자, 카밀라 대교는 자신의 지저분한 곱슬머리를 매만지며 중얼거렸다.

"전에 말했지만 잿빛 10월의 승조원들은 다들 머리에 나사가 하나씩 빠져 있어. 뭔가에 탐닉하거나 뭔가를 지나치게 혐오하는 사춘기 계집아이들뿐이라고. 육지였으면 죄다 정신병원에 쳐 넣어졌겠지. 하지만 여긴 육지가 아니라 바다 위야. 발 디딜 곳 하나 없는 불안정한 공간이지. 여기서 살 수 있는 건 명예를 아는 자도, 올바른 신념을 가진 자도 아냐."

함장은 재떨이에 담배를 거칠게 비벼 끄며 말을 이었다.

"여기서 살 수 있는 건 음식의 소중함을 알고 있는 녀석뿐이야."

함장의 말이 옳았다. 여기는 괜한 감상으로 살아갈 수 있는 곳이 아니었다.

햇살에 반짝이며 하얗게 아스러지는 파도가 아름다워 보여도 뱃사람에게는 자신의 목숨을 위협하는 거친 칼날일 뿐이고, 잿빛 10월이 마냥 느긋하고 여유로운 유람선처럼 보여도 실제로는 다른 배와 싸우기 위해 만들어진 전함이다. 나는 겉모습에 너무 집착한 나머지 본질을 잊고 있었다.

그래, 이곳은 위험한 죽음의 땅이자— 전장이다.

"전장에서 책임의 주체를 찾아다니다가는 언젠간 목이 날아갈게다. 그런 복잡한 잡상을 늘어놓기 전에 목숨을 부지할 수단이나 찾아보라고.

이 설탕 냄새나는 계집애야."

"……."

함장의 말은 틀리지 않았지만, 나는 아직도 고함을 지르고 싶은 심정이었다.

모두가 옳다. 그럴 수밖에 없었고, 그랬어야 했다. 나 역시 머리로는 이해한다. 하지만…… 이 터질 것 같은 심정은 도대체 어찌하란 말인가.

달그락.

그때 카밀라 대교가 바닥에 무언가를 던졌다. 역 아치 모양의 황동 계급장. 미군에서는 훈련병을 의미하지만 연방에서는 하사를 의미하는 계급장. 또한 내가 연방에서 마지막으로 수여받은 계급이기도 하다.

"일 계급 특진. 이게 네 조국이 너한테 마지막으로 주는 선물이다."

나는 그 조그마한 황동 계급장을 주워 손바닥 위에 올려놓고 한동안 빤히 쳐다보았다. 목숨을 구걸해 얻은 밥 한 끼는 그렇게 무거웠는데, 목숨을 버리고 얻은 명예의 가치는 이렇게 가볍다.

더 이상 할 말이 떠오르지 않았다.

"실례했습니다."

들어올 때와 달리 공손히 인사를 하고 함장실을 빠져나갔다. 화를 쏟아내면 기분이 조금이라도 풀릴 줄 알았는데, 오히려 나는 되레 죽고 싶어졌다.

-4-

원일이 나간 이후로 함장실은 한동안 침묵만이 감돌았다. 함장은 담배를 한 개비 더 꺼내 피우기 시작했고, 포술장은 그런 함장을 묵묵히 쳐다보았다.

결국 엘레나 소교는 침묵을 참기 힘들었는지 조심스럽게 질문을 던졌다.

"함장, 저 얼간이가 하는 말이 사실입니까?"

카밀라 대교는 말없이 고개를 끄덕였다. 그리고 입맛을 다시며 변명하듯 말을 되풀이했다.

"나도 언젠가는 말해줄 생각이었어. 하지만 왜 하필 이런 중대한 시기에……."

"어차피 의무 요원 한명이 상심한 것 가지고, 상황이 바뀌는 건 아닙니다."

포술장은 냉정하게 선을 긋고 고개를 돌려 원일이 빠져나간 수밀 쪽을 쳐다보았다. 사관 구역은 원일의 갑작스러운 난입 때문인지 다른 사관들의 수군대는 소리로 어수선했다. 포술장은 주의나 줄까하고 문 밖으로 나갔다가 의외의 사람과 마주쳤다. 평소라면 거의 전투정보실 밖으로는 나오지 않던 마리아 수병장이었다.

"무슨 일이지, 마리아? 무슨 용건이라도 있나?"

"……."

마리아는 무표정하게 고개를 저었다. 하지만 포술장은 마리아의 미묘하게 불안한 표정을 알아차렸고 곧이어 왜 마리아가 원일을 따라 전투정보실 밖으로 나왔는지 깨달았다.

"……저 FM 멍청이한테 기밀 자료를 보여준 게 너야?"

마리아는 잠시 몸을 움찔거렸다. 하지만 곧 아무 일도 없었다는 투로 천연덕스럽게 고개를 저었다.

"노 코멘트."

"노 코멘트 같은 소리 하고 자빠졌네. 이 빌어먹을 너드(Nerd)가."

포술장은 진심을 담아 마리아의 관자놀이를 주먹으로 짓눌렀다.

"으아아아아아아."

마리아 수병이 고통스럽게 비명을 지르며 포술장의 품 안에서 바동거렸다. 엘레나는 기분이 풀릴 때까지 마리아를 충분히 괴롭힌 다음, 과실보고서를 이마에 붙이며 소리쳤다

"당장 가서 시말서 한 장 써와. 넌 감봉이야."

하지만 마리아는 반성한 기색도 없이 툴툴거리며 작게 불평을 표했다.

"쥐꼬리만 한 수병 월급 뭐 있다고 반 토막 내…."

"내가 뭘 잘못 들었나, 마리아?"

하지만 엘레나가 재차 으르렁대자 마리아는 빠르게 고개를 젓고 통신구역으로 도망쳐버렸다. 엘레나는 신경성 위염이 재발하는 기분이 들었다.

아까는 함장을 위로하기 위해 별 일 아니라고 했지만, 사실 불안하기야 엘레나도 마찬가지였다. 연방과의 전투를 앞두고 연방 출신의 승조원에게 알려주고 싶지 않았던 치부를 들켰다. 게다가 그 일에 관해 사과하거나 위로해주기는커녕 역으로 윽박질러 쫓아내 버렸다. 원일의 기분이 풀릴 리가 없다. 게다가 좁은 함내에서 소문은 빠르게 퍼진다. 우울한 사람이 하나 생기면 금세 함 전체에 어두운 기분이 전염되기 때문에 포술장 역시 이 사건이 거슬리기는 마찬가지였다.

하지만 엘레나 소교는 한편으로 연방과의 본격적인 전투가 일어나기 전에 원일이 모든 사실을 알게 되었으니, 차라리 잘됐다는 생각도 들었다. 원일이 제 손으로 연방의 군함을 공격한 이후에 이 사실을 알았다면

그 계집애 같은 의무관은 아예 미쳐버렸을지도 모른다.

"……잘 된 거야. 그래, 잘 된 거라고."

엘레나는 누구에게 하는지도 모를 소리를 하며 자신의 뺨을 가볍게 몇 차례 두들겼다.

"왜, 가서 위로라도 해 주려고?"

엘레나 소교의 묘한 행동을 보며 함장은 놀리듯 물었다. 하지만 엘레나 소교는 부끄러워하는 기색도 없이 평소처럼 차갑게 고개를 저었다.

"그런 반편이를 다독이는 데 낭비할 시간은 없습니다."

하지만 엘레나 포술장은 평소와는 달리 머뭇거리다가, 결국 끝에 한 마디를 덧붙였다.

"……반편이를 이해할 수 있는 건 반편이 뿐이니까요."

함장은 포술장의 말에 고개를 끄덕이며 씁쓸하게 웃었다.

-5-

"아이고, 맙소사."

의무실로 들어서자마자 군의관이 내 얼굴을 보곤 탄식을 터트렸다. 얼굴에 검댕이라도 묻었나 싶어 세면대에 놓인 거울을 바라보았더니, 끔찍하기 그지없는 몰골이 눈에 띄었다. 눈은 사흘 밤낮을 샌 사람처럼 퀭하니 들어갔고, 입술은 바싹 말라붙어있다. 단 반나절 만에 10년은 늙어버린 듯 얼굴에는 근심과 피로가 가득했다. 군의관은 나를 반강제로 진찰용 의자에 앉히고선 걱정스럽다는 투로 재잘댔다.

"도대체 또 무슨 소리를 듣고 온 거야? 아니…… 말 안 해도 알겠다. 또 그 빌어먹을 사관들이 인정머리 없는 소리를 쏘아댔겠지. 신경 쓰지 마."

쇼우코 대위는 그렇게 말하고는 자리에서 일어나 허둥거리며 머그잔에 뜨거운 커피를 따라 내밀었다. 하지만 나는 아까 먹은 카프파우의 역겨운 맛이 혀끝에 남아있어서 거절했다.

군의관은 머쓱한 표정으로 커피를 다시 물렸지만, 아직도 심려된다는 투로 조심스레 물었다.

"정말…… 괜찮아?"

"괜찮습니다."

억지로 웃어보였지만 하나도 괜찮지 않았다. 충격적인 기밀들을 연달아 알게 되었을 뿐더러, 지금의 내가 할 수 있는 일은 아무것도 없다는 사실을 알게 되었다. 그렇다고 누구를 탓할 수도 없는 이유는 모두가 자신의 위치에서 최선을 다한 결과가 이 현실이기 때문이다.

"저는 전쟁이라는 것을 얕보고 있었어요."

머리를 헝클어트리며 말했다.

"입대할 때만 하더라도 저는 전쟁이란 영화처럼 전우와 우정을 다지며 적을 향해 마구 총을 갈기면 되는 거라고 생각했어요. 그쪽 적에게 발생하는 피해는 대의를 위한 어쩔 수 없는 희생이고, 우리 쪽에 발생하는 피해는 싸워 나가야 할 명분이 된다고……."

하지만 전쟁은 영화처럼 선악을 명확하게 가를 수 없었다. 윗사람들이 보는 전쟁에는 분명 대의가 존재하겠지만 서로 포화를 교환하는 전장 한가운데에서의 악이란 내게 총구를 들이대는 모든 이를 칭했다.

'너희는 우리를 해적이라고 부르지만, 내 눈에는 너희가 더 해적 같아 보여.'

'전장에서 책임의 주체를 찾아다니다가는 언젠간 목이 날아갈게다.'

일전에 나를 납치했던 털북숭이 해적의 말과 함장의 말이 겹쳐서 떠올랐다. 그래, 이런 문제로 고민하는 것 자체가 사치…… 겠지.

"맞아요. 여기서 제정신으로 살아가려거든 책임이나 인간성이니 그런 오만 잡다한 것은 모두 버리고, 표적지에 총구를 겨누듯 무감정하게 싸워야겠죠."

하지만 쇼우코 대위는 못 들을 말이라도 들은 듯, 눈살을 찌푸리며 물었다.

"카밀라가 그러든?"

"……"

내가 바로 말을 잇지 못하고 머뭇거리자 쇼우코 대위는 그것만으로도 눈치를 차린 모양이었다.

"그랬구나…. 카밀라가 할 법한 소리라고 생각했어."

"하지만…"

쇼우코 대위는 더욱 눈살을 세게 찌푸리더니 저 혼자 의무실을 왔다 갔다 하며 중얼거리기 시작했다.

"그래, 그게 맞는 소리긴 해……. 지휘관으로서는 맞는 말이긴 한데…. 하지만 너란 애는 어쩜 그리 인정머리도 없는지…!"

군의관은 결국 결심한 듯 자리에 서서 주먹을 부르르 떨더니, 철제 곡반을 집어 들고 나가는 문을 열었다.

"잠시만 기다려."

쇼우코 대위는 곡반을 위협적으로 휘둘러 보이며 말했다.

"딱 한 대만 때려주고 올 테니까."

"잠깐만요……!"

내가 말릴 틈도 없이 쇼우코 대위는 함교를 향해 성큼성큼 올라가기 시작했다. 아무리 쇼우코 대위와 카밀라 대교가 서로 사적으로 아는 사이라 해도, 대위가 함내에서 함장을 두들겨 패다니 이게 무슨 당나라 군대야?

…하지만 쫓아가서 다시 소동에 휘말리고 싶지도 않았고, 오늘은 너무 지쳤기에 나는 의자에 비스듬히 누워 눈을 붙였다. 생각을 하지 않으려고 했지만 무진함이 침몰한 이후의 일이 계속해서 내 눈앞에 떠올랐다.

무진함이 침몰한 이후 해적들에 의해 끌려가서 손가락을 잘렸던 일부터 시작해서 새우잡이 배에서 먹었던 끔찍한 식사가 눈앞에 아른거린다. 그리고 재차 물에 빠졌었던 일 까지……. 나는 그 이후 잿빛 10월의 승조원들에게 구조되어 두 달 만에 제대로 된 식사를 할 수 있었다. 이 배에서 처음으로 먹은 것은 단순한 주먹밥이었지만, 딱딱한 빵만 먹고 살아오던 나에게 따뜻한 밥은 그 무엇보다도 맛있는 진미였다.

수병이 내민 뜨끈한 주먹밥을 받아 들고 한입 크게 베어 문다. 고소한 참기름의 향과 짭조름한 소금간이 배어 만족스럽다. 감사를 표하기 위해 고개를 들어 수병을 쳐다본다.

어느새 수병들은 온데간데없고 죽은 무진함의 전우들이 나를 내려다보고 있었다.

"아……."

축축하게 젖은 해군 제복을 입은 무진함의 전우들이 원망스레 나를 쳐다보고 있었다. 나는 놀라서 손에 들고 있던 주먹밥을 떨어트리고 말았다. 하지만 전우들은 뭐가 우스운 지 나를 내려다보며 키득키득 웃었다.

그리고 그 중 가장 앞에 서 있던 동기 수병이 내게 다가오더니 생긋 웃으며 물었다.

"─맛있어?"

"우악!"

비명을 지르며 의자에서 벌떡 일어났다. 아무래도 깜박 잠이 든 모양이었다. 이마를 쓸어보니 식은땀을 엄청나게 흘리고 있었다. 악몽도 이런 악몽이 따로 없다. 주변을 둘러보았지만 환자는 고사하고 군의관도 아직 돌아오지 않은 상태였다. 대충 소매로 땀을 훔치고 시계를 확인하니 시간은 어느새 1시간도 넘게 흘러 있었다.

현재 시간은 20시. 야간 당직자들이 늦은 저녁 식사를 시작했을 참이려나.

꼬르륵.

우스꽝스럽게도 식사 생각을 하자 갑자기 배가 고파오기 시작했다. 너무 피곤해서 배고픔 따위는 깨끗하게 잊을 줄 알았는데, 내 배는 머리와는 전혀 상관없이 공복을 주장하며 울어댔다. 생각해보니 점심에 빵을 먹은 이후로 그 괴상한 카프파우 말고는 아무것도 먹지 못했다. 배가 고플 만도 했다. 하지만 죽느냐 사느냐를 가지고 대판 크게 싸운 직후에 배가 고프다니……. 어쩐지 스스로가 한심하다고 느꼈다.

그때, 어디선가 맛있는 냄새가 풍겨왔다.

고소한 기름의 냄새와 어우러진 달콤한 메밀 간장의 향기. 거기에 향신료 특유의 알싸한 향까지……. 냄새는 점점 더 진해지더니, 의무실 문 앞에서 멈추었다.

똑, 똑.

"조리장입니다."

"…들어와."

문이 열리자 이해인 조리장이 쟁반 위에 얹힌 그릇을 들고 들어왔다. 방금 풍긴 맛있는 냄새의 근원지는 바로 이 쟁반위에 얹힌 투박한 사발 그릇이겠지. 나는 그 사발 안에 무엇이 담겼는지 궁금했지만, 지금 내 처지가 처지인 만큼 무관심한 투로 물었다.

"무슨 일이야?"

"군의관께 듣자하니 오늘 있었던 소동 때문에 저녁식사를 거르셨다고 해서요. 남은 재료로 저녁을 만들어 왔습니다."

해인은 책상 위에 냅킨을 깔고 식사 준비를 시작했다. 나는 왠지 다시 보살펴진다는 기분이 들어 마음에도 없는 소리를 내뱉었다.

"필요 없어."

"결식은 군규위반입니다."

누가 조리장 아니랄까봐, 해인은 무뚝뚝하게 규칙을 읊어주었다.

"그래도 필요 없다니…"

"군규 위반, 입니다."

"……쳇."

못 이기는 척 해인이 내미는 사발을 받아들었다. 사발 위에 덮인 천을 걷어내자 김이 모락모락 피어오르는 덮밥이 드러났다. 바로 지어 쌀알이 고슬고슬하게 살아있는 밥 위에, 역시 갓 튀겨낸 바삭바삭한 돈가스와 반숙 계란을 얹고, 간장 소스로 맛을 낸 일본식 돈가스 덮밥이었다. 물론 돈가스야 나도 좋아하는 음식이었지만 왜 하필이면 이 늦은 시간에 굳이 이런 손이 많이 가는 음식을 해 왔는지 나는 의아스러웠다.

"왜 돈가스 덮밥이야?"

"군의관이 그렇게 주문했습니다."

"군의관이?"

군의관은 일본 사람이므로 돈가스 덮밥은 당연히 익숙하리라. 하지만 왜 하필 많고 많은 요리 중에 돈가스 덮밥을 가져다주라고 했을까?

"군의관 말에 따르면 일본에서는 구금된 범죄인에게 넣어주는 사식으로 보통 돈가스 덮밥을 고른다고 합니다. 근신중인 의무장에게는 제일 잘 어울리는 저녁이 될 거라며 직접 추천하고 갔습니다."

나는 이어지는 해인의 설명에 할 말을 잃고 말았다.

"……."

"또한 군기 위반 사고를 저지르고 근신을 하게 되었으니, 돈가스 덮밥을 먹으면서 반성하여 하루빨리 업무에 복귀하라는 군의관님의 말씀이…"

"그게 무슨 소리야!"

아무리 내가 지금 근신중이라고 해도 그렇지, 불난 집에 기름을 붓는 것도 아니고 이게 무슨 해괴한 메뉴 선택이래? 놀리는 것도 정도가 있지!

하지만 해인은 내 말을 잘못 이해했는지 고개를 끄덕이며 옆에 놓인 작은 종지를 내밀었다.

"걱정 마시죠. 그럴 줄 알고 이것도 준비했습니다."

"…이건 뭔데?"

해인이 내민 종지에는 하얀색의 푸딩 같은 디저트가 담겨있었다.

"두부 케이크입니다. 연방출신 범죄자라면 역시 돈가스보다는 두부를 먹어야지요."

"그만 좀 해!"

짜증을 내며 손을 내저었다. 진짜 긴장감이라고는 하나도 없는 녀석들이라니까……

하지만 어쩐지 나는 다시 잿빛 10월의 일상으로 돌아온 기분이 들었다. 이렇게 시답잖은 말장난을 하면서 웃고 떠들고 놀리는 소녀들의 삶으로 말이다. 해인도 그런 소동이 있었던 직후인데 나를 보며 아무렇지도 않게 수저를 내밀었다. 진심으로 나를 싫어하거나 범죄자 취급을 했다면 이렇게 식사를 챙겨주지도 않았겠지.

나는 못 이기는 척 해인이 내민 수저를 받아들고 덮밥을 한 술 떠올렸다.

계란이 위에 덮여 있었지만 돈가스의 튀김옷은 아직도 낙엽처럼 바스락거렸다. 수저로 돈가스를 잘 자를 수 있을지 잠시 고민했지만, 고기는 잘 조린 조림육처럼 절대로 찢겨나갔다. 회백색으로 익은 고기 사이로 연갈 빛의 간장 소스와 붉은 육즙이 섞여 흘러내려갔다. 나는 조심스럽게 입김을 분 다음 계란과 돈가스, 밥이 모두 얹힌 수저를 통째로 입에 넣었다. 먼저 혀끝으로 부드러운 계란 옷의 식감이 느껴졌다. 이어 달콤하고 고소한 계란 사이로 풍부한 고기의 육즙이 터져 나왔다. 냉동육을 해동시켰다고 믿기 힘들 정도로 신선하고 맛있는 고기였다. 특히 바삭바삭한 튀김옷과 부드럽게 찢어지는 고기의 조화는 돈가스에서만 맛볼 수 있는 식감이다. 나는 고기를 여러 번 씹어 천천히 그 맛을 음미했다. 돼지고기 특유의 감칠맛 사이에서 나는 두드러지는 새콤한 맛을 또 느꼈다.

"과즙…?"

"그냥 과일은 아닙니다."

내 의문에 해인은 아쉬운 듯 고개를 저었다.

"돈가스에 튀김옷을 입히기 전에 키위나 배를 갈아 넣으면 육질이 연해지고 돼지고기 특유의 누린내와 느끼함을 줄일 수 있지만, 해상에서는 신선한 과일을 얻기가 힘듭니다. 잼이라면 모를까."

"그럼 설마 잼을 넣은 거야?"

"아뇨. 이건 매실청입니다."

해인은 의기양양한 표정으로 설명을 이어갔다.

"잘 씻은 매실 위에 흑설탕을 붓고 그대로 놔두면 매실 안에서 수분이 빠져나오면서 진한 청이 만들어집니다. 직접 불에 졸이고 양을 조절해야 하는 잼에 비하면 훨씬 더 만들기 쉽지요. 단지 발효통에서 매실을 꺼내고 청을 따로 걷어내는 게 좀 귀찮긴 하지만⋯⋯."

"지극 정성이구만."

군대 음식임을 믿을 수 없을 정도의 정성이다. 매실청이든 딸기잼이든 무슨 상관이랴. 돈가스는 정말 맛있었으며, 계란 옷과 간장 소스도 밥과 잘 어우러져 있었다. 이렇게 맛있는 돈가스를 먹어 본 게 얼마만이었더라. 2달 전? 아니, 밥이 잘 나오기로 유명한 연방 해군에서도, 돈가스는 맛없는 분식용 돈가스만 나왔었다. 그러고 보니 무진함의 동기 녀석은 군에서 나오는 돈가스가 맛이 없다고 늘 투덜거렸었지.

⋯⋯왜 갑자기 그 얼굴이 떠올랐을까.

목이 메어서 수저를 내려놓았다.

"맛이⋯⋯ 없습니까?"

내가 먹는 속도를 줄이자 해인이 불안한 투로 물었다. 나는 고개를 저으며 대답했다.

"아니, 그런 게 아니야."

해인과는 전혀 상관없는 이야기였다. 연방 해군의 싸구려 급식에 관한

에피소드는 해인이 알 필요도 없고, 알고 싶어 하지도 않겠지. 하지만 어쩐지 지금 이 이야기를 하지 않으면 밥을 마저 넘기지 못할 것만 같았다.

"돈가스…… 꼭 먹으려고 했었거든."

"네?"

"너는 모르겠지만 연방 해군에선 돈가스가 이렇게 바삭바삭하고 맛있는 음식이 아니야."

나는 쓰게 웃으며 해인의 맛있는 돈가스를 쿡 찔렀다.

연방 해군에서 나오는 돈가스는 튀김옷이 바삭바삭하기는커녕 돌처럼 딱딱하게 굳은 사각형의 고기 튀김을 잘라서 배식하는 게 다였다. 물론 맛 자체는 그럭저럭 먹을 만했고, 대부분의 수병들은 군말 없이 먹어치웠다. 하지만 조리부에서 일하던 동기 중 한 녀석은 급식의 돈가스만 보면 불만스럽게 투덜거렸었다.

'아무리 생각해도 말이야. 우리 군대 돈가스 너무 심하지 않냐? 연방 정도면 튀김옷이 살아있는 바삭한 돈가스를 보급해 줄 수 있지 않아?'

'…군대 식단에 뭘 바라는 거야.'

'그야 그렇지만. 아아, 진짜 맛있는 돈가스 한 번 먹었으면 소원이 없겠다.'

그리고 그는 입버릇처럼 내게 제안을 했다.

"우리, 무사히 복귀하면 시내에 돈가스 먹으러 가자!"

하지만 약속을 지키기도 전에 동기 녀석은 죽어버렸다.

무진함이 폭발하고, 내가 배 밖으로 튕겨 나가기 직전에 본 동기의 눈은 당혹감으로 가득 차 있었다. 동기 녀석은 자신이 죽는지도 모르고 그렇게 차가운 바다 밑으로 끌려갔다. 그런데 나는 혼자 멀쩡히 살아서— 여기서 그 약속한 돈가스를 혼자 먹고 있다.

"약속했단 말이야…. 같이 돈가스 먹으러 가자고…."

아까 꾼 꿈에서 동기는 나를 원망스레 쳐다보며 맛있냐고 물었다. 생사를 함께 한 전우들은 모두 찬 바다 밑에서 아무것도 먹지 못하고 있는데, 살아남은 나는 목숨을 구걸해서 음식을 맛있게 먹고 있으니 당연히 화가 났으리라. 나라도 화가 났을 게다.

"그 애들은 더 이상 밥도 못 먹는데…… 나는 이렇게 살아서…… 밥을 먹고 있어."

그것도 목숨을 영위하기 위한 식사가 아닌, 분에 넘치게 맛있고 고급스러운 식사를 매 끼니 때마다 먹고 있다. 다른 전우들은 팔이 날아가고 몸이 찢기고, 질식해서 죽었는데—

"나는 고작 배가 고파서… 밥을 먹고 있단 말이야……."

눈앞이 부옇게 흐려졌다. 더 이상 맛있는 돈가스 덮밥도, 해인의 얼굴도 보이지 않았다. 나는 손으로 눈가를 쥐어뜯으며 터져 나올 것 같은 오열을 애써 참았다.

"내가 살아 있다는 사실이 너무 죄스럽고 미안해……!"

나는 입술을 꽉 깨물어 감정을 억눌렀다. 더 이상 이야기를 하면 어린 아이처럼 엉엉 울 것만 같았다. 그래서 해인이 나를 차갑게 비난해주길 바랐다. 겨우 그런 일로 질질 짜냐고 매도해주길 바랐다. 관심 없다고 투덜거리거나, 혹은 함장처럼 내게 이 이야기를 해서 어쩌자는 거냐며 평소처럼 화를 내주길 원했다. 그러면 기분이 좀 나아질 것 같았다. 내게는 그런 대우가 딱 어울린다.

갑자기— 해인은 아무 말 없이 나를 끌어안았다. 코 가까이에서 여성 특유의 부드러운 살 냄새가 훅 끼쳤다. 나를 껴안은 해인의 체구는 평소보다 유난히 작게 느껴졌다. 하지만 그럼에도 불구하고 해인의 몸은 놀랄 만큼 따뜻했다. 해인의 갑작스러운 행동에 어찌할 줄 몰라 하고 있는데, 어깨 너머에서 나직이 부드러운 목소리가 들렸다.

"괜찮습니다."

해인의 목소리는 평소의 쌀쌀맞은 조리장이라고 믿기지 않을 만큼 여유롭고 따스했다.

"배가 고프면 음식을 먹는 게 당연합니다. 자책하지 마세요. 이원일 일조."

"하지만…"

"죽지 않고 살아서 맛볼 수 있는 축복 중에는 음식을 먹는 즐거움도 포함되어 있습니다. 이 즐거움을 누릴 수 없다면, 죽은 것과 마찬가지입니다."

해인은 내 등을 부드럽게 토닥이며 속삭이듯 말을 이었다.

"당신은 배가 침몰한 이후 한동안 식사의 즐거움을 모르고 오로지 살기 위해 음식물을 섭취하며 노역을 이어갔습니다. 먹지 못하는 삶은 죽음과 다르지 않습니다. 그런데 다시 식사가 주는 즐거움을 되찾았다는 것만으로도 죄책감을 느낀다니……. 너무나도 사치스러운 불평입니다."

"그게 뭐야."

나는 메인 목을 간신히 가다듬으며 툴툴거렸다.

"평소에는 음식에도 격이 있다고 잘도 얘기해놓고선."

"그게 그렇게 마음에 걸렸었습니까."

해인은 내 원망하는 듯한 말투가 우스웠는지 작게 쿡쿡 웃었다. 그리고 조금 쓸쓸한 목소리로 단 한 번도 하지 않았던 이야기를 꺼냈다.

"아마 당신에게는 말한 적이 없으리라 생각합니다."

그 이야기는 어린 시절의 해인에 관한 이야기였다.

"오래전 한반도 북부에 쿠데타가 발발하며 큰 혼란이 있었던 것을 아시지요? 그 전란으로 부모를 잃은 아이들이 넘쳐났지만, 국영 고아원은 포화상태였고 아이들 대부분은 빈민가를 떠돌며 먹을 것을 구걸했습니다. 그리고…… 저도 그 중 하나였습니다."

의외였다. 해인은 언제나 고급 식료만 강조하고, 조금만 상하거나 해로워도 음식 귀한 줄 모르고 멀쩡한 식재를 내버렸다. 그래서 나는 해인이 전혀 고생을 안 해본 부잣집 여식이리라 지레짐작했다. 하지만 해인이 말해준 유년의 풍경은 내 상상과는 정반대였다.

"연방은 확실히 풍요로웠지만, 우리는 풍요롭지 않았습니다. 북부에 진출한 남부 기업의 체인 음식점에서는 유통기한이 지난 음식을 아무렇게나 내버렸는데, 우리 같은 고아는 그조차도 없어서 굶어 죽어갔습니다. 심지어 장사치들은 빈민들이 음식물 쓰레기를 노리고 모여들면 장사가 되지 않는 다는 이유로 종종 버린 음식에 독을 섞었습니다. 그리고…"

해인은 거기까지 말하고 몸을 작게 떨었다. 나는 지금 해인이 보이는 반응이 무엇인지 알고 있다— 극한의 공포로 인한 심적 외상(Psychological trauma). 사건을 상기하고 관련된 일을 행하는 일 자체가 끔찍하게 괴로운 정신적 외상이다. 그럼에도 불구하고 해인은 이야기를 멈추지 않았다. 자신의 상처를 헤집어가면서 까지도.

"……삶 자체가 고통이었습니다. 오늘 주운 더러운 빵에 약이 뿌려졌을지, 아니면 상했을지도 모르는데도 우리는 버려진 음식을 꾸역꾸역 주워 먹었습니다. 그렇지 않으면 굶주려야 했으니까요. 굶주림의 공포는 죽음의 공포보다 더 컸습니다. 그 결과… 저를 제외한 다른 아이들은 대부분 병에 걸려 죽었습니다. 그렇다고 해서 제가 상하지 않은 빵을 집은 것에 대해 자책하고 미안해했으리라고 생각하십니까?"

나는 해인의 질문에 아무 말도 하지 못했다.

해인이 말하는 상황은 노예선에서 착취당하던 때의 나와 흡사하면서도, 아주 달랐다. 적어도 노예선의 선주는 우리가 죽길 바라며 독이 섞인 음식을 주지는 않았다. 그렇기 때문에 나는 섣불리 대답하지 못했다. 하지만 내 침묵을 긍정의 뜻으로 이해했는지 해인은 고개를 저으며 설명을 이어갔다.

"아닙니다. 저는…… 안도의 한숨을 쉬었습니다. 다른 아이들이 죽을 때마다 경쟁자는 줄어들고 제 몫은 늘어났습니다. 물론 죄책감이 전혀 없었던 것은 아닙니다. 하지만 저는 매일 하루하루 멀쩡한 음식을 주워 먹을 때마다 친구들이 남긴 몫이라고 여기며 악착같이 먹었습니다. 그렇게…… 살아남았습니다."

그래서 해인은 고생을 겪은 다른 사람들과는 정 반대의 성향을 띄게 되었다. 모든 음식을 소중히 하기보다는, 자신의 끔찍한 과거를 상기시키는 저급 음식을 철저하게 경멸하고 척결하기 시작했다.

"저는 그때부터 다짐했습니다. 훗날 먹을 걱정이 없을 만큼 부유해진다면 절대로 이런 쓰레기는 먹지 않겠다고— 한 순간의 굶주림을 이겨내기 위해 몸에 해로운 음식물 쓰레기를 입에 대는 일은 두 번 다시없을 거라고 말입니다."

해인은 거기까지 말한 다음 내 품에서 떨어지며 찬찬히 얼굴을 살폈다. 해인의 얼굴은 여전히 무표정했지만, 몸은 아까와는 달리 가늘게 떨렸다.

"진정이 좀 되었습니까?"

분명 내 마음은 어느 정도 가라앉은 상태였다. 하지만 해인은 어쩐지 불만스럽게 나를 쳐다보았다. 그리고 무언가 할 말이 있는 양 머뭇거리더니, 눈을 내리깔며 자신 없는 표정으로 자신의 무용담을 늘어놓았다.

"저는 그래서 정식 요리 교육을 받은 이후부터 맛있는 요리를 만드는 데 모든 시간을 바쳤습니다. 제 입으로 이런 소리 하는 것도 뭣하지만, 사실 육상의 조리사 중에서도 저를 따라올 사람은 거의 없었습니다."

그 사실을 의심치는 않는다. 해인의 요리는 육상 식당에서도 맛보기 힘든 최고급의 요리다. 하지만 해인은 자신의 요리실력 외에 무언가 다른 곳에서 일종의 열등감을 갖고 있었다. 그리고 놀랍게도 그 열등감의 원인은 바로 나였다.

"그런데 이 배에 갑자기 나타난 당신은 다른 수병들과 싸구려 라면을 끓여먹으며 즐거운 듯 웃고 있었습니다. 제 요리를 먹으면서는 무미건조하게 '맛있다.'라는 말만 연발하는 그 수병들이 말이지요! 전혀 맛있을 리가 없는 퉁퉁 불은면에, 화학조미료가 가득한 국물을 마시면서도 수병들은 진미를 맛보는 것처럼 모두가 행복해하고 있었습니다.

……저는 그 순간 깨달았습니다. 맛있는 식사라는 것은 얼마나 좋은 요리를 먹느냐가 아니라, 누구와 먹느냐에 달려있다는 것을 말입니다."

나는 그제야 해인의 진심을 이해할 수 있었다. 내가 수병들과 몰래 부식을 훔쳐 먹다가 걸렸을 때 나를 보던 그 눈빛은 완벽주의자의 냉철한 질타가 아닌, 경쟁자에 대한 선망과 시기에 가까웠다. 완벽한 요리를 만들기 위해 평생 노력했던 해인의 경쟁자는 다른 셰프가 아니라 싸구려 분식을 조리하는 나였다.

"저는 당신이 미웠습니다. 당신이 야속하면서도 부러웠습니다. 제가 밤낮을 새가며 만들어 낸 요리보다 10분 만에 만들어낸 당신의 싸구려 요리를 수병들이 좋아한다는 것에 묘한 경쟁심도 일었지요. 그런데… 그런데 당신은 지금······!"

해인은 차마 말을 잇지 못하며 주먹을 쥐고 다시 부르르 떨더니 눈물 고인 눈으로 나를 노려보며 소리를 빽 질렀다.

"당신은 사람들을 추억하며 밥을 먹는 일이 죄스럽다고 하고 있습니다. 그럼 제가 무엇이 됩니까!"

그리고 해인은 입술을 꽉 깨물며 비참하게 중얼거렸다.

"저는 그렇게 추억을 공유할 요리조차 없는데······."

"······미안."

나는 어느새 해인에게 사과를 하고 있었다. 내가 미안해야할 이유는 사실 없었다. 오히려 전우들을 생각한다면, 나는 악착같이 살아남아서 무진함에 대한 진실을 세상에 알려야 했다. 살아있다고 자책하는 일은 내가 짊어져야 할 책임으로부터의 도주와 같다.

심지어 그런 추억조차도 변변히 없는 해인 앞에서 이런 이야기를 꺼내다니······. 나는 순전히 내 심정만을 토로했다. 애초에 마리아가 내게 징계를 각오하고 기밀을 보여준 이유도 내 편협한 시각을 고쳐주기 위해서였고, 함장의 말도 타인의 입장에서 한 번 더 생각해 보라는 말이었다. 그럴 능력도 없으면 차라리 아무 생각도 하지 않는 편이 낫다는 뜻이지, 아예 처음부터 생각을 하지 말라는 의미가 아니었다.

해인은 쐐기를 박듯 내 어깨를 잡고 말했다.

"이원일 일조, 당신은 음식을 먹을 자격이 있습니다. 당신은 먹는다는 행위를 통해서 전우들과의 추억을 더욱 가치 있게 만들어야 합니다. 식사를 하지 못하겠다는 말이야 말로 그 기억을 더럽히는 행위입니다! 그리고······."

해인은 무어를 망설이는지 잠시 머뭇거리다가 거의 들리지도 않는 목소리로 말했다.

"제, 제 요리를 당신이 드셔 주어야만 저도 훗날 식사를 하며 당신을 떠올릴 수 있지 않겠습니까."

해인은 평소와는 다르게 얼굴을 붉히며 말까지 더듬고 있었다. 아직도 성이 안 풀렸는지는 모르겠지만, 해인의 말은 썩 듣기 좋았다. 먼 훗날 내가 바다와 상관없는 곳에서 살고 있더라도, 지금과 같은 음식을 먹는다면 나는 잿빛 10월의 승조원들과 해인을 떠올릴 수 있다. 해인에게도 그런 추억은 소중할 테지.

"고마워. 나도 앞으로 그런 말은 하지 않을게. 언제나 음식을 해줘서, 고마워, 조리장!"

"…예?"

"응! 조리장. 언제나 조리장으로서 맛있는 음식을 해 주겠다는 거 잖아?"

나로서는 최선을 다한 대답이었건만, 어쩐지 해인의 표정은 살짝 일그러져 있었다. 무언가 내 말이 불편했던 모양이다. 해인은 잠시 뭐라 항변하려는 듯 입을 빼끔거리다가 툴툴거리며 머리를 헝클어뜨렸다.

"왜, 왜 그래? 내가 무슨 잘못이라도 했어?"

"아닙니다. 잠깐이나마 기대를 한 제가 멍청했지요."

기대? 나는 해인의 말을 도통 이해 할 수 없었다.

"아니, 왜? 왜 화가 난 거야? 조리 요원으로서 임무를 소중히 하는 게 제일 중요하다고 네 입으로 누차 말했었잖아?"

"맞습니다. 그랬었지요. 그렇기 때문에 저는 책무를 가지고 이원일 일조의 식사를 거들 생각입니다."

해인은 복잡한 표정으로 도기 그릇을 들어 올린 다음, 밥을 크게 한 술 떠 내밀었다.

"자, 입 벌리십시오."

"아니, 내가 먹을 수 있는데…."

"하도 먹지 않고 징징거리니 이렇게 해서라도 먹여야지요. 저는 조리장이고, 승조원들이 결식하지 않도록 챙겨줄 의무가 있습니다."

"하지만 이건 좀 과한 것 같은데…."

"그냥 입이나 벌려요!"

마지못해 입을 벌렸다. 아기 취급을 받는 기분이라 썩 유쾌하지는 않았지만, 돈가스 덮밥은 여전히 맛있었고 만족한 표정으로 미소짓는 해인의 얼굴도 볼만하였기에 나는 얌전히 해인이 내미는 음식을 받아먹었다.

"다시 묻지만 맛은 있지요?"

해인은 다시 불안한 표정으로 재차 맛을 확인했지만 기우였다.

"응, 정말 맛있어."

정성이 들어간 음식이 맛없을 리는 없으니까.

"……다행이군요."

그렇게 중얼거리며 해인은 처음으로 해맑게 웃었다. 그 미소는 어쩐지 평소의 해인이 짓는 자부심으로 가득 찬 미소와는 조금 달랐다.

그래, 맛있는 음식을 먹은 사람이 보여줄 법한 미소였다.

10. 별사탕

오키나와 근해
연방 해군 97전대 SS-091 최충헌 함

잠수함이 부상하고 얼마 지나지 않아 윤선호 대령은 함교탑 상부 해치를 열고 밖으로 나왔다. 해치를 열자마자 비릿한 해무의 향이 코를 찔렀다. 함장은 숨을 깊게 들이쉰 다음 주변을 둘러보았다.

"휴… 어느 정도 예상은 했지만 이건 정말 심한걸."

오늘의 바다는 풍랑 없이 고요했지만, 안개가 자욱하여 한 치 앞도 보이지 않았다. 해가 뜨기 직전이라는 점을 감안해도 심한 안개였다. 안 그래도 가시거리가 짧은 잠수함인데, 진한 안개까지 겹치자 함장은 50피트 앞도 내다 볼 수 없었다. 하지만 대령은 그리 크게 걱정하지 않았다. 이 말은 상대 역시 아무것도 볼 수 없다는 뜻이었기 때문에.

"어둠 속에서 싸움이 벌어지면 장님이 더 유리한 법이지."

함장은 쿡쿡 웃으며 무의식적으로 가슴팍에 넣어둔 담뱃갑에 손을 댔다가 멈칫했다. 찬 공기를 맡아서였을까, 윤선호 대령은 담배 생각이 간절했다. 하지만 적이 지근거리에 있을지도 모르는 해역에서 담배를 피우는 건 자살행위나 다름없었다. 담뱃불은 안개 속에서도 선명하게 반짝이니까.

그리고 오랜 잠항으로 인해 다른 승조원들도 담배 생각이 간절할 텐데 함장 혼자서 담배를 피운다면 모범이 되지 않는다. 고통도 영광도 승조원들과 함께 감내해야 진정한 지휘관이 아니겠는가.

"최후의 한 대는 승리의 몫으로 남겨둬야겠군."

함장은 흡연 욕구를 꾹 참고 상부해치를 닫은 후 전투정보실로 내려왔다. 전투정보실에서는 음탐사를 비롯한 승조원들이 벌써 4시간 넘게 전술 상황판에 주의를 기울이고 있었다. 그러나 심한 피로에도 승조원들의 눈은 반짝였다. 아마 곧 시작될 전투를 직감한 탓이리라. 함장은 레이더 표시등 앞에 선 부장에게 다가가 접촉물에 대해 물었다.

"특별한 접촉물은 있나?"

"특별한 것은 없습니다. 단지 어선으로 추정되는 작은 배 한척이 말씀하셨던 좌표에 정지해있습니다만…"

부장은 말끝을 흐리며 불안한 표정으로 재차 물었다.

"정보사령부의 말대로라면 이 배가 학회의 보급함이겠지요?"

"정보에 따르면 그렇겠지."

함장은 대수롭지 않은 듯 대꾸했다. 하지만 부장은 여전히 안절부절못한 채 불안한 시선을 계속 보내왔다.

"물론 정보부, 제4과 녀석들의 말을 신용하지 않는 것은 아닙니다. 분명 어제 받은 정보에 따르면 이 해역의 함선은 현재 학회의 보급함뿐이고, 그 보급함은 스텔스 기능이 뛰어나서 거의 잡히지 않거나 작은 어선처럼 레이더에 표시될 거라고 했지요."

그리고 부장은 하고 싶었던 말을 조심스럽게 꺼냈다.

"물론…… 만약입니다만. 저 배가 진짜 조업 중인 어선이라면 어찌 됩니까? 저희는 그럼 조업 중인 어선을 침몰시킨 전범이 됩니다. 힘들겠지만 레이더에 잡힌 접촉물의 선영이라도 직접 확인하는 편이…"

"걱정도 태산이군, 부장."

윤선호 대령은 눈살을 찌푸리며 고개를 저었다.

"설령 저게 진짜 어선이라 한들 그게 무슨 상관이지? 우리는 이 해역에 있는 배를 격침시키라는 명령을 받았고, 그걸 이행하면 될 뿐이야. 우리에게 책임 같은 것은 없어."

부장은 무어라 항변하려다가 함장의 말의 의미를 깨닫고 고개를 숙였다.

"…실례했습니다."

"함장님, 방금 전문이 해독되었습니다."

"좋아."

타이밍 좋게 통기실에서 나온 사관이 그에게 접힌 종이를 내밀었다. 그 전문은 잠수함이 수면 위로 부상했을 때 국방망에 접속하여 받아 온 것이었다. 하지만 그 내용을 읽어 내려가는 함장의 표정은 그리 썩 달가워 보이지 않았다.

"이럴 줄 알았으면 부상하지 말고 그냥 공격할걸 그랬어."

"무슨 일입니까?"

"자네가 확인해 보게."

윤선호 함장은 부장에게 종이를 건넸다.

⟨HQ로부터 SS-091에게. 국방과학연구소의 요청이 있었음. 가능한 피해를 감내하더라도 잿빛 10월은 침몰시키지 말고 나포하라.⟩

"나포라니요! 이건 단순한 포위전이 아닙니다!"

"내 말이 그 말일세. 격침에만 전력을 다해도 승산이 있을까 말까한 마당에 나포라니. 국과연 친구들은 우릴 너무 유능하게 보는구먼."

물론 학회의 군사 기술력이 응집된 군함인 잿빛 10월이 탐나는 마음이야 이해했다. 하지만 상대의 화력이 어떤지도 모르는 마당에 무작정 올가미를 씌우라니… 무리한 요구였다. 하지만 이미 명령을 확인한 이상 거역할 수는 없었다.

"지금부터 잠항한다. 충수(발라스트 탱크에 물을 채움)!"

"충—수!"

함장의 지시에 총원이 명령을 복창했다. 곧이어 잔여 공기를 배출하기 위해 잠수함은 함수와 함미를 흔들며 돌핀 기동을 시작했다. 잠망경만 남겨놓고 선체가 모두 잠겼음을 확인하자 함장은 레이더에 표시된 표적을 주시하며 항로를 지정했다.

"지금부터 방위 0-3-0으로 미속 항행한다. 앞으로 함 총원은 최대한 정숙을 유지할 것."

이제 최충헌 함은 미세한 소리도 흘겨 들을 수 없는 지근거리로 접어들기 시작했다. 선내에서 발을 구르거나 소리를 치는 일조차도 적함의 소나에 잡힐 수도 있었다. 그때문에 승조원들은 목소리를 죽이고 천천히 소나가 들려주는 주변 신호에 집중했다.

그때, 가장 오른쪽에 앉아있던 음탐 선임하사가 접촉을 보고해왔다.

"음탐 접촉, 방위 0-3-0."

"무슨 소리처럼 들리나? 어부들이 조업하는 소리처럼 들리나?"

"그게 조금 작아서 미묘하게 들립니다만, 이건…."

함장은 음탐사의 헤드폰을 받아들고 귀를 기울였다.

선명하지는 않지만 냉각수가 돌아가는 소음을 비롯하여 일반적인 함선의 엔진음과는 확연히 다른 소음이 들려왔다. 보통 이런 소음은 핵추진 항공모함이나 핵잠수함에 탑재된 원자력 발전 시설의 증기 터빈이 돌아가는 소리였다. 함장은 곧 목표를 확신했다.

"원자력 발전이군."

"그렇습니다. 정숙도는 꽤 높지만 그래도 이건 원자력 발전의 증기터빈 소리입니다."

"어이 부장, 이 배가 혹시 원자력 발전으로 추진 중인 어선이면 어쩌지?"

윤선호 함장이 장난스럽게 놀리자 부장은 얼굴을 발갛게 물들이며 변명을 늘어놓았다.

"저는 그저… 확신을 갖고 전투에 임하기 위해서…."

"이해하네. 농담이야."

함장은 호탕하게 웃어넘긴 다음 본격적으로 공격 준비에 들어갔다.

"SSM 051과 052는 지금 어디에 있지?"

"말씀하신 위치에서 대기 중입니다."

"그렇다면 신호탄은 이쪽에서 준비해야지."

함장은 미소를 흘리며 항해사를 향해 소리쳤다.

"탱고(T : Target) 원, 보고!"

"탱고 원 보고, 거리 1만, 방위 0-3-0. 이동 없음."

"좋아, 적함에 대해 어뢰 발사 준비!"

"어뢰 발사 준비!"

함장이 어뢰 발사를 명령하자 승조원들은 복창하면서도 의아한 표정을 지었다. 방금 내려온 지시에 따르면 잿빛 10월은 나포해야지 침몰시켜서는 안 되기 때문이었다. 하지만 함장은 분명 어뢰를 쏴 맞추라고 했다.

잠수함의 중어뢰에 직격당하면 보통 배는 두 동강이 나버린다.

"걱정 말게. 어차피 첫 발은 그저 신호탄일 뿐이니까."

하지만 함장은 이상하리만큼 자신만만한 태도로 잿빛 10월을 고평가하고 있었다.

"어뢰 한 발 정도 막아내지 못하는 배였다면 국과연에서 눈독을 들이지도 않았을 게야."

다른 승조원들은 그제야 알았다는 표정으로 어뢰를 장전하기 시작했다. 곧 함수 발사관 쪽에서 유선 신호가 왔다.

〈1번 발사관 충수 및 압력 평형 끝!〉

〈외부문 열기 끝!〉

〈어뢰 발사 준비 끝!〉

모든 준비가 끝났음을 보고받자 무장관이 함장에게 다시 보고했다.

"1번 어뢰 발사 준비 끝."

함장은 숨을 크게 들이켠 다음 발사를 명령했다.

"좋아! 카운트다운 후, 발사."

"발사 준비 5초 전. 5, 4, 3, 2, 1… 발사!"

무장관이 발사 버튼을 힘주어 꾹 눌렀다.

-2-

쾅!

"우왓, 갑자기 뭐야?"

갑작스러운 소음에 놀라 벌떡 일어나다가 천장에 머리를 부딪치고 말았다. 시간을 확인하니 아직 오전 06시. 총 기상까지는 아직 시간이 꽤 남았는데, 이게 무슨 소동이지? 배의 흔들림을 다들 알아차렸는지 문 밖에서도 수병들이 술렁거리는 소리가 들려왔다.

그때, 스피커에서 높은 음역대의 경고음이 들려왔다.

"실전(實戰)! 총원 대잠 전투 배치!"

"뭐, 실전?"

나는 갑작스러운 실전 통보에 놀라 침대에서 뛰쳐나와 구급낭에 약품을 마구 챙겨 담았다. 사전에 응급처치세트를 챙겨두고 있었던 터라 큰 준비는 필요 없었지만, 워낙 상황이 급박했던지라 나는 옷을 갈아입을 새도 없이 약품과 방탄 재킷, 권총 등을 챙겨들고 임시 구호소로 지정된 병사 식당으로 달려갔다. 그 와중에도 다른 수병들은 전투배치를 복창하며 소병기와 방탄 재킷 등을 챙기고 있었다.

"전투배치! 전투배치!"

나는 그 사이에서 국자를 든 채 내달리고 있는 트리샤와 마주쳤다.

"아, 의무장님!"

"트리샤! 너 지금 어디가?"

"대, 대잠전 시 제 임무가 함수 40포 탄약 장전수라 함수 쪽으로 가는 중입니다!"

"그런데 국자는 왜 들고 가!"

"어…? 실, 실례했습니다! 국을 끓이던 중에 갑자기 전투 배치 명령이 떨어져서……."

나는 한숨을 내쉬며 트리샤의 머리를 가볍게 쥐어박았다.

"정신머리 똑바로 챙겨! 이게 무슨 상황이래, 갑자기 대잠전이라니!"

"자, 잘은 모르겠지만 함 우현에서 무언가가 폭발하는 소리와 함께 배가 흔들려서…."

"자세한 건 나중에 말하고 빨리 배치 장소로 가!"

"네!"

트리샤는 경례를 올려붙일 새도 없이 종종거리며 함수로 달려가기 시작했다. 나 역시 지체할 시간이 없었으므로 빠르게 함내 통로를 내달렸다. 구호소에 도착해서 시간을 확인하니 집합하는 데 2분이 소요되었다. 뒤이어 소총수들이 소총과 방탄모를 쓴 채 들이닥쳤고, 이어서 보수병들도 보수용 자재와 할론 소화기를 들고 나타났다.

……그리고 역시나라고 할까, 군의관이 가장 늦게 도착했다. 쇼우코 대위는 잠이 덜 깬 표정으로 미적거리며 식당에 들어서더니 엉뚱한 소릴 했다.

"밥은?"

"밥이 문젭니까! 지금 전투배치 상황이라고요!"

"전투 배치? 어……."

군의관은 그제야 뭔가를 알아차린 듯 머리를 만지작거렸다. 우스꽝스럽게도 군의관의 머리에는 방탄모도 근무모도 아닌 고깔형 수면 나이트캡이 씌워져 있었다. 나는 한숨을 내쉬며 챙겨온 적십자 방탄모를 던져주었다.

"이럴 줄 알고 군의관 것도 챙겨왔어요. 자, 쓰세요."

"흐아암, 고마워. 역시 의무장 밖에 없다니까."

군의관은 하품을 내쉬며 방탄모를 눌러썼다. 심지어 그 마저도 거꾸로 썼지만 딱히 지적하지는 않기로 했다. 사실 야간의 전투배치는 옷매무새를 다듬는 일보다 무기와 자재를 챙겨 적재적소로 가져오는 일이 더 급했기 때문에 잠옷 차림새로 나온 군의관을 뭐라 할 수도 없는 노릇이었다.

실제로 지금 여기에 모인 승조원들을 보더라도 대부분이 제복을 입지 않고 잠옷 위에 방탄조끼와 방탄모를 쓴 우스꽝스러운 차림이었다. 심지어 기관부 수병들은 침실이 엔진 근처라 더워서 그런지 탱크톱 한 장에 숏팬츠만 입고 군장을 걸쳤는데 그 모습이 마치 남성향 잡지의 화보 마냥 야릇했다. 하지만 수병들은 자신들의 옷차림은 신경도 쓰지 않은 채 장비를 체크하는 데 여념이 없었다.

"상비 탄약고에서 보통탄 200발 가져왔습니다!"

"C 클램프 재고 이것밖에 없어?"

"나머지는 전부 수리창고에 있을 텐데… 지금 연락하겠습니다!"

…음, 어쩐지 수병들을 야릇한 눈으로 보고 있었던 내가 부끄럽다. 그래, 지금 수병들의 노출도 높은 옷차림이나 신경 쓸 때가 아니지. 그때 반대쪽 현측에서 갑판병들이 투척용 소형 폭뢰를 안고 지나가는 모습이 보였다. 그 중에는 전에 한 번 이야기를 나누었던 이비 이조도 끼어 있었다.

"이비 이조!"

이비 이조는 나를 보자 손에 든 폭뢰 탓에 경례를 생략하고 가볍게 목례를 했다. 놀랍게도 이비 이조를 비롯한 갑판병들은 잠옷 차림은커녕, 리본까지 제대로 맨 근무복 차림이었다. 도대체 어떻게 해야 2분 만에 저렇게 완벽한 상태로 집합한 거람? 근무복을 입은 채로 그냥 잤나.

"의무장 님, 지금은 바쁘니 중요한 용무가 아니거든 나중에 이야기해 주셨으면 좋겠습니다만."

"혹시 지금 무슨 상황인지 알아? 다들 아무것도 모르고 있는데."

"방금 우현 방향에서 어뢰 공격이 있었습니다. 물론 ATT가 바로 응사해서 폭파시켰지만, 지근거리에서 폭발하는 바람에 우현에 약간의 손상이 있었습니다. 그때문에 일부 당직자들이 다친 것 같습니다만…."

"어뢰!?"

내 질문에 답할 새도 없이 이비 이조는 다시 가볍게 목례를 하고 반대

방향으로 뛰어갔다. 아닌 밤중에 홍두깨도 아니고 어뢰라니…… 너무 갑작스러운 상황에 나는 되레 웃음이 나왔다.

"농담이겠지…? 어뢰 공격이라니."

잿빛 10월은 24시간 AI에 의해 소나와 레이더가 가동되기 때문에 어뢰정 따위가 몰래 접근하여 어뢰를 쏘는 일은 불가능하다. 아군의 잠수함이 오인하여 쏘지 않았다면, 남은 경우의 수는 하나 뿐이었다.

"……연방 잠수함인가."

연방의 잠수함이 공격해오리라는 신호는 전부터 있었지만, 막상 이렇게 현실로 닥쳐오니 실감이 나지 않았다. 질 나쁜 악몽을 꾸기라도 하듯 주변의 소음이 귓가에서 메아리쳤다. 나는 일전에 무진함에서 연방 잠수함에 대해 들었던 말을 떠올렸다.

One Shot! One Hit! One Sink!
잠수함 전단의 백상어 어뢰가 너를 향해 달려오는 소리를 듣는다면 이함 준비나 해라.

연방 9 잠수함대의 별명이 뭔지 알아? 바로 '침묵의 함대'야. 어찌나 잘 났는지 수상함 장병들과는 말도 섞지 않거든.

상대 전투함을 23척이나 침몰시킬 동안 한 번도 탐지되지 않았다니…… 그게 말이나 되냐?

연방에 있었을 때, 잠수함대는 우리의 자랑이었고 든든한 아군이었다. 항공모함 1개 전단과 맞선다 해도 잠수함 편대만 있다면 걱정 없다며 엄지를 추켜올리던 연방군의 에이스들이었다. 그런데 그 에이스들을 적으로 돌리게 되었다고 생각하니 소름이 혹 끼쳤다. 어제의 아군이 오늘의 적이라는 말은 이럴 때 쓰는 것일까.

그때, 갑자기 무전기에서 포술장의 목소리가 들려왔다.

〈구호소— 함교! 거기 혹시 군의관님 계시나?〉

쇼우코 대위는 재빠르게 무전기를 낚아챈 다음, 방금 전까지 하품을 해대던 사람이라고는 믿기지 않을 만큼 또렷한 목소리로 답했다.

"예, 군의관입니다!"

〈군의관님. 방금 있었던 충격으로 인해 조타병이 머리를 조금 다친 것 같습니다. 지금 함교로 올라와 주실 수 있으십니까?〉

"다쳤다고요? 외상을 입은 건가요?"

〈아닙니다. 외상은 없는데 의식이 돌아오지 않습니다.〉

"그럼 지금 바로 올라가겠…."

포술장의 말이 끝나기도 전에 후부 방향에서 루나 일등 수병이 헐레벌떡 뛰어왔다. 루나는 오늘 야간 당직이었기 때문에 전투복을 제대로 차려입고 있었지만, 무슨 일인지 손이 피투성이였다.

"헉, 헉… 쇼우코 대위님! 큰일입니다! 방금 엘리자베스 이등 수병이 수직 사다리에서 떨어져서 우측 전완부에 개방성 골절을 입었는데… 출혈이 멎질 않아서……."

"이런 제장, 오밤중에 야습을 받아서 그런지 환자가 넘쳐나는군."

쇼우코 군의관은 욕설을 지껄이며 머리를 헝클어트리더니 지체 없이 부목 세트와 응급처치키트를 챙기기 시작했다. 군의관은 내게도 응급처치 팩을 하나 던져주며 소리쳤다.

"의무장! 네가 함교로 가봐."

"제가 함교로 갑니까?"

"어. 내 듣기에 조타병은 가벼운 일과성 의식장해 같은데, 활력 징후만

체크해서 정상이면 큰 문제가 안 돼. 하지만 심한 출혈을 동반한 개방성 골절은 심각하니까. 무슨 일 있으면 무전하고."

"아, 넵!"

나는 무전기와 응급처치 팩을 받아들며 고개를 끄덕였다. 그때는 나도 너무 당황했고, 또 상황이 여간 상황이었던지라 나는 함교에 누가 있는지 생각조차 하지 않은 채 계단을 뛰어 올라갔다.

-3-

"헉… 헉… 필승. 의무장입니다. 환자는 어디 있습니까?"

함교에 들어서자마자 견시를 보던 엘레나 포술장이 살짝 놀란 기색으로 되물었다.

"어? 군의관이 오는 거 아니었어?"

"지금 기관실에 중환자가 발생해서 그쪽에… 그보다 정신을 잃었다는 조타병은 어디에 있습니까?"

"……이쪽이야."

포술장은 잠시 뜸을 들인 다음 나를 해도실로 안내했다. 해도실은 언제나 그렇듯 기입하다만 해도와 무전기기 따위가 너부러져 어수선한 상태였는데, 그 뒤쪽의 공간을 밀어내고 한 수병이 누워있었다. 메오 수병장이었던가. 전에 몇 번 마주친 적 있는 비엣계 소녀였다.

나는 조타병의 목에 손을 대 맥을 측정한 다음 호흡과 체온, 혈압을 측정했다. 호흡이 살짝 빈호흡인 점만 제외하면 활력 징후는 정상이었다. 동공 반사까지 검사했지만 상태는 전체적으로 양호했고, 후에 지연성 출혈이 일어날 가능성은 남아있었지만 지금 처치할 수준은 아니었다.

"어때?"

엘레나 포술장이 뒤에서 팔짱을 끼고 물었다.

"큰 이상이 있는 것은 아닙니다. 가벼운 뇌진탕으로 의식이 소실된 겁니다. 아마 오래 지나지 않아서 깨어나리라 생각합니다."

"그렇다면 다행이지만."

나는 다시 가방 안에 청진기를 넣으며 함교로 나왔다. 그런데 이상하게도 함교의 사관들은 내 눈치를 살피며 수군거렸다. 꺼림칙한 사람이라도 본 양.

"제 얼굴에 뭐라도 묻었습니까?"

새삼스럽게 질문을 던졌지만 아무도 대답하지 않았다. 괜스레 뺨을 긁적이며 주변을 돌아보니, 창가에서 천기를 읽던 함장만이 나를 돌아보며 미소를 지었다.

"아냐. 늘 그렇듯이 얼빠진 얼굴이지."

이 상황에서도 저런 농담이 나오다니, 오히려 긴장한 내가 바보 같아서 한숨을 푹 내쉬었다.

"역시 함장님은 이런 상황에도 평소 같으시군요. 좀 긴장하는 내색이라도 비치세요."

하지만 함장은 되레 이죽거리며 의미심장한 말을 던졌다.

"나도 원일 군이 평소처럼 FM이어서 다행이라고 생각해."

"그게 무슨 소립니까. 제가 무슨 일이라도 있었다고. ……아, 그러고 보니!"

나는 그제야 왜 사관들이 나를 이상한 눈으로 쳐다보는지 알아차렸다. 지금의 나는 몇 시간 전 함장실에 난입한 이후 처음으로 함장과 마주하는 중이다!

쭈뼛거리며 먼저 사과를 했어도 이상하지 않을 상황에, 불편하기는

커녕 태연하게 환자의 상태를 보고난 후, 함장에게 핀잔을 주었으니 사관들이 이상하게 생각했던 게다.

함장은 내 표정을 보더니 더욱 크게 웃으며 깔깔거렸다.

"뭐어, 정말 지금 알아차린 거야? 크하하핫! 엘레나, 원일 군은 진짜 반편이가 맞나봐!"

"뭘 새삼스레."

포술장도 샐쭉하게 입술을 삐죽이며 동조했다. 나는 비참한 기분이 되어 고개를 푹 숙였다.

"으으…… 이, 일단 죄송합니다."

"뭐가?"

"어제의 일도 그랬거니와…… 지금도 아무런 생각 없이 말을 던져서 죄송합니다. 환자를 봐야겠다는 생각에 어제 일은 까맣게 잊고 있었어요."

"호오, 함장실에 난입해서 고성을 질러댄 주제에 하루만에 까먹었다고? 정말 머저리구나."

함장은 비아냥대듯 킬킬거리며 독설을 뱉었다. 하지만 나는 입이 백 개라도 할 말이 없었다. 함장의 말대로 나는 정말 머저리처럼 눈앞의 일을 해결하느라 아무 생각도 하지 못했으니까. 나는 그냥 단지 머리를 숙이고 함장의 기분이 풀리길 기다리는 수밖에 없었다. 하지만 함장은 한동안 기분 좋게 바닥을 통통 차더니, 의외의 말을 던졌다.

"하지만 잘했어."

"네?"

나는 너무 놀라서 함장을 뻔히 쳐다보았다.

"사사로운 감정보다 환자를 먼저 생각한 점은 잘했다고. 전시 상황에서의 부상자가 발생했을 때 오로지 환자만 생각한다는 것은 의무관으로서 좋은 태도야. 감정 따윈 죽이고 목적만을 중요시 한다— 그거야 말로 진짜 군인의 태도지."

함장의 말은 지극히 정론이었다. 실제로 전투에서 사적인 감정을 우선시하다가 일을 그르친 군인의 사례는 따로 기술할 필요가 없을 정도로 많았다. 그런 의미에서 예의보다 임무를 우선시 한 내 태도가 옳기야 옳았지만…… 어쩐지 마음 한 구석이 찜찜했다.

"오히려 원일 군이 주뼛거리면서 환자 상태보다 내 눈치를 봤으면 진짜 어뢰발사관에 넣고 날려 버렸을걸."

카밀라 대교는 상큼하게 웃으며 농담처럼 흘려 말했지만, 어쩐지 진심이 묻은 느낌이라 섬뜩했다. 어찌되었든 함장의 말처럼 지금은 예의와 사적인 감정을 우선시하기에 너무나도 급박한 상황이다. 잠수함에 의한 어뢰 공격이란 그만큼 심각한 문제였으니까.

그때, 갑자기 뱃전에 파랑이 부딪치면서 선체가 위 아래로 크게 흔들렸다. 방금 전부터 터빈 특유의 요란한 소음이 들려오고 있는 점으로 보아 고속기동을 하는 듯했다.

"배가 심하게 흔들리는데, 가스 터빈이 작동 중입니까?"

가스 터빈은 소음이 크고 효율이 나빠 대부분의 군함은 평시에 디젤 엔진이나 원자로를 이용한 보일러로 배를 움직인다. 하지만 적함을 추적해야 하는 지금의 상황처럼 급가속을 해야 할 때는 출력 증강이 용이한 가스 터빈을 사용한다. 그래서 일반적인 군함에는 주 기관과 더불어 가스 터빈을 함께 장착한다.

함장은 내 질문에 고개를 끄덕이며 창문을 닫았다.

"응. 현재 속력 30 노트로 적 잠수함을 추적중이야."

과연 잿빛 10월에도 가스 터빈이 장착되어 있었던 모양이다. 하지만 나는 어쩐지 가스 터빈을 켰다고하기엔 조금 느린 속력이라고 생각했다.

"그다지 빠르지는 않은가…… 아니, 식료품을 적재한 보급함치고는 꽤 빠른 편이군요."

내가 일전에 타던 무진함은 가스 터빈을 켜면 최대 40노트까지 급가속할 수 있었다. 하지만 잿빛 10월은 무거운 보급함인데다가 텀블홈식의 밑이 넓은 선형이라, 일반 군함처럼 속력을 내기는 어려우리라.

〈대잠전을 치르는 데 30노트면 느린 속력이 아니야.〉

그때 등 뒤에 있던 모니터의 화면이 갑자기 커지더니, 마리아 전정관의 뚱한 표정이 튀어나왔다.

"으앗, 깜짝이야! 좀 기척 좀 내고 튀어나와!"

〈아무래도 의무장이 자함의 성능을 경시하는 것 같아서.〉

"그런 적 없거든?"

짜증스럽게 대꾸했지만 마리아는 어깨를 으쓱하고선 설명을 이어갔다.

〈일반적으로 연방 잠수함의 최대 속도는 약 25노트. 그도 수상에서는 20노트로 현저하게 떨어져. 그렇기 때문에 일반적으로 수상함과 잠수함이 추격전을 벌이면 잠수함은 수상함에 따라잡히게 되어 있어. 잿빛 10월 같은 보급함이라 해도 예외가 아니고.〉

"그건 나도 알아."

나는 투덜거리며 손을 내저었다. 연방 해군의 모토가 'One Shot, One Hit, One Sink'인 이유도 단 한 번에 적함을 맞춰서 침몰시키지 못하면 역으로 추적당하기 때문이었다. 그렇기 때문에 선제 기습 공격에 실패한 잠수함은 끝났다고 봐도 좋을 정도였다. 우리는 지금 그 연방 잠수함의 선제공격을 무사히 막아냈고, 지금은 역으로 추격중이다. 사실 상 승기는 우리 쪽으로 넘어왔다고 해도 이상하지가 않은 상황인데…… 어쩐지 스산한 기분이 들었다.

"무슨 불안한 일이라도 있나요? 표정이 좋지 않네요."

바로 옆에서 타를 조정하던 샤오지에 갑판장이 걱정스러운 표정으로 물었다.

"아뇨, 잠시 생각을… 그보다 갑판장님이 직접 타를 잡으십니까?"

"뭐 비상시의 타수라는 건 그렇게 단순한 일도 아닌데다가, 나머지 다른 조타병은 후편 타기실에 가 있으니까요."

"그럼 부직사관이 하던 전령임무는 누가 맡고 있습니까?"

"공석이긴 한데……."

"그럼 제게 맡겨주시겠습니까?"

나는 내가 그렇게 말하고도 깜짝 놀랐다. 왜 갑자기 그런 생각이 들었는지 확신할 수는 없었지만, 나는 이 함교에 계속 있고 싶었다. 단순히 구호소에 돌아가서 얌전히 환자를 치료하며 밖에서 무슨 일이 일어나는지도 모른 채, 전투가 끝나기를 기다린다면 나는 책임으로부터 좀 더 자유로울 수 있다. 나의 전우였던 자들이 죽어가는 모습을 보지 않고 몰랐다며 스스로를 속일 수도 있었다. 하지만 나는 내 눈으로 이 상황을 목도하고 싶었다. 나의 조국이 나를 향해 포화를 갈기고, 또 거기에 맞서 싸우는 광경을 말이다. 그렇게 해야만 내 마음속의 짐을 조금 덜 수 있으리라 여겼다.

당연한 소리지만, 역시 다른 사관들은 조금 미심쩍은 표정으로 나를 보고 있었다. 함교의 전령임무는 전투정보실이나 각 부서에서 들어온 전달사항을 보고하고 다시 전파하는 단순한 임무지만, 중간에 말이 누락되기라도 하면 함의 명령체계 자체가 무너질 수도 있는 중요한 역할이었다. 그런데 바로 어제 이 배를 적이라고 외쳤던 사내가 그 중책을 맡겨달라고 말했으니, 사관들의 색안경도 당연했다. 그렇지만 나는 사탕을 조르는 아이처럼 더듬거리며 계속 떼를 썼다.

"아니, 어차피 원래 저는 정원 외 인원이기도 하거니와… 구호소 일은 군의관님 혼자서도 충분히 커버 가능하니……"

그때 한동안 멍청히 나를 바라보던 카밀라 함장이 대뜸 유쾌한 투로 선언했다.

"좋아! 원일 군, 전령 위치로."

"함장님!"

사관들이 일제히 소리를 지르며 함장을 쳐다보았다. 평소에는 거의 함장에게 대들지 않던 엘레나 포술장조차도 함장을 정면으로 노려보며 차갑게 되물었다.

"함장님. 지금은 장난을 칠 때가 아닙니다! 단순히 부외자를 함내에 머무르게 하는 것과는 차원이 다른 일이란 말입니다! 한 순간의 미스가 함 총원의 죽음으로 이어질 수도 있는 전투 상황이라고요?"

"그러니까 더더욱 쓸 수 있는 인재는 가용해야지. 원일 군이 못 미덥다고 전령을 공석으로 두면 전달이 더 늦어질 거 아냐?"

"아니, 그런 문제가 아니라!"

포술장은 말을 중간에 멈추고 미간 사이를 검지 끝으로 지그시 누르며 눈을 감았다. 말싸움을 벌이기에 지금의 상황은 너무 급박하다. 그 사실을 인지하고 있었는지 포술장은 시간을 오래 끌지 않았다. 대신 엘레나 포술장은 진지한 표정으로 함장에게 딱 한 마디의 질문을 던졌다.

"……의무장을 믿으십니까?"

그리고 함장은 그 질문에 조금의 주저함도 없이 고개를 끄덕였다.

"응. 믿어."

"에휴우……."

포술장은 길게 숨을 내쉬었다. 그리고 뺨을 두어 번 가볍게 친 다음 고개를 숙였다.

"알겠습니다. 그럼 저도 믿겠습니다."

함장과 포술장, 함내의 최고 선임자 둘이 그렇게 공인해버리자 다른 사관들은 더 이상 반박할 엄두도 내지 못했다. 비록 불만스러운 눈초리가 간간이 이쪽을 향하고 있었지만, 나는 그제야 마음이 편해졌다.

전령석에 있는 전술정보판을 두드려 현재 상황을 모니터해보니 지정 접촉물은 붉은 색으로 표시된 적 잠수함 한 척 뿐이었다. 그 외에 이 해역에는 어선이나 상선 한 척 보이지 않았다. 함장도 계속해서 창밖의 수면을 주시하고 있었지만 안개가 너무 극심해서 이렇다 할 성과는 얻지 못하는 중이었다. 카밀라 대교는 다시 소나의 파형이 표기된 모니터를 바라보며 물었다.

"마리아, 적 잠수함은 얼마 후에 사거리에 들어오지?"

〈지정 접촉물은 3분 내로 자함의 사거리 안에 들어와.〉

마리아의 보고를 받자 함장은 갑자기 무슨 생각을 하는지 턱을 괸 채, 안개가 자욱한 함수를 한동안 노려보았다.

톡. 톡. 톡.

함장은 팔걸이를 손가락으로 가볍게 몇 차례 두들기다가 호흡을 길게 내쉬며 대잠관에게 명령을 내렸다.

"……좋아, 나스챠 중위. 지금 바로 어뢰 갑판으로 가서 대잠 유도탄 발사 준비 태세를 완료하도록."

"Да, мэм(Yes, Maam). 발사준비 태세 완료하겠습니다."

대잠관은 바로 명령을 복창하고 즉시 어뢰 갑판 쪽으로 달려 나갔다. 적의 공격을 앞두고 있는 상황에서 내가 만일 저 잠수함의 승조원이었다면 어떻게 대응했을까? 나는 조심스럽게 잠수함의 다음 행동을 예상해보았다. 아마도 디코이를 뿌리면서 미사일의 추적을 피하려 들겠지만, 역시 완벽하게 따돌리는 건 무리겠지. 이 근처 해역은 수심도 얕고.

"어…?"

그때 묘한 의문이 들었다.

자신이 꼬리를 잡혔음을 안다면 왜 연방 잠수함은 진작 디코이를 뿌리며 우리를 교란하지 않았던 걸까? 마치 이래서야 잠수함이 우리를 유인하는 것 같지 않은가. 하지만 이 근방에는 암초도 기뢰도 없다.

그럼…… 어째서?

-4-

"함장님, 약 1분 뒤에 자함은 적 유도탄의 사정권 안에 들게 됩니다."

"기다리게."

윤선호 대령은 부장이 다그치는 데도 느긋한 표정으로 소나 모니터만 응시하고 있었다. 이미 최충헌 함이나 잿빛 10월 모두 소리를 있는 대로 키워 내달리고 있었기 때문에, 양측의 위치를 판단하기가 어렵지는 않았다. 하지만 한계까지 적을 유인하는 시도는 너무나도 위험한 일이다.

잠수함으로 수상함을 사냥하는 것은 몸을 위장한 보병 하나가 대전차 미사일을 들고 전차를 사냥하는 것과 같다. 최초의 공격이 제대로만 먹혀

들어간다면 적을 한방에 쓰러트릴 수도 있지만, 일방적으로 마주보고 싸운다면 승산이 적다. 이런 상황에서 내려진 윤선호 함장의 명령은 보병더러 전차를 유인하라는 셈이다. 모르는 사람이 보았다면 미친 짓이라고혀를 챘으리라.

하지만 함장은 조급하지 않았다. 믿는 구석이 있었기 때문이다.

"아무리 그래도 디코이는 전개하는 편이…."

"부장. 너무 조급해하지 말라고. 재촉한다고 죽이 될 게 밥이 되나. 디코이를 썼다가 적이 엉뚱한 항로로 이탈해버리면 곤란해. 지금은 천천히, 적이 스스로 늑대의 아가리에 머리를 들이밀 때 까지 기다리면 되는 거야."

함장은 다시 전술 상황판에 눈을 두었다. 붉은색으로 표시된 잿빛 10월은 시시각각 거리를 좁혀 왔다. 잿빛 10월의 유도탄 사정거리를 의미하는 붉은색 원이 최충헌 함의 지근거리까지 따라왔다. 하지만 아직이다. 좀 더 다가오지 않으면….

'조금만 더… 조금만 더……!'

승조원 모두 마른 침을 삼키며 전술 상황판을 주시했다. 전술 상황판의 붉은색 원이 최충헌 함에 가까워지는 동시에, 그 양 옆에 있는 또 다른 초록색의 원도 잿빛 10월을 향해 가까워졌다. 잠시 후, 그 세 원이 모두 맞닿는 순간 소나관과 무장관이 동시에 소리를 질렀다.

"적함 유도탄 사정거리 내 진입!"

"UUV 유도탄 사정거리 내 적함 진입!"

그 즉시 함장은 지체하지 않고 명령을 내렸다.

"지금 즉시 SSM-051 척준경과 SSM-052 경대승은 긴급 부상한다!"

〈수신완료.〉

답신과 동시에 소나에 새로운 음파가 잡혔다. 잿빛 10월의 양 후미에 아군을 뜻하는 초록색의 시그널이 표시되었다. 전황은 갑자기 바뀌어 이제 해역에는 4척의 배가 표시되고 있었다. 적 수상함 하나에 아군 잠수함 셋.

윤선호 함장이 노림수는 바로 이 협공이었다. 잿빛 10월에는 ATT가 있기 때문에 기습적인 어뢰 공격은 능동적으로 방어해 낼 수 있다. 그래서야 1:1 싸움으로는 거의 승산이 없었다. 하지만 그것도 한두 발일 때나 가능한 일이지, 여러 척의 배가 협공을 해 온다면 잿빛 10월도 무적은 아닐 터.

그래서 함장은 배를 늑대의 소굴로 유인하기로 했다. 지저에서 조용히 대기하고 있던 무인 잠수정 두 척이 위치한 곳으로 적을 유인한 다음 선수를 돌려 역습한다면—

'아무리 거대한 사자라도 죽기를 각오하고 달려드는 늑대 떼를 막아낼 수는 없는 법이니까.'

윤선호 함장은 속으로 쾌재를 불렀다. 상대는 완전히 자신의 수에 넘어갔다. 최충헌 함은 이제 함수를 완전히 돌려 잿빛 10월을 향해 어뢰 발사관을 겨눴다.

〈SSM-051 척준경, 어뢰 발사 준비 끝.〉

〈SSM-052 경대승, 대함 미사일 발사 준비 끝.〉

"SS-091 최충헌, 대함 미사일 발사 준비 끝."

모든 무장의 발사 준비가 완료된 것을 확인하자 윤선호 함장은 미소를 지었다. 이제 준비는 모두 끝났다. 함장은 해도 위에 놓인 잿빛 10월의 모형 블록을 손가락으로 탁 엎으며 속삭였다.

"체크메이트."

〈새로운 수중 접촉물 2척 확인! 본함 기준 방위 1-6-0, 2-1-0! 거리 각각 1만!〉

마리아 수병이 드물게 당황한 목소리로 접촉물 보고를 해왔다. 그 위치는 탐지 범위 가장자리도 아닌 바로 본 함의 배후였기에 사관들은 당황한 기색을 감추지 못했다.

"뭐? 일단 양현 정지! 앞으로 제로!"

함장의 말에 기관전령수가 황급히 가속레버를 앞으로 잡아당겼다. 포술장은 사이드 윙으로 나가 배 후미를 살폈지만, 짙은 안개 때문에 아무것도 발견하지 못했는지 욕지거리를 내뱉으며 다시 들어왔다.

"젠장! 갑자기 뭐가 나타났는지 알아야지!"

하지만 소나 모니터는 함 후미에 위치한 두 기의 기관추진음을 또렷이 표시하고 있었다.

"마리아! 수중 접촉물이 뭔지 정확히 알 수 있어?"

〈확신은 어려워. 하지만 기존의 소나 데이터를 바탕으로 추측한 이 음파는…….〉

마리아는 잠시 주저하더니 믿기 어려운 말을 내뱉었다.

〈연방의 무인 잠수정이 내는 엔진 소리에 가까워.〉

"대체 이게 무슨……."

함장조차도 당혹스러움을 감추지 못했다.

아무리 생각해도 지금 갑자기 연방 잠수정이 나타날 이유가 없었기 때문이었다. 저게 연방의 잠수정이라면 왜 처음에 협공을 가해오지 않았던 걸까? 최초의 공격에 어뢰가 두 발만 더 더해졌어도 잿빛 10월은 분명 일격에 침몰했을 텐데. 하지만 우리는 이미 완벽하게 포위되었고, 도망치던 연방 잠수함도 함수 발사관을 이쪽으로 천천히 돌리기 시작했다.

상황이 이렇게 되자 가장 난처해진 이는 유도탄 발사 준비를 하고 있었던 대잠관이었다.

〈포술장님……, 쏩니까?〉

어뢰 갑판에서 온 무전을 받자 포술장은 고개를 흔들며 대잠관을 다시 호출했다.

"기다려. 아니— 그냥 함교로 돌아와."

전술 상황판에 표시된 적함은 이제 세 척. 심지어 이 모두가 우리를 완벽하게 세 방향에서 포위하고 있었다. 적과 아군 모두가 서로 어뢰나 유도탄의 사정거리 안에 있어서 우리가 먼저 선제공격을 한다면 퇴로를 뚫을 수 있을 법도 했지만, 실상은 그렇게 간단하지가 않았다.

공격이 적에게 닿기도 전에 세 방향에서 날아오는 어뢰를 맞는다면 우리는 일격에 끝날 수도 있다. 하지만 적 잠수함은 여전히 공격할 기미가 없어보였다.

잿빛 10월을 침몰시키는 게 목적이 아니라면 연방의 잠수함은 무슨 꿍꿍이로 저러고 있는 걸까?

따르릉—

침묵을 깨고 함교의 벽에 걸려있던 위성 전화기가 울렸다. 외부에서 걸려온 전화였다. 지금 이 상황에 전화가 온다면 상대는 안 받아도 뻔했다. 나는 전화기로 다가가서 스피커 폰 버튼을 꾹 눌렀다.

〈오랜만이군, 잿빛 10월.〉

연방 억양이 섞인 영어가 들려왔다. 어디선가 들어본 적 있는듯한 중후한 목소리였지만 확신할 수 없었다. 그 사이에도 상대는 즐거운 기색을 역력히 드러내며 우리를 조롱했다.

〈나도 이런 얕은 수에 걸려들 줄은 몰랐다네. 적어도 무인 잠수정 한 척 정도는 버릴 각오로 달려들었건만 이래서는 실망이야. 이보게, 카밀라 함장. 광명학회의 기술력에 도취되어 전술을 모조리 잊은 거 아닌가?〉

갑자기 상대의 입에서 함장의 이름이 나오자 사관들이 움찔했다. 카밀라 대교는 함장석에서 천천히 일어나더니, 왼손으로 머리를 벅벅 긁으며 수화기를 집어 들었다.

"……한 방 먹었네. 내 실수야."

〈아무래도 좋아. 전황은 설명해 주지 않아도 되겠지?〉

"그래. 아무래도 당신 손짓 하나에 우리 배가 침몰할 수도 있는 상황인데 말이야. 그런데 이렇게 일부러 무대를 만들고 괜한 시간을 끄는 이유가 뭐지? 나라면 처음부터 전력으로 침몰시켰을 텐데."

카밀라 함장은 히죽거리며 엄지손톱을 꽉 깨물었다.

"혹시 동정이라도 하고 있나? 이거 어째 연방의 높으신 분들이 이를 안다면 근무태만이라고 화를 내겠어. 크크."

〈그럴 리가 있나? 나도 우리 높으신 분들이 아니라면 진작 그렇게 했을 거야. 그럼 그쪽 승무원들은 지금 수면 아래서 물고기 떼와 키스하고 있었겠지.〉

"하핫, 재미있는 소릴 하네."

카밀라 대교는 분명 평소처럼 유쾌한 투로 깔깔대고 있었지만, 눈은 조금도 웃질 않았다. 나는 그 표정을 아주 잘 알고 있다. 저건 함장이 화를 내는 표정이다. 그것도 아주 화가 났다는 뜻이다. 일전에 내게 화를 낼 때도 함장은 저런 표정을 지었다.

아무도 말해주지 않았지만, 나는 어쩐지 함장의 마음을 어림할 수 있었다. 함장은 지금 스스로에게 화가 나 있다. 전황을 이렇게 만든 자기 자신을 용서할 수 없었으리라.

"함장······."

이제 함장의 손톱에서는 한 줄기 피가 흘러내리고 있었다.

〈긴 말 하지 않겠어, 카밀라 대교.〉

상대는 다시 진지한 투로 제안을 던져왔다. 너무나도 터무니없는 소리였다.

〈배를 넘기게.〉

배를 적에게 넘기라니— 함장으로서 겪을 수 있는 최악의 불명예다. 전투에서 행동불능이 된 군함도 뇌격 처분하여 자침하는 마당에, 조금도 손상되지 않은 배를 그대로 적에게 넘긴다는 행위는 불명예 이전에 아군에 대한 배반 행위다. 상대는 그런 수치스러운 일을 카밀라 함장에게 제안하고 있었다.

"그거 진심으로 하는 소리야?"

계속 태연을 유지하던 함장의 목소리도 이제는 분노로 떨리기 시작했다.

〈물론. 지금 순순히 투항한다면 승조원들의 안전은 보장해주겠네.〉

상대가 그렇게 말은 했지만, 그런 일이 일개 군인의 재량으로 가능할 리 없다. 이미 총통의 기자회견으로 광명학회는 연방의 공적으로 낙인이 찍혔다. 여론을 생각해도 순순히 풀어줄 리가 없다. 적어도 함장을 포함한 상급 사관들은 중형을 면치 못하겠지.

"아하, 그래서 잿빛 10월을 침몰시키지 않고 이런 무대를 꾸몄군?"

〈그래. 무진함을 침몰시킨 연방의 적에 대한 처우치고는 사치스럽지.〉

상대의 말에 카밀라 함장은 목소리를 높여 항변했다.

"그러니까 전에 말했지만 무진함을 침몰시킨 것은!"

그때, 함장의 눈이 나와 마주쳤다.

'전에 말했지만?'

함장은 이 상대 군인과 전에 대화를 한 적이 있단 말인가? 순간 나는 묘한 기시감을 느꼈다. 상대의 중후한 목소리와 무진함에 대한 책임을 부인하는 함장……

〈무진함은 정체불명의 적에게 습격당해서 침몰 후 승조원 전원 사망했다. ……거기 있는 사내가 무어라 하든, 그 사내는 이원일 하사가 아냐.〉

"다, 당신!"

머릿속이 새하얗게 변했다.

나는 생각할 겨를도 없이 함장에게서 수화기를 빼앗아들고 소리를 질렀다.

"당신 윤선호 대령이지!"

그렇다. 이 목소리를 어떻게 잊을 수 있겠는가. 지금 수화기 너머에서 말하고 있는 상대는 전에 내 존재와 가치를 모두 부정했던 그 연방군 대령이었다. 그 사실을 알아차리자 나는 흥분해서 참을 수가 없었다.

〈이 목소리는… 아아, 이원일 하사로군?〉

윤선호 대령은 내 목소리에 당황스러워 하는 눈치였지만, 곧 아무렇지도 않게 대꾸했다.

〈이렇게 직접 대화하는 것은 처음이군. 수화기에 대고 직접 얘기하는 걸 보니 그 안에서도 어느 정도 신망을 잘 쌓은 것 같아. 여하튼 이렇게라

도 통화할 수 있으니 반갑네.〉

"아니, 그보다 왜…… 아니, 왜 당신은 나를……."

무어라 말을 해야 하는데, 머릿속이 너무 뒤죽박죽이라 나는 제대로 말을 잇지 못했다.

무슨 이야기부터 꺼내야 하지? 왜 나를 모른다고 했냐고 따져야 하나? 아니면 무슨 사정이 있었냐고 조심스럽게 돌려 말해야 하나?

하지만 상대는 내가 말을 더듬는 이유를 착각했는지 너털웃음을 지으며 답했다.

〈너무 긴장하지 말게. 어디에 있든 자네는 연방의 충직한 군인이며, 또한 연방을 지키기 위해 고초를 무릅쓴 영웅이야. 국민들도 이원일 하사가 살아있었다는 걸 알면 크게 기뻐 할 걸세.〉

"연방의…… 충직한 군인."

나는 대령이 한 말을 입 안으로 작게 되뇌었다. 훈련소 때부터 귀에 딱지가 앉을 정도로 들었던 그 단어가 너무나도 뭉클했다. 반년 가까이 조국을 떠나 계속 타지 생활을 해 왔던 내게 그 말은 가슴에 절실히 와 닿았다.

하지만 나는 아직도 확신할 수 없었다.

"그렇지만…… 어째서 그때 카밀라 함장에게 이원일 하사는 죽었다고 단언했습니까?"

〈그 통신을 들었나? 신경 쓰지 말게. 그건 단순한 허세에 불과해. 적의 말을 곧이곧대로 듣는 군인은 없어. 그건 자네도 알지 않는가?〉

대령의 말은 옳았다. 적이 보낸 통신에 거짓말을 좀 했다고 대령의 말을 의심할 수는 없었다. 하지만 만에 하나— 정말로 군부가 나의 죽음을 바란다면, 이것 역시도 달콤한 사탕발림에 불과하다. 나는 다시 혼란스러워졌다.

"이원일 일조…."

뒤에서 샤오지에 갑판장이 걱정스러운 투로 말을 걸어왔다. 이들 역시 내게 무한한 신뢰를 보내왔다. 하지만 그 신뢰 역시 내가 모르는 꿍꿍이에서 비롯된 위선일수도 있었다. 이러한 현실 속에서 나는 누구의 말을 믿어야 하는가?

〈거기 있는 녀석들이 하는 말 듣지 말게, 이원일 하사. 자네는 연방의 충직한 군인이야. 그 놈들은 자네의 전우들을 죽인 원수라고! 전우의 원수를 갚고 조국의 영웅이 되어야지!〉

"원수를 갚는다……."

〈그래. 우리는 잿빛 10월을 나포하라는 명령을 받았어. 자네가 안에서 도와준다면 일이 더 쉬워지겠지. 이건 연방 해군 상관으로서의 명령이네. 이원일 하사. 지금 당장 카밀라 함장을 사살해.〉

"저 시발 놈이 뭐라고 지껄이는 거야?"

결국 엘레나 포술장이 화를 참지 못하고 욕지거리를 내뱉었다. 하지만 그 누구도 내게 수화기를 뺏으려 들지는 않았다. 마치 함교의 승조원들은 내가 하고 싶은 말을 그저 다 하도록 내버려 두는 듯했다. 그러는 사이에도 윤선호 대령은 계속해서 나를 설득했다.

〈자네 눈에는 지금의 전황이 보이지 않는가? 우리가 버튼을 누르기만 하면 잿빛 10월은 바다 속으로 가라앉는다고. 하지만 그 앞에 있는 함장만 죽이면 잿빛 10월은 손쉽게 우리 손에 넘어올 걸세.〉

"……."

〈자네는 영웅이 되고 싶지 않나?〉

"나는……."

윤선호 대령의 말에 주저하며 바짓단을 만지작거리고 있노라니, 차갑고 단단한 물체가 손끝에 닿았다. 손을 집어넣어 당겨보니 전투 배치 중에 챙겼던 권총이 딸려 올라왔다.

"그, 그 총 버려!"

내 손에 들린 총을 보고 사관들이 당황한 표정으로 각자의 무기를 뽑아들었다. 옆에서 대잠관인 나스챠 중위가 다급하게 포술장을 불렀다.

"포술장님! 지금 발포 명령을! 빨리 의무장을 처치하지 않으면 함장님이 위험합니다!"

"기다려."

하지만 엘레나 포술장은 조금의 동요도 없이 나를 주시하고 있었다.

"함장님이 믿으신다고 했잖아. 가만히 있어."

"하지만……."

"나도 믿는다."

엘레나 포술장이 다시 한 번 선언하자 사관들이 술렁거리기 시작했다. 하지만 아직도 사관들은 총을 버리지 않은 채 나를 겨누고 있었다.

도대체 이게 뭐람. 함교에서 홀로 권총을 들고 함장을 노려보는 일등병조라니, 무슨 선상 반란이라도 일으킨 것 같잖아. 너무나도 비현실적인 상황에 꿈이라도 꾸는 양 주변의 소음이 메아리치기 시작했다. 그때 귓가에 또렷하고 달콤한 목소리가 들려왔다.

— 쏴 버려.

— 지금 함장을 쏴 버린다면 이 배의 명령체계는 완전히 무너질 거야.

— 어차피 도망갈 수 있는 상황도 아냐.

─ 곧 연방 해군이 들이닥칠 거라고.

─ 함장을 쏜 다면 넌 연방의 영웅이 될 거야.

연방의 영웅? 나는 연방군의 정훈 시간에 보았던 전사(戰史)의 영웅들을 떠올려 보았다.

모 아무개는 모년 모월 모일 아무개의 아들로 태어나, 조국의 부름을 받고 군에 입대하여 장렬하게 싸워 승리하였다. 그의 영웅적인 삶은 다른 젊은이들의 큰 귀감이 되었다.

그렇다. 영웅이 된다는 것은 이런 의미다. 동상이 길거리에 세워지고, 사람들이 이름을 연호한다. TV에서는 그의 인생을 다룬 영화가 방영되고, 훈장을 치렁치렁 단채 남부럽지 않은 여생을 보낸다. 거기에 내 얼굴과 내 이름을 박아 넣는 다는 것은 너무나도……

우스운 일이지.

"크크크……."

갑자기 킬킬거리자 윤선호 대령은 내가 실성이라도 한 줄 알았는지 조심스럽게 물었다.

〈갑자기 왜 그러나, 이원일 하사.〉

"대령님."

나는 윤선호 대령에게 엉뚱한 질문 하나를 던졌다.

"대령님은 저와 식사를 같이 하신 적이 있으십니까?"

〈뭐? 자네와 나는 함대가 다르니 병식을 한 일은 없겠지만… 그게 무슨 상관인가?〉

"그렇습니다. 저는 대령님과 식사를 같이 한 적이 없습니다. 엄밀히 말하면 '남'이지요. 하지만 저는 이곳의 승조원들과 식사를 함께하고 고락을 함께했습니다. 다시 말하자면 '한솥밥을 먹는 사이'라는 것입니다."

내 말을 이해할 수 없다는 듯이 윤선호 함장이 짜증 섞인 목소리로 되물었다.

〈자네는 지금 무슨 소릴 하는 건가?〉

"그럼 알기 쉽게 말씀드리죠. 저는 함께 밥을 먹는 '식구들'에게 총을 겨눌 생각은 조금도 없습니다."

수화기 너머에서 한동안 침묵이 이어지더니 곧 분노에 찬 목소리가 들려왔다.

〈자네는 지금 그깟 밥 한 끼 때문에 조국을 배반하겠다는 소린가!〉

"그깟 밥 한 끼라뇨? 연방 정부가 말하던 충성과 명예는 저를 죽음에서 구해주지 못했지만, 이들이 대접한 '그깟 밥 한 끼'는 저를 생사의 기로에서 구해주었습니다. 명예보다 밥을 택할 이유는 그것만으로도 충분하지 않습니까?"

〈이원일 하사! 자네는 지금……〉

"하사라니, 뭔가 오해가 있었던 모양입니다만."

나는 대령의 말을 끊고 재차 정정해주었다.

"대령님께서 말씀하시지 않으셨습니까. 연방 해군의 이원일 하사는 죽었다고."

그래. 하사 계급을 가진 연방 해군의 그 수병은 그날 죽었다. 명예를 택하겠노라고 용감히 해적과 맞선 이원일 하사는 물속에 가라앉아 익사했고, 연방은 그를 길이길이 추모하리라. 하지만 그건 그 녀석의 이야기일 뿐이다.

"하지만 이원일 '일등병조'는 여기 살아있습니다. 잿빛 10월의 의무장, 이원일 일등병조는 여기에 새파랗게 살아있다고!"

나는 수화기를 향해 소리친 다음 잠시 숨을 죽였다. 내 말이 당혹스러웠는지 함교의 승조원들은 물론이고, 수화기 너머의 윤선호 대령도 말을 잇지 못했다. 아주 잠시 동안 함교 안에는 시계 바늘이 움직이는 소리만 가득했다.

시계를 올려다보았다. 7시 15분 전. 평소라면 오전 당직 교대를 알리는 종이 울렸겠지만, 지금은 전투배치 상황인지라 아무런 방송도 나오고 있지 않았다.

"그리고 하나 더 중요한 사실을 말해주자면……."

나는 숨을 크게 들이켠 다음 있는 힘껏 소리를 질렀다.

"이제 아침밥 먹을 시간이니까 끊어!"

나는 그렇게 말하고 수화기를 거칠게 벽면에 내팽개쳤다. 그래도 분이 안 풀려서 씩씩거리며 뒤를 돌아보니, 다른 사관들이 묘한 표정으로 나를 쳐다보고 있었다. 이미 다들 총구는 내린 상태였지만 승조원들의 표정은 이상하게 꿈틀거렸다.

마치 웃음이 터지기 일보 직전처럼.

"푸흐……."

결국 웃음을 참지 못하고 포술장이 먼저 실소를 터트렸다.

"푸하핫! 아침밥? 정말 웃긴다니깐! 크크… 세상에 어떤 미친놈이 목숨이 오고가는 상황에서 아침밥을 찾겠냐? 세상에 그런 미친놈은 너 밖에 없을게다, 의무장!"

이어서 함교에 있던 승조원들 역시 포술장을 따라 쿡쿡 웃기 시작했다. 뭔가 멋진 듯 지껄였지만, 다시 생각해보니 민망한 소리였다.

"으으… 민망하니까 그만 웃으십쇼. 저도 알고 있습니다."

"그래, 정말 멍청한 소리였다니까."

하지만 포술장은 야릇한 미소를 지으며 내 등을 가볍게 두들겼다.

"하지만…… 나쁘진 않아."

엉뚱하고 한심한 소리였지만, 내 말 덕분에 확실히 함교의 분위기가 조금이나마 풀렸다. 방금 전까지 승조원들의 얼굴에는 수심이 가득했지만, 이제 그들은 미소를 짓고 있었다. 가끔 하는 바보짓도 나쁘지 않겠다는 생각이 들 무렵—

쾅!

갑자기 외부 수밀이 요란한 소리를 내며 열리더니 누군가가 뚜벅뚜벅 걸어 들어왔다.

그 불청객은 다른 승조원들처럼 CO2 재킷과 철모를 썼지만, 손에는 총기 대신 베이글 샌드위치가 가득 담긴 바구니를 들었다. 그녀는 불만스러운 표정으로 함교 정중앙까지 걸어 들어온 다음, CC(Chief Chef, 조리장)라고 적힌 철모의 끝을 밀어 올리며 짜증을 냈다.

"앞으로는 밥 때가 됐으면 재깍재깍 식당으로 오시죠. 언제부터 조리부에서 배달 서비스까지 개시했습니까? 어뢰를 맞아도 밥 먹는 시간은 밥 먹는 시간입니다."

당연한 소리지만— 그 불청객은 해인이었다.

해인은 바로 해도를 깔아놓은 추측 항법 트레이서(DRT : Dead Reckoning Tracer) 위에 샌드위치 더미를 쾅 하고 내려놓더니, 주위를 돌아보며 퉁명스럽게 물었다.

"…다들 왜 그런 눈으로 보십니까?"

승무원들은 놀란 기색을 거두고 히죽거리며 나와 해인을 번갈아 보았다. 아마도 내가 방금 한 소리 때문이겠지. 해인은 또 무언가 저질렀냐는 투로 내게 눈총을 주었지만, 뭐라 해명할 기력도 나지 않아 어깨만 으쓱거렸다.

엘레나 포술장은 한 손에 베이글 샌드위치를 쥐고 내게 다가오더니 의미심장한 미소를 지었다.

"미안, 의무장. '한 년' 더 있었네."

포술장은 킬킬거리며 샌드위치를 한 입 크게 베어 물었다.

-6-

"뭐, 뭐라고 했습니까?"

통화를 마치고 나오는 윤선호 함장에게 승조원들의 시선이 꽂혔다. 부장이 초조한 표정으로 다가와 보챘지만, 윤선호 대령은 어깨를 가볍게 으쓱거리며 고개를 저었다.

"투항을 거부했다. 협상 결렬이야."

어느 정도 예상했던 일이지만 아무런 피해 없이 배를 나포할 수는 없게 되었다. 그렇다면 기관부나 함교를 맞춰 행동불능 상태로 만든 후에 진입해야한다.

"지금 바로 발포합니까?"

"아니, 잠깐. 기다리게."

하지만 함장은 부장을 제지한 채 잠시 감상에 잠겼다.

'연방 정부가 말하던 충성과 명예는 저를 죽음에서 구해주지 못했지만, 이들이 대접한 '그깟 밥 한 끼'는 저를 생사의 기로에서 구해주었습

니다.'

이미 승기가 이쪽으로 넘어왔는데 한 순간의 욕망 때문에 조국을 배반하다니, 함장은 원일이 어리석고 한심했다. 아마 지금의 잿빛 10월은 도망칠 궁리를 짜내느라 정신이 없겠지. 그에 반해 원일이 시간을 끌기 위해 댄 핑계는 너무 우스꽝스러워서 화보다 웃음이 먼저 나왔다. 식사 때문이라니, 좀 더 그럴싸하고 납득할만한 핑계를 댈 수 있지 않겠는가. 그런 불순한 욕망으로 움직이는 군인이 있을 리가.

'군에 적을 두면 먹고 사는 문제만큼은 해결되지.'

'이런 불황에는 안전한 직장이 최고야. 군에 가면 밥 나오지, 집 나오지… 최고라고!'

갑자기 윤선호 함장의 머릿속으로 고교 시절 동창들이 했던 말이 흘러 지나갔다. 갑자기 왜 그때의 기억이 떠올랐을까? 분명 고교 시절의 윤선호 함장도 순수한 충성심으로 군에 자원입대하지는 않았다. 당시 사회는 오랜 불황으로 인해 경제가 바닥을 쳤고, 직업소개소 앞에는 젊은 인력들이 돈을 벌기 위해 우글거렸다. 비록 자유가 제한되지만 안정적인 식사와 미래가 보장되는 군은 당시 이상적인 직업 중 하나로 손꼽혔다.

가난한 집의 삼남으로 태어나 대학 학비를 댈 수 없었던 어린 시절의 함장도 사관학교에 입학해 국비로 공부하며 장교의 길을 걷게 되었다. 물론 지금의 연방이야 돈이 없어 배를 곯는 사람은 거의 없지만, 그 당시만 해도 삼시세끼 식사가 제공되는 직장은 드물었다. 그래, 결국 함장 자신도 밥 한 끼를 위해 군에 입대한 셈이었다.

'그런데도 과연 내가 이원일 하사를 비웃을 수 있을까?'

하지만 함장은 곧 고개를 젓고 정신을 바로 가다듬었다.

민간인이었던 과거의 자신과 군 지휘관인 현재의 자신은 완전히 별개의 인물이다. 과거의 가치관과 사념 때문에 현재의 자신이 흔들려서는 안된다. 게다가 군인에게 밥은 작전을 효율적으로 수행하기 위한 하나의 수단일 뿐이다. 더군다나 사람은 극도로 흥분하거나 집중하면 가벼운 허기 정도는 잊을 수 있다. 실례로 지금 최충헌 함의 승조원들은 벌써 10시간째 아무것도 먹지 않고 항해를 지속했지만, 그 누구도 배가 고프다는 말을 꺼내지 않았다.

　전장에 나선 군인이라면 이처럼 배가 고픈 줄도 모르는 비인간적인 상태가 '기본'이다.

　"그런데도 그 녀석은 아침 식사 같은 소리나 하고…."

　함장은 혀를 차며 원일을 비웃었다.

　"네? 아침 식사 말입니까?"

　함장의 혼잣말을 들었는지 부장이 시계를 보며 고개를 갸웃거렸다.

　"그러고 보니 벌써 시간이 이렇게 되었군요. 혹시 시장하십니까? 그럼 지금 바로 증식이라도 준비해 드리겠습니다."

　"아니, 그럴 필요는…"

　함장은 부장을 말리려다 다시 전술현황판에 눈을 두었다.

　이미 포위는 견고했고, 적은 달아날 기미조차 보이지 않았다. 서두를 필요는 없다. 오히려 시간을 두고 적을 더 초조하게 만든다면 알아서 항복을 번복해 올 수도 있다.

　"좋아. 상대에게 30분 정도 유예를 다시 준 뒤에 결정해도 늦지 않겠지. 부장, 승조원들에게 부식을 나누어주고 기력을 차리도록 독려해."

　"예. 그럼 승조원들에게 부식을 나누어주겠습니다."

　부장은 보급관과 함께 창고에서 건빵을 한 상자 꺼내 승조원들에게 배부했다.

이왕이면 따뜻한 음식을 먹는 편이 좋겠지만, 잠수함의 열악한 조리 환경과 전투 중이라는 상황을 고려하면 사실 건빵도 감지덕지한 수준이었다. 승조원들은 모두 건빵을 한 봉지씩 받아들고 무미건조하게 씹어 삼키기 시작했다.

오독, 오독….

건빵이 바스러지는 소리가 잠수함을 가득 메웠다. 30분간 여유를 준다고 했지만, 승조원들 대부분은 5분도 되지 않아 건빵 봉지를 깨끗이 비웠다. 윤선호 함장 역시 승조원들과 마찬가지로 건빵 봉지를 받아들고 천천히 씹어 삼켰다.

연방의 건빵은 다른 군대의 건빵과는 달리 고소한 풍미가 있었지만, 역시 수분을 줄인 보존식인지라 물 없이 서너 개를 연달아 먹으면 미숫가루를 생으로 씹는 듯 목이 메어왔다. 그래서 연방 군부에서는 건빵 섭취에 용이하도록 별사탕 몇 개를 봉지 안에 첨부했다. 별사탕은 그 자체가 설탕 덩어리여서 침샘을 자극하는 효과가 있다. 그렇기 때문에 건빵과 함께 별사탕을 먹으면 물 없이도 쉽게 건빵을 먹을 수 있었다.

하지만 윤선호 함장은 별사탕을 그리 좋아하지 않았다. 훈련소라면 모를까, 지금은 식수도 충분히 있는데다가 별사탕 특유의 강렬한 단맛이 부담스러웠기 때문이다.

"……."

함장이 별사탕 봉지를 한동안 노려보고 있으니 지나가던 보수관이 궁금한 듯 말을 걸어왔다.

"왜 그러십니까?"

"아니… 이 별사탕은 자네 먹게."

윤선호 대령은 별사탕 봉지를 보수관에게 던져주었다. 보수관은 기꺼이 봉지를 받아들면서도 의아한 듯 되물었다.

"단 것을 안 좋아하십니까?"

"뭐 그런 이유도 있고. 별사탕은 군 생활하면서 질리도록 먹었거든."

"그렇군요. 저는 아직 군 생활을 오래 안 해서."

보수관은 씩 웃으면서 별사탕을 통째로 입에 털어 넣었다. 그 얼굴이 어찌나 천진했는지, 함장은 저도 모르게 너털웃음을 지었다.

"박 소위는 별사탕을 좋아하나?"

"예, 맛있지 않습니까? 같이 먹으면 목이 멘 것도 덜하고… 무엇보다도 훈련소 때 교관 몰래 먹던 즐거운 추억이 떠올라서 즐거운 것 같습니다."

아무것도 모르는 그 천진한 표정에 윤선호 대령은 그의 젊은 시절을 떠올렸다.

'그러고 보니 나도 신임 소위 때는 많이 먹었었는데.'

분명 임관 초기에는 함장도 별사탕을 맛있다고 생각했던 적이 있었다. 죽음의 공포보다 허기의 공포가 더 강했던 후보생 시절의 일이었다. 하지만 어느 순간부터였을까? 전투 식량을 질리도록 먹고, 함장 일을 하면서 선상에서도 홀로 고급스러운 식사를 대접받게 되자 어느새 함장은 별사탕에 손도 대지 않게 되었다.

정계도, 군부도, 이 바다도 쉴 새 없이 변한다.

이처럼 혼란스러운 세상에서 발을 멈추고 과거를 돌아보는 일은 너무 위험하다. 앞에서 다가오는 파도를 읽기에도 급급한데 자신의 발이 지나온 항적을 돌아보다가는 가라앉고 만다. 이 별사탕도 마찬가지다.

함장은 건빵 봉지를 구겨 쓰레기통에 던져 넣은 다음 승조원들을 향해 소리쳤다.

"지금은 먹을 게 건빵뿐이라 조금 유감스럽지만, 든든히 먹어둬라! 어차피 상대도 비슷한 상황일 테니. 이기고 돌아가면 돼지를 통째로 한 마리 잡아서 성대하게 한 잔 하자!"

승조원들 사이에서 작은 환호성이 일었다. 저렇게 보여도 다들 오랜 항해와 딱딱한 식사에 질렸던 모양이다. 함장은 씁쓸하게 웃으며 눈이 보이지 않게 흑색모를 꾹 눌러썼다.

그래, 지금은 말 뿐인 약속이지만, 꼭 돌아가면 승조원 모두에게 융숭한 한 끼를 대접하도록 하자. 어차피 지금 이 바다 위에서 '잘 먹는다'는 건 사실상 불가능하니까.

-7-

메뉴는 베이글 샌드위치 하나뿐이었지만, 잿빛 10월의 아침 식사는 여느 때처럼 진행되었다. 추측 항법 트레이서 위에는 하얀 식탁보가 깔렸고, 승조원들은 각자의 간이 의자를 들고 트레이서 주위에 옹기종기 모여 앉아 아침 식사를 시작했다. 이렇게 보고 있자니 봄 소풍 나온 여학생들 사이에 섞인 기분이었다. 물론 잿빛 10월을 둘러싼 세 척의 적함만 제외한다면 말이다. 아직도 전술 현황판에는 적함을 뜻하는 붉은 색의 점이 선명하게 떠올라 있었지만, 승조원들은 그쪽에 눈길조차 주지 않았다. 오히려 나는 이 상황에서도 아무렇지 않게 식사를 할 수 있는 승조원들의 태연함이 신기할 정도였다.

"변명 같지만 오늘은 식빵 숙성이 덜 돼서 베이글을 쓸 수밖에 없었습니다. 거기에 전채나 디저트조차 없는 아침 식사를 승조원에게 제공하다니, 이건 조리장으로서 수치입니다……."

해인은 승조원들이 샌드위치를 먹는 내내 옆에서 불만스러운 목소리로 변명을 하고 있었다. 아무래도 평소보다 간소화된 아침이 마음에 들지 않았던 모양이다. 하지만 조리병 대부분이 장전수나 전령으로 징발된 마당에, 제대로 된 아침 식사 준비는 불가능에 가까웠다. 오히려 혼자서 이 많은 양의 샌드위치를 만들어 온 해인이 신기할 정도였다.

"…저기, 이게 수치스러운 정도면 연방 해군 조리장들은 다 목매달고 죽어야하거든?"

해인의 말과는 다르게 이 샌드위치는 전혀 대충 만든 느낌이 들지 않았다. 오히려 내가 민간에서 사먹던 고급 제과점의 샌드위치보다 수십 배는 더 맛있었다.

베이글은 숙성 과정을 거치는 다른 빵과는 다르게 반죽을 물에 데친 다음 구워서 만들기 때문에 식감이 부드럽기 보다는 차지고 쫄깃한 편이다. 하지만 그만큼 씹는 맛이 좋아 야채와 고기를 끼워 만드는 샌드위치용 하드롤로는 적당하다. 해인이 만들어준 샌드위치는 생 햄 슬라이스와 양상추가 얹힌 평범한 베이글 샌드위치였지만, 시판되는 상품들보다 훨씬 재료의 맛이 잘 살아있었다. 햄 슬라이스의 모서리는 반듯하지 않고 불규칙했는데 냉장육 창고에 매달아놓은 수제 햄을 얇게 썬듯했고, 빵에는 버터와 치즈를 발랐는지 고소한 맛이 진하게 났다.

한 가지 의문이라면 최근 식탁 위에 과일이 보이지 않을 정도로 신선 식품의 재고가 바닥을 쳤는데, 아삭아삭한 식감의 양상추가 그대로 있었다는 점이었다. 양상추를 비롯한 채소류가 대부분 그렇지만 잎사귀는 아무리 차게 보관한다 하더라도 사나흘이 지나면 시들시들해진다. 그런데 아직까지도 신선한 야채를 먹을 수 있다는 건……

"…왜 그런 눈으로 보십니까?"

내가 샌드위치를 먹다 말고 쳐다보자 해인이 불안한 듯 되물었다.

"아니, 혹시나 해서 말인데 이 양상추…."

"역시 신선도가 낮지요. 제 부덕의 소치입니다."

해인은 내가 양상추의 선도가 낮다고 하는 줄 알고 자학하기 시작했다.

"아니, 그 말이 아니라 바다 한 가운데서 이렇게 싱싱한 양상추를 먹을 수 있으니 신기해서 그런 거야. 뭐, 지하 덱에 양배추 밭이라도 차렸어?"

연방 해군의 경우 1주일이 넘어가는 항해에선 야채를 포기한다. 그런데 나는 승선 후 3주 동안 계속 싱싱한 채소를 먹어왔으니 신기하기 짝이 없었다. 하지만 해인은 팔짱을 낀 채 불만스러운 투로 고개를 저었다.

"종류마다 조금씩 다르긴 하지만 보관만 잘 한다면 수 주 동안 채소를 보관하는 일도 불가능하진 않습니다. 양상추의 경우에는 줄기부터 썩기 때문에 줄기 끝을 잘라내고 물에 적신 타월 위에 올려놓으면 썩지 않습니다. 그리고 겉잎은 내버려 두고 속잎만 채취한다면 잎이 마르거나 갈변하는 것도 막을 수 있지요. 물론 이 방법도 임시방편이기 때문에 한 달 이상의 장기 항해는 곤란합니다."

"그렇구나. 역시 고생이 많네."

나는 늘 그랬듯이 무신경하게 넘기려고 했지만, 해인은 아직도 못마땅한 듯 손가락을 잘근대며 투덜거렸다.

"…물론 저도 야채는 배 안에서 길러보려고 했습니다."

"시도했던 거냐!"

"물론입니다. 채소 수급 문제로 포기하는 식단이 얼마나 많은데요. 일단 조리실 한편에 간이 텃밭을 조성해보았는데 배가 너무 흔들리는 바람에 씨가 뿌리를 내리지 못했고, 소금기를 머금은 해풍(海風)은 싹을 고사

시켜 버렸습니다. 물론 함내에 수경 재배식 식물 플랜트를 건설한다면 불가능한 것은 아닙니다만, 모 간부님이 필요 이상으로 함내 무장을 늘리시는 바람에…."

그렇게 말하고 해인은 포술장을 잠깐 째려보았다.

아니, 아니, 아니. 지금 무슨 생각인거야.

"바보냐! 군함에서 탄약과 미사일을 빼고, 그 자리에 상추 공장을 만든다고?"

"저희는 보급함인걸요. 전투보다는 맛있는 한 끼가 더 중요합니다."

"맛있는 식사 이전에 포탄을 맞으면 죽어!"

해인과 서로 언성을 높여 싸우고 있노라니 옆에서 포술장이 반쯤 자학을 섞어 빈정거렸다.

"그래, 그래. 조리장 말을 무시하고 실은 그 포탄과 미사일로도 이 상황을 빠져나갈 수가 없군. 이럴 줄 알았으면 상비 탄약고에 상추 밭이나 일궈서 매일 아침 샐러드나 해 먹을걸 그랬네."

포술장은 쓸쓸하게 킬킬거렸지만, 지금의 이 상황은 전혀 포술장의 탓이 아니었다.

"너무 자책하지마세요. 어차피 보급함 한 척으로 잠수함 세 척을 대적한다는 상황 자체가 무리였습니다. 오히려 이 정도 무장도 없었다면 진작 적병들이 도선해 왔을걸요."

"그건 그렇지만 좀 더 머리를 굴렸으면 이렇게 엉망진창으로 당하지는 않았을 텐데……."

포술장은 머리를 헝클어트리며 짜증을 부렸다.

해인이 만들어 온 샌드위치는 정말 맛있었지만, 이것으로도 배 전체에 스멀스멀 번지고 있는 우울한 분위기를 어쩔 수는 없었다. 다들 말없이 식사에 집중하고 있었지만, 기관전령도 타수도, 견시도 모두 패배를 직감하고 울적한 표정을 지었다. 그리고 이 중에서도 지금 가장 우울해 있는 사람은 다름 아닌,

"하하…… 멍청한 짓을 저질렀네."

함장이었다.

카밀라 함장은 통신이 끝난 이후부터 의기소침한 표정으로 안개가 자욱한 창밖을 내다보고 있었다. 물론 적의 의중을 읽지 못한 함장의 마음은 십분 이해하지만, 이 상황에 저렇게 청승을 떨고 있으니 될 일도 안 될 기분이었다. 게다가 함의 최고 사령관이 저러고 있으니, 다른 승조원들도 덩달아 기분이 가라앉았다.

"…식사라도 하세요."

나는 작은 접시에 샌드위치를 담아 가져갔지만, 카밀라 대교는 완강한 태도로 고개를 저었다.

"생각 없어."

"물론 기분이 울적하신 것은 알고 있지만, 그래도 식사를 하시지 않으면 몸이 상한다고요."

"상하면 어때. 어차피 남은 목숨도 길지 않은데."

"또 그런 터무니없는 말씀을."

이거야 완전히 삶을 포기한 시한부 환자 같은 말투다. 나는 한숨을 내쉬며 함장을 다그쳤다.

"그렇게 말씀하시면 기껏 본국의 제안을 차버리고 여기 남은 제가 뭐가 됩니까. 저를 봐서라도 좀 기운을 내세요. 그런 마음에도 없는 허튼 소리는 그만 하시고…"

"농담 아냐, 의무장."

함장은 나를 올려다보며 가볍게 고개를 저었다.

"우린 지금 아무런 가망도 없어. 의무장이 연방군 대신 우릴 택한 것은 기쁘지만 그렇다고 해서 지금 당장 새로운 수가 생기는 것도 아니고, 오히려 적을 도발한 건 마이너스 요소야."

함장은 평소처럼 태평한 미소를 짓고 있었지만, 내 눈에는 어쩐지 당장이라도 울음을 터트릴 것처럼 보였다. 사실 지금 전황이 완전히 적 쪽으로 기울었음은 전술에 문외한인 내가 보아도 알 수 있었다. 함장은 품을 뒤적거리더니 안주머니에서 소형 자동권총을 꺼내 내밀며 씩 웃었다.

"지금이라도 나를 쏠래?"

함장의 말에 포술장이 화를 벌컥 내며 소리를 질렀다.

"함장!"

하지만 이미 함장은 조금도 개의치 않고 허심탄회하게 속내를 풀어놓기 시작했다.

"어차피 우리는 연방에서 교전권을 인정하지 않는 군사 조직이야. 게다가 승조원들은 죄다 계집애들인데… 억센 뱃놈들한테 넘겨진다면 험한 꼴을 당할지도 모른다고. 하지만 네가 이 배의 지휘관을 죽이고 배를 나포하는 데 일조한다면, 연방군은 그 사실을 공표하기 위해서라도 우리 애들을 제대로 포로 취급할 거야. 그게 가장 합리적인 행동이야."

그 말은 정론이었다. 지금 여기서 더 발버둥을 쳐봤자 살아날 가능성은 희박했다. 한 사람의 목숨이라도 더 살리기 위해서는 그게 가장 좋은 방법이었다.

하지만 나는 함장의 말에 동의하고 싶지 않았다.

"그런 게 '합리'일 리가 없잖습니까……."

한 달뿐이지만 함께 밥을 먹고, 즐거움도 괴로움도 함께한 소중한 동료다. 아무도 죽게 내버려두고 싶지 않았다. 그래서 나는 아까도 우리를 포위한 연방 잠수함 대신 패색이 가득한 잿빛 10월을 택했다. 하지만 전황은 단지 기분만으로는 바꿀 수 없다.

창밖으로 보이는 바다 안개는 아직도 걷힐 기미가 보이지 않았다. 어쩐지 창밖의 안개가 함교 안으로 스멀스멀 새어 들어오는 것만 같았다. 바로 눈앞에 있는 승조원들도 서서히 부연 색깔로 흐려지기 시작했다. 나는 이 광경에서 지독한 기시감을 느꼈다. 그래, 내가 해적들의 손에 끌려 새우잡이 어선을 전전하던 그 10월의 하늘이 이랬었다. 한치 앞도 보이지 않는 잿빛의 10월. 아이러니하게도 그 속에서 나를 구해준 것은 보급함 '잿빛 10월'이었다. 그런데 이제 그 잿빛 10월이 꺼져가려고 한다.

누구라도 좋으니 우릴 이 지독한 안개 속에서 건져줘……!

깡—.

그때 갑자기 청명한 소리가 함교 안에 울려 퍼졌다. 그와 동시에 시야도 맑아졌다. 고개를 돌려보니 해인이 입술을 꾹 다문 채 샌드위치를 담았던 빈 금속제 접시로 함장의 머리를 두들기고 있었다. 평소 군기를 가장 중시했던 조리장이 이런 의외의 행동을 하자 승조원들은 어리둥절한 표정으로 함장과 해인을 번갈아 보았다. 해인은 가볍게 헛기침을 두어 번한 다음 차렷 자세로 말을 시작했다.

"외람된 행동이라고 생각합니다만, 이 배의 조리 참모로서 함장님께 진언하겠습니다."

해군 편제에 조리 참모 같은 직위는 없다. 그냥 해인이 멋대로 지어낸 직책이다. 평범한 비전투 병과 부사관(Petty Officer)이 함장에게 작전과 관련된 진언을 할 수는 없는 노릇이니 당연했다. 하지만 해인은 진짜 참모가 작전을 진언하듯 말을 이어갔다.

"저는 매일 새벽 다른 요리를 합니다. 평범하게 빵을 내놓을 때도 있고, 밥을 할 때도 있고, 죽을 끓이는 경우도 있습니다. 이러한 식단은 특별하게 정해진 게 아니라 그날의 작전과 기상상태, 식자재의 재고를 파악해서 결정합니다."

그러고 보니 이 배에는 식단표가 없었다. 하지만 대체로 식사는 만족스러웠다. 비를 맞으며 갑판상 작업을 하고 난 뒤에는 따뜻한 국물 요리가 제공되었고, 고된 훈련 뒤에는 고단백의 육류 식단이 제공되었다. 우연이려니 했지만, 조리장은 그걸 다 고려해서 매일 식단을 바꿔왔다.

"그러다 보니 저는 매일 밤 침대 위에서 다음 날 아침의 메뉴를 고민하며 잠이 듭니다. 내일은 무슨 요리를 해야 하나, 이 요리를 하면 승조원들이 맛있게 먹을 수 있을까. 또 제 시간에 요리를 완성할 수 있을까……."

그렇지만 늘 승조원들을 만족시키기는 어렵다. 아무리 조리에 특화되어 있다고 해도 잿빛 10월은 결국 싸움을 최우선으로 하는 전투함이기 때문이다.

"하지만 함상에의 요리라는 것은 아시다시피 언제나 변수가 가득합니다. 갑작스러운 황천으로 반나절을 달인 곰 솥이 엎어지기도 하고, 훈련으로 인해 식사시간이 지연되어 요리가 차갑게 식어버리는 일도 있습니다. 보통은 제가 손댈 수 없는 천재지변의 문제지만, 드물게 제 실수로 식사에 문제가 생기기도 합니다. 아무리 유능한 요리사라도… 으음, 가끔은 칼에 손을 베이기도 하니까요."

해인은 부끄러운 듯 손가락 끝을 만지작거리며 손을 뒤로 숨겼다. 해인 같은 완벽주의자에게 가끔 칼에 손을 베인다는 사실은 큰 각오를 필요로 하는 고백이리라. 하지만 지금의 해인은 '그게 무슨 대수냐'는 투로 목소리를 높였다.

"그렇지만 손을 베이는 게 두려워서 해군의 조리장들이 레토르트 식사만 내놓았다면 잿빛 10월은 아예 생겨나지도 않았을 것입니다. 승조원들이 맛있게 먹어줄까? 조리병들이 만들기엔 너무 어려운 레시피가 아닐까? 이런 걱정은 전날 밤 침대 위에서 하는 것으로 충분합니다. 주방에 들어서서 식재료를 잡는 순간 요리사는 요리 그 자체에 온 정신을 쏟아야 합니다."

해인은 카밀라 대교에게 다가가서 코트자락을 잡고 사근사근 타일렀다.

"이 배가 거대한 주방과 같다면 치프 셰프는 제가 아니라 함장님입니다. 저 멀리 있는 불그스름한 빛깔의 적 잠수정은 손질하기 귀찮은 커다란 생선에 불과하지요. 그런데 함장님은 한낱 생선이 무서워서 아침 식사를 포기하십니까?"

해인은 함장에게 베이글을 자르는 데 쓰인 뭉툭한 빵칼을 쥐어주며 말했다.

"칼을 쥐십시오. 지금은 저 고약한 생선을 어떻게 요리할지만 생각하셔야 합니다."

그리고 다시 뒤로 두어 걸음 물러난 후, 아무 일도 없었던 듯 뻔뻔하게 경례를 올렸다.

"이것으로 진언을 마치겠습니다. 필승."

갑작스러운 해인의 돌발행동에 다른 승조원들은 아무 말도 못하고 함장과 해인을 번갈아 보고만 있었다. 한동안 카밀라 함장은 모자를 아래로 꾹 눌러 당겨서 얼굴을 숨기고 있더니, 들리지도 않을 만큼 작은 목소리로 중얼거렸다.

"술……."

"네?"

"술 내놔!"

"갑자기 그렇게 말씀하셔봤자 갑자기 함교에서 술이 나올 리가…."

하지만 해인은 짚이는 곳이 있었는지 손으로 입가를 가리며 작은 탄성을 흘렸다.

"아, 잠시 기다려 주십시오."

해인은 함교 구석에 위치한 구급함으로 달려가서 케이스를 열었다. 그곳에는 여느 구급함처럼 지혈대와 압박 붕대가 가득 담겨… 있기는커녕 비스듬하게 뉘어진 와인 두 병이 굴러 나왔다. 어이, 인마. 그게 왜 거기서 나와?

하지만 조리장은 무슨 당연한 말을 하느냐는 투로 뚱하니 되물었다.

"긴급 상황시를 대비한 알코올입니다. 예로부터 알코올은 소독에 쓰이지 않았습니까?"

"순수한 소독용 알코올이 의무실에 있는데 왜 군이 포도주로 소독해? 게다가 포도주는 도수가 낮아서 소독 효과도 거의 없다고!"

"걱정 마시길. 이 포도주는 발효 후에 포도 주정을 넣어 만든 포트와인으로 도수가 20도는 넘으니까요. 게다가 헤레스데라프론테라의 백포도로 만든 정통 셰리랍니다."

"지금 포도주 품질 묻는 게 아니거든!?"

해인과 티격태격하는 사이 함장은 셰리주를 병째로 들고 마시더니 금세 비워버렸다.

"캬아, 역시 식후에 곁들이는 술은 셰리가 최고지!"

"함장, 아직 식사는 안 하셨는데요."

"사소한 건 넘어가. 하여간 너는 꼭 말끝에 초를 치더라."

함장은 짜증을 내며 손을 내젓고는 가볍게 헛기침을 해서 목을 틔웠다.

"흠, 흠. 여하튼 조리장 말이 맞아. 저건 그냥 쇠로 만들어진 커다란 생선에 불과해. 그래, 수많은 생선을 손질하는 조리함 잿빛 10월에게 저 정도야 아주 우스운 상대지."

함장은 방금 전까지의 태도가 믿기지 않을 정도로 기세 좋게 일어서더니, 벽에 걸린 함내 방송 마이크를 꼬나 쥐고 크게 소리쳤다.

"다들 아침 식사는 든든히 먹었나? 지금부터 다시 함장이 조함한다!"

"지금부터 함장이 조함한다!"

함장의 말에 승조원들은 재빨리 다시 자리에 착석해서 함장의 말을 복명복창했다. 지휘권을 가진 사람을 호명하고, 이를 복명복창함은 일반적으로 당직 사령이 교대될 때 하는 의식으로써, 승조원들은 지휘관에게 현재 상황을 보고하도록 되어있다.

"기관 조정실. 당장 속력을 끌어올리면 어느 정도까지 가능하나?"

〈예, 이안 조저시(기관 조정실)! 콜록, 콜록… 기관장 에, 가브리엘라 미스트랄 소교입니다.〉

갑작스러운 호출에 아직 식사를 마치지 못했는지 수화기 너머로 기관장의 우적거리는 소리가 들렸다. 기관장은 물고 있던 음식을 황급히 삼키고 보고를 이어갔다.

〈어… 현재 원자로 압력과 증기 온도가 낮아서 이것만으로 추진하면 25노트가 한계이지만, 중유 보일러와 보조 엔진까지 다 사용하면 35노트까지 끌어올릴 수 있습니다.〉

"잘은 모르겠지만 충분히 내달릴 수는 있다는 말이지? 좋아, 다음! 마리아, 지정물 위치 보고해."

함장은 이어서 전투정보실을 호출했다.

〈지정 하나. 적 잠수함, 방위 0-2-0, 거리 7000야드. 지정 둘. 적 무인 잠수정, 방위 1-6-0, 거리 8000야드. 지정 셋, 적 잠수정, 방위 2-1-0, 거리 8000야드. 특이 동향 포착되지 않음.〉

"포술장 엘레나 유스포브 소교, 보고 드리겠습니다. 현재 남은 ATT는 두 발뿐으로 동시 다발적인 적 어뢰 공격에는 대단히 취약할 것으로 판단됩니다. 하지만 기관포형 CIWS와 기만체로 충분히 커버 가능할 것으로 판단합니다."

"결국은 폭죽놀이 한바탕 할 만큼은 남아있다는 소리네. 캬하하."

함장은 장난스러운 말투로 보고를 넘겼지만, 눈으로는 해도와 전술현황판을 날카롭게 훑어 내렸다.

그래, 이거야 말로 내가 알던 잿빛 10월이다.

전투가 주목적인 전투함도 아니고, 유류나 탄약의 보급에 주력하는 일반적인 지원함 과도 다른, 맛있는 식사를 위해 건조된 배. 이처럼 쓸모없고 무의미한 군함이 또 어디 있을까. 하지만 그렇기에 이 배는 강하다. 아무도 신경 쓰지 않는, 당연히 포기해야만 했던 전장에서의 맛있는 한 끼를 위해 움직이니까.

그리고 이를 지휘할 수 있는 사람은 '마찬가지로 무능하기 짝이 없는' 우리의 함장뿐이리라.

"음… 그렇군!"

함장은 확신에 찬 표정으로 주먹을 꽉 쥐었다. 우리의 목 끝에 칼을 겨누고 있는 세 척의 적함. 이를 깨부수기 위해 함장은 어떤 전략을 생각해

낸 걸까?

카밀라 대교는 해맑게 웃으며 재차 선언했다.

"역시 아무리 생각해봐도 가망이 없어!"

이런 제기랄.

"웃으면서 그런 소릴 하지 마! 잠시나마 울컥했던 내 감동을 돌려줘!"

"그렇게 말을 해도…… 아."

함장은 멋쩍은 듯 혓바닥을 깨물더니 수화기를 두드려 전투정보실을 호출했다.

"마리아. 아까 저 잠수정이 무인 잠수정이라고 했지?"

〈녹음된 기관의 음문을 비교해 볼 때 연방의 척준경 급 무인 잠수정임이 거의 확실해.〉

"그럼 외부에서 접속해서 지휘체계를 흩뜨려놓는 것은 불가능할까?"

그리고 보니 마리아는 군사 위성을 해킹할 정도로 전자전 실력이 출중했다. 그렇다면 무인 잠수정의 지휘체계를 흩트려 도주로를 만드는 정도야 어렵지 않을 텐데…?

하지만 마리아는 풀이 죽은 표정으로 고개를 저었다.

〈이미 시도해보았지만 문제가 있어.〉

"뭐어어? 그 정도로 보안이 튼튼해?"

〈보안 문제가 아니야. 적 잠수함 편대는 현재 수신 네트워크를 아예 끊어놓은 상태야. 잠수정은 군사용 AI의 자체 판단에 따라 움직이고 있는데, 적기함이 다시 외부 제어 코드를 켜지 않는 이상 외부에서는 연방군 사령부의 코드를 사용한다 하더라도 접속할 방법이 없어.〉

"햐아 지독한 놈들. 아주 철저히 대비를 하고 덤벼들었네."

함장은 손톱을 잘근거리며 다시 전술현황판을 올려다보았다. 통신이 끊어진지 15분 정도 지났지만 적함은 그 자리에서 움직일 기미조차 보이지 않았다. 지금 당장 어뢰를 발사해도 이상하지가 않은데… 타이밍을 엿보고 있나?

"이 근처 해역에 있는 광명학회 잠수함의 지원을 받을 수는 없나요?"

"나도 그러고 싶지만, 사령부에서 보낸 원군이 도착하려면 1시간은 넘게 남았다고. 게다가 근처에 있는 잠수함들은 지금 블루홀에서 잠항 임무 중이라 전파가 안 닿는 모양이고."

"1시간이면 너무 길군요."

무슨 말을 한다 하더라도 1시간을 넘게 시간을 끈다면 저쪽도 더 이상 기다려주지는 않을게다. 지금은 무슨 수를 써서라도 자력으로 빠져나갈 방법을 찾아야 하는데…….

그때, 갑자기 엉뚱한 발상이 머리를 스치고 지나갔다.

"맞아……. 혹시 그 수라면…"

"무슨 좋은 생각이라도 떠올랐어?"

함장이 농을 던지듯 가볍게 물었지만, 나는 확신에 차서 고개를 끄덕였다.

"그리 좋다고는 말할 수 없지만, 지금의 상황에서는 가장 유효한 수입니다."

"그게 뭔데?"

함장이 눈을 빛내며 다가왔다. 그 기대와 어긋난 기분이 들어서 미안하지만, 그만큼 내가 떠올린 발상은 너무나도 터무니없었다. 하지만 그렇기에 이 전술은 연방의 고리타분한 사관들을 기만할 수 있다. 일반적인 군함은 쓸 수 없는, 해상에서 식사를 조달하는 이 배— 잿빛 10월만이 쓸 수 있는 유일한 대잠전술이니까. 나는 잠시 뜸을 들인 다음 천천히 '그 수'를 승조원들에게 말했다.

"……."

어느 정도 예상하긴 했지만 내 비책을 듣자마자 승조원들은 안타깝다 는 표정을 지었다. 그리고 마치 내가 못할 소리라도 한 양 작게 수군대기 시작했다.

"역시 의무장, 미친 것 같지?"

"사람이 극도의 긴장감에 시달리면 미친 소리를 한다더니 정말인가 봐."

"불쌍하게도…"

"갑자기 왜 다들 저를 동정하는 겁니까! 물론 미친 소리처럼 들렸 겠…"

하지만 함장만큼은 내가 말을 마치기도 전에 박장대소를 터트리며 탁 자를 두드렸다.

"캬하하~ 진짜 미친 것 같다. 정말 미치지 않고서는 못 떠올릴 발상이 야, 원일! 하지만 이건 확실히 재밌어! 사관학교에서도 가르치지 않는 흥 미로운 전술인걸! 분명히 놈들의 뒤통수를 때려줄 수 있을 거야."

함장이 홀로 내 의견에 호의적인 반응을 보이자 포술장이 사색이 되어 반문했다.

"엑. 하, 함장! 지금 진심이십니까?"

"진심이고말고! 어차피 지금 할 수 있는 일도 없잖아?"

"그야 그렇지만……."

포술장은 자존심이 상한 표정으로 입술을 꽉 깨물었지만, 더 이상의 반박은 하지 못했다. 그만큼 지금의 상황이 급했기 때문이다. 그 사이 함장은 수화기를 들고 느긋하게 전투배치 현황판을 확인하며 인원 편제를 다시 했다.

　　"음… 각 상비탄약고에서 한 명씩 빼고 부포를 자동으로 돌리면 가능하겠군. 61포 포반자앙, 혹시 탄약 장전수로 배치된 조리병들 차출해서 바로 어뢰갑판으로 보내 줄 수 있어?"

　　〈어려운 일은 아닙니다만… 무슨 문제라도 있습니까?〉

　　카밀라 대교는 수화기에서 귀를 떼고 나를 돌아보며 싱긋 웃었다.

　　"응, 지금부터 잠수함이나 낚아볼까 해서."

-8-

　　"함장님, 30분이 지났습니다."

　　"……."

　　무장관의 말에 윤선호 함장은 다시 시계를 보았다. 이미 시간이 꽤 흘렀다. 아무리 적을 완벽하게 포위한 상황이라고는 해도 30분이나 유예를 두다니, 너무 사치를 부렸다.

　　"곧 해가 뜨면 해무가 사라질 겁니다. 게다가 언제 적의 증원이 올지도 모르는 상황에 더 유예를 두는 것은 너무 위험합니다."

　　함장은 결국 장전한 어뢰를 발사하기로 마음먹었다.

　　"전방 어뢰 발사관 1번부터 3번까지 개방."

　　아무리 잿빛 10월에 ATT가 있다고는 하지만 동시 다발적으로 날아오는 다수의 어뢰를 상대하는 데에도 한계가 있다. 게다가 잿빛 10월을 포위하고 있는 다른 두 척의 무인 잠수정도 최충헌 함이 어뢰를 발사하는 순간 협공을 시작하리라. 이는 기초적인 전술 AI 프로그램에 의한 행동이었지만, AI에 의존해도 될 만큼 상황은 연방 측에게 유리했다.

〈외부문 열기 끝. 어뢰 발사 준비 끝.〉

함내 유선을 통해 병기사들이 차례로 보고를 해 왔다. 이제 발사 명령을 내리기만 하면 수 분도 지나지 않아 잿빛 10월은 심해로 가라앉겠지. 함장이 숨을 깊게 들이쉬고 발사 명령을 내리려는 순간—

"지정 하나, 탱고 원으로부터 음탐 접촉!"

헤드폰에 귀를 기울이고 있던 소나관이 황급히 음탐 접촉 보고를 했다.

"뭐?"

함장은 황급히 소나 데이터를 확인했다. 과연 잿빛 10월 쪽에서 첨벙, 첨벙하는 소리가 잇달아 들려오고 있었다.

"탱고 원으로부터 약한 착수음이 포착되었습니다."

배에서 바다로 무언가가 내던져졌다는 의미다. 대잠전인 상황을 고려할 때 수상함이 내던질만한 물건은 역시 폭뢰밖에 없겠지만, 소나관은 이를 부인했다.

"폭뢰는 아닙니다. 아직 기관이 정지해 있는데다가 착수음을 고려할 때 폭뢰치고는 너무 가볍습니다. 승조원이 익수라도 한 게 아닐까 싶은데요."

당연한 소리지만 정지한 상태로 폭뢰를 내던지면 고스란히 자폭하는 꼴이다. 그렇다면 잿빛 10월은 이 상황에 무얼 던진 것일까? 무장? 혹은 사람?

윤선호 함장은 잠망경을 올려 잿빛 10월을 관찰하려고 애썼지만, 거리도 거리이거니와 해무가 너무 심해서 희뿌연 실루엣밖에 보이지 않았다. 어쩐지 윤선호 함장은 불안한 기분이 들었다.

설마 이원일 하사가 물 밖으로 던져진 건 아니겠지.

아까 전 이원일 하사가 기세 좋게 잿빛 10월의 사기를 끌어올리긴 했지만, 함내에 적국 출신의 승조원이 있다는 사실은 여전히 불안요소다. 만일 윤선호 함장이 저 상황에 처한다면 승조원들의 불안을 해소하고 사기를 진작하기 위해 원일을 숙청했으리라. 그런다고 전황이 달라지지는 않겠지만 위급 상황일수록 군기는 중요하다.

'아깝게 되었군.'

함장이 혀를 차며 발사 명령을 내리려는 순간 음탐사가 다시 소리를 질렀다.

"으, 음탐 접촉! 탱고 원… 잿빛 10월이 기동합니다!"

"슬슬 내빼려는가. 이동 방향은?"

"방위 0-1-5… 바로 이쪽을 향해 다가오고 있습니다!"

"크하핫! 결국 생각해 낸 게 이 수인가!"

윤선호 대령은 처음부터 잿빛 10월이 투항대신 발버둥을 치리라고 이미 예상하고 있었다. 하지만 함장의 최초 예상과는 달리 상대는 퇴로를 찾아 몸을 내빼기는커녕 최충헌 함을 향해 정면으로 속력을 높였다. 아마 침몰하는 한이 있더라도 최충헌 함을 집중 포격해 저승길 동무로 삼으려는 속셈이겠지.

"좋아. 어뢰 1번부터 3번까지 발사! 이어서 후부 발사관 5번, 6번 액티브 디코이 장전!"

함장의 지시에 따라 전부 발사관에 장전된 어뢰가 일제히 적을 향해 항주하기 시작했다. 하지만 함장은 어뢰의 항적을 확인할 새도 없이 타를 돌리도록 지시했다.

"키 0-1-5 잡아!"

"키 0-1-5 잡기 끝!"

"양현 앞으로 전속!"

이제 최충헌 함은 완전히 잿빛 10월의 반대방향을 향해 도주를 시작했다. 하지만 그러는 사이에도 잿빛 10월은 최충헌 함과의 거리를 조금씩 좁혀왔다. 최충헌 함에서 발사한 어뢰가 가까이 다가오자 잿빛 10월은 예상과는 달리 ATT 대신 디코이를 발사했다. 자체 탑재 소나로 움직이는 중어뢰는 엔진 소리만을 따라 적을 추격하는 맹인과도 같다. 디코이가 어뢰와 잿빛 10월 사이에 소음의 장벽을 만들며 교란시키자, 어뢰는 목표를 잃어버리고 그 즉시 자폭했다.

"적 디코이 착수 확인. 아군 중어뢰 3기 모두 로스트 했습니다."

윤선호 함장도 선유도 하지 않고 액티브 모드로 발사한 어뢰에 큰 기대를 걸지는 않았다. 최충헌 함에서 발사한 어뢰는 단순히 시간을 벌기 위한 수단이었다.

"안심하긴 이르지. 주공(主攻)은 저쪽이라고?"

함장은 낮은 미소를 흘리며 항법 트레이서 위의 잠수정 표식을 가볍게 두들겼다. 두 척의 잠수정은 잿빛 10월이 기동하기 시작했을 때부터 진형을 무너뜨리지 않기 위해 곧장 같은 항로로 이동하는 중이었다.

"시에라 2, 대함 미사일 2기, 어뢰 2기 발사."

"시에라 3, 대함 미사일 3기, 어뢰 1기 발사."

함장의 말이 끝나기가 무섭게 각각의 잠수정은 어뢰와 대함 미사일을 발사했다. 같은 화력의 공격이라도 여러 방향에서 들어오면 방어하기 까다로운 법이다. 여간한 보급함이라면 이 정도 공격을 마주하는 순간 이함 준비를 해야 한다.

하지만 잿빛 10월은 기술의 정수라 불리는 광명학회의 기함답게 과연 훌륭한 근접방어체계를 갖추고 있었다. 잿빛 10월의 개틀링 형 CIWS는 자신을 향해 날아오는 대함 미사일을 포착하자마자 30밀리 탄을 분당 수천 발의 속도로 발사하여 요격하기 시작했다. 그렇게 5기의 미사일이 모두 격추되는 데에는 10초도 걸리지 않았다.

반면에 어뢰는 아까의 최충헌 함과는 다르게 선유도 방식으로 항주하였던지라, 이번에는 디코이의 방해에도 불구하고 한 기가 적함에 근접하는 데 성공했다.

"어뢰 1기 탱고 원 접근 중…. 거리 1500!"

하지만 거리가 1천 야드 내로 좁혀질 무렵 갑자기 어뢰의 신호가 소실되었다.

"…로스트 되었습니다. 아무래도 적 ATT에 요격된 것 같습니다."

현재까지 적 지근거리까지 접근한 두 발의 어뢰를 적은 모두 ATT로 요격해냈다. 그만큼 광명학회의 ATT는 신뢰성이 높다는 뜻이리라. 이처럼 완벽한 CIWS를 갖추고 있으니 최충헌함의 승조원들은 어뢰를 아무리 쏘아도 적을 격침시킬 수 없을 듯한 기분이 들었다.

"낙심하지 마라. 아무리 무지막지한 보급함이라도 ATT를 수십 발씩 싣고 있을 리는 없잖아?"

탄약도 어뢰도 수량에는 한계가 있다. 적함의 주 임무가 보급인 이상 잠수함보다 많은 수의 어뢰를 적재하고 있을 리가 없다. 계속 소모전을 벌인다면 상대도 어쩔 도리가 없으리라. 게다가 한 발이라도 어뢰를 놓친다면 잿빛 10월은 바로 침몰한다. 대잠전은 그래서 수상함에게 더 가혹한 법이다.

윤선호 함장이 재차 발사관 장전을 내리려는 순간 소나관이 다급하게 음탐 접촉을 알려왔다.

"음탐 접촉! 방위 2-1-0! 수직 발사형 ASROK 착수 확인. 수량 8!"

대뜸 잿빛 10월에서 대잠 미사일을 발사해왔다. 상대를 단순한 보급함 정도로 생각하고 있던 무장관은 대잠 미사일이 발사되었다는 소리에 사색이 되어 소리쳤다.

"무, 무슨 놈의 보급함이 VLA(Vertical Launch ASROC : 수직 발사형 대잠미사일)를 갖고 있답니까? ATT만 해도 어처구니가 없을 정도인데!"

"갈수록 재미있구먼! 좋아, 다들 마음 단단히 먹으라고. 보급함이 아니라 구축함과 싸운다고 생각해라."

태연하게 말했지만 윤선호 함장도 속으로는 적잖이 당황한 상태였다. 단순히 방어체계가 두터운 보급함 정도로만 생각했는데, 어쩌면 적은 연방군 구축함 이상의 화력을 보유하고 있을지도 모른다. 최악의 상황도 염두에 두어야겠다는 생각이 머리를 스치자 함장은 등골이 싸해졌다.

"5번, 6번 디코이 발사. 키 좌현 최대!"

"5번, 6번 발사관 개방. 디코이 발사!"

최충헌 함은 디코이를 뿌리고 좌현으로 변침하기 시작했다. 잠수함의 엔진 소리를 따라 추적하던 ASROK의 탑재 소나는 더 큰 소리를 내는 디코이쪽을 따라갔고, 그 사이에 잠수함은 안전하게 변침할 수 있었다.

"키 바로. 0-3-0 잡아. 이어서 5번, 6번 발사관 어뢰 장전."

지금 바로 수온약층까지 잠항한다면 안전하게 몸을 숨길 수도 있었지만, 함장은 일부러 다시 잿빛 10월의 직선 항로 앞으로 선체를 내밀어 이동을 저지하는 위험한 수를 택했다. 안전을 위해 전황을 흩트리기엔 현재의 상황이 본인들에게 유리했기 때문이었다. 지금 만일 최충헌 함이 잠항을 해서 몸을 은신한다면, 잿빛 10월은 최충헌 함을 찾는 대신 후미에 따라붙은 잠수정과 교전을 시도하리라.

그렇지만 만일 잿빛 10월이 어느 정도의 피해를 감내하고 전속력으로 속도를 올려 포위망이 뚫린 방향으로 도주한다면? 당연히 잠수함은 속력으로 수상함을 따라잡을 수 없다. 그렇게 된다면 윤선호 함장은 기껏 다 잡은 고기를 놓아줄 수밖에 없다.

"5번, 6번 발사관 어뢰 발사! 이어서 대함 미사일 발사!"

윤선호 대령은 계속해서 추가 공격을 지시했다. 두 척의 무인 잠수정 역시 계속해서 어뢰와 대잠미사일을 번갈아가며 쏘아댔다. 무시무시할 정도의 맹격이었다. 하지만 얄밉게도 잿빛 10월은 견고한 근접방어 체계로 계속해서 이들의 협공을 막아냈다.

하지만 함장은 서서히 잿빛 10월의 방어 체계가 무너지고 있다는 느낌을 받았다. 처음에는 1천 야드 밖에서 요격되던 연방의 미사일과 어뢰가 이제는 오백 야드 내까지 접근할 수 있었다.

"적에게 쉴 틈을 주지 마. 놈들의 방어는 무적이 아니다."

뇌격이 쉴 새 없이 가해지자, 소나사들도 숨 가쁘게 전황보고를 계속했다.

"대함 미사일 로스트!"

"5번 어뢰 로스트! 6번 어뢰 항주 중… 거리 500!"

그중 최충헌 함에서 발사한 한 발의 어뢰가 잿빛 10월의 지근거리까지 요격당하지 않고 접근했다. 함장은 당연히 상대가 ATT 등의 하드 킬 요격 수단을 이용하여 어뢰를 회피하리라 생각했다. 하지만 놀랍게도 잿빛 10월은 요격을 택하는 대신 좌현으로 빠르게 변침하기 시작했다.

"탱고 원 급속 변침 시작!"

하지만 이미 가까이 접근한 어뢰를 완전히 피하기는 힘들었다. 어뢰는 잿빛 10월을 향해 빠르게 달려들었다.

"거리 250… 명중했습니다!"

"좋았어!"

윤선호 대령은 바로 잠망경으로 다가가 적의 상태를 확인했다. 안개로 인해 실루엣 밖에 보이지 않았지만, 이상하게도 잿빛 10월은 그 자리에 건재했다. 약간의 초연이 피어오르고 있는 점을 제외하면 기울거나 속력이 줄어들지도 않았으니.

"탱고 원은 침몰하지 않았습니다. 아무래도 함미의 예인형 기만기에 맞은 것 같습니다만…."

"아깝군."

예인형 기만기는 군함 함미에 달고 다니는 금속제 디코이(Decoy)다. 선박이 직접 끌고 다니기 때문에 디코이의 속력과 방향이 목표 선박과 같아 어뢰가 오인할 확률이 높았다. 아마 최충헌 함에서 발사한 어뢰도 기만기를 잿빛 10월의 선체라고 착각한 모양이었다. 그러나 윤선호 함장은 갑작스럽게 회피를 시도한 잿빛 10월의 의중이 더 의심스러웠다.

'갑자기 왜 저 녀석들은 요격 대신 회피를 택했을까?'

분명 그 거리는 회피하기에 너무 가까웠다. 자칫 어뢰가 용골이나 주요 기관에 명중했다면 바로 침몰할 수도 있는 위험한 상황이었는데, 어뢰 대응수단이 있다면 이런 모험을 부러 할 필요는 없지 않은가.

"탱고 원 속력 증속, 현 시속 30 노트."

그때 잿빛 10월이 증속했다. 여전히 침로는 바뀌지 않았다. 하지만 그 행동으로 윤선호 대령은 확신했다. 잿빛 10월은 이제 어뢰에 대응할 수단이 없다. 아마도 남은 디코이와 ATT를 모두 소진한 모양이었다.

어뢰는 함포와는 달리 아군과 아주 가까운 거리에서는 활성화되지 않는 특성이 있는데, 아마도 잿빛 10월은 이 점을 악용하여 어뢰를 불활성화 시킬 모양이었다.

'그렇게 놔둘까보냐.'

"우리도 증속한다! 양현 앞으로 전속! 포위 대형을 흐트러트리지 마!"

최충헌 함 역시 최대 속력으로 내달리기 시작했다. 하지만 역시 수상함의 속도는 따돌리기 어려웠다. 점차 둘의 간격이 좁혀져갔다. 두 함선의 거리가 삼천 야드 내로 좁혀질 무렵, 아군 잠수정의 어뢰 장전이 모두 끝났다는 보고가 들어왔다.

"시에라 2, 어뢰 장전 끝. 외부문 열기 끝!"

이것으로 끝이다. 어뢰 대응 수단이 없는 보급함을 이 정도의 거리에서 쏴 맞추는 정도야 AI에 의존하는 무인 잠수정이라도 어려운 일이 아니다. 이 공격으로 잿빛 10월은 바다 밑으로 가라앉고 말겠지. 윤선호 대령은 이번에야말로 승리를 확신하고 미소를 지었다.

"잘 가라, 잿빛 10월."

덜컥.

"어?"

그 순간, 어뢰 발사음이 아닌 소나 담당관의 얼빠진 목소리가 들려왔다.

"무슨 일이야?"

"어… 그게……"

어뢰가 발사되어야 할 시간이 한참 지났음에도 무인 잠수정들은 그 자리에 멈춰 서서 버르적거렸다. 마치 암초에라도 걸린 양.

함장은 한숨을 쉬며 전자전 사관을 불러 상황을 확인했다.

"무슨 문제라도 생겼나?"

"그게… 확실친 않지만 어뢰 발사관 앞에 뭔가 걸린 것 같습니다."

"왜 하필이면 이런 때…. 외부 카메라 영상 띄워봐."

이 근처 해역에는 암초도 없다. 그럼 도대체 뭐에 걸렸단 말인가?

곧, 전자전 사관은 콘솔을 조작하여 척준경 함의 외부 카메라 영상을 띄워 보였다.

격자무늬로 짜인 그물 망이 외부 카메라 근처에서 성기게 얽혀있다. 영상을 보자마자 누군가가 탄식 섞인 한숨을 내쉬었다. 연방의 해군, 특히 잠수함 사관들은 이게 무슨 영상인지 너무 잘 알고 있었다.

"어……망?"

그것은 어망이었다. 그것도 연방 근해에서 자주 보이던 성긴 꽁치어망이다. 이게 왜 동지나해의 바다에 돌아다니는지는 몰라도, 꽁치어망이 얼마나 짜증나는 물건인지는 잠수함 승조원들이 더 잘 알고 있다. 발사관 사이에 얽히기만 하면 다행이다. 어망이 기관 추진부에 얽히기라도 하면 승조원이 밖으로 나갈 수 없는 잠수함은 꼼짝없이 밧줄에 묶인 포로처럼 가라앉는다.

보통 이런 경우에는 다시 뒤로 항주한 다음 어망을 피해서 우회하지만, 어망임을 알 리가 없는 군용 AI는 소나에 잡히지 않는 어망을 돌파하려 고집스럽게 애를 쓰고 있었다. 저러다가 어망이 함 전체에 꼬이기라도 하면 큰일이다.

"저 어망 무시하도록 추가 설정해."

윤선호 대령은 짜증이 섞인 목소리로 AI를 재설정하도록 지시했다.

"네, 바로 외부 제어 코드 입력하겠습니다."

전자전 사관은 코드를 입력하여 무인잠수정의 외부 제어 시스템을 활성화 시켰다. 어망이 있는 위치를 지정하고, 장애물 설정을 새로 하는 데에는 30초도 걸리지 않았다.

하지만 누가 알았으랴. 이 30초가 최충헌 함의 운명을 완전히 바꾸어 놓았을 줄.

"어라?"

전자전 사관이 당황한 표정으로 콘솔을 만지작거렸다.

"또 왜 그래?"

"아니, 자꾸 접속 오류가 떠서… 방금 완료 되었습니다."

전자전 사관이 식은땀을 훔치며 명령어를 재차 송신하는 순간—

화면에는 '수신 완료' 대신 엉뚱한 문구가 떠올랐다.

"SUCK YOUR MOTHER'S PUSSY_"

"……"

윤선호 함장은 손으로 눈을 비볐다.

전투정보실 내의 어두운 조명 때문에 뭘 잘못 읽었나 생각했지만, 화면에는 선명한 암녹색의 육두문자가 떠올라 있었다. 사관들은 아무 말 없이 눈치를 살폈지만, 함장은 표정이 굳은 채로 손만 부르르 떨었다. 결국 윤선호 대령은 분을 참지 못하고 있는 힘껏 고함을 질렀다.

"이게 뭐야아아아!"

〈SSM-051, SSM-052 통제 코드 획득.〉

마리아가 무덤덤한 투로 무인 잠수정 시스템의 크래킹이 성공했음을 보고하자, 함교에 있던 승조원들은 일제히 안도의 한숨을 내쉬었다. 솔직히 나도 반신반의하며 꺼낸 작전이었지만, 정말로 마리아가 연방의 군용 AI 프로그램을 10초도 안 돼서 통째로 크래킹할 줄은 몰랐다.

아까 기안한 작전은 사실 지금 돌이켜봐도 정말 미친 소리였다. 일단 잿빛 10월이 있던 자리에 꽁치어망을 내린 다음, 무인 잠수정을 유인하여 걸려들게 하자는 작전이었다. 작전이 제대로 먹힌다면 무인 잠수정은 소나에도 잡히지 않는 정체불명의 장애물로 인해 오류가 발생할 테고, 기함인 유인 잠수함은 외부 제어 시스템을 활성화시킬 수밖에 없다. 그렇게 외부 제어 시스템이 활성화된다면 우리쪽에서도 크래킹을 통해 잠수정의 AI에 접속할 수 있다.

물론 단기간에 시스템을 분석하고 암호를 해독하여 접속 한 다음, 재차 무인 잠수정을 해킹하려면 일반적인 상식을 아득히 뛰어넘는 수준의 크래킹 기술이 필요했지만⋯

'⋯외부 제어 시스템만 활성화 된다면 가능해.'

마리아는 이 말도 안 되는 작전 개요를 듣고도 시원스럽게 고개를 끄덕였다. 준위 대우를 해줄 정도로 유능한 수병이라는 말이 괜한 허언이 아니었음을 재차 실감했다. 나는 모니터에 뜬 마리아의 영상에 대고 합장을 하며 고개를 숙였다.

"고마워, 마리아 작전관. 진짜, 지인짜! 고마워. 으아⋯ 정말로 죽는 줄 알았다고⋯⋯."

〈⋯감사는 나중에 의무장 특제 라면 정식으로 받겠어.〉

마리아는 아무것도 아니라는 투로 머리를 긁적였지만, 본인도 꽤나 기쁜 눈치였다. 언제나 창백하던 마리아의 표정이 살짝 상기되어 있는 모습을 보니 말이다. 그보다 라면이라는 말에 해인이 무서운 표정으로 내 쪽을 노려보기 시작했지만, 일단 지금은 무시하자. 영양가 있는 식단에 대해 토론을 할 때가 아니다.

"아— 아, 아."

한편 포술장은 한동안 머리를 감싸 쥐고 앓는 소리를 내더니, 갑자기 자리에서 벌떡 일어나 내게 다가왔다. 그리고 내 멱살을 잡아 흔들며 마구 소리를 지르기 시작했다.

"야, 이 미친놈아! 다음부터 이런 미친 작전 기안하려면 너 혼자서 해! 병기 사관들 다 죽을 뻔 했잖아! 적어도 앞으로 그런 소리는 함장님 없는 곳에서 해!"

포술장은 곧 격앙된 표정으로 나를 두들겨 패기 시작했는데, 사실 마리아만큼이나 고생한 이들이 병기부 사관들이었던지라 나는 군말 없이 폭력을 받아들였다. 아무리 마리아가 뛰어난 해커라 해도 병기사들이 제대로 디코이와 어뢰를 운용하지 못했더라면 잿빛 10월은 최초의 뇌격에 침몰했으리라. 그런데도 카밀라 함장은 여전히 눈치 없는 표정으로 손을 내저으며 깔깔거리고 있었다.

"뭐 어때, 레나. 결국 아무 일 없었잖아?"

그 태연한 태도에 결국 성질이 머리끝까지 치솟았는지, 포술장은 발을 쾅쾅 구르며 함장에게 직접 항의했다.

"아무 일 없었긴요, 지금 함수 격벽에 구멍이 나서 물이 콸콸 들어오는데! 보수 요원들 아니었으면 선체가 통째로 기울 뻔 했습니다! 샤오지에 갑판장도 뭐라 한마디 하시죠!"

엘레나 소교는 갑판장에게 말을 돌렸지만, 이상하게도 샤오지에 갑판장은 선부로 어뢰가 명중한 이후부터 울적한 표정으로 엉뚱한 말만 되풀이 하고 있었다.

"선수부 페인트 칠… 열심히 했는데……."

"…지금 당신은 어뢰 맞아서 페인트칠 벗겨졌다고 우울해하는 겁니까."

"선수부 페인트칠이 얼마나 힘든지 아세요? 차라리 함교에 맞았으면 다행이지."

"뭐라는 거야, 이 아가씨는 또…."

사람마다 중요하게 여기는 포인트는 다르다고 하지만 이 상황에 페인트 칠 걱정이라니… 어쩌면 갑판장도 조리장만큼이나 이상한 사람일지도 모르겠다.

"그런데 말이지. 한 가지 궁금한 게 있는데……."

그때 함장이 갑자기 떠올랐다는 투로 아무렇지도 않게 질문을 흘렸다.

"어째서 윈일 군은 잠수정이 곧장 따라오리라고 생각한 거야?"

사실 잿빛 10월이 싣고 있던 어뢰은 길이가 500야드에 불과하다. 연방 잠수정이 잠항 심도를 조정하거나 적당히 우회해서 쫓아왔다면 걸리지 않았으리라. 하지만 나는 연방 잠수함이 똑바로 잿빛 10월을 따라오리라 생각했다.

"어린아이에게 큰 롤리팝 사탕을 쥐여주면, 그사이에 눈깔사탕 몇 개 정도 빼돌려도 눈치채지 못하는 법이죠."

함장은 그게 무슨 뚱딴지같은 소리냐는 표정으로 나를 쳐다보았다. 나는 트레이서 위에 그려진 연방 잠수함 편대와 자함의 위치를 가리키며 설명을 이어갔다.

"연방 잠수함 편대는 기껏 유리한 위치를 선점했으니, 되도록 그 구도를 깨뜨리고 싶지 않을 겁니다. 설령 수상함이 대잠전에서 지그재그 기동을 하지 않고 직선으로 달리는 이상한 행동을 보인다 해도, 기존의 유리한 위치를 고수하기 위해 그대로 우리를 따라오리라 생각했습니다."

"과연, 오히려 자신의 좋은 패를 지키려다 다른 패를 모두 잃어버리게 되는군."

"게다가 이 해역은 어선의 출입이 거의 없는 곳이니 어망이 있을 거라는 의심조차도 하지 않았겠죠. 어망 외의 수중 장애물은 대부분 소나에 잡히니까요."

"그럼 잠수정이 어망에 걸렸을 때, 군용 AI가 그걸 자력으로 헤쳐 나오지 못할 거라고 확신한 이유는 뭐지?"

나는 함장의 말에 말문이 턱 막혔다. 왜 나는 군용 AI가 그물을 벗어나지 못한다고 확신했을까? 연방의 AI 시스템에 대해서는 조금도 몰랐으면서…… 만일 좀 전의 상황에서 잠수정이 그물에 걸린 후에라도 자력으로 그물을 빠져나왔다면 우리는 모두 죽을 수도 있었다. 하지만 나는 어쩐지 연방의 잠수정이 그물을 빠져나올 수 없으리라 확신하고 있었다. 왜냐하면……

"연방 잠수함대에는 남성 승조원밖에 없지 않습니까?"
"갑자기 그게 무슨 뚱딴지같은 소리야?"

내 말이 어처구니가 없었는지 카밀라 대교가 헛웃음을 터뜨리며 되물었다. 하지만 나는 짐짓 진지한 표정을 지으며 느릿느릿 말을 이어갔다.

"즉 연방이 만든 무인 잠수정도 철저하게 남성적 사고를 바탕으로 움직이기 때문에…"

나는 잠시 주저하다가 생각나는 대로 내뱉어버렸다.

"설령 그 앞에 있는 것이 그물코라고 해도, 구멍을 봤을 때 달려들지 않는 남자는 없으니까요!"

"뭐…?"

포술장의 얼굴이 일그러지는 것을 보고 나는 그제야 내가 얼마나 어처구니없는 소리를 내뱉었는지 깨달았다. 아아, 단순한 화장실 유머 정도가 아니었잖아?

"아, 그러니까 이 말뜻은…"

"이 미친놈이 이유를 말하라니까 갑자기 성희롱을 하고 지랄이야!"

내가 말을 정정하기도 전에 포술장은 얼굴을 새빨갛게 붉히며 내 정강이를 힘껏 걷어찼다. 나는 너무 아파서 비명도 지르지 못하고 바닥을 뒹굴었다. 물론 방금 내뱉은 저속한 농담을 떠올리면 맞아도 싸다고 생각하지만…

다른 승조원들도 한숨을 쉬며 나를 쳐다보았지만, 역시 함장만큼은 깔깔거리며 무릎을 치고 있었다. 어찌나 함장이 경망스럽게 웃었는지 승조원들은 곧 함장에게도 눈총을 보냈다.

"크하하하! 역시, 맞아. 이유는 그것뿐이야! 저놈들은 남자고 우리는 여자지. 연방군과 우리를 가르는 차이라고는 그것밖에 없어. 우리는 여자라서 생각이 미치지 못했고, 저들은 남자라서 알면서도 무시했고."

"그게 무슨 소립니까, 함장."

함장의 뚱딴지같은 말에 엘레나 포술장이 눈살을 찌푸리며 되물었다.

"엘레나 소교, 소교는 남자 사귀어 본 적이 있어?"

포술장은 그게 무슨 뚱딴지같은 소리냐는 투로 표정을 더욱 찌푸렸지만, 함장은 개의치 않고 하고 싶은 말을 떠들어 대기 시작했다.

"남자들은 목표에 한 번 꽂히면 어떤 방해가 들어오든 무시하고 달려들거든. 여자들처럼 고민하고, 결정을 번복하고, 겁먹고 물러서지 않아."

처음 승선했을 때부터 생각했던 것이지만, 잿빛 10월의 승조원들은 연약하다. 근력은 남자들에 비교하면 터무니없을 정도로 약하고, 남자들처럼 대범하지 못하고 사소한 것에 신경 쓰는 가녀린 소녀들이다. 그래서 나는 여성으로만 이루어진 잿빛 10월은 연방 정규 함대와의 전투에서 이길 수 없으리라 생각했었다.

"승조원이 전부 여성인 잿빛 10월은 애초부터 일반적인 의미의 군함이라고 하기 어렵지. 이곳이 육상이었으면 진작 우리는 다 죽었을 거야.

하지만 바다 위에서라면 이야기가 다르지. 수시로 변화하고, 예측할 수 없고, 수많은 생명을 품에 안고 살아가는 이 바다는 여성이야. 연방의 뱃놈들이 아무리 거칠고 강인하다 해도 바다에 나온 이상 여성의 품에 안겨 팔을 휘두르는 것에 지나지 않아."

바다를 처음 접한 사람들은 다시는 이 지독한 곳에 오지 않겠노라고 진저리를 친다. 하지만 그럼에도 사람들은 무언가에 홀린 듯 계속 바다로 나오게 된다.

"사람은 왜 바다로 나올까? 물고기를 잡기 위해서? 무역을 위해서? 뭐가 됐든 바다에 원하는 바가 있어서 나오는 거야. 그러면 바다의 눈치도 살피고 밀고 당길 줄 알아야지. 그걸 잊은 채 무작정 들이대고 쑤셔대기만 하면 바다님의 저주가 내리는 법이라고."

잔뜩 무장한 으리으리한 군함이 대양을 호령하고, 국가 간의 분쟁으로 어장에서 어선의 자취가 사라진다고 해도 사람이 바다에 나오는 이유는 여전히 바다에서 무언가를 얻기 위해서이다. 바다는 어머니들이 그러하듯 대부분 원하는 것을 내어주지만, 사람들은 종종 그 사실을 잊는다.

그리고 어머니는— 그 망각을 용서치 않는다.

"자신의 완력을 믿고 이 바다를— 이 여자들을 얕보면 끔찍한 공포를 마주하게 될 거야."

그렇게 말하고 함장은 교주처럼 양손을 펼치며 씩 웃어 보였다.

"이 바다를 경배해라! 마리얼레트리(Mariolatry)!"

"푸흐흐…"

나는 어쩐지 우스워져서 작게 웃음을 흘렸다. 진리를 탐구하고 미신을 배척한다는 광명학회 아가씨들이 마치 바다를 모태로 한 사이비교단에서나 할 법한 흉내를 내고 있으니 이 어찌 우습지 않겠는가. 하지만 그러면서도 한편으로는 내심 이해가 갔다.

오래전 인류를 구원할 메시아를 잉태했다는 여성의 이름은 마리아였다. 순결한 여성의 상징— 사람들은 그때문에 극단적인 여성 숭배를 일컫는 말에 그 이름을 넣어 마리얼레트리(Mariolatry)라고 불렀다. 그런데 우스꽝스럽게도 바다 또한 라틴어로 '마리아'라고 불린다. 라틴어뿐만이 아니라 많은 고어에서 바다와 여성은 같은 말로 불렸다.

그 결과 이 변덕스럽고도 두려운 바다를 찬미하는 말은 여성들을 찬미하는 말과 같아졌다.

어딘가 나사가 빠져있고, 무언가에 병적으로 집착하는 괴상한 아가씨들뿐이지만— 잿빛 10월의 소녀들은 서로 이해하고, 또 이 바다를 이해한다. 그런데 어찌 이 사랑스러운 소녀들을 찬미하지 않을소냐.

나는 사이비 교단의 교도처럼 팔을 내밀며 능청스럽게 말을 받았다.

"예이. 여신님을 경배하고 찬미하나이다."

기분이 한껏 좋아진 함장은 엘레나 포술장을 가리키며 눈을 반짝였다.

"좋아! 포술장, 지금부터 폭죽놀이 할 준비는 되었지?"

"네, 네. 명령만 내려주시죠, 말괄량이 함장님."

짜증스러운 투로 말을 내뱉었지만, 엘레나 포술장 역시 이 상황이 퍽이나 우스웠는지 입 꼬리에 살짝 미소를 흘렸다. 그때 갑자기 전술현황판 위의 잠수정이 붉은색으로 반짝이자 마리아 전정관이 황급히 경고해왔다.

〈약 1분 후 무인 잠수정의 외부 제어 시스템이 자동 종료될 예정. 함장, 빨리 명령을.〉

"역시 해킹을 대비한 보험이 깔려 있었나 보네. 그럼 빌린 잠수정을 연방에 돌려주기 전에 장난이나 하나 쳐볼까?"

함장은 장난스럽게 전술 현황판 위의 잠수정들을 꾹꾹 누르며 명령했다.

"각 잠수정은 서로를 향해 어뢰 발사 준비!"

함장의 말이 무섭게 두 척의 잠수정은 서로를 향해 발사관을 마주하기 시작했다.

〈시에라 1, 시에라 2. 어뢰 발사관 개방.〉

장전이 완료되었음을 확인하자마자 함장은 주저 없이 명령했다.

"발사!"

발사 직후 통제 코드는 소멸되었지만, 서로를 향해 날아가는 어뢰를 피하기엔 이미 늦었다. 두 척의 잠수정이 회피 기동을 시작하는가 싶더니, 곧 전술현황판에서 시그널이 사라져버렸다. 동시에 먼 곳에서 꽝음과 함께 무언가가 우그러지는 소리도 함께 들려왔다.

함장은 술잔을 흔들어 보이며 명랑한 투로 깔깔거렸다.

"이게 바로 러브 샷이지!"

- 10 -

윤선호 함장은 끔찍한 악몽을 꾸는 듯했다. 순식간에 무인 잠수정의 통제 코드를 빼앗기나 싶더니, 복구하기도 전에 잠수정이 서로에게 어뢰를 날려 침몰해버렸다. 전황은 어느새 3:1의 완벽한 포위 상황에서 수상함과 잠수함의 정면 대결이라는 불리한 상황까지 추락하고 말았다.

"면, 면목 없습니다……"

전자전 사관은 무인 잠수정의 시그널이 소실된 위치를 쳐다보며 분한 듯 입술을 꽉 깨물었다. 하지만 이건 전자전 사관의 잘못이 아니다. 일반적인 적이라면 그 짧은 시간에 군용 프로그램을 크래킹해낼 수 없다. 적이 상상을 뛰어넘는 초고도의 기술을 가진 학회의 일원이기에 가능했다. 모든 책임은 승리에 도취되어 여유를 부린 함장에게 있었다.

"…자네의 잘못이 아니야."

함장도 분한 마음을 다스리며 다시 정신을 가다듬었다. 실의에 빠져 있을 틈도 없다. 곧 적의 공격이 시작된다!

"해수면에 착수음 확인. 적 VLA 4기 확인."

"5번 6번 발사관, 액티브 디코이 발사! 이어서 급속 잠항, 심도 220피트!"

"급속 잠항, 심도 220피트."

잿빛 10월의 대잠 미사일 발사를 확인하자마자 함장은 디코이를 뿌리며 잠항을 지시했다. 잠수함에 비해 수상함은 훨씬 더 많은 발사관과 무장을 갖추고 있다. 서로 나란히 공격을 주고받는다면 잠수함 쪽이 절대적으로 불리하다. 물론 일반적인 보급함이라면 그리 걱정할 필요는 없지만, 지금까지의 대응을 고려할 때 함장은 잿빛 10월과의 일대일 교전이 위험하리라 판단했다.

"심도 200피트, 도달! 지금부터 수온 약층에 진입합니다."

최충헌 함은 빠르게 잠항하여 곧 혼합층 아래에 깔린 수온 약층에 진입하기 시작했다. 수온 약층은 태양빛이 닿지 않아 물의 대류가 적고 밀도가 높다. 그때문에 소리 신호가 밀도의 경계에 막혀 반사되기 때문에 이 층에 진입한 잠수함은 소나로 탐지하기가 어렵다. 최충헌 함은 이제 여기서 상황을 엿보며 다시 한 번 반격의 기회를 노리던지, 적의 눈을 피해 달아날 수도 있다.

"적 VLA 유폭 확인. 모두 로스트 했습니다."

과연, 몇 기의 디코이를 뿌려놓자 잿빛 10월은 엉뚱한 해역에 무의미한 포격을 가하더니 갑자기 소음을 줄이고 액티브 소나를 쏘기 시작했다. 아무래도 최충헌 함의 위치를 놓친 모양이리라.

"탱고 원의 액티브 핑 확인. 아무래도 우리 쪽 위치를 로스트한 모양입니다."

"잘 됐군. 선체에 마스커를 전개하고 패시브 디코이를 더 산개해."

함장은 더욱 조심스럽게 기동을 시작했다. 최충헌 함과 비슷한 엔진음을 내는 미끼를 뿌리며 선체 위에 거품을 덮는다면, 분명 잿빛 10월은 미끼 쪽을 진짜 최충헌 함이라 착각하고 따라가겠지. 그럼 최충헌 함은 잿빛 10월의 추적에서 벗어나 자유로워질 수 있다.

"음탐 접촉. 적 어뢰 1기 발사음 확인. 무유도 방식인 것으로 사료됩니다."

그때, 음탐사가 갑작스럽게 음탐 접촉을 보고해왔다.

"침로는?"

"침로 0-4-7…. 현재 본 함의 위치에서 살짝 왼쪽으로 비껴갑니다."

무유도 방식의 어뢰인데다가 좌표도 맞지 않는 꼴로 보아 이쪽을 당황시키려고 던져본 놈 같았다. 괜스레 최충헌 함이 당황해서 급속 기동을 했다가는 적에게 위치를 노출하게 된다. 대신 함장은 정지해서 적을 조용히 주시하도록 명령했다.

"그럼 괜한 기동을 해서 소리를 낼 필요는 없겠지. 소나의 감도를 최대로 올리고 적 어뢰의 항로를 예의주시해."

"예, 소나 감도 최대로."

그 사이에도 적의 어뢰는 순조롭게 이쪽을 향해 다가오고 있었다. 지금 갑자기 어뢰가 궤적을 확 바꾸지 않는 이상, 저 어뢰는 최충헌 함을 한참 비껴나가 엉뚱한 곳에서 유폭하게 된다. 하지만 윤선호 함장은 이상하다는 생각이 들었다. 좀 더 이쪽을 당황시키려면 많은 수의 어뢰와 미사일을 동시에 발사하는 편이 좋지 않았을까? 게다가 수상함의 무장에는 폭발 반경이 넓은 폭뢰도 있는데 굳이 어뢰를 쓸 이유가…….

불현듯 함장은 일전에 해병 장교와 했던 대화를 떠올렸다.

'그런데 수중에서도 사용할 수 있는 폭음탄 같은 게 있나? 한동안 청력을 잃어버릴 정도로 강한 음파를 쏘는 어뢰 같은 것 말이야.'

'당장 실용화는 되지 않지만 국방과학연구소에서 그런 탄두를 개발

중이라고 하더군.'

'아아, 그런 걸 잠수함에 쓴다면 진짜 위험하겠군.'

'잠수함은 소리로 적을 찾아내는 맹인 검객 같은 거니까.'

"소나다! 당장 소나를 꺼!"

윤선호 대령은 황급히 소나사들을 향해 소리를 질렀다.

"네? 하지만 소나를 끄면 어뢰의 항적을 읽을 수가 없는데….'"

"그건 아무래도 좋으니까 당장 소나를…!"

〈삐익─!〉

함장의 말이 끝나기도 전에 갑자기 높은 주파수의 소음이 잠수함을 덮쳤다. 증폭된 소나에 귀를 기울이던 소나사들은 비명을 지르며 헤드폰을 집어던졌고, 방금 전까지만 해도 일정하게 소나의 파형을 그려내던 모니터는 고장 난 양 불규칙하게 흔들리기 시작했다.

당했다. 적이 발사한 무기는 단순한 무유도 어뢰가 아니었다. 그 어뢰는 공격용 음향 어뢰였다. 폭발하는 순간 주위에 엄청난 고주파의 음파를 뿌려 소나 체계를 마비시키는 일종의 폭음탄과 같은 무기였다. 과연 그 효과는 적중하여 소나사들은 귀의 고통을 호소하고 있었고, 소나 체계는 완전히 먹통이 되어버렸다. 윤선호 대령은 재빨리 전자관에게 소나 시스템을 복구하도록 지시했다.

"전자관! 빨리 소나 복구해!"

"소나 회복되었습니다! 하지만……"

소나의 파형을 표시하는 모니터는 이미 안정되었지만, 아까와는 달리 소나의 파형은 잠잠하기만 했다. 아무 소리도 들리지 않는다는 뜻이다. 방금 전의 공격으로 함 외벽에 달린 음탐기가 망가지기라도 한 걸까? 그도 아니라면 정말 적함이 아무런 소리도 내지 않는 걸까?

승조원들은 말없이 소나 모니터를 주시했지만 고요한 침묵만이 한동안 계속되었다. 음향 어뢰의 커다란 소음과 대비되어 그랬을까, 선실 안에 가득 깔린 침묵은 이상하리만큼 불쾌했다. 기분 상으로는 수 시간이 넘도록 소나를 주시한 기분이었지만, 실제로는 몇 분밖에 지나지 않았다. 승조원들의 얼굴에도 불안이 스멀스멀 퍼져가기 시작했다.

만일 정말로 소나가 고장 났다면 전속으로 이 해역을 이탈해야 한다. 지금이라도 머리 위에 무수한 폭뢰가 떨어지고 있을지도 모른다. 하지만 바다 속에 잠수해 있는 이상 최충헌 함의 승조원들은 아무것도 볼 수 없었고, 이제는 아무것도 들을 수 없다. 윤선호 함장은 가라앉는 강철관에 눕혀진 기분이 들었다. 죽음이 서서히 목을 졸라온다―.

"……부상한다."

함장은 결국 참지 못하고 부상명령을 내렸다. 적함이 위에 있을지도 모르는 상황에서 잠망경을 올릴 수 있는 심도까지 부상하기란 자살행위와 다름없다. 하지만 무음의 공포가, 보이지 않는 적에 대한 공포가 너무 강했기 때문에 함장은 원칙을 어기고 부상 명령을 내렸다.

"심도 20까지― 정숙을 유지하면서 부상해."

"해수 배출, 심도 20까지 부상합니다."

승조원들 역시 그 누구도 부상의 위험성에 대해 경고하지 않았다. 승조원들 역시 함장만큼이나 아니, 그보다 더한 공포에 질려있었기 때문이다. 최충헌 함의 승조원들은 함장의 명을 조용히 이행했다. 그저 적이 이미 사라졌으리라 스스로를 위안하면서.

얼마나 지났을까. 심도계가 30피트를 가리키자 함장은 떨리는 마음으로 잠망경에 눈을 가져다 댔다. 잿빛 10월은 도망쳤음이 분명하다! 잠수함이 부상하는 데 아무런 소리도 내지 않을 리가 없잖나. 분명 이 해역에는 아무것도 없다. 함장은 그렇게 자신에게 암시를 걸며 잠망경을 천천히 돌렸다. 잠망경이 마지막으로 잿빛 10월을 관측했던 방위를 향했을 때였다. 함장은 숨을 죽였다.

이미 안개는 걷히고 바닷물은 아침햇살을 받아 아름답게 반짝거렸다. 그리고 그 너머에는…… 수십 문의 포구를 이쪽으로 겨눈 잿빛 10월이 있었다.

"하, 하하… 말도 안 돼. 말도 안 된다고."

날렵한 형태의 폐위 마스트는 사통 장비들이 튀어나오며 2차 대전 당시의 파고다 마스트처럼 변해있었고, 현측에는 족히 잡아 10문은 되는 케이스 메이트식 부포가 보였다. 함수와 함미 덱에서는 스텔스 형태로 숨겨져 있던 거대한 주포가 튀어나와 이쪽을 노리고 있었으며, 유도탄 사일로도 장전을 마치고 발사 준비태세에 돌입하고 있었다.

저게 무어란 말인가. 저게 어떻게 보급함이란 말인가. 웬만한 순양함도 저렇게 중무장을 갖추지는 않는다. 연방 군부는 상대를 너무 얕보았다. 단순히 잠수함 세 척으로 나포할 만한 상대가 아니었다. 최초에 깊은 수심 아래에서 어뢰로 일격을 날려야 했다. 하지만 최충헌 함이 수면 가까이 올라온 순간 이미 승산은 깨끗이 사라졌다.

"……크흐흐."

윤선호 함장은 한동안 미친 사람처럼 실실 웃었다. 함장이 말없이 헛웃음만 흘리자 승조원들이 불안한 표정으로 말을 걸어왔다.

"하, 함장님? 무슨 일이십니까?"

함장은 초조한 기색이 드러나지 않도록 천천히 주의하며 무장관에게 지시를 내렸다.

"무장관… 전 병장 장전. 가능한 모든 무기를 장전해. 지금 우리는…… 적의 아가리 속에 있다."

"알겠습니다."

함장의 말이 떨어지자마자 승조원들은 일사분란하게 미사일과 어뢰를 꺼내 전부 발사관에 밀어 넣었다. 워낙 손에 익었던 탓일까, 발사 준비 완료 까지는 1분도 채 걸리지 않았다.

〈1번, 2번 발사관 어뢰 발사 준비 끝!〉

〈3번, 4번 발사관, 대함 미사일 발사 준비 끝!〉

"전 병장 발사!"

함장이 명령을 내리자마자 최충헌 함의 전부 발사관에서 미사일과 어뢰가 빠르게 날아가기 시작했다. 동시에 잿빛 10월에서도 포탄과 미사일이 발사되었다. 잿빛 10월에서 발사한 포탄들은 채프를 흩뿌리며 두 함선 사이에 거대한 화염을 만들어냈다. 최충헌 함에서 발사된 대함 미사일들은 그 화염에 휩싸여 폭발했지만, 한 기의 어뢰는 살아남아 잿빛 10월의 장갑에 명중했다. 하지만 그뿐이었다. 외부 격벽 내로 해수가 들어오며 잿빛 10월은 잠깐이나마 한쪽으로 기울긴 했지만, 곧 반대편 격벽에 물을 채워 전복하는 사태만큼은 면했다. 더욱이 어뢰가 바이탈 파트가 아닌 함수에 명중했기 때문에 탄약고 유폭과 같은 추가 피해는 없었다.

반면에 잿빛 10월에서 수직 발사된 대잠미사일은 방해받지 않고 수면에 착수하여 그대로 최충헌 함의 상단부를 직격했다. 기관부에 명중한 대잠미사일은 잠수함의 선체를 꿰뚫고 연쇄 폭발을 일으켰다. 망연하게 이 수라장을 바라보던 함장의 머리에서도 한줄기 피가 흘러내렸다. 심도가 빠르게 깊어지고 승조원들의 비명이 귓가에 메아리치자 함장은 패배를 직감했다. 그리고 그는 정신을 잃었다.

시간이 얼마나 흘렀을까. 윤선호 대령은 머리 위로 떨어지는 물방울에 정신을 차렸다. 밝은 백색등이 켜져 있던 아까와는 달리, 지금은 깜박거리는 붉은 빛의 비상등을 제외하면 아무것도 보이지 않았다. 몸을 추슬러 발을 내딛으니 첨벙하고 차가운 물이 튀었다. 침수가 시작된 걸까. 그렇게 공격을 당했으니 멀쩡할 리가 없지. 윤선호 대령은 오히려 산소가 남아있다는 사실을 신기하게 느꼈다. 시계를 보려고 했지만 모두 부서진 바람에 지금이 낮인지 밤인지도 알 수가 없었다.

"부장, 상황 보고하도록."

함장은 죽어가는 목소리로 부장을 불렀다. 부장도 정신을 잃은 걸까. 아무리 불러도 부장은 답하지 않았다. 그보다 윤선호 대령은 함내를 메우고 있는 정적이 두려웠다. 어둠에는 익숙하다. 빛 하나 없이 소리에만 의존하여 항행하는 잠수함 장교에게 어둠은 두렵지 않았다. 하지만 무음만큼은 두려웠다. 사람의 숨소리조차 들리지 않는 이 적막한 고요는 바닥에 차있는 해수보다 차가웠다.

첨벙, 첨벙.

함장은 물을 튀기며 천천히 함미 방향으로 걸어갔다. 기물이 사방에 엎어져서 걷기가 쉽지 않았지만, 구조 자체는 익숙한지라 곧 쉽게 길을 찾아냈다. 그보다 아까 전부터 지독한 피비린내가 코를 찔렀다. 머리를 만져보니 피가 엉겨 붙어서 머리카락이 끈적거렸다. 격벽을 가득 메운 이 지독한 피 냄새는 나에게서 나는 걸까?

"아무라도 좋으니까 대답 조…!"

함장은 소나실 근처에서 무언가를 발견하고 숨을 죽였다. 거뭇한 물체가 허공에서 대롱거리고 있었기 때문이다. 함장은 떨리는 손으로 라이터를 꺼내 그 물체를 비추었다.

……부장이었다.

부장은 날카롭게 꺾인 철제 파이프에 흉부를 꿰뚫려 허공에서 공허하게 흔들렸다. 아마 방금 전 공격으로 함이 흔들릴 때 재수 없게도 꺾인 파이프 끝에 부딪친 모양이었다. 함장은 가까이 다가가 부장을 끌어내렸다. 역겨운 피 냄새가 훅 끼쳤다. 하지만 윤선호 대령은 개의치 않고 부장을 내려 의자에 앉혔다.

"수고했어. 좀 쉬게."

함장은 부장의 타이를 고쳐 매준 다음 계속해서 후부로 걸어갔다. 마지막 보고에 따르면 기관실이 피격되었다고 했다. 기관부의 승조원들은 무사할까? 기관부로 이어지는 수밀문을 발견하고 힘껏 잡아당겼지만 수밀은 꿈쩍도 하지 않았다. 아무래도 잠긴 부분이 찌그러지는 바람에 안쪽에서 봉인된 모양이었다. 이래서야 상황을 확인할 수도 없는데…….

"거기…… 누구 계십니까?"

인기척을 느꼈는지 안쪽에서 죽어가는 목소리가 들려왔다. 보수관의 목소리였다.

"함장이다. 지금 사람들을 불러 수밀을 열 테니…"

"수, 수밀은 열지 마십시오."

보수관이 다급하게 함장을 말렸다. 보수관은 기침을 계속하면서도 또박또박 상황을 설명해 나갔다.

"콜록. 최초의 공격으로 기관부에 침수가 시작되었지만 보수 요원들의 노력으로 침수는 어떻게든 막아내었습니다. 지금은 별 문제가 없지요. 하지만 기관에 해수가 스며들어 합선 화재를 일으킨 탓에 지금 이곳에는 염소가스가 배출되고 있습니다. 문을 연다면 그쪽까지 가스가 누출될 것입니다."

"하지만……!"

"크크…, 다 죽을 수는 없잖습니까."

보수관은 킬킬거리며 억지로 웃음소리를 내었다. 하지만 함장은 그게 뼈에 사무치게 아팠다. 죽어야 할 사람이 어디 있겠냐만, 만약 하나를 고른다면 살아야 할 사람은 아직 젊은 보수관이 아닌가. 이곳에서 하릴없이 죽어가는 후배의 목소리를 듣고만 있어야 한다는 사실이 원통했다.

"죄송합니다. 지금의 기관 상태로는 부상도 어렵습니다."

"미안할 거 없네. 이건 전부 내 책임이야."

"그런……."

잠시 침묵이 이어지나 싶더니만 보수관이 숨을 가쁘게 내쉬며 말을 걸었다.

"하, 함장님… 한 가지 질문 드려도 되겠습니까?"

"얘기하게."

"저희는…… 이겼습니까?"

보수관은 아마도 전황을 듣지 못했던 모양이다. 마지막에 최후의 일격을 주고받긴 했지만 잿빛 10월은 침몰하지 않았다. 하지만 죽어가는 이 젊은 사관에게 우리는 패배했고, 죽음을 기다리고 있노라고 말해주기엔 너무나 가혹했다. 함장은 입술을 깨물며 짐짓 쾌활하게 말했다.

"아, 물론이지. 우리는 승리했다. 적함은 가라앉았고, 연방 구조선이 오기를 기다리고 있어. 그러니 자네도 포기하지 마. 곧 구조선이 도착하면 모두, 모두 살 수 있으니……."

"거 참 다행이군요."

보수관은 정말로 기쁜 목소리로 대답했다.

"이제야 하늘에 있는 동기에게 큰 소리 칠 수 있겠습니다. 내가 네 복수를 했다고, 너는 이기지 못한 적을 내가 이겼다고 크게 뽐내며 웃을 수 있을 테니 말입니다."

함장은 그 젊은 사관에게 아무런 말도 할 수 없었다. 그저 "그런가." 하고 공허한 맞장구만 쳐줄 뿐이었다. 잠시 후, 보수관은 토할 듯 세찬 기침을 해대더니 누군가에게 목을 죄이는 음색으로 천천히 말을 이었다.

"죄송합니다. 조, 좀 어지러워서……. 쉬겠습니다…."

"……쉬게."

함장은 이번에도 그렇게 말했다. 곧 수밀 너머로 인기척이 사라졌지만 함장은 한동안 자리에서 일어설 수 없었다.

실패했다. 자신의 오판으로 승조원들의 목숨을 빼앗았다. 그 죄책감만으로도 함장은 자결하고 싶었다. 하지만 이대로 죽을 수는 없었다. 살아남은 승조원들을 찾아야…

〈치직— 칙— 지직— 아아. 하나, 둘. 아아.〉

그때 군용 회선을 쓰는 통신망에 불이 들어왔다. 연방군이 이 근처에 있다! 전파가 잘 닿지 않는 수중에서 회선이 연결되다니, 이는 기적에 가까웠다. 함장은 통신 장비에 달려가서 황급히 구조를 요청했다.

"아아, 여기는 연방 해군 최충헌 함. 여기는 연방 해군 최충헌 함. 들리나?"

〈…들린다. 아직 생존자가 있었군.〉

무전 너머로 심드렁한 목소리가 들려왔다. 유창한 연방어로 보아 연방 군인인 모양이었다. 함장은 암흑 속에서 빛을 본 기분에 휩싸였다.

"다행이야…. 이쪽은 연방 해군 대령 윤선호다. 방금 전 학회 소속의 군함과 대치 후에 침몰했다. 구조를 요청한다. 이곳의 좌표는…."

〈아, 말해줄 필요 없어.〉

상대는 퉁한 목소리로 좌표 수신을 거절했다. 혹시 이곳의 위치를 알고 있는 걸까?

〈알다마다. 싸우는 것을 계속 근처에서 모니터하고 있었는데, 침몰한 위치야 보면 훤하지.〉

그리고 귀찮다는 투로 싸늘한 말을 내뱉었다.

〈하지만 구해줄 생각은 없는 걸.〉

함장은 상대의 말에 귀를 의심했다.

"그, 그게…… 무슨 소린가? 연방군이 연방군의 구조 요청을 거절하다니."

〈내가 무슨 이득이 있다고 패장을 구조해야 하지? 돈이 되나? 아니면 명예가 되나?〉

그 말투는 군인의 것이 아니었다. 상대의 말투에는 손익을 따지는 교활한 상인의 속셈만이… 아니, 그 이전에 인간으로서 예절조차 없었다.

"어이, 이봐! 자네 누구야!?"

윤선호 대령은 무전기에 대고 소리를 빽 질렀다.

〈알 거 없어. 나는 당신과 같은 연방의 개. 당신이 얼마나 잘 싸우는지 지켜보라는 명령을 받고 이곳에 있을 뿐이지, 그 외의 어떠한 명령도 듣지 못했어.〉

함장은 그 말에 숨을 죽였다. 평범한 상대는 아니라고 생각했지만 역시나 그랬다.

"네 녀석…… 제 4과 놈이로군."

윤선호 함장에게 잿빛 10월의 정확한 위치를 알려주고, 거듭 무리한 명령을 내린 조직. 정보사령부의 제4과는 군부 내에서도 이질적인 존재로 악명이 높았다. 승리를 위해서라면 같은 편이라도 내치는데다가, 병사들의 목숨을 장기짝처럼 취급한다. 그 악명을 알면서도 함장은 상대에게 매달릴 수밖에 없었다.

"부탁하네. 이곳에 아직 젊은 사관들이 살아있어. 이 아이들은 연방 해군의 미래야. 나는 어찌되어도 좋으니 이 아이들만이라도 살려줘. 그냥 구조신호를 타전해 주기만 하면 되네……."

윤선호 대령은 비굴할 정도의 저자세로 애원했다. 하지만 상대는 마음을 바꾸기는커녕 오히려 딱하다는 투로 혀를 차며 질문을 던졌다.

〈이건 내 오지랖이지만… 정말로 너희가 살아 돌아가면 총통이 좋아할 거라고 생각해?〉

"그게 무슨 소리야?"

〈연방은 매년 수천 명의 장교를 양성하고 수십 척의 군함을 건조하고 있어. '그깟' 신임 장교들과 배 한 척을 사지에서 건져낸다고 득 볼 것은 하나도 없어. 아니, 오히려 해적에게 진 패장들이 돌아오면 군의 분위기만 무거워지겠지. 하지만 자네들이 죽으면 어떨까? 패배는 잊혀지고, 사람들은 복수를 다짐하겠지. 동판에는 자네들의 얼굴이 새겨지고, 자네의 동기와 후배들은 복수를 다짐하며 사기를 불태울 거야. 무슨 뜻인지 이해하나, 윤선호 대령?〉

상대는 잠시 숨을 멈춘 다음 의미심장하게 말했다.

〈자네는 너무 많이 알고 있어.〉

그 순간 윤선호 대령의 머릿속으로 몇 가지 사실이 불현 듯 스쳐지나갔다. 함장은 연방이 탐내는 블루홀의 비밀을 알고 있었을 뿐더러, 이원일 하사의 생존과 잿빛 10월의 역할도 안다. 함장은 군의 명령에 복종했지만, 군 상층부에서 내밀어진 권력의 유혹에는 응하지 않았다. 군부는 그 점이 불편했다. 그래서 윤선호 대령을 이곳으로 보냈다.

적을 죽이면 좋고, 역으로 이쪽이 죽어도 좋고. 이 싸움에 내쳐진 순간부터 둘 중 하나는 죽었어야만 했다. 모두가 살아 돌아가는 그런 꿈같은 선택지는 없었다. 하지만 평생을 조국에 대한 충성과 명예로만 살아온 윤선호 대령에게 이런 처우는 너무나도 가혹했다.

함장은 입술을 꽉 깨물며 몸을 떨었다.

"너희들…… 사람이냐."

〈물론 아니지. 우린 그냥 말 잘 듣는 충견일 뿐이야.〉

이제 상대는 노골적으로 즐거운 내색을 숨기려 들지도 않았다. 함장은 더 참을 수가 없어서 욕지거리를 뱉으며 무전기를 벽에 내던졌다.

"옴 붙을 놈!"

불쾌한 웃음소리와 함께 상대가 마지막 인사를 건넸다.

〈쉬게, 윤선호 준장.〉

상대는 자신의 계급을 한 단계 높여서 불렀다. 이미 죽은 사람 취급하는 모양이었다.

"……고약한 짓이야."

함장은 그렇게 중얼거리다가 문득 한 사내를 떠올렸다. 이원일 하사. 그러고 보니 자신 역시 원일을 죽은 사람처럼 불렀었다. 함장은 지금에 와서야 그 말이 얼마나 잔인했는지 새삼 깨달았다.

"그 녀석도 힘들었겠구먼……."

하지만 다행스럽게도 그 젊은 수병은 자신의 길이 어딘지 정확히 알고 있었다. 허울뿐인 명예와 거짓된 군부의 사탕발림에 속지 않고 한 끼의 밥과 동료를 택했다. 아까는 화가 났지만, 오히려 지금은 원일이 부러웠다. 자신도 빨리 눈치를 챘었어야 했는데.

함장은 담배를 피려고 손을 넣었다가 주머니가 비어있다는 사실을 깨달았다. 아까 어딘가에 흘린 모양이었다. 하지만 이대로 죽기는 뭔가 아쉬웠다. 머리는 복잡하고, 심장은 아프게 뛰는데도 입만큼은 무언가를 원하고 있었다.

부스럭.

그때 함장의 손에 무언가가 잡혔다. 집어 들어 적색등에 비춰보니 증식용 건빵에서 흘러나온 별사탕 봉지였다. 최후의 한 끼가 별사탕이라니, 다른 장교들이 보면 웃을 일이었지만 윤선호 대령은 이마저도 고마웠다.

봉투를 들고 조심스럽게 한 알을 입에 던져 넣는다. 혀끝부터 달콤한 맛이 퍼져간다. 다른 사탕과는 달리 별사탕은 녹으면서 청량한 느낌을 준다. 탄산수를 들이켠 기분이다.

건빵을 한 움큼 먹고 별사탕을 한 개씩 녹여먹던 훈련소 시절이 방금 있었던 일처럼 생생히 떠올랐다. 그래, 별사탕은 이렇게 맛있는 과자였다. 그런데 왜 이걸 잊고 있었던 걸까?

별사탕 한 알을 다시 입 안에 던져 넣는다.

정말 죽고 싶을 정도로 힘들고, 억울하고, 괴로운 훈련소였지만 동기들과 나누어 먹는 이 별사탕의 맛만큼은 사회에서 먹었던 어떤 과자보다 달고 맛있었다. 매일같이 사관 식당에서 고급스러운 음식을 먹다보니 어느덧 대령은 이 맛을 잊어버렸다.

다시 별사탕 한 알을 입에 던져 넣는다.

후배들에게 누누이 초심을 지키라고 일렀건만, 정작 함장 본인도 처음 마음가짐을 잊고 있었다. 처음에는 맛있는 밥 한 끼를 먹고 싶다는 소박

한 소망 때문에 이 일을 시작했다. 그런데 배가 부르니 초심을 잊고 허울뿐인 계급장과 훈장에 목숨을 걸어왔고, 끝내 이렇게 버려졌다.

다시 별사탕을 먹는다.

이 맛있는 것을 다른 승조원들과도 나누어 먹어야 하는데. 아니, 그보다 다들 돌아가면 돼지를 잡아 거하게 잔치를 벌이기로 약속하지 않았는가. 다들 그 맛있는 한 끼를 기대하며 이 힘든 항해를 해왔는데…….

"약속 못 지켜서 미안하네."

어느새 별사탕 봉지는 텅텅 비어있었다. 이렇게 맛있는 음식은 앞으로 절대 먹지 못하리라.

함장은 씁쓸한 미소를 지으며 빈 봉지를 바닥에 던졌다.

허리춤에 찬 권총집은 다행히 물에 잠기지 않았다. 함장은 총집에서 권총을 꺼내 탄환을 재고 총구를 거꾸로 들어 입속에 밀어 넣었다. 차갑고 찝찔한 쇠의 맛이 혀에 닿는다. 방금 전까지 먹던 별사탕과는 전혀 다른 불쾌한 맛이다.

아마도 이건 맛이 없겠지.

윤선호 대령은 히죽거리며 천천히 방아쇠를 당겼다.

11. 무화과 타르트

"저기, 해인. 처음 해보는 건데 괜찮을까…?"

"걱정하지 마십시오. 제가 지시하는 대로만 잘 따라주시면 괜찮습니다."

소란이 한차례 지나간 주말의 오후. 드물게도 나는 주방에서 해인과 단둘이 마주 앉아 긴장을 삼켰다. 해인은 불안한 표정으로 나를 뚫어져라 쳐다보았고, 나는 애써 해인의 눈길을 피했다. 앞서 여러 차례 말했지만, 해인은 정말 미소녀였으니까. 이렇게 가까운 거리면 눈을 마주치기조차 부담스러울 정도였다. 왠지 자꾸 얼굴도 화끈거리고…

"무슨 이상한 생각을 하시는 겁니까? 지금은 여기에 집중해 주세요."

"으, 응."

나는 해인의 말에 정신을 차리고 조심스럽게 손을 뻗었다.

"처음에는 풍선을 만지는 것처럼 전체적으로 가볍게 문질러주세요."

"이, 이렇게?"

"으음. 예, 그런 느낌으로요. 그리고 주먹을 꽉 쥐시고… 으. 너, 너무 세게 쥐지는 마시라니까요!"

"미, 미안! 그러니까 이런 느낌으로 하는 게 맞지?"

"네에. 전체적으로 가볍게 문지르는 느낌으로 몽글몽글하게… 주물러 주세요. 아…… 생각 외로 잘하시네요."

"나도 보는 건 몇 번 봤으니까. 그런데 뜻밖에 꽤 느낌이 좋구나. 폭신

폭신하고 부드러워서 문지르는 것만으로도 기분이 좋아."

"갑자기 그런 말을 해도… 으으. 이제 그만 하셔도 돼요."

"왜? 내가 보기엔 조금 더 문질러도 괜찮을 것 같은데."

"그러니까 그만 하시라고…"

"몇 번만 더 주물러볼게. 잠깐만."

"정말 그냥 보자 보자 하니까…!"

해인은 결국 나를 밀치며 소리를 빽 질렀다.

"지금 인절미를 만들 셈입니까? 타르트 반죽은 너무 치대면 안 되니까 그만두세요!"

"아아, 미안."

항복하듯이 손을 들고 밀가루 반죽에서 손을 뗐다. 손에서 미처 떼 내지 못한 허연 밀가루 반죽이 주욱 늘어졌다. 해인은 대신 직접 팔을 걷어붙이고 반죽을 꺼내 투명한 비닐에 싼 다음 냉장실에 차곡차곡 쌓기 시작했다.

나와 해인은 둘이서 오늘 점심 후에 쓸 타르트 반죽을 만드는 중이었다. 평상시라면 이런 일은 조리병들의 몫이었겠지만, 며칠 전에 있었던 전투로 조리병들도 피로가 누적되어 모두 앓아눕고 말았다. 그때문에 한직이었던 내가 조리 보조로 끌려오게 되었다. 해인은 뒷정리하면서도 계속 불만스러운 표정으로 투덜거렸다.

"정말이지, 남자들에게 요리를 맡기면 이래서 문제라니까요. 레시피는 괜히 만들어 놓은 게 아닙니다. 수많은 요리사가 많은 시행착오를 거치며 가장 나은 방법을 기술한 것인데, 괜한 창의력을 발휘한답시고 이상한 것을 잡다하게 넣다가 맛을 망치지요."

"으윽…."

그러고 보니 나도 일전에 사회에서 볶음밥에 계절 과일 따위를 넣었다가 음식을 못 쓰게 만든 경험이 있었던지라, 변명할 입이 없었다. 하지만 내 요리 실력과는 별개로, 해인이 그런 말을 하니까 왠지 못마땅했다.

"그러니까 나 말고 다른 수병들을 불러서 하면 되잖아. 갑판병 애들도 손은 야무지던데, 나보다는 훨씬 잘할걸? 하고많은 비번 인원 중에 나를 불러놓고서 불평하면 어쩌자는 거야."

"그거야 당연히……!"

해인은 무언가 소리를 지르려다 말고 잠시 입을 뻐끔거리며 말을 골랐다. 그러더니 얼굴을 붉히고 고개를 푹 숙이며 기어들어가는 목소리로 중얼거렸다.

"그러니까 당신이……."

"내가 뭘?"

자꾸 재촉하자 해인은 고개를 쳐들고 짜증스럽게 소리를 질렀다.

"그러니까 당신이 이 배에서 제일 하는 일 없이 한가하지 않습니까!"

우와 도대체 최초에 무슨 말을 하려고 했기에 고르고 골라서 저런 폭언이 나온담?

"하는 일 없다니! 내가 요즘 얼마나 바쁜 줄 알아? 저번 전투에 다친 애들 붕대 갈아주고 약 배분하는 것만 해도 반나절이 걸리는데! 거기에 전공·상 심의의결 보고도 내가 해야지, 결제 좀 맡으려 하면 함장은 보이지도 않지…. 게다가 기관부 수병 중에는 가슴께를 다친 애들이 있어서 얼마나 곤혹스러운지 알아? 붕대 갈아주는데도 희롱이라도 한 것 마냥 화들짝 놀라니 이쪽이 곤란하다고!"

"알았으니까 입 좀 다물어요. 식재료에 침 튀겠습니다."

해인은 내가 계속 떠들어대자 흥이 식었는지 여남은 밀가루 가루를 내 얼굴에 뿌리며 짜증을 냈다. 해인은 또 오늘따라 왜 이렇게 저기압이지. 경의부 애들 생리일 돌아오려면 일주일은 남았는데. 이래서 여자란 알다가도 모른다는 말이 있나 보다.

"그런데 왜 갑자기 타르트를 굽는 거야? 그것도 함 총원을 먹일 만큼 많은 양을."

나는 얼굴에 묻은 밀가루를 닦아내며 의문을 던졌다. 평소의 해인이라면 이렇게 달달한 디저트를 배식하는 일은 없었다. 기껏해야 가끔 말린 과일을 섞은 샐러드를 내놓는 게 다였는데.

"제 식단에 무슨 문제라도?"

아니나 다를까. 해인은 자신의 식단을 지적받았다는 사실이 불쾌했는지 도끼눈을 뜨고 나를 올려다보았다.

"아니, 불만이 있는 게 아니라 평상시에는 이런 달콤한 후식 같은 건 내놓는 법이 없었잖아."

"그건… 번거롭기 때문입니다."

나는 귀를 의심했다. 지금 해인이 음식 만드는 것을 귀찮다고 한 건가? 해인도 내 생각을 대강 읽었는지 짜증스럽게 거품기를 흔들며 바로 변명을 했다.

"그러니까 결과물치고는 품이 너무 들어서 귀찮다는 말입니다."

"품? 빵에 비해 오래 걸리는 것은 맞지만, 타르트 자체는 네가 평상시에 하는 요리에 비해 품이 많이 드는 건 아니잖아? 초보 제과사들도 시험 삼아 만드는 요리이기도 하고."

"그건 육지일 때의 얘기죠."

해인은 주방 구석에서 식자재의 재고를 적어놓은 차트를 가져오며 물었다.

"항해가 길어지면 가장 먼저 부족해지는 식재료가 무엇인지 아십니까?"

"채소나 과일?"

"물론 과채류가 제일 눈에 띄게 줄어들지만, 대체품이 많아서 그리 걱정할 것은 아닙니다. 하지만 유제품만은 어쩔 수가 없지요."

"아, 그건 그래."

그러고 보니 연방 해군에서도 항해 중에 야채는 가끔 나왔지만, 우유는 나온 적이 없었다. 사실 정박 중일 때를 제외하고 해군의 군함에는 아예 우유를 싣지 않는다. 쉽게 상하기 때문이다. 하지만 과자는 보통 계란과 우유를 넣어 특유의 달콤하고 부드러운 풍미를 살리는 법이라 해인은 늘 이 문제로 골머리를 앓았다.

"그럼 이 타르트는 어떻게 만들려고? 타르트 안에 들어가는 아몬드 크림에도 계란과 생크림은 필요하잖아?"

"그래서 대신 이걸 준비했지요."

해인은 대야에 가득 담긴 하얀 크림 더미를 내밀었다. 내 눈에 그건 아무리 봐도 우유와 계란으로 만든 생크림으로 보였다.

"생크림이잖아?"

"아닙니다. 두부입니다."

"이게 두부라고?"

나는 그 정체불명의 크림을 쳐다보며 눈을 의심했다.

"잘게 다진 두부를 두유와 섞어서 크림을 만드는 것처럼 질기를 조정하면 두부 크림이 만들어집니다. 이렇게 두부로 만든 크림을 제빵에 쓰면 효소의 작용을 돕고 특유의 부드러운 맛을 살리는 데 도움이 되지요. 채

식주의자 식단에서는 꽤 유명한 제빵법입니다. 물론 계란에 비하면 조금 풍미가 떨어지므로…"

해인은 부모의 원수를 보는 애처럼 두부 크림이 담긴 대야를 붙잡고 부들부들 떨기 시작했다.

"계란 하나 아끼자고 두부 쑤는 품을 들여야 한다니…… 정말 좋아하지 않습니다."

나는 당장에라도 해인이 두부 크림을 바닥에 내던질 것 같아서 황급히 대야를 빼앗아 들고 진정시켰다.

"지, 진정해! 그렇게 귀찮으면 아예 안 만들면 되잖아. 괜히 일손도 없는데 손이 많이 가는 요리나 하고……. 너도 사서 고생하는 타입이구나."

하지만 해인은 단호하게 고개를 저었다.

"안 됩니다. 몸이 아프면 단 게 먹고 싶지 않습니까."

"몸이 아프다니?"

"경의부 아이들 태반이 전투가 끝나고 무리를 해서 누워있습니다. 몸살이 나고, 외상을 입어서 몸이 아프면 여자들은 상큼한 디저트를 먹고 싶어 합니다. 그걸 알면서도 매일 약재를 넣은 씁쓸한 죽만 먹어서 마음이 늘 불편했습니다."

해인은 그렇게 말하고 손가락으로 두부 크림을 찍어 먹으며 불만스럽게 투덜거렸다.

"가능하면 딸기를 듬뿍 올린 딸기 타르트를 만들어주고 싶었는데."

"크크크…"

토라진 해인의 표정을 보고 있노라니 너무 재미있어서 웃음을 터트리고 말았다.

"왜, 왜 웃으시는 겁니까?"

"아니. 정말 조리장은 손해를 보는 타입이 맞아."

그렇게 다른 수병들을 걱정하는 마음이 가득한데, 무뚝뚝하게 잔소리만 해대니 아무도 그걸 몰라준다. 인기는 없지만, 이 배에서 없어지면 가장 곤란할 사람이 바로 이 조리장 아닌가. 지금은 이렇게 수병들의 어머니처럼 빠릿빠릿하게 움직이고 있지만, 해인도 한참 여린 소녀다. 가끔은 어리광을 부려도 좋을 텐데.

그리고 나는 무의식적으로 해인의 머리를 쓰다듬었다.

"......!"

내 의외의 행동에 해인은 얼마나 놀랐는지 손에 쥐고 있던 거품기를 떨어트린 채 뒷걸음질을 쳤다.

"지, 지금 뭐하시는 겁니까!"

"아, 어쩐지 조리장은 손 많이 가는 여동생 같다 싶어서."

"여동생이라뇨! 저는 당신보다 훨씬 경험이 많은 선임 일등병조란 말입니다! 무, 무례하게!"

해인은 한 손으로 붉어진 얼굴을 가리며 내게 마구 삿대질을 해댔다. 어라, 그렇게 기분이 나빴나. 선임에게 할 행동은 아니었지만, 일단 실례를 한 것은 맞군.

"미안, 미안. 사과할 테니까 너무 골내지 말라고."

사과했지만, 해인은 오히려 더 풀이 죽은 채로 고시랑댔다.

"또 거기서 사과를 할 건 뭐람…."

"응?"

"…아무것도 아닙니다. 타르트 속에 넣을 아몬드 크림이나 만들죠."

해인은 다시 거품기를 주워들고 재료를 추스르기 시작했다. 먼저 해인은 실온에 두었던 버터를 큰 볼에 넣고 천천히 풀어주었다. 그리고 설탕과 아까 꺼내둔 두부 크림을 섞어가며 서로 분리되지 않게 신중히 저었다. 크림이 충분히 섞이자 해인은 그 위에 바닐라 에센스와 아몬드 가루를 넣고 이 역시 잘 섞었다. 해인은 이렇게 완성된 아몬드 크림을 짤 주머니에 넣어 따로 보관했다. 나는 그 옆에서 해인이 필요로 하는 식재료를 가져다주거나 식기를 청소하며 보조를 맞추어 갔다.

말없이 작업이 계속되니 괜스레 멋쩍어져서 쓸데없는 말을 시작했다.

"아아, 그래도 다들 많이 다치지 않아서 정말 다행이야."

"잠수함 세 척에 달려든 것치고는 경상이죠."

연방의 잠수함과 마지막 일격을 주고받은 잿빛 10월은 기적적으로 침몰은 면했지만, 스크류의 기어 박스가 고장 나서 움직일 수 없게 되어버렸다. 나중에 기관실에서 마주친 루나 수병은 그때 어뢰를 한 발이라도 더 맞았으면 그대로 침몰했을 거라며 오싹해 했다. 하여간에 침몰을 피한 잿빛 10월은 수리를 위해 모항으로 이동하는 중이다.

"그래도 포갑부 쪽은 안색이 안 좋던데."

"아아, 샤오지에 갑판장은 외부 장갑 도색 다 그을린 거 보고 거의 기절할 뻔했다더군요."

화려한 전투가 끝나면 뒤처리가 남는 법이다. 구멍 난 장갑은 목재와 쇠못으로 덕지덕지 보수되었고, 해수를 빼낸 수밀에는 미처 치우지 못한 허연 소금 찌꺼기가 남았다. 그런 뒤처리 역시 수병들 몫이다. 일전에 해인이 말했듯 배는 저절로 깨끗해지지 않으니까. 포탄과 미사일, 어망 등을 부리며 몸을 혹사한 탓인지 수병들 태반이 근육통을 호소했고, 기관부에는 가벼운 몸살감기도 유행 중이었다. 그래도 잿빛 10월에서 죽은 승조원은 없다. 불구가 된 승조원도 없고. 이 정도의 고생은 전투의 치열함에 비하면 애교에 가깝다.

내가 주방에 오기 전에 해인이 냉장고에 넣어두었던 타르트 반죽은 이미 충분히 휴지된 후였다. 해인은 타르트 반죽을 꺼내 밀대로 얇게 편 다음 여러 개의 타르트 팬에 맞게 눌러 모양을 만들었다. 팬 위로 밀려 올라온 반죽은 잘라내고, 바닥에 포크로 구멍을 뚫는다. 그리고 그 위에 유산지를 깔고 모양을 고정한 다음 빠르게 구워낸다.

"……."

"무슨 하실 말씀이라도?"

내가 한동안 손을 멈추고 생각에 잠겨있자 해인이 눈을 깜박이며 물었다. 우리는 이겼고 아무도 죽지 않았다. 하지만 상대의 배는 침몰했고, 다시는 물 위로 올라오지 않았다.

"…그 잠수함의 승조원들은 죽었겠지?"

무의미한 질문을 굳이 던졌다.

"아마 죽었을 겁니다."

내 뜬금없는 질문에 해인은 담담하게 답했다. 그리고 시간을 두고 한마디를 덧붙였다.

"연방의 구조함은 그 후에도 오지 않았으니까요."

"그렇구나."

나는 무미건조하게 해인의 말에 맞장구를 쳤다. 마치 영화의 줄거리를 떠올리듯 아무런 감흥이 들지 않았다. 몇 달간 보고 들은 모든 일이 비현실적이어서 그런지 나는 아직도 긴 꿈을 꾸고 있는 기분이었다.

하지만 실제로 사람이 죽었다. 거기에는 내 책임도 있었는데 나는 그 후에도 아무렇지 않게 타인과 웃고 떠들었다. 어쩌면 정말 너무한 사람은 연방의 높으신 분들이 아니라 이렇게 무감각한 나일지도 모르겠다.

"참 이상하단 말이지. 그 잠수함에 타고 있었던 병사들도 나와 같은 연방의 군인이었고, 국가의 영광을 위해 함께 싸운 사람들인데. 이상하게도 무진함이 침몰했을 때는 정말 슬펐는데, 연방의 잠수함이 침몰했을 때는 아무런 감흥이 없었어."

감흥이 없으면 다행게. 심지어 전투 중에 나는 사람이 탄 배가 가라앉는 모습을 보고 안도하기까지 했다.

"사람이 죽는 것을 보고 안도의 한숨을 내쉬다니. 나도 어딘가 고장난 게 아닐까?"

분명 그 잠수함의 승조원들도 다르지 않다. 그들에게도 가족이 있고, 목숨을 함께한 전우가 있다. 하지만 나는 내 행복을 위해 그들의 삶을 아무렇지도 않게 내버렸다. 평생을 괴로워해야 하는 끔찍한 일인데도, 태연히 밥을 먹을 수 있는 내 자신이 놀라웠다.

이제는 연방에서 날 조국을 배반한 범죄자라고 공표해도 담담하게 받아들일 수 있을 성싶다.

"아아, 진짜 이제 나는 빼도 박도 못하는 배신자구나."

그렇게 홀로 자조하며 히죽였지만, 해인은 아무 말도 하지 않고 타르트를 만드는 데 집중하고 있었다. 해인은 오븐을 살피며 아까 만들어 둔 아몬드 크림을 찍어 맛을 보았다. 그리고 무언가가 이상했는지 고개를 갸웃거리며 입가에 묻은 크림을 훔친다.

"당신은 타인의 입안에 들어간 음식의 맛을 느낄 수 있나요?"

갑자기 해인이 고개도 돌리지 않은 채 질문을 던지는 바람에 나는 눈을 크게 뜨고 해인을 쳐다보았다. 하지만 해인은 내 시선은 개의치 않은 채, 제멋대로 말을 이어갔다.

"내 입에서는 아무리 달다고 해도 다른 사람 입에서는 쓸 수도 있습니다. 나는 배가 고픈데 내 앞에 있는 사람은 배가 부를 수도 있습니다. 그런 행복감은 수치로 표현할 수 있는 게 아닙니다. 그렇기에 사람은 언제나 이기적이고 주관적입니다."

자기 목숨 하나 건사하기 어려운 전장에서 사람이 자기만 챙기는 일은 어쩌면 당연하다. 해인의 말처럼 타인이 다치고 죽는 게 나랑 무슨 상관이란 말인가. 하지만 문명사회의 구성원으로서 배워온 도덕관이 그래서는 안 된다고 나를 아프게 조여오고 있었다.

"모든 전쟁과 모든 싸움과 모든 갈등이 밥에서 시작합니다. 사람은 남의 배가 부른지 주린지 알지 못하기에 내 배를 채우는 것을 우선시합니다. 그래서 인간은 전쟁도 불사합니다. 그리고 저 역시 자신의 만족을 채우는 게 가장 중요하다고 생각합니다."

하지만 실제로 사람들은 전장에서도 비정상적인 행동을 종종 한다. 죽을 자리인 줄 알면서도 동료를 구하려고 사지로 들어가는 병사도 있고, 부하들의 생명을 구하기 위해 목숨을 희생하는 지휘관도 있다. 나는 이 이해할 수 없는 행동의 이유를 명예라고 배워왔다.

하지만 이 잿빛 10월의 작은 소녀는 그 명예의 가치를 부인했다. 명예 따위는 사람에게 아무 쓸모도 없다고. 인간의 동인은 명예가 아닌 우리가 매일 먹는 생명의 원천, 밥이라고 말이다.

"눈앞에 있는 사람이 맛있는 음식을 먹고 행복한 웃음을 짓게 된다면, 배가 조금 고파도 참을 수 있지 않겠습니까?"

해인은 다시 크림을 조금 떼어 혀로 맛을 본 다음 만족스러운 미소를 흘렸다. 맛있는 것을 먹었을 때 나오는 자연스러운 미소, 세상에서 가장 행복한 그 미소다.

아아, 그래. 해인의 말이 맞다. 잠수함의 함장이 사지에서 부귀영화를 약속하며 손을 내뻗었을 때 나는 그 제안을 거절했다. 명예 때문도, 물욕 때문도 아니었다. 단지 나와 함께 지내온 전우들과 다시 한 번 밥을 먹고 싶었기 때문이었다. 사람은 결국 먹기 위해 살아가나 보다.

해인은 그리고 짐짓 샐쭉한 표정을 지으며 단호한 어투로 말했다.

"그 외에 밥을 포기하는 이유는 알지 못하고, 알고 싶지도 않습니다."

"그래, 결국은 쓸모없는 고민이야."

나는 고개를 끄덕이며 해인의 말에 맞장구를 쳐주었다.

그때, 오븐의 타이머가 요란하게 울리며 시간이 다 되었음을 알려왔다. 해인은 오븐 장갑을 끼고 가볍게 박수를 두어 번 친 다음 오븐에서 반죽을 조심스럽게 꺼냈다. 10분간 익혀진 타르트 반죽은 아직 덜 구워져서 아무것도 넣지 않은 비스킷 같은 향이 났다. 갈변하지 않은 타르트 반죽을 충분히 식힌 후, 해인은 짤 주머니로 크림을 채워 넣었다. 맛있는 타르트는 거의 완성되었다.

"나는 이제 앞으로 무얼 위해 싸워야 하지?"

이제 내게는 조국의 명예도 무엇도 없다. 그럼 나는 무엇을 바라보고 살아야 하지?

"뭐 그렇게 당연한 걸로 고민하십니까."

그 질문에 해인은 당연하다는 어투로 선언했다.

"우리의 식사를 방해하는 상대는 적이고, 우리는 그 적을 무찌를 뿐입니다."

"그렇지. 우리의 식사를 방해하는 사람은 다 적이지."

타르트에 크림도 채웠으니 마지막으로 과일을 올릴 차례였다. 해인은 탁자 밑에서 잘 봉해놓은 단지 하나를 조심스럽게 꺼냈다. 다가가서 뚜껑을 열어보니 지독한 알코올 향이 코를 찔렀다. 이건… 술인가?

"포도주에 절여놓은 무화과입니다. 갓 딴 과일만큼 신선하지는 않지만, 당도는 훨씬 더 높지요."

과연, 항아리 안에는 붉은 포도주 안에 말린 무화과가 푹 절여져 있었다. 말린 무화과의 안쪽에는 달콤한 씨가 가득 박혀있어서, 언뜻 보기에는 진한 꿀에 굵은 설탕을 섞어놓은 듯했다. 그보다 이 포도주, 왠지 낯이 익은데.

"일전에 함장님이 드셨던 셰리주입니다."

"이거 엄청 독하지 않아?"

"절이는 동안 무화과의 수분이 빠져나와서 도수가 낮아지는 데다가, 타르트에 넣고 가열하면 알코올이 날아가 괜찮습니다. 이 자체로 먹어도 달콤하고 나름 풍미가 있다고요?"

해인은 그렇게 말하고 입안에 무화과 한 개를 던져 넣었다. 해인이 근무 중에 저렇게 먹을 정도면 확실히 취기가 돌 정도의 음식은 아니겠지만.

"그래도 역시 나는 조금…"

나는 그 독한 알코올의 향에 용기가 나지 않아 선뜻 손을 대지 못하고 주저하고 있었다. 그런 나를 보고 해인은 국국 웃으며 의미심장한 말을 흘렸다.

"정말, 우유부단한 남자라니까요."

"뭐가?"

"아무리 여자들 사이에서 살아가야 하는 남자라고는 하지만, 가끔은 사내다운 기세를 보여주어도 괜찮답니다."

해인은 그렇게 말하고 무화과 하나를 입에 물고는 그대로 발돋움을 해서 내게 먹여주었다.

그것도 바로 입으로. 입술이 닿았다고 생각하는 순간 달착지근한 무화과가 입안으로 흘러들어오는 바람에 나는 뭐라 말조차 잇지 못했다. 무슨 맛인지 알아차리기도 전에 나는 황급히 무화과 조각을 삼키고 벙어리처럼 말을 더듬었다.

"으, 아…"

"맛이 없습니까?"

"아, 아니. 맛이 없는 게 아니라……."

아직도 입술 끝에는 해인의 부드러운 입술 감촉과 무화과의 달콤한 향이 감돌고 있었다. 얼굴이 붉어지고 갑자기 다리에 힘이 풀리는 걸 보니 어지간히 독한 술이다.

해인이 나한테 거짓말을 했어!

"어머? 저는 아무렇지도 않은 걸요."

해인은 평소의 해인이라고는 믿기지 않을 만큼 짓궂은 투로 깔깔대며 웃었다. 아무래도 나도 해인도 취했나 보다. 이래서 함장이 먹는 술에 손을 대면 안 되는 데….

달그락.

그때 갑자기 문쪽에서 무언가가 떨어지는 소리가 나는 바람에 나와 해인은 반사적으로 고개를 돌렸다. 문 앞에는 트리샤 일등 수병이 엉거주춤한 자세로 앉아, 떨어진 식기를 주우려 하고 있었다.

"아, 그…… 그러니까 말이죠?"

트리샤는 억지웃음을 지어 보이며 조금씩 뒷걸음질을 쳤다.

"어쩐지 조금 전에 일어나니 몸 상태가 조금 괜찮아서… 조, 조리장님을 도와드리려고 왔었는데요."

트리샤는 식은땀을 뻘뻘 흘리며 애써 눈길을 피했다.

봤다. 저 반응을 보아하니 조금 전까지 우리가 했던 행동을 다 보고 있었던 게 분명하다.

"자, 잠깐만, 트리샤. 그러니까 뭔가 오해가…."

해인도 얼굴을 새빨갛게 붉힌 채 뭐라 항변하려 했지만, 트리샤는 더 당황했는지 듣지 않고 횡설수설하기 시작했다.

"아뇨, 아뇨, 아뇨! 그러니까 제, 제가 방해를 한 모양이네요. 음, 두 분이 그런 사이신 줄은 모, 몰랐어요."

트리샤는 아예 문밖으로 몸을 빼고 도망칠 준비를 하고 있었다.

"잠깐만 트리샤. 그러니까 잠깐 대화를 좀…."

"즈, 즐거운 시간 되세요!"

"뭐가 즐거운 시간이야! 거기 안 서, 트리샤 일등 수병!"

트리샤는 말이 끝나기가 무섭게 반대쪽 수밀 구획을 향해 내달리기 시작했고, 해인도 재빨리 트리샤를 쫓아가기 시작했다. 사근사근 걸어도 발소리가 크게 들리는 군함 특유의 철제바닥이 우당탕하고 울리자, 다른 수병들이 하나 둘 모여 들기 시작했다.

이게 무슨 봉변이야. 나는 우두커니 그 자리에 서서 만들다 남은 무화과 타르트와 문가를 번갈아 보며 한숨을 내쉬었다. 가십 좋아하는 다른 승조원에게 들키기 전에 상황이 빨리 마무리되어야 할 텐데.

"으으, 속 쓰려……."

어쩐지 큰 소동의 예감이 밀려오자 위장이 쓰려왔다.

그나저나 해인은 갑자기 내게 왜 그런 행동을 한 거람? 이 일이 함 내에 퍼진다면 얼굴이나 들고 다닐 수 있을까? 안 그래도 개판인 함상 군기가 나락까지 떨어질 걸 생각하니, 입맛이 싹 사라졌다.

한동안 생각을 했지만, 지금의 내가 할 수 있는 일은 아무것도 없었다. 일단은 해인이 두고 간 이 타르트를 식사 시간 전까지 완성하자. 타르트 틀을 예열된 오븐에 밀어 넣고 타이머를 조절한다. 다행히 빵이 구워지는 모습을 관찰하는 일 외에 어려운 점은 없었다.

오븐 안에서 타르트가 달콤하게 익어가는 냄새가 풍겨오자, 나는 입술에 말라붙은 무화과 즙을 엄지로 훔치며 앞으로의 일을 대강 생각해보았다. 무화과 타르트가 노릇하게 구워지고, 모두 배불리 밥을 먹고 나면 트리샤도 해인도 진정하겠지. 그럼 그때 느긋하게 차라도 건네며 함께 이야기를 나누어 보자. 분명 전쟁 같은 소동이 기다리고 있겠지만…….

"밥이 나오지 않는 전쟁에는 미도 아무것도 없는 법이니까."

光明學會 人事評價資料

성명	이 혜인 Lee HeaIn		
직위	조리장	계급	일등병조
생년월일	20XX. 04. 15.	성별	여성
군번	IN-71197	혈액형	A (RH+)
출신지	고려연방 북방관구 나진특별시		
키	162cm	체중	47kg

검침일자 20XX.01.14

경력

일 시	내 역
20XX.XX.XX	- 기록 삭제 -
20XX.XX.XX	광명학회 해군 삼등병조 임관
20XX.XX.XX	갯빛 10월 조리장 착임

인사평가

근 무	보 수	전 투	조 리	체 력	리스크
S	C	C	S	B	C
소 견	전투원의 소양은 없으나 조리 요원으로서는 지극히 훌륭함				

세부평가

- 자신의 요리를 폄하한 상관을 밀대로 가격하여 7일간의 영창 처분을 받은 적이 있음

- 조리 실력은 탁월하나 극도의 완벽주의자 기질이 있어 조리병들의 원성을 자주 삼

- 항해 중 식재료가 바닥나면 극도의 패닉 상태에 빠지게 됨

光明學會 人事評價資料

성명	트리샤 베이커 Trisha Baker		
직위	조리병	계급	일등수병
생년월일	20XX. 11. 03.	성별	여성
군번	IN-71823	혈액형	O (RH+)
출신지	인도공화국 뉴델리		
키	155cm	체중	44kg

검침일자 20XX.01.14

경력

일 시	내 역
20XX.XX.XX	광명학회 해군 이등수병 입대
20XX.XX.XX	잿빛 10월 전속

인사평가

근 무	보 수	전 투	조 리	체 력	리스크
A	C	D	S	C	D
소 견	평범하고 성실한 수병이지만 전투 및 선체 보수 능력이 떨어짐				

세부평가

- 극심한 남성 공포증이 있어 남성 승조원 앞에서는 제대로 일을 처리하지 못함
- 신체 능력이 떨어질 뿐더러 심성이 나약하고 소심하여 전투를 제대로 수행하지 못함
- 후방 지원 업무는 남성이 없는 상황에 한하여 성실하게 수행해 냄

光明學會 人事評價資料

성명	카밀라 아미누딘 Kamila Aminudin		
직위	함장	계급	대교(O-6)
생년월일	20XX. 08. 06.	성별	여성
군번	IN-80069	혈액형	B (RH+)
출신지	말레이시아 쿠알라룸푸르		
키	172cm	체중	58kg

검침일자 20XX.01.14

경력

일 시	내 역
20XX.XX.XX	말레이시아 왕립 해군 불명예 제대
20XX.XX.XX	광명학회 해군 소령 임관
20XX.XX.XX	잿빛 10월 함장 취임

인사평가

지 휘	전 술	운 용	항 해	체 력	리스크
F	S	A	A	S	S
소 견	전술, 항해 등 능력은 뛰어나지만 지휘관으로서 자질이 의심됨				

세부평가

▶ 술을 항시 휴대하고 다니며, 취하지 않으면 극도로 불안한 상태가 됨. (부대 군의관 소견으로는 만성 알코올 의존증을 앓고 있음)

▶ 천재적인 전술과 운용으로 '말레이 반도의 암표범'이라는 별명을 갖고 있기도 함

▶ 하지만 그 전술 운용 대부분은 극도의 만취 상태에서 이루어 졌다고 함

光明學會 人事評價資料

성명	엘레나 유스포브 Ellena Yusupov		
직위	포술장	계급	소교(O-4)
생년월일	20XX. 06. 18.	성별	여성
군번	IN-80214	혈액형	B (RH+)
출신지	러시아연방 극동관구 블라디보스톡		
키	150cm	체중	42kg

검침일자 20XX.01.14

경력

일 시	내 역
20XX.XX.XX	러시아연방 해군대학 중퇴
20XX.XX.XX	광명학회 해군 소위 임관
20XX.XX.XX	잿빛 10월 포술장 착임

인사평가

지 휘	전 술	운 용	포 술	체 력	리스크
C	A	B	S	A	B
소 견	다재다능한 사관이지만 지휘 계통의 트러블이 잦음				

세부평가

▸ 병기 운용 뿐 아니라 개발에도 탁월한 재능이 있어 신병기 개발에 크게 기여함 (20XX년 기준, 20식 어뢰를 포함하여 67개의 해상 무기 특허를 갖고 있음)

▸ 외모와 달리 입이 험해서 하급자들에게 원망을 많이 사는 편임

▸ 사람을 신뢰하지 못하여 평시에 부대원들 앞에서도 권총을 휴대하고 다님

후기

처음 뵙겠습니다. 오소리입니다.

해군 밥 짓는 이야기, 「마리얼레트리」를 읽어주셔서 감사합니다. 어찌 즐거운 시간이 되셨는지요.

이 소설은 제가 해군 군복무를 시작하며 구상하기 시작한 소설로 군 생활을 마치기까지 3년여에 걸쳐 완성한 작품입니다. 처음에는 군 생활의 고단함을 잊기 위해 '미소녀가 해주는 밥이 먹고 싶다!'라는 망상을 글로 끼적였을 뿐인데, 완성 된 글이 이렇게 정식 출판까지 될 줄이야. 정말이 지 감개가 무량합니다.

당연한 소리지만 이 작품은 픽션입니다. 이 글에 나오는 인물, 단체, 역 사 등은 실제와 무관하지는 않겠지만 대체로 제 망상의 산물입니다. 군사 적 고증도 실제와는 달리 엉망인 부분이 많습니다. 가급적 불편을 느끼시 지 않도록 원고를 누차 다듬고 말을 골랐지만, 아직도 미흡한 부분이 많 습니다. 혹 독자 분들께서 이 이야기를 불편하게 느끼셨다면 그건 전적으 로 제 실력이 모자란 탓입니다. 앞으로 더 많이 노력하겠습니다.

끝으로 이 부족한 글을 조금이나마 더 완벽하게 완성하는 데 도움을 주셨던 분들께 감사의 인사를 드립니다.

먼저 글이 막힐 때마다 응원해 주셨던 네이버 라이트노벨 창작 카페 '라카'의 회원 여러분과 경희대학교 만화 동아리 '만화통신'의 회원 여러

분께 감사드립니다.

또 전투 및 기타 고증에 관해 여러 가지 의견을 남겨주셨던 해군사관학교 C 생도, 작전사 Y 하사, 3 함대 L 하사께는 정말 많은 도움을 받았습니다.

군 생활 동안 개인적으로 많은 도움을 주었던 1함대의 J 수병, 해병대 상륙지원단의 K 상사, 그리고 후임이었던 S 해병, L 수병에게도 고맙다는 인사를 남깁니다. 특히 육군 11사단의 M 하사께는 몇 번의 고마움을 표시해도 모자랄 겁니다. 위의 분들이 도와주시지 않았더라면 분명 이 글은 세상에 나올 수 없었겠지요.

그리고 편집을 맡아준 박관형 편집장과 일러스트레이터 유나물씨께는 작업하는 동안 정말이지 많은 폐를 끼쳤습니다. 미숙한 글쟁이의 응석을 받아주느라 고생 많으셨습니다. 앞으로도 잘 부탁합니다.

오늘 아침은 드셨는지요? 점심은, 또 저녁은 어떤 요리를 드실 예정이신가요? 누구와 무엇을 드시든 언제나 즐거운 식사가 되셨으면 좋겠습니다. 감사합니다.

2015년 2월
오소리

마리얼레트리

초판 2쇄 발행   2016년 7월 30일

저자 오소리

발행인 원종우
발행처 (주)이미지프레임

주소 (427–060) 경기도 과천시 용마2로 3, 1층
영업부 02-3667-2653   **편집부** 02-3667-2654   **팩스** 02-3667-2655
메일 vnovel@imageframe.kr   **웹** vnovel.co.kr

ISBN 978-896052-433-0 02830   **(세트)** 978-896052-432-3

Mariolatry
© 2014 osori
Published in Korea